湛庐CHEERS

与最聪明的人共同进化

HERE COMES EVERYBODY

馈

The Feed

[英] 尼克·克拉克·温多　著
Nick Clark Windo

张羿　译

北京联合出版公司
Beijing United Publishing Co.,Ltd.

把科幻作为思考方法
发现改变现实的力量

科幻是推动商业创新的强大动力

当未来呼啸而来，定义人类下一个时代的新兴概念“元宇宙”，其实早在 30 年前就已被科幻小说预言。1992 年，科幻作家尼尔 · 斯蒂芬森在小说《雪崩》中创造了“元宇宙”（Metaverse）一词，并描绘了这一概念背后的虚拟世界，自此成为 Google Earth、Xbox、Blue Origin 等无数高科技发明的灵感来源，甚至启发 Facebook 更名 Meta 开启战略转型。

纵观人类历史，许多重大科技发明都与科幻小说密不可分，许多科幻作品都直接刺激或促进了现实世界里的科技创新。马克 · 扎克伯格、史蒂夫 · 乔布斯、杰夫 · 贝索斯、埃隆 · 马斯克、比尔 · 盖茨……这些影响世界的商业领袖都是资深的科幻迷，他们每一个人都坦言，自己的创业灵感曾受到科幻小说的影响。当代知名历史学家、《人类简史》作者尤瓦尔·赫拉利也将科幻列为 21 世纪初最重要的艺术品类。

一直以来，科幻总是比现实领先一步，指出商业发展中潜藏的矛盾和需求。少数如何战胜多数？如何打破固有观念？如何维护生存环境？科幻并不能预测未来，但它能够指明可能性，正是这些可能性启迪我们应当如何采取行动。

近些年，微软、谷歌、英特尔、亚马逊等大企业开始把科幻当作商业上的武器，用来推进公司内部的研究开发，也有越来越多的公司邀请科幻作家来当自己的商务顾问。企业家们从科幻作品的奇思妙想中直接获取商业灵感，或是把科幻当作锻炼想象力和创造力的练习场。

现实科幻：从现实飞向未来，再回到现实

作为全球最前沿思想的播种者，湛庐多年来持续向读者传递世界上不同领域最伟大头脑的所思所想。当世界飞速变化，为读者提供更多想象未来的视角，激发与推动更多创新的生成，是湛庐一贯的使命。

在过去的十年里，湛庐向读者介绍了众多引领全球科技前沿、未来趋势领域的大师作品，包括率先启动可穿戴计算的阿莱克斯·彭特兰（《智慧社会》）、重新界定人工智能与人类关系的迈克斯·泰格马克（《生命3.0》）、提出第五维空间理论的丽莎·兰道尔（《弯曲的旅行》）、构建人工

智能自主意识蓝图的马文・明斯基（《情感机器》）、提出虫洞能够作为时间旅行工具假说的基普・索恩（《星际穿越》）、领军商业太空探索的彼得・戴曼迪斯（《未来呼啸而来》）等。

由此，基于湛庐一直以来对科技创新与未来趋势的洞察，现在我们全新推出了现实科幻系列。我们认为，科幻不只是故事与想象，更是一种思维方式，科幻并非遥不可及的幻想，而是一面现实的镜子。通过科幻，我们的思想从现实飞向未来，再回到现实，并平稳着陆。湛庐・现实科幻系列精心筛选了世界上最前沿优质的科幻作品，保证每部作品都有着坚实的内核：每本书都是一个可能实现的未来世界；每本书都有着严谨而深刻的科幻设定；每本书都代表了一种前沿的科幻思考。

把科幻作为思考方法，发现改变现实的力量

湛庐・现实科幻系列中的每一部作品，都挖掘了人类以及人类社会深处具有普遍性的故事，是我们学习和理解现实世界的路标。通过阅读它们，我们有能力去展望未来，更有能力去应对意料之外的未来。在湛庐・现实科幻系列中，把科幻当作思考方法，你能获取改变现实的三种力量。

你将有能力想象意料之外的未来。

科幻常常是从一个超越现实的设定开始的，我们选择的作品设定大多指向近未来，基于可见的技术发展，预想一种即将发生、可以改造的现实。

当科幻在当下和远方之间架起桥梁，那里面就会出现一个预想之外的丰饶世界，每一扇门都通往一种可能。我们在虚构与现实之间来回往复、随意畅想，探索足够多未来社会可能拥有的形态，直到有能力选择自己的未来。

你能够在变化的时代保持变化。

科幻带给我们的最大警示与启迪，是提醒人类在社会的发展过程中可能随时会遭遇一些意外，人类社会并不是直线发展的。我们选择的科幻作品，一定是对于观照现实的三重问题的设想：想象一个出乎意料的未来社会；想象这个社会中存在的问题；想象问题的解决方法。

这些作品能够给我们一个思想上的准备，提醒我们未来可能会出现各种各样意想不到的情况。这就是对改变固有思维方式的训练，能够使我们保持灵活的头脑，让我们在碰触未知的世界时，体会到切实的手感。

你会获得新商业新科技的创新燃料。

湛庐・现实科幻系列的每一位作者，都是跨界科学与人文的新锐思想家。他们不仅是小说创作者，更是权威的机器人研究专家、神经科学家、航空航天工程师、人类学家……他们能够站在技术创新的前沿，为故事搭建坚实的骨架。

在科幻中，我们卸掉思考的桎梏，从硬邦邦的固有观念中获得自由。当我们习惯把科幻作为思考方式，就能发现新的价值观，获得深刻的洞察，甚至创造新的商业形态。想象力本就是人与生俱来的力量，阅读科幻让我们的想象获得可见的形状，所有在摸索未来形态的人都能从中受益。

科幻是想象力，带给我们去到未来的自由一瞥；科幻是反思力，带给我们关于自己和社会的深刻洞察；科幻是思考力，带给我们改变现实的巨大力量。湛庐一直相信，未来属于终身学习者，而现实科幻系列的每一本书，便是一把通向未来的钥匙。踏上科幻的旅程，把科幻作为思考方法，发现改变现实的力量，一起去到想去的未来。

⋈ △ +

Hello!

I'm so happy you're picking up my book.

Its story, as you'll see, is about love and family and what we'll do to protect it. It's about technology and humanity and what sort of creatures we are these days. It's about the way the world is going.

Whether you're reading this novel in the 'old-tech' way as a printed book, or through a more 'new-tech' device, I hope you enjoy it.

Take a deep breath, because there are some thrills and twists and turns along the way. And, of course, please don't sleep unwatched.

<u>Never</u> sleep unwatched...

With best wishes,

⋈ △ ＋

你好！

很高兴你选择我的书。

如你所见，这个故事关于爱和家庭，以及我们要如何保护它；关于技术和人性，以及我们现在是什么样的生物；还关于这个世界，以及它将去向何方。

深呼吸，因为沿途充满惊险和曲折。友情提醒，千万别在没人盯着的时候睡觉，千万别在没人盯着的时候睡觉，千万别在没人盯着的时候睡觉……

祝好！

尼克・克拉克・温多（Nick Clark Windo）

中文版序

▽

写一个以未来为背景的故事的奇妙之处在于，人们一般不会说“这不是真事！”莎士比亚和他的历史事迹不会出现在这个故事中，同样，特蕾莎修女、孙中山和爱因斯坦也不会出现。《馈》的大部分内容是虚构的。这是我想象的世界可能的样子，如果你愿意，也可以说是另一种未来。我也希望这个故事不会发展成真的。

这个与众不同的未来故事经历了漫长的酝酿。我记得在我八九岁的时候就在想：“如果我们能把包含我们真情实感的想法数据包发送给别人，对方就能立刻理解我，那生活岂不是更容易吗？”我不记得发生了什么事情，使我产生了这样的想法，但我没跟别人聊过，这似乎是解决问题的好办法。这个想法就是《馈》的开始。

最近，社交软件让我失眠了。这完全是我咎由自取。回想起来，直到我闭上眼睛前一秒还在查看社交软件的做法并不明智，但直到那时我才意识到，我们的身体与我们使用的技术已经紧密相连。那时，我醒着躺在床上，充满焦虑和不安，意识到社交软件在控制着我的思维，让我的大脑在飞速运转中搜索着各种信息。最后我好不容易睡着了，但我的梦也被这种焦虑的节奏所感染。这让我很害怕，因为我才意识到自己在不知不觉中就被控制了。人类与科技的融合只是时间问题，在我们没意识到的情况下，这将如何影响我们的人性？

如果我八九岁时发明的记忆数据包（在《馈》中我为它取名为“脑关”）是“馈”的开始，那么对我们使用的技术，及其它给我们带来的微妙恐惧，则暗示了“馈”这一奇妙技术在这个故事中的发展方向。

因为，虽然“馈”出了问题，（剧透预警！）但这是一项了不起的技术。除了我们期望从社交媒体（以及卫星导航系统、在线市场、娱乐频道）中获得的所有东西之外，“馈”还为人与人之间的纯粹思想交流提供了渠道。它使知识民主化，使公开交流变成一种共同的权利，使记忆储存为不可争辩的事实，并使情感透明化。它给了我们自制力。无论是对个人还是对社会，它都是终极的健康工具。它带来了希望。它使我们大家无比亲近。然后，它出了问题。（就像上面说的，剧透预警！）

虽然这个故事的点点滴滴可能已经在我脑海里酝酿了几十年，但我真正开始写这部小说是在2012年。那时，苹果手机已经问世5年，TikTok要等到5年之后才问世。从那时起，很多事情都发生了变化。这部小说虽然不是预言，但世界确实可能向着那个方向发展。我们现在比过去更沉迷于那些神奇的技术，尽管信息唾手可得，但现在的“真实”和“虚假”也比那时更让人感到困惑。现在，整个世界的情绪都似乎很难平静下来。10年前，人们认为在未来，是我们使用新技术，而不是新技术使用我们。

但是事情也没那么绝对。

虽然技术在以越来越惊人的速度发展，但有很多东西保持不变：我们人类几乎没有任何变化。我们有好奇心，我们有冒险精神和雄心壮志，我们有爱，我们互相关心，我们并肩战斗，我们不断成长，我们在逆境中充满希望。《馈》也是这样的故事。

虽然艺术此刻可能正在发生变化——大团圆的结局不再是预料中的结果——但这个故事是对人的赞美，对创造力和适应力的赞美，对我们信念和奋斗的赞美，对在巨大的困难面前的爱情和人情的赞美。因为虽然很难知道未来会是什么样子，也很难知道什么事情会随着时间的推移成为现实，但这些是让我们人类走到今天的力量，也会让我们走到未来。

汤姆和凯特、阿碧和格雷厄姆、肖恩、丹尼、简、玛格丽特……书中人物的整个世界都在“馈”中。现在，他们的世界消失了。但是他们会发现新的事物去爱，找到没有“馈”的新生活方式，找到看世界的新方法，因为这就是我们人类的使命。这个世界有很多美丽的东西，也很危险。通常，最耐人寻味的动机并不是黑白分明的，我们与技术的关系也并非一目了然：技术可以摧毁我们，也可以造就我们。《馈》就是一个这样的故事。

尼克・克拉克・温多（Nick Clark Windo）

2022 年 5 月

献给 埃莉诺

For Eleanor

⋈

精神分析学家喜欢讲，
过去存在于当下。
但未来也存在于当下。
未来不是我们要去的地方，
而是我们现在的所思所想。
我们正在创造未来，
而未来又反过来创造了我们。
未来是一种幻想，
塑造了我们的现在。

《咨询室的秘密》
斯蒂芬・格罗斯著[1]
2013年

1　斯蒂芬・格罗斯（Stephen Grosz），美国心理分析师，《咨询室的秘密》（*The Examined Life*）是他所著的一部心理学著作。——译者注

测一测，对于数字时代，你了解多少？

扫码鉴别正版图书
获取您的专属福利

扫码获取全部测试题及答案，
一起揭秘数字时代

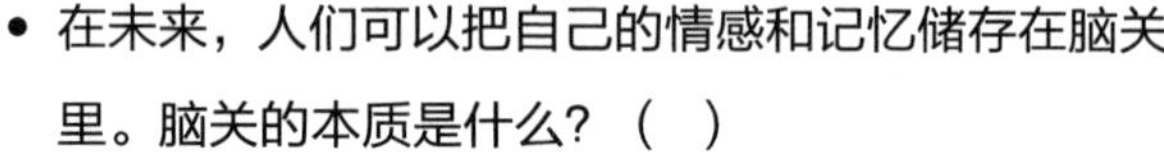

- 在未来，人们可以把自己的情感和记忆储存在脑关里。脑关的本质是什么？（ ）

  A. 互联网

  B. 社交软件

  C. 记忆数据包

  D. 虚拟程序

- 在未来，假如你用餐时服务员眉毛上方有一个二维码刺青，扫描这个二维码就可以美化眼前的景象。这种技术更可能是什么技术？（ ）

  A. 信息流

  B. 虚拟现实

  C. 智能生成

  D. 增强现实

- 在未来，假如用户登陆系统后，只需在线 3 毫秒就可以浏览大量内容，系统中数万信息池只需 3 纳秒时间就能创建完毕。3 纳秒时间比 3 毫秒时间长吗？（ ）

  A. 是

  B. 否

扫描左侧二维码查看本书更多测试题

目 录

THE FEED

01

凯特

你会牺牲什么

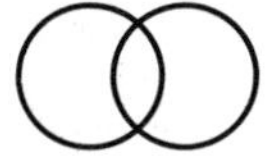

这就是关闭馈系统的感受吗？餐馆中其他食客在我周围喧嚣着，而我却是孤独的。我本该在这繁忙餐馆的熙攘喧嚣之中放松小憩，可此刻却深深沉浸于现实的寂静，耳边怪诞的鸣响声让我心头一动：汤姆是对的，我必须牢记这一点。虽然离线的寂静让人感觉极不自然，但慢下来是好事，不过我得克制住百爪挠心的感觉。

早先，我穿梭在各个班级里不停地发言，尽管放学后我带着拉法去公园遛一大圈，但现在，我的大脑仍在亢奋之中。我把自己摁在一条长凳上，关闭馈系统，开启“勿扰”模式。我扔着拉法的球，看着孩子们玩耍，仅此而已。这就是我做的一切，没有聊天，也没有新闻流。我得给学生们的作业打分（我给 9K 班安排了深度阅读测验，让他们去啃莎士比亚的《暴风雨》），还要给杰森·斯塔克 27 发信息，解除他的禁闭，但我全都没有做。我连自己的消息池都还没查看。生锈的秋千不停摇摆，我畏惧地避开，就这样坐着，迫使自己的思绪慢下来。亢奋感渐渐平息，我内心平静下来，感到肚子里的宝贝放松了，她刚才焦躁的胎动随着我思绪的放松缓和了下来，行动—反应，良好而又清晰。汤姆会为我骄傲的。我打开了馈，餐厅里现在只有我们的私人信息流。我轻推汤姆，告诉他他是对的。连接馈让我心跳加速，我不假思索地进入了餐馆繁忙的公共信息流的喧嚣之中，舒服地沉浸到……

“别这样！”汤姆浓眉一挑，瞪圆了眼睛，我无法分辨他是惊讶还是恼怒，他的馈一直是关闭状态，因此我无从知道他的情绪。

我就像我那个难管的学生一样，又关闭了馈，我们沉默地坐了半晌。他对我微笑，但我没有回应。因为我正在努力集中注意力，暂时无法回应。“慢慢来，我可以做到的。”但是，为什么汤姆似乎轻而易举就做到了呢？我环顾四周，渴望接收到信息。餐馆中还有三十三位食客，他们刮擦着餐具，偶尔无意发出一些真实的笑声、咳嗽声。然而，没有人在现实中讲话。鸟鸣声穿过轰鸣的超级公路，飞进我耳中，我突然意识到自己很久没有听到鸟鸣声了，这声音真可爱。但是，关闭馈的问题在于过——得——太——慢——了！

“还要多长时间？”

“要花很长时间。”汤姆表示理解，他耐心地点着宽阔的额头，转身朝厨房看去，“我们等了多久了？”

“我看一下。”

“凯特，”汤姆温和地警告说，“今晚，我们要慢下来。”

又来了——心理治疗师的语气。这语气中透着远超他从业时间所应有的权威；事实上，我认为我第一次注意到这一点是他去年开始实习的时候，但是我不能无缘无故查看我的脑关。如果这种语气会惹恼我，那么也一定会惹恼他的顾客吧，那可不是件好事，他必须把握好这份工作。他花了好一段时间才找到自我，而且他热爱这份工作，做起来确实得心应手。

于是，我又睁开了眼睛，环顾周围的现实世界，目光越过食客，看向户外。天还没黑，但是超级公路的遮挡已经提前让城市的老城区笼罩在黑暗之中。两年前，我们搬到了这个街角之后便结婚了。这是一幢美丽的老房子（新建筑缺乏灵魂，而我喜欢有故事的房子），而且比我们想象的要贵很多，不过汤姆的父母帮我们解决了这个问题。至今，我仍然纠结于此，汤姆也一样，但我们终于住到了山顶上。超级公路紧挨着我们拱起，下面则是正在扩张的城市。不计其数的灯光像充满活力的生命一样闪烁着光芒，下面人来人往，我可以和他们中的任何人聊天，我的思绪越过灯火通明的塔楼，飞向人海。那座塔楼便是馈系统的枢纽，汤姆父亲的地盘。塔楼监视着我们所有人，它如同一个针眼，每个人的思绪都像线一样必经的针眼。

一望见塔楼，我便想要扎进消息池，心痒着想查看我新设置的民意调查。我现在有 2 亿粉丝了！（如果我接受他们的支持，而且我也愿意接受，我可就不用再教书了……但是，不行。）我想用 GPS 搜索定位，看看某些粉丝距离我有多近，但我忍住了，尝试不理会这个心痒的念头。前几天，我如饥似渴地一头扎进了一个消息池，实际上，并不是植入物本身让我心痒难熬。馈系统并不会在生理上创造任何感觉，它只会产生一种强烈的冲动，为了便于理解，我们把它归因于某种生理现象，于是大脑会告诉我们那是心痒的感觉。我重发了这一事实，有 1 亿 3700 万人“喜欢”，但是我不确定他们是否真的喜欢。

我闭上眼睛，脑海中馈的幻影就像霓虹灯和星光一样点缀了黑暗，这是一幅网络中的城市全景，每个人都生活在其中。它如此美丽，如此必然，如此舒适。

难以置信，我居然上瘾了。

汤姆又对了，该死，这亲爱的家伙。我再次睁开眼睛，关闭了馈，街对面的广告牌上，宽阔的区域里只显示着一个巨大的方形二维码。世界一片安静，这家餐馆公共信息流上的嘈杂喧闹此刻也已悄然无声。我们不知道菜单，也无法引起服务员的注意，仿佛我们完全不存在。我们就这么呆坐着，被囚在缓缓流逝的沉默中，而身边每个人都在交流、用餐、欢笑，仿佛……

服务员走出厨房，靴子踏在木地板上的声音渐渐远去，手臂上满是刺青。他把盘子扔到两名年轻女子面前。她们的嘴唇颤动着，噘起成半笑的样子，眼睛急速转动。服务员为金发女子的食物撒上胡椒，而她的朋友却没有。交流虽然无声，但却一清二楚。服务员的眼睛盯着一个布满蜘蛛网的角落，但我知道他显然不是在看那儿的东西。这是一种奇特的休息方式——睁大着眼睛睡觉！9K 班的学生可以轻而易举地将此用到他们刚刚的深度阅读测验中（但他们并不会）。相反，服务员正在访问众多的群，他的意识流在和朋友互动、聆听音乐、给女朋友发消息……我猜或许不是，因为他们三人同时微笑起来，看起来像是他在同她们调笑，我很想打开馈，前所未有地心痒着，这是一种干巴巴的冲动，馈的接口如鲠在喉，戏弄着我的大脑。

汤姆大步走过去，抓住服务员，当服务员意识到汤姆正在现实中同自己讲话时，惊得目瞪口呆。他的眼睛离开了虚拟的幻象，被迫看向现实世界。汤姆把他拖回我们的桌子，年轻的服务员战战兢兢。他的眉毛上方有一个小小的二维码刺青，形似一只鹰，即时扫描便可以增强我的世界。我好奇，如果我打开馈会看到什么？他设置了什么皮肤？他肤色苍白，而那些女孩刚刚看到的他或许有褐色皮肤。他的牙齿参差不齐，而她们所见或许是完美的微笑。抑或他让自己看起来酷似某位名人。关闭馈就像揭开面纱，可能不那么漂亮，却是真实的。我知道，汤姆是对的，毫无疑问。不仅因为汤姆讨厌他的父亲，而且这是一件健康的事情。

“不，不，不，”汤姆敲敲手指，服务员惊讶的目光又猛地回到了他身上。“我们不在线。”他夸张地说着，双手比画出嘴巴的样子，“用嘴说话。”

“你们……不在线？”服务员问道，他的嗓音因长时间不说话而变得粗哑。一时间，他的目光呆滞无神。他刚才给谁发了信息？发给他的经理求助？发给那些女孩？可能不是，因为她们没有回头看。或是发了我们的照片？不太可能，汤姆的安全等级非常高，几乎不可能被抓拍；汤姆的父亲已经发现了这一点。

“你——有——菜——单——吗？”汤姆问道，他瞥了我一眼，玩得很开心。

“没有真实的菜单，”服务员指着他的太阳穴说，仿佛我们都是白痴，“只有馈。”

汤姆对他诡异地一笑，我知道要有麻烦了，这一天太漫长了，所以……“有意大利面吗？”我打断他们问道，服务员点点头。真实的话语在我口中感觉很奇怪，但我说得很快，“我要一份意式肉酱面，他要一份烤面条加干酪沙司。再要一份蔬菜沙拉。”

服务员一走，尽管我情绪不好，但汤姆的表情仍然让我忍俊不禁。这反过来也把他逗笑了，很好，他的笑容仍然温和，垂落的发丝下面颊仍然年轻。这次接触比我们结婚时的那次还要久。我向后倚靠，双手抱在孕肚上。妈妈和爸爸又高兴了，小姑娘，就像我们以前一样，享受一起离线的时光，我们仍然可以做到。我们在一起很好，只是其他事情妨碍了我们，让我们心猿意马，在今生。

汤姆向我斜过身子，在桌面上逐字地标出：“凯特，真是糟透了！”

他是认真的，非常真诚，每当我们来到公共场所，哀叹世界的现状时，他的忧虑便又被勾起并升级。尽管如此，在他打乱文字之前，我还是按住了他的手指。

“没错，我们是唯一清醒的人。”

“说真的，看看这些人，没有人再活在现实世界里了！”

尽管他压低声音说话，但还是激动起来。当然，由于我们都不在线，我并不知道他在想什么。他愁容满面，眼睛里似乎有什么东西消逝了。他抽回了手，他的想法很有可能沉陷，走回他的父亲、他的家庭，还有馈的老路，但我无法确定。他这样屏蔽自己想法的行为近乎粗暴。他在想什么？或许在想他永远不会选择的另一种生活，老实地生活在馈世界中，永不逃离。在他受训成为心理治疗师期间，我们讨论过这种选择。他父亲建立馈之初，他就开始追求这个职业——谈话疗法。“你没必要成为弗洛伊德，对吗？”我记得汤姆告诉他父亲时的欣喜，也记得他父亲无声的愤怒。我和汤姆经常一起谈话，这是我们的优点之一。只要我们一有时间就会交谈，例如今晚我们慢下来的时候。但我希望他能给自己一点安宁。他咬着下唇，望着窗外，环顾全世界，看着就像正在馈上不停地发言，但我看了，他没在线，他的馈仍然离线。

我亦是如此。

金发女子和黑发女子机械地默默吃着食物，迷失在彼此之间，或是同其他人，甚至许多人的交谈中。仅从表象上看，谁知道呢？她们的眼睛转得比汤姆更快，但她们并非在看餐桌和墙上的老照片，而是在看馈中不断跳动闪烁的色彩。我突然意识到，我心痒的感觉现在已变得无法忍受。它扰得我手指弯曲握紧，口干舌燥。我要查看我的民意调查，我要浏览新闻池，了解能量素公司的进展情况。每个人都对这家公司的声明感到惊讶，但似乎没有人问为什么北极钻井要停止，为什么是现在做这个决定。公司首席执行官安东尼·莱文真诚地微笑面对全世界。我不相信他，一定有事情正在酝酿。世界被扰乱了，人们做着奇怪的事情：公司变幻莫测，政客倒行逆施。

这一切都莫名其妙，我的大脑（我真实的大脑，在没有馈的情况下着实在努力运转）开始受到伤害了。如果我上线的话，就可以放松大脑，追一些娱乐剧。妈妈和玛莎打算今晚发信息，因为玛莎有脑关要分享，是关于她的新房子的；我可以离开自己的世界，即刻体验到她千里之外的记忆包，犹如身临其境一般。我可以查看我的消息池，民意调查“你会牺牲什么?”一天之内已经获得了几千万个回复。人们都喜欢民意调查，但我需要让它保持新鲜感。人们的注意力需要不断喂养，如果我想要影响他们思考世界，那么我需要聪明些。我的声音要从喧嚣之中脱颖而出。这就是汤姆不知道的：我正在把馈作为一个不错的工具，我没有上瘾，没有沉迷！

我的民意调查“你会牺牲什么?”中，首批调查话题之一是“你会为了北极牺牲什么?”。基于能量素公司今天的新闻，这个调查恰逢其时，但很少有人来参与，我从中得知，这不是因为愚蠢或粗心，而恰恰是因为分心。诱人的噪声包围着我们。所以现在，我把政治相关的调查改成“你会为了美丽牺牲什么?”和“你会为了找到梦中情人牺牲什么?”之类的问题。这个特别的调查收到了超过 6 000 万个留言。随即，我用“你会为了更善待地球牺牲什么?”来点拨他们。这个问题收到了 8 000 万个留言。然而，新闻池删掉了我的统计数据。（政客们“赢了”，这理所当然，谁不想把他们牺牲掉呢?）重要的是，我要让人们至少稍稍关注我们对这个世界所做的事情。如果我们能找到一个立足点，那么只需要稍微点醒人们，更大的变化可能就会随之而来。我还没想好接下来做什么调查。但就我的立场而言，我想问“你会为了大脑健康牺牲什么?”，我无法告诉汤姆这些，但我真的想对着他的脸大喊。因为我一定不会牺牲掉馈！绝对不行！我想上线！就现在！我内心正着急地大声疾呼！但是……我深吸了一口气……算了吧，凯特，忍住……我努力地深呼吸，安抚内心的呼唤，因为这本该是一个美好的夜晚，我只是像其他人一样被分散了注意力。我需要专注当下。

“嘿，汤姆，我们玩会儿字谜游戏吧，让老脑筋动动……”

他一声苦笑，在椅子上换了个姿势：“你今天做了什么，凯特?”

一听此言，我便忍不住了；因为我正在想馈，我一整天都在上面发言，所以所有的链接都是新的，而且我极度渴望查看我的消息池。我食言了，我已经习惯了依赖馈的生活……我上线了……

……“你到底去哪儿了?”玛莎发信息说。妈妈就在她身后，看她的情绪显然想要向我发泄，但我屏蔽了她，中断了通信。“我们今晚不在线。”我说道，“汤姆认为这有利于让大脑慢下来，让大脑正常工作。”“别胡闹了，”妈妈笑骂道，“看看你姐姐的脑关。”我还没来得及再次屏蔽她，她就发给我一个脑关，脑关炸开了，这感觉就仿佛我大脑中新形成了一个脑细胞。玛莎记忆包的情感扩散开来，仿佛我大脑中的息肉。因此，我现在暂时是玛莎，不是自己：

……我站在草坪上看着新房子，房子正面是白色的 云雾 遮蔽住 完美的喷绘 ，天窗外是多云的天空。我走上小路（草坪看起来杂草丛生，请使用新的（除草机）。当我走向门口时，我的心跳加快了；心率加快 42%，内啡肽分泌速度急速升高 2.3%。真是太令人激动了！生物门锁认出了我，因为这是我的房子，我的门锁！房门自动打开。我听到孩子们在我身后 6.72 米的地方沿着小路跑，但我现在在走廊里，阴凉的一片地，还有上光剂的新鲜味道……

……我冻结了这个脑关，跟她们解释我以后会给她们留言。因为我已经在线 4 毫秒了，如果时间更长，会被汤姆注意到。我还没有去任何消息池搜索能量素公司的新闻，也没有查看“你会牺牲什么？”这个消息池。我看到我的面板激增了 57 603 条信息，想必民意调查进行得非常顺利。我查看信息的时候，一个叫克洛伊·卡尔森 437 的人发来信息：“再接再厉，凯特。”但我没有时间回复，不然……这时玛莎又给我发来信息：“哦，别走啊，凯特。”我闪了一个肾上腺素激增的表情给她，同时快速搜索能量素公司，相关新闻从所有新闻池中搜索出来，没有新内容，于是我进入自己的朋友群，看看他们是否知道什么新消息。我又给玛莎发了一个快速道歉，给妈妈发了一个晃脸，告诉她们我稍后会再发信息。我下线了。只用了 11 毫秒……

……但汤姆还是注意到了。

“你上瘾了，凯特。”他低声呵斥。

“得了吧。”我嘲笑着指着我们身边的每个人，尽管我知道他是对的。

"你现在跟他们一个样!"

"你真是自命不凡!没错,我知道。"我敲着手指说,在没有馈的情况下搜肠刮肚地思考着,"你有一种变性的被同性抛弃而引发的恋母情结。"在他完成心理治疗训练之前,我们曾玩过一个游戏:你能让简单的心理综合征听起来复杂到什么程度?我这句话着实让他笑了起来。"这是一种恋父情结,但更复杂。"我解释道,我对自己很满意,对自己的大脑感到骄傲,我很高兴看到他心情有好转。

但他的笑声停止了,瞥了我一眼,摇摇头,面无表情。

"你使用馈太多了,凯特。你这是……你以前从不这样。很抱歉我让你很烦,但这是因为我在乎,你会吓坏孩子的……"

我们又陷入了沉默,但这种沉默并不同于过去。现在还有更多的意味。我们一致认为馈失控了,这是我们在他哥哥的婚礼上初次见面时就达成的共识。我们也都对世界的现状感到担忧,汤姆也同样认为,在那以后的5年里情况变得更糟了。我父母不相信汤姆是好人,原因是他的家庭,他出身于哈特菲尔德家族。但他确实是好人,我知道他对我全心全意。他不同于他哥哥和父亲,但他似乎有父兄的专制主义倾向,例如,他不允许我使用馈。他逼我在他和馈之间二选一,我似乎无法二者兼得。我转身不再看他,又拍了拍我的孕肚,肚子里的小姑娘属于哈特菲尔德家族,她也是我的2亿粉丝之一,我经常告诉粉丝们,我们的生活方式会让我们走向死亡。

"凯特,你想再上线一次吗?我们明天晚上可以再慢慢来。"

但我尚未及回答,周围的事情就像潮水一样瞬间袭来。餐具哗啦啦地碰在一起,椅子被甩到一边,倒抽气的声音、急促不清的困惑的言语,纷纷在现实中爆发,但随后却又安静了,似乎所有人都屏住了呼吸,只见所有人的眼睛都开始更快速地转动。有人在呜咽,金发女子的双手紧扣在嘴上，服务员则跑向门口。

“汤姆？”

“回到这里！”1秒前他又一次对我呵斥，然而……

……我正穷于应付我姐姐。玛莎歇斯底里地喊叫，我屏蔽了她，用睾酮来对抗肾上腺素激增，她的恐慌会传染。妈妈正在拼命发信息：“你在哪里？你在哪里？凯特，我几秒前给你发了信息，你怎么了？”我同样屏蔽了她，我注意到我的面板上有成千上万条新信息。我从未有过这种感觉：馈上凝聚了一股巨大的合力，几乎让我从现实中的椅子上摔下来。我试图减缓我的内分泌系统，因为玛莎在对妈妈大喊，妈妈转而对我尖叫：“为什么要屏蔽姐姐？”随后，馈陷入一片沉寂，亿万个馈ID都暂停了活动，仿佛海啸前的风平浪静一般，突发新闻即将汹涌而至。谣言像传染病一样蔓延，新闻池里的信息像涨潮一样突然爆发。人们蜂拥而至，围观的人越聚越多。妈妈的恐慌让我吃了一惊，发生了什么？我匆忙查看其中一个消息池，肾上腺髓质开始猛烈分泌肾上腺素，但似乎有什么力量猛地将新闻池关闭了。馈是免费的，不应该有被拦截不允许访问的消息池。人们又蜂拥到其他消息池，那些消息池也一个个被关闭了。被谁关闭了呢？……公司？政府？3纳秒内，127 734个消息池被创建，随即便被拦截访问。我告诉妈妈我不知道发生了什么。我惊慌地轻推汤姆，但他秒回我说，他正试图联系他的哥哥本。接着，一段视频从沸腾的馈中泄露出来。这段视频如同病毒一般，它的传播之快前所未有。那些人企图拦截的就是它。视频名为“达利安查尔斯”，播放的消息是总统泰勒一世已经遇害。一切都安静了，所有馈 ID 都平静下来。“总统泰勒一世遇害”的消息传遍了馈，然后突然变成说是暗杀。美国已经出现混乱，恐慌蔓延，经济震荡。武器已被调集到东部。我的皮质醇水平上升了 18.2%，心率超过正常值 2.93 倍。现在，这段视频已经出现了 10 万次。1 个消息池被拦截访问，立刻就有 2 000 个出现。我查询着谋杀和暗杀之间的区别。妈妈仍然在叫喊，但是她的喊声被咆哮声淹没了。事情与“大麻”有关，这个词是 $C_{21}H_{30}O_2$ 的古老术语。我访问了一个消息池，那里有东西吸引了大家的注意，让所有消息池势不可当地反复出现的源头便是这里，此处存在一个名为“美国白宫高级安全分析师理查德·德雷克 62，员工 ID#22886284912”的视频，时间戳为 7.23 秒前。我进入了他的记忆文件包。我不知道他所在的房间在哪里，因为 GPS 定位被屏蔽了，但房间看起来很像我如饥似渴地追的一部娱乐剧中的作战指挥室。冷光灯嗡嗡作响，一张漆面桌子反射着灯光，隔音墙上装饰着轻薄的屏幕和层板。随后，总统泰勒一世走了进来，身穿一件乳白色上衣（姆伊顿系列的最新款），手中端着一大杯香浓的黑咖啡（由奈斯波的阿拉贝尼卡调制而成）。是美国白宫，7.34 秒前的白宫。传出来的脑关原来是一个危险的安全漏洞，难怪消息池正在被拦截访问……

“大家早上好。”总统泰勒一世在现实中用热情又生硬的语气说道，然后坐了下来，“我明白，鉴于能量素公司令人震惊的消息，北极南部的竞赛现在已经开始，我们不会让它落入坏人之手。诸位，我们正在严寒中打仗。”可总统的微笑刚刚露出一半，理查德·德雷克 62 的视野就模糊了，此时，一个人影出现了，只有轮廓，上面标记着帕特里克·沃恩 59。他站起来，举枪就射。总统的脑袋瞬间变成了一团红云。理查德·德雷克 62 立即潜入掩体，房间随之抬升。理查德·德雷克 62 的脑关坠入了一片漆黑，有动乱的声音，有人在尖叫，听起来像是在喊“达利安·查尔斯”！立刻，“达利安查尔斯”这字眼涌入了数千个消息池，里面都在问“谁是达利安查尔斯？”随后，视频一遍遍地重复播放。发布视频的人每次都会放大总统被爆头时的脸部特写，脑关放慢成一帧一帧的分割图片，总统的脑袋以慢镜头炸开。视频从这个消息池流进了 47 196 255 个馈 ID。突然，如同多米诺骨牌倒塌一样，所有的消息池都被拦截访问了。一切都停止了……

我仿佛穿越到了世界的边缘。周围一无所有，无论我看哪里，都只有馈中各处出现的相同的信息。是政府发的信息，让我立刻乖乖回家。其他所有内容都被拦截了。在现实中的餐厅里，我们都像牲畜一样，站起来涌上大街。山顶的暮色中，跌跌撞撞的人随处可见，馈上空无一物，人们目瞪口呆。所有通信都被切断。远处的塔楼，馈枢纽仍然灯火通明，但现在播放的只有政府的官方信息。在我的眼前，广告牌上的二维码活力四现，一遍遍永无止境地重复播放着相同的信息，信息扩张出广告牌，填满天空，夜空中艳俗的色彩不断劝说我们：回家，有宵禁；回家，有宵禁；回家，有宵禁；回家……

六年后

02

汤姆

存储设施

THE FEED

汤姆从设施一侧的双开门离开了，把链子重新缠在门把手上，恢复成原来的样子。链子现在是很好的武器，锈得不算厉害，他认为应该带上它，但最终放弃了，还是保护好这个地方和他找到的东西为妙。

前院空荡荡的，朝阳下，高墙上的窗户满是灰尘。有些地方管道破裂，混凝土裂开，露出砖石。汤姆再次敲了敲污迹斑斑的黄色油桶，听到洪亮的回声，他满意地点点头。如今，他已饱经风霜，头发蓬乱，微笑如同僵硬脸庞上绽开的裂缝。他想，这个难以置信的发现或许可以挽救众人的生命。

汤姆穿过荒芜的停车场，走上了公路边的草地，沿着护栏前进，眼睛仍然盯着存储设施，以防有人出现。他找到自己剪断铁丝网的地方，弯腰钻了过去。这条公路通向北方。远处有一辆小汽车和一辆折叠成V字形的拖车。柏油路面正在碎裂，千沟万壑。他可以看到远方存储设施的主入口，阴暗而又肮脏，与他父亲所有住所的入口如出一辙。它们曾经流畅优美，通透洁净。

他从公路的另一侧走下来，进入树林。从林中看去，山毛榉的轮廓显现在阴云密布的天空中，明暗交错，就像跋涉在老式的条形码中。现在虽是夏天，但不可预知的冷空气穿越了大陆，此刻依然汹涌澎湃，狂风暴雨从东方疾驰穿梭而来。暴风雨会平息吗？他们过去常常从风中嗅到不祥的味道，但那是很久以前的事了。

汤姆踏过深深的草地，一阵喳喳的叫声让他停住了脚步。两只喜鹊飞入树林，绕着树木打转。“希望能带来好运。”他说着，搜索着周围其他的动静。他拍拍鼓起的口袋，确保他的礼物还在，随后向头顶的树冠张开双臂。透过树木，他看到废弃的存储设施静静地矗立在身后，慢慢在山丘中衰败，他忘记了来时的路，不得不原路返回找到那片林间空地。微风拂过，树枝和长草摇摇颤颤。

“盖伊。”他轻声呼唤，一群松鼠在茂密的树叶间吱吱叫着。

不知什么东西砸到了他的脚边，还有不明物擦着他的脸颊掠过。接着，一枚硬物击中了他的肩膀，另一枚击中了他的侧脸。汤姆被惊得有些不知所措，转过身来，这才发现盖伊在树上摆好了姿势，双手之间摆弄着未成熟的七叶树果，狂野的灰金色头发下，那张满是期待的脸庞上洋溢着笑容。

“暗号是什么？”

“干得漂亮，你抓住我了。”汤姆揉揉脑袋，举手投降。

“不对。”

另一枚七叶树果从汤姆的面颊旁掠过。“小心点儿，盖伊！”

“还是不对！”

盖伊将最后一枚七叶树果高高抛起，然后从树枝上一跃而下，套衫的下摆上扬，露出了瘦削的肚子。跌跌撞撞地落在地上后，他把头发拂到脑后，咧着嘴笑，眼神却一如既往地透着担忧：“到底是什么？”

“空了。那地方被遗弃了。”

“已经拆除了吗？”

“没有，有几桶燃料，密封看起来还好。”

盖伊那粉白、纤细的双手兴奋得摩拳擦掌，很明显，他几乎又抱有一丝希望了：“有电缆吗？”

汤姆慢慢地点点头。

“还有晶体管？”

汤姆缓缓地从口袋里掏出了一只，是个金属块，有许多管脚，还拖着一根电线。盖伊眉开眼笑，鼓起掌来。“这会改变一切，汤姆！只要涡轮机能工作，我们就可以用燃料驱动耕犁。我们可以把沟挖深，把东西种得更好。我们终于可以松口气了，汤姆，我们可以松口气了。”

二人彼此拍拍肩膀，分享胜利的喜悦。生活将要改变了！二人拥抱在了一起。

“你还没睡？”汤姆问道，终于从拥抱中分开。

“还没睡，汤姆。你呢？”

“盖伊，”他直言不讳地说，“你说呢？”

二人快步往回走，归家途中，他们选择了山间一处平缓的山坳扎营。在他们上方岩石遍布，长叶草形成了这片地域的边缘。山凹四周地势平坦，没有植被。

“那群狗一直在这里。”盖伊若有所思地说，一边用一只脚将干燥的土壤铺开，双眼凝视着周围的地平线。

“那现在对我们来说已经不错了。”

二人生起一小堆火。他们很久没见过其他人了，但现在不值得冒险，一旦出现意外情况，他们会比以前做得更绝。因此，当太阳落山，云层散开的时候，他们生火只用了五根树枝，勉强能加热他们的罐头而已。头顶星斗满天，噼啪作响的火焰中心跳动着橙黄色，盖伊向后躺倒，手臂垫在脑袋下面，把塞着晶体管的背包当枕头。万籁无声。

“很完美吧，汤姆？”

汤姆点点头，仰望天空，双手抱着膝盖保持平衡，他眯起眼睛，道道皱纹凿刻在眼周，清晰可见。清澈的夜空已成常态，他几乎已记不起昔日那些被城市灯光漂白的、灰蒙蒙的黯淡夜空。那已经成为难以记起的梦。

汤姆先睡了，盖伊在一旁看守着他。看守是必须的，接下来二人互换。汤姆在凉爽的空气中伸展四肢，打着哈欠，原地跑步以保持清醒。盖伊已经爬进毯子里。他看着年轻的盖伊的脸放松下来，很快就睡着了。汤姆的思绪一片空白，他又一次凝视着夜空中的繁星，月光倾泻在他们上方的草地上，沐浴着月光的草仿佛是巨大的银色睫毛。临近拂晓，天空从黑色变成了蓝色，接着泛起绿色，星星逐渐消失。身边的盖伊突然猛拉了他一把，盖伊依然熟睡着，似乎停止了呼吸，他攥起拳头，脸庞抽搐着，眼睛紧绷。

“盖伊。”汤姆轻声叫着，他突然心口一紧，所有的感官都警觉起来。此刻的清晨，比他意识到的还要明亮。

汤姆用力拉拽他，摇晃他的身体，然而盖伊依然扭曲身体，面目狰狞，却没有醒来的意思，仿佛被拴得太紧睡不舒服一样。他的眼皮颤动着，嘴巴绷得越来越紧，脸庞扭曲得更加厉害。突然，痉挛停止了。接着，他口中吐出一口气，表情平静下来，又开始正常呼吸。

汤姆目睹了这全程。他自己的呼吸也变得急促起来。此处孤寂得让人害怕。他想跑，却在拍打盖伊的面颊；他摸了摸眼前这个年轻人嘴边看起来很痛的皮肤，用手指沿着盖伊脖子的柔软部位一直往下摸。然后他的双手扣住盖伊的喉咙，掐住他的脖子。汤姆的拇指深深掐入肌腱之间，他感觉到自己掌中的软骨都扭曲了。盖伊的眼睛爆睁，嘴巴张大，干呕着伸长舌头，双手无力地在空中乱挥。

时间过去了很久。盖伊的声音如同野兽一般，直到颈部的软骨被折断。汤姆不停地用力，不断地叫喊，牢牢锁紧掌中的颈骨，直到盖伊的身体渐渐停止了抽搐。

⋈

失眠不断冲刷着大脑，汤姆始终密切提防，异常警觉，第二天，汤姆匆匆赶路回家，只偶尔打个盹，绝不让自己沉沉睡去。他避开公路和村庄，宁愿穿越田野，一片片田野大多已经连成了一块。他失魂落魄，精疲力竭，草木皆兵，但周围显然没有人。他心绪很乱，深深地焦虑不安。随着时间的推移，他紧绷的神经才逐渐放松。在世界崩溃之后的几年里，内心深处原始的恐惧令每个人惊慌失措，但人们现在逐渐趋于平静。人们都学会了如何冷静地消除无法连接网络的恐惧，而重燃的希望也渐渐抚慰了汤姆的思绪；他强迫自己呼吸，甚至现在也能感觉到这多少可以缓和自己的恐慌。他坐在深草中，努力地呼吸，用指尖摸索着地面，闻着附近树木的味道。阳光冲破云层，瞬间炙烤着他的皮肤。而他则全神贯注于喉咙里的空气。

自从他杀死哥哥以后，就再没杀过人。

埋藏在脑海深处的记忆和令人厌恶的真相好似从天而降。他手掌的肌肉仿佛拥有了记忆，盖伊柔软的喉咙在他的掌中咔嚓折断，但是盖伊的脸瞬间变成了本，本睡在他的卧室里，脸庞狰狞地扭曲着，与山丘上的盖伊如出一辙。虽然汤姆已经数年未见本的脸庞，可眼前扭曲的面庞他岂能忘记？他每天都饱受其扰。记忆的碎片接连不断涌来，其间一个微弱的声音告诉他，必须冷静。他模糊地感觉到脸上的泪水，感觉到身体在草丛中抽搐，但他仿佛被困在一座古老的迷宫中，被这从前的一幕幕图像包围得快要窒息。

他只能如此，别无选择。他几乎触碰到了他母亲的馈的几段记忆，想起了她过去同他闲聊时焦头烂额的形象……不，没有，它们已经消失了。他怦怦的心跳驱散了其他破碎的记忆。记忆将他带回了塔顶的公寓，他站在窗前，望着烟雾弥漫的天空，俯瞰着横七竖八地簇拥在塔楼周围的一辆辆汽车。随后，一段更长的记忆涌上心头，如同冰山浮出水面：他和本还是孩子的时候，二人在黑暗的房间里，他在哥哥身边躲藏起来。汤姆戏耍着本，不停地开关他的馈。这让本抓狂了。你在干什么？……蠢……蠢货！……汤姆！……爸爸会杀了你……快住手！……别再开……关……开关开关……突然，一个巴掌扇过他的脑袋，打得他疼痛难忍。高大的父亲站在他面前，强行打开了他的馈，说道："汤姆，我没有时间陪你玩。我在工作。"本微笑着，伸手牵起父亲的手。汤姆呆呆看着他们离开了房间……回忆就此中断，汤姆终于强迫自己走出草丛。他浑身颤抖，气喘吁吁，眨着眼睛，几乎看不见周围的世界，他捡起石头朝大树扔去，努力把注意力集中到当下。有些记忆，还是忘掉最好。

他揉着紧绷的双眼，随后跑了一会儿，慢慢地，记忆消退了，身体也随之平静下来。他继续赶路，保持呼吸。白天的暑热一散，动物便出现了。黄昏时，他惊起了一群兔子。半路上，一群狗撂倒了一匹马。一只红隼跟了他几个小时，乘着热浪在天空中翱翔。

⋈

第二天，他一直在赶路，内心波澜不惊。晚上，群狗四处游荡，它们的嗅探和咆哮声听起来就在不远处，汤姆在橡树上找到了一个藏身之处，躲了进去。他试探性地想起了自己第一次试着回忆世界崩溃后的情形。那时，他们失去了馈。即使是支离破碎的粗略记忆也令人厌恶；他试着触碰那些已不复存在的东西，全身即刻陷入了恐慌——被砍断的肢体皮开肉绽，触目惊心。疲惫不堪的他意识到了自己纷乱的思绪，他耷拉着眼皮，用力捏着脸，想要保持清醒，他不能睡觉。鸟儿在身边叽叽喳喳。他不能睡着。星星被沉静的树叶阴影遮住，当它们消失，天空泛起鱼肚白时，他跌跌撞撞地下山回家。

露珠泰然自若，太阳却已爬上山坡，众人尚未醒来，营地一片宁静。棚架走廊从农舍延伸到淋浴间和小屋。房子的墙壁已修补过，捡来的生锈涡轮机清理后被盖伊安装在屋顶上。作为一名电工，他曾经鼓弄出了这些宝贵的知识，所以他或多或少知道该怎么弄。涡轮机在晨风中刺耳地旋转着，眼看着就可以开始为他们提供能量，拯救他们的生命了，但是到目前为止，它毫无用处。

汤姆吃力地挪进孩子们的小屋门廊，气喘吁吁，透过窗户瞥了一眼，她在呢——阿碧躺在床上，睡梦中的她眉头紧蹙，小脸皱着。杰克的身材对于小床而言太庞大了，但他还是挤了上去。丹尼是今天早上看守他们的成年人。一缕阳光照射在这个年轻人深褐色的头发上，他沾满泥土的手指正指着一本书磨损的书页。他没有察觉到自己正被窥探，噘着嘴巴，慢慢地念出一个个词语。

农舍的大门早已被太阳晒脱了皮，汤姆来到门口，坐在一个倒置的监视器机箱上，脱掉靴子，机箱里面长满了杂草，昆虫嗡嗡翻飞。他拍了一下口袋里剩下的东西，确认礼物还在里面，然后微笑着打开门闩。她也在那儿。凯特从厨房柜台边转过身来，她正在剥着什么东西的皮，他看不清楚。窗外的光线照在她的头顶，形成一道光晕，她的金发熠熠生辉，脸庞隐藏在阴影之中。

“那里有很多燃料，”他主动开口说，“足够我们过冬。还有电缆，可以……”

“但是有食物吗？”汤姆话未说完，凯特便紧握拳头，上面沾满了她备餐时宰杀的小动物的血，“我们得离开这儿，汤姆。我们活不下去了！”

“我们当然可以……”

“不，汤姆，我们什么都种不出来，睁开你的眼睛看看！”

“凯特，”汤姆试图让她冷静下来，他感觉自己的脉搏加快，思绪又成了一团乱麻，变得无法控制，他听到自己笨拙的嘴巴急促不清地说，“有了燃料，我们就能用犁耕地。有了电缆，我们就能……”

“我不管，我要走。”

“我们不能抛弃大家。”

“为什么不能！”

“凯特……”

“我们必须为家庭而战，汤姆，我们说好的！你，我，还有阿碧，我们才是最重要的。”

凯特噘起嘴唇，闭口不再言语，沮丧地松开了手指。汤姆又沉默了，他的大脑不堪重负，太多的事情需要思考：他对凯特的爱，他回家时的宽慰，他的愤怒，他的恐惧，他对阿碧的深爱，人类的动物本能驱使他去保护阿碧，保护大家，去照顾好盖伊和本。所有这些情感都无法与他在山上所做的事情的必要性共存，被迫杀死盖伊的情景重燃了他的恐惧，重压之下，他的大脑终于崩溃了。

“听我说……”他鼓足勇气开口道，走近了凯特。他深吸一口气，试图重新开始。因为，就在刚刚，找到她的惊喜令自己满心欢喜。“凯特，听我说，放松些，我知道这没有什么，但是……”他从口袋里取出苹果。没有馈的帮助，无论他多么努力地观察她的脸，都无从知道她的想法。她还记得吗？肯定记得，这是二人的秘密之一。“凯瑟琳·哈特菲尔德。”他喃喃道。

“嘘……”她退让了，紧握着他的手和苹果，“小心被人听到。”

“好吧，凯瑟琳·布朗。”他吻着她的额头，她头发的味道是一种慰藉，“我无法找到钻石送给你，但我仍然可以给你摘苹果。对吧？”

凯特翘起她的订婚戒指，搓着苹果，用指甲切开一道裂口。过往的点点滴滴从她眼中闪过：“我还是想走，汤姆。”

“我保证一定会保护好我们的。”

她摇摇头：“很抱歉，我们会挨饿的。”

“再等6个月，现在搬家太危险了。”他已经口干舌燥，“你想没想过，如果我们二人中有人被接管了，阿碧会怎样？”

凯特咬着嘴唇，目光炽热如火。“情况并不好！你总是一味想着没事，盲目地幻想一切都会好！”她恼怒地退了回去，“盖伊在哪里？你们都吃过了吗？”

盖伊窒息的脸庞立刻闪现在汤姆的脑海中。现在，它已经和本的脸庞一起铭刻在他的记忆中，永远无法抹去。他眨眨眼，努力想要消除二人的形象。他看着黑暗的小厨房，但仍能感觉到二人的脸庞腐烂在他的脑海里。“他被接管了，凯特。”他并不想这么做，甚至都不想说。他不想惊吓她，也不想自己再担惊受怕。他慢慢地耸耸肩，把目光移开。他把眼泪埋在了心里，欲哭无泪：“我无能为力。”

凯特握住他的手，声音紧张。他并不糊涂，瞬间便听出了她的恐惧。他们仍然身处困境，像困在池塘里的鱼：“我们……得离开这儿，汤姆。”

“但这并不能阻止他被接管。离开，无法保护我们，对吗？我们没有任何保护！”他的声音在颤抖，“凯特，我们只能希望它不会发生在我们身上。”

汤姆独自一人默默呆坐在满是灰尘的厨房中，把晶体管放在桌面上。他靠着椅背，闭上眼睛。休息片刻后，他拿起盛满雨水的罐子，穿过草坪，爬上摇摇晃晃的梯子，把水倒进淋浴器。房顶上，波纹金属板凹槽中放着瓶子，里面储存着温水，他把这些水也倒了进去。他从高处俯瞰淋浴间发霉的胶合板墙，打量着他们零零星星的菜地和凌乱的谷仓。如果这里盛满了物资，一切就变得容易多了。但是，抛开食物不论，他们本以为目前很安全。

他看见格雷厄姆从一间棚屋里走出来，他和简一起住在里面。老人穿着他惯常穿的宽大长裤和凉鞋，坐在门廊的椅子上，灰白的头发被拉成柔软的卷。他打开一本折角的书，手里拿着笔，并没有发现汤姆。汤姆趁没人发现随即爬下来回到小淋浴间里，脱掉衣服。他得把盖伊的事告诉营地里的人，这无疑会打破他们本就脆弱的平静。他踩在潮湿的地面上，放出一股近乎冰冷的水瀑。他用水冲着眼睛，手指穿过满是沙土的头发抓着头皮，水时而堵住他的耳朵，时而又流走。他冲洗着双手和手臂，洗了又洗，使劲弯着手指，不断搓洗着双手。

他擦干身体，穿上衣服，就快穿好时他听见有呼吸的声音，断断续续从淋浴间墙壁的另一边传入耳中。耳语声擦着微风飘了过来。他扣上裤子，慢慢抓起门闩。当他打开门时，孩子们全都呆住了，缝制的衣服上溅满了斑点，瞪大眼睛注视着眼前的新发现。

“阿碧……你在干什么？还有杰克？”

“没干什么！”男孩脱口而出，他手中握着一束电线，想把它塞到怀里藏起来。阿碧没说什么，只是耸耸肩，避开了他的目光。

“别乱来，你们两个。老技术很危险。”汤姆把毛巾甩到肩膀上，伸出一只手，“杰克，把它交出来。你爸爸呢？”

杰克紧握着电线，声音像鸟一样颤抖：“为什么要交出来呢，汤姆？”

汤姆喟然长叹，很多东西已经从世界上消失了，但小孩子的执拗却依然存在。男孩旁边的阿碧那好奇的目光透过她乱蓬蓬的头发注视着，人类的又一种本能似乎在某种程度上从崩溃中幸存了下来。

“我以为你什么都知道，汤姆。”杰克低声说。他凑过来，抓住了汤姆的手，“爸爸说你可以阅读人们的想法。”

“走吧，走开！”汤姆厉声说道，甩掉了男孩。杰克朝农舍跑去，汤姆怒目而视，牵起阿碧的手。谁告诉孩子们这些事？甚至还谈起阅读人们的想法？杰克怎么可能知道这句话，更不用说理解这个概念了？

“你去哪儿了，爸爸？”

他仍然盯着杰克远去的身影，全神贯注地思考着，喃喃地说："我在工作。"话语已经脱口而出，听起来很奇怪，一些古老的词语不知怎的冒了出来，这勾起了他对本潮水般的回忆。

阿碧听到了不熟悉的词语，鼻子一皱。"工……作……"她说着，抓住他的前臂，他下意识地把她抱了起来。"爸爸，下次你会把我也带上吗？"

"可能不行，不行。"

"为什么？"她摆弄着他的头发，想要往他的耳朵眼儿里看。

"你为什么想去？"他问道，把她的手指拿开，又朝农舍瞥了一眼。凯特站在门口，双手抱在胸前，看着他们穿过草坪，杰克在她身后哭泣着。

"嗯……因为小精灵可能会抓到我？"

"没错。"

"哦！我们种些东西吧，爸爸！"阿碧喊道，从他的怀里挣脱出来。

他追着她跑过草地，用毛巾套住她，把她裹起来，举到空中，玩起了绑架游戏，任凭她尖叫着小腿乱蹬也不放下。

"但是，如果盖伊走了，回去又有什么意义？"

众人挤在笨重的厨房桌子周围，早餐后，他们把盘子舔得干干净净。这张桌子并不是最大的，但他们的人数却再也无法凑齐。烂菜残留的气味挥之不去，还另外充斥着一种味道——尖酸刻薄的激烈争论。

“嘿？”肖恩见没有人回答他，便哼了一声。他满脸麻子，眼袋很深，双手和前臂上满是伤疤，从他疲惫的眼睛里可以看出，这些伤疤背后的故事仍然令他耿耿于怀，只是藏在心中，从未提起。崩溃之前，肖恩是一名警察，带着他的儿子杰克来到营地，他几乎一无所有，只有坚定的自我保护本能。起初，肖恩保护营地的狂热计划曾将汤姆的恐惧一扫而光，汤姆由此平静下来，但随着时间的推移，他们都意识到无情的真相：威胁并不仅仅来自外部，而且潜伏在他们之中。内忧外患之中，他们该如何保护自己？

肖恩继续说道：“没有盖伊的知识，我们就无法接上风车，那又有什么意义？我们不能冒险让人们发现我们，我们会被攻击的。”

“更重要的事情是，”格雷厄姆说，“盖伊被接管了。”

众人都注视晶体管，这呆滞的电子爬虫蹲在桌子上。凯特带着孩子们去觅食，把地方让给他们谈话。老格雷厄姆和他的妻子简坐在桌子一侧；肖恩弓着身子坐在他们对面；丹尼倚着水池，陷入沉思。汤姆知道他们现在肯定在思考生存问题，但他们是在思考日常机械装备的问题，还是在思考更大的事情：盖伊出了什么事，这对他们自己会有什么影响？

“肖恩，关键是……”汤姆终于说，努力做出很有耐心的样子，“如果我们不能让风车转起来，就要搞来远比以往更多的燃料。如果我们想种出食物，就要为耕犁提供动力。如果我们都饿死了，是否有人发现我们还重要吗？”

“所以你很乐意让更多的人去死。”肖恩断言。

汤姆一拳捶在桌子上：“盖伊是……”

“汤姆，肖恩，……拜托冷静点！”简满脸皱纹，她的声音因年迈而变得柔和。她放下了颤抖的手，好像要把话题岔开，“汤姆已经把一切都告诉了我们，盖伊被接管了。”她摇摇头，“谁知道这对我们意味着什么？但我们现在迫切需要的是燃料……那里有食物吗?”

汤姆摇摇头。“这似乎是天赐良机，让人难以置信。如果我们没有燃料，则必死无疑。我们需要光，需要热，需要做饭，所以我投赞成票，我们值得冒险回去。”

格雷厄姆自然赞同他妻子的意见；他在桌旁点着瘦削的额头，灰色的刘海垂在眼前，他把它拂到一旁，轻轻地握住简的手。汤姆看着二人与年龄并不相称的举止和彼此之间默契的心领神会，心中啧啧称羡。

“不过，我们不能永远依赖燃料。”倚靠着水池的丹尼站了起来，满脸愁容的他激动得面红耳赤，现在终于拿定了主意。他的发际线上文着一个非常不显眼的圆形二维码，像凯尔特符号，他边说边打着手势，套衫上的破口也跟着摇摆起来，“现在，我没法把所有东西都读取出来……”

“想起来。”格雷厄姆悄悄地纠正。

“是的，我无法想起来盖伊的接线技巧，我不是电工，但如果我们不试着把它们连接起来，那屋顶上的风车又有什么用？它能拯救我们。我们需要电缆，让尖体管工作起来……”

“晶体管。”简纠正道。

“随你。我会试一试，但是我们需要存储设施里的电缆。至少，盖伊已经把风车安装在了正确的定位……”

“位置，”格雷厄姆纠正道，“或地方。”

“没错，”丹尼点点头，“我投赞成票。”

“汤姆，或许你把别人引来了。”肖恩说，他显然还在思考别的问题。他血红的眼睛飘忽不定，手敲着桌面，脚踏着地板。他长期睡眠不足，精疲力竭："如果你暴露了营地，我们就完蛋了……"

"那里没有人，"汤姆激烈地回答，"丹尼，你要去吗？"

"那还用说！"

"很好。"汤姆点点头，一拍桌子，"我们后天就出发，我们会取来燃料，让风车转起来，我们不会有危险的。"

"汤姆……"简慢条斯理地开口说道，她的声音将安静的间隙划破。她看着晶体管，微笑着说，"我们应该谈谈盖伊。这种事情已经好几年都没发生过了。看来我们都处于相当危险的境地……"

汤姆吸了口气。肖恩敲着桌子。格雷厄姆和简彼此握着手。丹尼抱着双臂，似乎恐惧让他的身体颇感不适。他们必须谈论这个没人愿意承认的事实。丹尼正盯着汤姆，他瞪大的绿眼睛在恳求着慰藉。

"告诉我们吧，汤姆，"简说道，声音坚定起来，"他是怎么被接管的？"

汤姆双手放在腿上，不停地搓着，避开他们的目光。他头脑中的记忆正在像潮水一样奔涌而至："就是通常的迹象，你们都知道的，我只是例行公事而已。"

⋈

汤姆曾对阿碧讲，南瓜生长的时候会吱吱响，如果你晚上仔细聆听，就会听到它们在睡梦中呻吟。这个信息在女孩的脑海中有了新的解读，在料理蔬菜的时候，她必须先进行一套系统的流程。

"米里亚姆也还好。"她喊道，跪在菜地里的倒数第二个南瓜旁边，这个南瓜也像其他的一样干瘪了，"夜里很冷，她差点被鸟吃掉，但她喜欢这里，她和胡萝卜是朋友。"

汤姆一本正经地点点头，蒙着眼睛："谢谢你，阿碧，你的工作做得很好。"

"爸爸，米里亚姆也想知道，你在工作时离开了盖伊吗？"

汤姆咬住嘴唇。一阵干燥的微风让发黄的菜叶摇摆起来。这女孩的记性真好。

"他以后会回家吗？"阿碧执着地问道，"他说过会给我看鱼的！"

汤姆仍不回答，困惑让阿碧的脸色暗淡了。他明白，他必须得给她个解释，难道要告诉她真相？不行，绝不可以，还不能告诉她。"阿碧，你知道那些小精灵吗？"他问道。女孩严肃地点点头，她很了解他们。"就是他们把他带走了，所以……"他耸耸肩，脚步一直沿着田垄往后退。他不知道还能说什么，也不知道该怎么说，但他知道她不会看他的脸。阿碧和杰克出生在崩溃之后，他们从不知道馈，是众人之中最富有人类本能的人。阿碧不仅拥有好记性，还能分辨出别人的谎言。

"喂！"

简一只手拿着画架，另一只手拿着画布，吃力地爬上小山，汤姆终于看到了救星，立刻从他女儿那里转身离开。他跑过去拿过画布："再画一幅？"

"为什么不画呢？只是家里已经没地方放了。"她爬山爬得很热，上气不接下气地支起画架，高兴地朝阿碧挥手，阿碧却突然转身回到南瓜旁边，"但格雷厄姆很久以前就不再抱怨我了，他知道绘画会让我快乐。"

"你擅长绘画。"

"好啦。"当简听到一个外人不曾听过的玩笑时，她的眼睛总会闪着光芒，"你很善良，汤姆，但我为别人画画的日子已经结束了。

不过在这个凌乱世界里也有好处，再没人有工夫批评你的画了。”她用一块破布擦着画笔。“这真是一件幸事，我的红褐色不多了，我最喜欢的黄色已经没了，但是我很快就会用棕色画出无穷无尽的作品。”

“我们能再给你弄一些吗？”

“我不知道。你能吗？所有这些我们认为理所当然的东西……”简叹了口气，凝视着别处，过了半晌，她平静地说，“你不在的时候，我做了一个有趣的梦。”

“美梦？”

“哦，你这家伙。”她给了他一肘，目不转睛地盯着太阳炙烤的山丘，“不，很可怕的梦……”她欲言又止，拧开了一管白色颜料，转回头去看她的画时，眼睛里露出了微笑。“这样的时光曾经价值千金，我现在越加享受这种时光。”她柔和的笑容徐徐绽放。

“跟我讲讲你的梦吧。”

她顿了一下：“关于存储设施，格雷厄姆和我有什么可以帮你的吗？”

“油桶上写着说明，看上去很复杂。关于那个……”

“你把它们抄下来了吗？”

汤姆摇摇头，皱起眉头。“听我说，简，感谢你先前的支持。”

“肖恩受到了你的威胁，仅此而已。在你来之前，他是老大。”

“老大？”

简在画布上画了一条曲线，是一条抽象的鱼。“中心人物。”她解释说，“你们这些男人并不复杂。你曾经是心理治疗师。告诉我，我错了。”

“那是几年前的事了，他会把营地拆散的！”

“哦，一个巴掌拍不响，汤姆。他只是害怕，我们都在用不同的方式应对问题。”

“我们得让他好好睡一觉。真是够了！他简直是偏执狂！”

“但愿他……”她转过身，开始描绘天空，一片片蓝色铺展开来。她看似随意地在画布上涂抹着，但大块的颜色却呈现惊人的形状。画布外，云朵遮住太阳，粗糙的边缘闪闪发亮。远方，群鸟盘旋在黑暗森林上空。阿碧的小脑袋在杂乱的枯黄菜地里时隐时现。

那天下午，汤姆坐在咨询室的小屋子里。尽管这是他们的惯例，但肖恩不会来。到这里聊一聊是他们习得的对付恐惧的方法之一，汤姆的谈话疗法此时会发挥作用。当然，他还可以做很多更好的事情，例如用水流检查过滤槽，这是他们不久前的研究成果；为前往存储设施准备生活必需品；同丹尼讨论路线和路上可能遇到的危险，行动的细节；等等。他要做足准备，以防馈的条件反射出现。在众人之中，丹尼是最容易消沉的。崩溃发生时，他还是个年轻的学生。在子宫中激活馈后，他的一生都在馈的无尽之网中度过，出生前便是如此。世界崩溃时，他的生理大脑几乎瘫痪，汤姆对他们此后所做的治疗工作颇感自豪。

遥远的存储设施让汤姆的大腿疲劳不已，夜晚勉强在树上休息让他的后背生疼。阿碧一直执拗地思考盖伊的事情，她的好奇心会危及她的安全，还要多久才能向她讲明真相？他闭上眼睛，迷迷糊糊即将睡着，尽管他知道没有人看守的时候不应该睡，但他还是睡着了。他做了一个支离破碎的梦，周围酷热、黑暗，有一个孩子，像是他的，但不是。动物在废墟中徘徊。盖伊也是一样，咧嘴笑着，他意识到盖伊的脸不知何故幸存了下来，他清楚地记得那张脸。他满怀惊喜，迷迷糊糊地一把抓了过去。本的脸也出现了，就在那儿，在他的脑海中。在那个决定命运的夜晚，他看守着本睡觉。记忆的洪流决堤了一般不可阻挡，那晚的情景再次在汤姆眼前重现。本抽搐着，脸庞扭曲着，不明物体找到了入侵的路径。汤姆看到了，他确信本被接管了。他呼叫他们的父母，呼叫凯特，但他知道本已经死了。他反复看了视频，为他们指出本被接管的种种迹象。这便是他不得不掐死哥哥的原因……

他猛然惊醒，一只手捂住他那狂跳的心脏。“是我！”简哼唱着说道，打开门，估摸着问道，“你睡着了吗？”

“你的画怎么样？”

她自嘲地哼了一声，双手一摊。

“那就继续吧。”他点点头。一段段往事历历在目，他唯一能做的就是专注于当下。他只是杀死了本的肉体，他的思想已经被接管了。“请坐，简。你想谈什么？”

“谈谈孩子们，杰克和阿碧……感觉我们是因为他们才有了今天。他们是崩溃后的第一代，从不知道事情的经过，也从未见过旧时的景象。下周，阿碧就六岁了，我还记得我六岁生日时的心情，生日可是件大事，你知道的。”

简的眼神表明，有些话她并没有说出口；汤姆认为他至少能看到这一点。那是一种紧张、一种难过，他一直在研究人的表情心理学。

“简，你的记性真好。”他平静地摇着头说，“自从盖伊出事以来，我一直都……”他的手指围着脑袋打转。

"我们会让你清醒的。"她机智地说，"我们正在让你的大脑重新运转。"

"你和格雷厄姆很幸运，没用馈。"

"这让我们占得了先机。"她承认道，轻拍着太阳穴眨了眨眼，"我曾短暂地沉迷过馈一阵，但已经记不清了，甚至不记得当时是什么感觉，那是很久以前的事了。"她做了个鬼脸，仿佛吃了糟糕的东西，"如果我能穿越回过去，改变生活中的一件事，那一定就是这件事。我对那个男人唯一的谎言就是没告诉他馈的事情，否则定会让他很不高兴。我一直把这秘密深藏于心……"

"那就让它永远留在你的心里吧，格雷厄姆永远也不用知道，我会替你保密的。跟我讲讲那个有趣的梦吧，你先前提到过。"

简眨了眨眼，卸下防备。她一脸愁容，随后盯着他说："这个梦可不好笑，哈哈哈……"

"但这就是你来这里的原因，对吧？讲讲吧。"

她清了清喉咙："好吧，受够你了。我梦见自己在一个臭气熏天、酷热难耐的金属建筑里面。外面……简直糟透了，像沙漠一样。我知道是在地球上，但那场景就像火星一样。你还记得那些照片吗？大地上的沙丘全被烤焦。我绝望地期待着事情会有转机……就是这样，这个梦真的很可怕。满意了吗，弗洛伊德先生？"

"这个梦好奇怪，"汤姆沉思道，"你刚刚让我读取了一些视频……"

"想起。"

"让我想起了火星考察队传回的视频。我被他们说的他们建造的那些地下城迷住了。我想起……你刚刚提醒过我……意识到火星已经存在了千百万年，它会永远存在下去。的确如此，它现在就在天上，不被我们的所作所为干扰。”他摇了摇头，“我想知道被遗弃在那里的殖民者现在怎样了……”

“我不想再想了。”简颤抖着说，“你和丹尼也要照顾好自己，争取返回存储设施。这里可不像火星那样仁慈。”

晚餐后，格雷厄姆在草地上开他的知识讲座。天色渐黑，他们讨论着名画和他们想象中的名画的样子。简按照大家的描述把它们勾画出来，图案逐渐展现出来，阿碧和杰克入迷地看着。暖和的晚上，众人穿着脏兮兮的短裤和几乎透明的 T 恤，坐在一起闲聊。他们试图回忆天上星星的名字，但是，除了火星和月球，他们什么也想不起来，甚至连格雷厄姆和简都想不起来，要知道，他们二人是坚定的顽固分子，从不用馈，记性通常比别人好得多。

格雷厄姆提醒大家一些词语的用法。他颤抖着，时而严肃时而欢喜，滔滔不绝地解释着“读取”与“想起”的关系，“脑关”与“记忆”的关系，“表情符号”与“情感”的关系。“交谈”是“讲话”而不是“信息流”；所谓“流”是指小河，像小溪一样。他高兴地张开手指比画着。他让大家学习语法和写作，这是成为一名记者必须要经历的训练。他让他们训练记忆力，记住哪些植物能吃，记住当天、前一天、前几周乃至几个月里发生过的事情，帮助他们健脑。

当最后一缕阳光照射在山丘上的树梢时，格雷厄姆提醒他们，“记住”一件事是多么重要。在他的提示下，丹尼在草地上放了三只灯笼。他用能找到的细柳条和纸片制作了这些。汤姆注意到，丹尼正在努力隐藏他的泪水，只有当阿碧将手臂抱在他的腿上时，他才蹲下来让她抱住。他的前额文着旧时的圆形二维码，阿碧轻轻地在这里亲了一口，在她眼中，这是稀罕物。

“那么……”格雷厄姆说道，起身看着众人。肖恩把一只手放在杰克的肩上。汤姆瞥了一眼凯特。简一只脚尖插在泥土中。周围只有众人的呼吸声。“伙计们，我们必须记住盖伊。回忆让我们学习，可以提醒我们。提醒我们对吗？如果我们没了回忆，那么我们会变成什么样子？”他用铅笔为孩子们展示着，不时地敲着脑袋，“杰克，阿碧，你们对盖伊说说话吧，想说什么都可以，永远记住你们说的话。”

“我想问，他还会给我看鱼吗？”阿碧问道。

“要是我没有什么可说的呢？”杰克战栗着，肖恩攥紧了满是伤疤的手指。

“没有可说的也没关系。”格雷厄姆打消了这个男孩和他父亲的疑虑，“但如果你有了什么想跟他说的话，就写在这盏灯笼上吧。尽量写得工整、优美。就当作是告别吧。杰克，别忘了‘d’和‘b’的写法，注意圆的方向不要搞错。”

汤姆先看看丹尼，然后看看凯特和肖恩，随后写在了另一盏灯笼上。格雷厄姆和简拿了第三只灯笼。他到底该写什么？他究竟想在这里回忆起什么？绝不是盖伊临死时的样子。盖伊出色地完成了工作，安装好了涡轮机；他是怎么……汤姆摇了摇头。他不再去回忆更多往事了，最后他只是写了一句“对不起”。

三只灯笼都写好了文字，丹尼拿着一块浸油的破布，肖恩找来一块黏黏的、生锈的电池，在两端摩擦电线；过了一会儿，线头冒出了火花。这是盖伊给他们表演的一个戏法，作为一名电工，盖伊带给大家很多电学知识，他们现在要努力记住，无论能在大脑中存在多久。火光闪烁，照着肖恩的脸，舔着他的眼窝。他点燃灯芯，然后把灯笼递给阿碧和杰克，二人沉默着放飞了灯笼。火光摇曳的灯笼渐渐升上天空，被微风吹散，向南各自纷飞，渐渐化为黑暗树冠上方的小光点。汤姆瞥了一眼阿碧和凯特，在渐浓的深蓝夜色中仔细观察她们的脸，试图想象她们在想什么，却无从知道。但他感受到了她们在自己生命中留下的印记和她们在他生命中的分量。他再次抬头仰望，三只灯笼已经飞远。突然，他好奇如果别处有人发现了灯笼会如何。随后，众人默默散去。

汤姆和凯特躺在床上，窗帘在微风中飘动，窗外只有暗淡的月光。壁纸上的叶子图案褪色了。午夜的苍蝇嗡嗡盘旋，汤姆给凯特按摩着后颈。

“这个世界今后会变成什么样子？”她低声说，“有能量素那些公司的时候，难道我们不是过得好很多？回忆它们？回忆那家公司？我一直不想回忆这些。看看现在的世界吧。”

“噢，凯特。她什么都不知道，她很开心。我一看到阿碧，就觉得还有希望，你知道吗？ 她的脑子比我们好使，她的记忆力超棒，她可以读懂所有人的面部表情，就像她有时能读懂我的心思。我们在这里已经取得了一些成果。我们准备怎样庆祝她的生日？”

“我们取得了什么成果？”

她说话的语气让汤姆的思绪陷入了防御状态，他有些不快，辩解道：“知识、食物、科学，例如过滤槽。”

“可是为什么呢，汤姆？”她的声音缓和了一下，语气变得温柔。

他想，或许她并不是生他的气，而是生这个世界的气。“我们这样做是为了什么？”她继续说，“我们想象一下，假设大家都不会被接管，以后只剩下阿碧和杰克。难道……我们要让他们结婚吗？然后呢？”

凯特的话让他瞠目结舌，他确实没有立足现实，真正考虑过未来，专注于眼前就已足够。凯特甩掉他的手，转身面向他。

“汤姆，我真的认为我们该离开了。我有预感，可能会有不好的事情要发生。求求你，不要再去存储设施了。”

她滚到他的怀中，把他那沉重的手臂搂在自己身上，紧贴他的胸膛，汤姆可以听到她在他耳边眨眼的声音。当然，他不愿相信她，但他当然也很担忧。世界已经变得不可预测，人类的杰作已被摧毁，帮助人们理解混乱的统计数据和指标早已灰飞烟灭。他感到她的呼吸沉重而急促，不知道她在想什么，甚至不再知道她是谁。有馈的时候，他可以直接感受到她的情绪，就像感受自己的情绪一样。他可以选取一个脑关，让自己回想起他们的一幕幕快乐时光。甚至不用记起过去的事情，脑关可以精确地把自己放回到过去的场景中，就像穿越时间一样。但现在，他们蜷缩在床上，已经变成了不同的人，过去的共同回忆支离破碎，甚至只会让自己陷入痛苦。但他仍然希望能够否极泰来。

“如果弄不到那里的燃料，我们就死定了，凯特。”他尽力让自己听起来很有耐心，“你知道，其实我不想去。”

“汤姆，我们不要吵架，我们都累了。”她一翻身滚开了，“我先睡了，好吗？”

他点点头，看守着她睡觉。随后，见她睡沉，便悄悄下了床。他低头看着她，在黑暗中活动着手指。他在测试自己，试图记起他们老房子里的卧室，但一无所获。他摸了摸她的喉咙，尽管他知道自己不应该离开，但还是出去散步了。他来到不远处的草地周围，躲在阴暗处确保不会被发现。肖恩今晚正看守着孩子们，他的双手平摊在孩子们的小桌子上，像蜡像一样一动不动，谁知道他睡眠不足的大脑中会冒出来什么固执的想法。丹尼在格雷厄姆和简的小屋里的一张薄床垫上打瞌睡，格雷厄姆在床上睡着了，简在一旁看守着。他们调整了值班表，以便今晚给汤姆和凯特一些独处的时间。现在，盖伊走了，汤姆和丹尼很快就要一起离开，值班表不得不再次调整。汤姆回到屋里，给走廊里古老的落地大摆钟上好发条。值班表钉在旁边的一块布告板上，上面写着轮到谁烹饪，谁觅食，谁浆洗，谁种地，谁检查水坝、发电机，谁和谁一起守夜、一起睡觉。他们关于知识的问题，以及他们的生活种种都写在这块布告板上。这便是他们塑造的世界。

当他打开卧室门溜回房间时，看到凯特正坐在床上。只见她转过身来盯着他，汤姆的心怦怦直跳。她转过头去看着空椅子，睡眼蒙眬，然后又看向他："你在干什么？"

"没什么。"他伸手搂住她的肩膀。

"不，汤姆！"她甩掉他的手，瞪圆了眼睛，"你在干……"

"凯特……"

"你竟敢抛下我，让我自己睡！"

"凯特，"汤姆叹息道，"你反应过度了。我走了一会儿，什么也没发生，没什么。"

"你必须得看守……"

"你以为我不知道？我刚杀了盖伊！因为……我不能……我……"

"你也必须杀死我，如果我也被……"

"凯特！"

"我不希望有人附在我的身体上，汤姆！"

他一把推开她，离开了，凯特畏缩不前。汤姆双手捂脸，喉咙里发出毫无意义的嘟囔声。他拉开窗帘，用力关上窗户，又合上窗帘。他呆呆站着，拳头紧握，双肩起伏，蜡烛的油光闪烁着。随后，影子不动了。因年久而斑驳昏暗的镜子只反射出黑暗。房间里阴冷而又安静。苍蝇全都不见了。汤姆静静脱了衣服，但他的心跳仍在加快。他感觉凯特在期待他开口说话，但他一言不发。他不愿去想这些，不愿去想凯特或是自己被接管，以及被接管的后果。他要睡觉，而且他知道，当他睡觉时，她会看守他，观察他是否有被接管的迹象。

⋈

第二天早上，汤姆从后门离开家，爬上斜坡来到谷仓。耕犁放在里面，古老的手机外壳和勺子代替了丢失的刀片。它的油箱敞开着，里面空空如也，急需燃料。他在黑暗的干草棚里摸索着，那里藏着一堆他们不知道该怎么贮存的大麦，闻起来臭烘烘的，已经不太新鲜。阴影中，一排印着方形二维码的罐头出现在他面前，现在无法知道罐头里面是什么，他们曾经把貌似狗食的东西放在了一个特殊的地方。他套上挽具，把手推车拉到外面。手推车是干燥的白木板制成的，有金属轮缘和生锈的轮子。他费力地把它拉下山，来到菜地找到丹尼。二人一起把手推车拉到充满霉味的发电机棚里，装上四个空油桶，然后回到农舍商议。汤姆从满是灰尘的架子上拿出地图，打开平铺在桌子上。

“这里就是我们的目标。”

“我们的起点在哪里？”

等高线之间有一块空地，汤姆沾满泥土的指尖指着那儿，它在页面上看起来很不起眼，很不重要，但这里对于他们而言就是一切。

“好长的一段路。”丹尼鼓着脸颊说。

“是的。”

“我没想到。”

汤姆跪了下来，手伸到橱柜深处，拿出一个金属盒。拧开锁扣打开盒盖，他取出一把枪给丹尼。“你之前用过吗？”

丹尼摇摇头，他双眼放光，却有一丝紧张的神情闪烁其间。他眉头紧蹙，努力挖掘着一段记忆，额头上无用的二维码高高隆起。“我的叔叔总是说，拿着枪不用比想用枪却没有要好。他是个有准备的人。”丹尼补充说，掂了掂枪的重量，“不过，其实也没有什么东西能救盖伊，对吧？我的意思是，我们……”丹尼的眼睛突然又抽搐个不停，他哽咽了，嘴巴扭曲了。“我感……感觉……我……我……看到，我……”

“丹尼！”汤姆抓住丹尼的肩膀，“告诉我你在找什么。”他说得很快，他看到丹尼已经从外部世界中迷失，陷入了馈的条件反射。就像一个人抬手去够一根早已不在树上的树枝，汤姆得立刻叫醒他，否则他会无法自拔。

“我……找，我……我在……在找我的叔叔……他有枪，他需要一把枪……我在他家里……但是……但是……但是……”丹尼的目光茫然，呆呆地斜看着上方，他在试图访问一段已经不复存在的记忆。他已断开链接却仍在不住地抽搐。汤姆托着丹尼的脸，掐他的皮肤，试图把他拉回现实，“地图，汤姆，地图！”

“很好，丹尼。你为什么需要地图？’

“为……为……为了……看，我……地图，查看我们的路线……

路……我……我……”他痛苦的脸庞挤出一丝微笑，“我正在试着搜索 G……GP……GPS 定位。位置，地点，像他说的一样。确定我们的位置，找到前往存储设施的路线。我……”

“好了，丹尼，保持呼吸就好，现在继续吧，你知道我们在哪里吗？”

“我知道我们在营地，汤姆。我知道我们现在在这里。”丹尼停了下来，他动着嘴唇，摇着手，目光重新注视着汤姆，“该死，最近没出现过这种症状。”

“你想要回忆什么？”

丹尼耸耸肩，终于平静下来：“我叔叔的事情，我儿时的一些回忆。你知道，那些地图是他的。崩溃后，我到了他的住处，但他已经不在那里。我拿了一些工具、地图……我想我是被他那地方的气味迷住了，我记得……”他细长的手指在脑袋上转着，拳头一挥，然后咧嘴一笑，但从他的声音中，汤姆能断定出他在假装激动。“我真是个废物，伙计！你还想带上我吗？”

汤姆的表情没有变化，他不想让任何坏事降临到丹尼头上。丹尼对阿碧一直很好，但他能信任丹尼吗？或许可以。他能确保丹尼的安全吗？不能。但如果他们想让涡轮机转起来，就别无选择。

“当然。”他微笑着拿回手枪。

“太烦人了，”格雷厄姆说，“我清楚地记得一本写阿兹特克人的书。书中提到一个近视眼，他学会了把透明的石头打磨得非常精细，然后放在眼前，他的眼睛就又能看见了。我每天都会想起这一幕，几乎每时每刻都会想起。汤姆，这快把我逼疯了！每当我看不清楚东西时，就会想起来。”

“听上去真让人沮丧。”

“我记不起那本书的名字了，真是折磨。”

“我和丹尼试着在存储设施里给你找几副眼镜，好吗？”

“我的眼睛做过激光手术，终生质保。丹尼也做过。”格雷厄姆放松下来，重新倒在椅子上，竖起一根训诫的手指。“他们称这是一种神奇疗法。”

汤姆伸开双腿：“你相信奇迹吗？”

“不，”格雷厄姆双手平放在椅子的扶手上，“没有上帝，没有奇迹。”

汤姆把指尖抠进扶手椅的绒毛里：“你的著作怎样了？”

“对于书籍而言，多年来最好的消息就是馈崩溃了，汤姆，我的编年史会成为畅销书。”

“还是那个顽固分子。”

“听着，年轻人。我们需要记住基础知识，如何加工金属，如何制衣，而不是缝补衣服。”老人指着他们那几本古老的书籍。“量子力学让一切变得简单，但那有什么用处？想想那些存储在馈上、电脑上，因为没有印成书籍而失去的知识。”他张开双手，“我和简正在同大家竭尽全力，试着在我们死前把一切都回忆起来，记录在我的编年史上。这就是为什么你们最起码其中一人必须得学会阅读。说实话，我不知道为什么阅读提升对你们竟会那么难！”他看向一旁，陷入了沉思，然后改变了语气说，“你应该拿走墙上的几幅画，给这里腾点地方。我想做一个委托，让她画张家庭肖像画。我经常告诉简应该尝试画肖像，画肖像能赚大钱。”

“再也不会了，钱已经不存在了。”

“给她找点橙色颜料，她就会为你做任何事情。”

“这就是你的……叫什么来着？委？”

“委托？”

“是的。这就是你的委托？”

格雷厄姆眉头一皱。“她会很高兴的，”他终于开口说道，过了半晌，又接着说道，“如果她被接管了，我该怎么办？”

“你会熬过去的，我们都经历过失去亲人的痛苦。”

“不，”格雷厄姆镇静地说，他抬起手，弯着手指，“我该怎么做？告诉我，你对盖伊是怎么下手的。”

盖伊和本的脸再次闪过汤姆的脑海。汤姆的心膨胀起来，一阵胸闷，几乎窒息，但他努力掩饰着，咳了一声，却无以言表，直到脑海中闪过一幕情景：“你不记得那段视频了吗？”突然，关于那段视频的诸多回忆涌上心头。早先，本在塔顶的家庭公寓里给他看了这段视频，接着，二人就又家常便饭一样争吵起来。他们沐浴在夕阳的琥珀色光芒中，而死神的第一只触手已经潜入他们脚下的街道……

摄像机靠近了一个熟睡的男人，他的脸孔占据了整个屏幕。*实时信号出现了*，开始闪烁。被接管的迹象出现了。那人深深地呼吸着，然后眉毛突然扬了起来。他龇牙咧嘴，嘴巴动了起来，下巴各种扭曲着，越歪越厉害……而后他放松了。屏幕底部的计时器闪着红光，几乎只有 5 秒的时间。那人又开始呼气、吸气，随即睁开了眼睛。他血红的眼睛消退成了乌黑色，就像脸上凸出的玻璃球一样，而屏幕上的警报信息已经消失。

“汤姆？”

格雷厄姆的一碰让汤姆猝然一动。他能感觉到老人在身旁，听到他的声音回响在某个角落……

“你发病了，汤姆。听我说！”

……但这就是真实情况，那个男人、信号、眼睛和本的争吵，都在告诉他把那双荒诞的、不真实的眼睛抠出来。本的视频会引起人们的猜疑和强烈的恐惧，会将人们引向黑暗，但是本发布了它。一瞬间，视频出现在馈上，从塔楼的枢纽传向四面八方。那男人的迹象需要引起人们警惕，那抽搐和恐惧的脸会让你怀疑，你心爱的人的灵魂正在被剥离肉体……

“汤姆！”呼喊声和脸颊被拍击的痛感让他在过去和现在之间跳跃，仿佛在两面镜子之间反射。他面前是格雷厄姆，阳光透过敞开的窗户照在老人的身上，他紧紧抓着汤姆的双肩，汗流浃背，灰白的头发垂下来，盖过他的眼睛，担忧不已。“你发病了，汤姆！”

汤姆紧闭双眼，然后睁开，抹掉记忆中的画面，把注意力集中到小屋内。屋内有温暖的木头的气味，外面的乡村寂静安宁。他这才意识到自己回到了现实世界。双手仍在疯狂地颤抖着。

“这……”他说道，“我无……无法解释。”他指向空中，似乎有一根隐形的线连接着他的大脑和天空，然后把手放在头上，“大脑记住的事情一定比我们能想起来的更多。”

“记住，汤姆。”格雷厄姆沉下脸说，“我们不是电脑。”

“随便吧。”汤姆叹了口气，又陷入另一段记忆中……

“汤姆！”尽管格雷厄姆上了年纪，但他抓汤姆肩膀的力道却足够强劲，“汤姆，看着我。”

汤姆把老人甩掉，一只手抹了一把脸：“我在这儿呢，我没事了，我在这儿。格雷厄姆，至于你该怎么做……”他瘫坐在椅子中，抬起双手，无力地呼吸着空气，“你只需要做你必须做的事情。”

⋈

哽咽的哭声把汤姆从不安的睡眠中惊醒。他们今晚在孩子们的小屋里，看守着孩子们。凯特躺在扶手椅上，蜷着腿，寒冷的月光照在她身上，仿佛想让她止住哭声，尽量不打扰孩子们。

“凯特……”

“汤姆，回去睡觉吧。”她低声说，“明天你就要出远门了。”

“嘿……”他喃喃着，探出身子，伸出手指抚摸着她腰身的曲线。杰克裹在毯子里，阿碧眉头紧锁，似乎正在睡梦中思考问题。

“我不想每天都为你担心，怕你一去不回。”

“我不会有事的，丹尼也会和我一起。”

凯特揉揉鼻子，看看孩子们，压低声音说：“你相信他吗？”

汤姆眯着眼，在黑暗中努力看着她的脸：“他是丹尼啊。”

“但你能吗？即便是他？”汤姆想要把她抱在怀里，但她躲开了，“我觉得一切又要崩溃了。汤姆，为什么这么难？为什么我们总是争论不休？”

“我们很好，凯特。只是因为我们心怀恐惧，而且我们在用不同的方式表达这种恐惧。盖伊被接管已经……”

“但如果你受伤了，可能会送命；吃错了食物，可能会送命；在无人看守的时候睡着了……这是定时炸弹，汤姆。无论何时……你我都可能……”她说着转过脸去。他凑过来抚摸她的手臂，但她颤抖着向后退缩，“昨天晚上，你为什么不看着我睡觉，汤姆？”

“凯特，听我说，我有时候……”

“现在的你还是你吗？”

他闭上眼睛，叹了口气：“我们在本的婚礼上相遇。我们的狗叫拉法。”他向阿碧点点头，“如果她是男孩的话，我们就会叫她丹尼尔。我用一枚塞进苹果里的戒指向你求婚，因为苹果是你最喜欢的水果。我们……”

“我只是太害怕了。”凯特说道，但嘴角露出一丝微笑，“所以，求求你……”

“凯特，”汤姆张开双臂搂住她，低声说，“听我说，盖伊被接管了，这种事很久都没发生过了，似乎不太可能再次发生。我们能确定吗？不能。是，这确实是一颗定时炸弹，但可能并不会爆炸。它可能会发生，也可能不会发生，所以我们必须活下去，别无选择。况且对我而言，你是世界上最重要的。我保证，我会保护我们大家。好了，你要知道，不会有事的。”

他俯身搂住椅子上的凯特，她的手指穿过他的头发。二人都微笑着闭上眼睛。黑暗中，阿碧睁开了眼睛。

一阵微风吹过草地，坚硬的地面干得开裂，对于他们的旅程而言这很完美。甚至这天的一大早，太阳就已经开始烘干空气，树木的沙沙声在营地间穿梭细语。汤姆扫视着林中小路的走向，只见小路爬上山丘，翻过山顶，通向公路和存储设施，绵延数千米。格雷厄姆跌跌撞撞地跑出他的小屋，摔倒在台阶上，草地上响起了一阵嘈杂声。

“她被接管了。”格雷厄姆呻吟着，声音嘶哑。

汤姆的大脑一片空白。他们承诺过要应对这个严重的问题，他感觉到馈的条件反射在隐隐发作。他推开众人，让他们退后，自己踉踉跄跄地爬上楼梯，抓住老人的手臂，此时终于意识到自己是多么瘦弱无力。这不可能！不可能！又一个人被接管了？他的皮肤绷紧了。他们的小屋里空荡荡的，摆着一些书，墙上挂着简的画，是她以前画的半成品。简躺在床上，她的手像爪子一样抓着，眼睛像玻璃球一样呆滞，头发像银色的浮冰一样散开，压碎的喉咙上清晰地印着土红色的手指印，手指印一直向上推到下巴。

他们准备在当天下午埋葬简，其他的计划全部取消。他们知道，迟迟不处理尸体是很危险的。他们从农舍出发，爬上小山，来到菜地上方的一块地。汤姆和丹尼扛着尸体，其他人走在他们后面。这儿可以清晰地看到太阳从群山间升起，肖恩从他刚挖完的土坑里爬了出来。

他们没有什么仪式；现在很少有仪式还有意义了，他们也没时间去创造新的有意义的仪式。“她喜欢日出。”格雷厄姆对众人说道，他们把她放到地上，用帆布包裹起来，盖上木板，防止野狗毁尸。老人的声音非常空虚，仅仅比他颤抖的嘴唇吐出的微弱气息稍强些。他原本每天刮胡子，现在面颊上却满是粗糙的银色胡茬。他不停地捏着手，压紧的手指皮肤发白，就像简被掐红的脖子一样。“你知道吗，日出时云朵的橙色是她最喜欢的颜色。她就是这么简单，满足于世界之美。我想这就是为什么她的画卖得那么好。她好似这疯狂世界中的和平之窗。她是……我的安宁……她是……一切……”他的下巴不住地颤抖，泣不成声。他哽咽了，口中吐出的不知是空气，还是言语。汤姆几乎不忍直视，只有当格雷厄姆将肿胀的眼睛离开坟墓，转向其他人时，汤姆才听到他的话，听起来像是在恳求。“我知道你叫我们老顽固分子，但她从来不需要馈，我们不想要馈。现实世界就够了。”

众人围着简的坟茔，在夏日的热浪中，他们身处的浅谷显得广阔无边。汤姆和凯特握着阿碧的手，杰克蜷缩在肖恩僵硬的手臂里哭泣着。肖恩目不转睛地盯着前方，脖子上的肌腱紧绷着，眼睛凝视着简的坟茔，脸庞剧烈颤抖着。过了许久，大家依然呆立不动。谁应该先动？他们没有这方面的规定。最终，丹尼把泥土推回土坑，直到与地面平齐。众人仍然呆呆看着。丹尼把铁锹深深插进地面，格雷厄姆爆发出一声恸哭，泣血椎心，凯特挽着他的胳膊，带他走回他的小屋。肖恩把杰克扛在肩上，僵硬地向树林走去。尽管汤姆和肖恩有分歧，但还是跟在了他的身后。先是盖伊，现在是简，这二人的遭遇毫无疑问会让肖恩想起他的过去，杰克刚出生不久，他对杰克的母亲做了同样的事情，他可能需要谈话。但阿碧却用力拉着他的手指。

“爸爸，土壤是由什么构成的？”

“呃……”他看着肖恩消失在树林里，杰克瘫在他的肩膀上，“这是个好问题，阿碧。我要把它写在知识板上。”他开始下山，阿碧跟在他的脚边。丹尼悄悄跟了过来，望着地面，苍白的手颤抖着。突然，他绿色的眼睛紧紧盯着汤姆，问道：“下一个会是谁？”他张大嘴巴，瞪圆了眼睛。汤姆眨眨眼，停住脚步，陷入了沉思……

“简为什么死了，爸爸？”

他低头看看阿碧：“她是在睡梦中死去的，宝贝。”

“但是为什么呢？”

汤姆身子一歪，突然意识到知识竟有如此强大的破坏力。他看着女儿，她马上就六岁了，他绝望地想要立刻阻止她长大，以保护她的天真无邪免受这个世界的伤害。但怎么可能呢？他们本以为噩梦已经结束，但是，先是盖伊，现在是简。他们中的任何人都可能在睡梦中被接管。下一个会是谁？他瞥了丹尼一眼，只见丹尼双手插着口袋，避开了他的目光，眼睛盯着地面。

“她只是死了而已，”汤姆告诉阿碧，“死在睡梦中。”

他感觉阿碧表情凝重，知道简的死会永远铭刻在她的脑海里。她向上斜着眼睛，耷拉着嘴角。她清楚地知道他在撒谎，即便她不明白原因，无须馈她就可以看穿他的谎言，而汤姆的内心则反复回响着：女儿不相信他；她移开的目光中有一种他从未见过的深沉隔阂。丹尼瞥他一眼，他终于回过神来，走过草地。凯特也回来了，面色苍白，双颊凹陷。

“格雷厄姆情况很糟糕，他一直……发出这种……声音，我不知道该怎么办。”

她满怀期待地望着汤姆，而汤姆什么也说不出来，能做的只有动动嘴。他们在受到威胁吗？他们有危险吗？很多年没有人被接管了，现在这是怎么回事？几天的工夫，他们中有两人都被接管了？只需 5 秒这么点时间便能带走一个人。他张口结舌，半个字都没吐出来。

“我带她进屋去。”凯特僵硬地说，阿碧默默地拉着她母亲的手。

丹尼咬着嘴唇，看着地面，直到她们母女二人离开之后才瞥了汤姆一眼：“她问我为什么我们在她和杰克睡觉的时候看守着他们，汤姆，她不傻。”

“你怎么说的？”

丹尼耸耸肩：“出于安全考虑。我们要告诉他们真相吗？”

汤姆的脑海里浮现出阿碧的形象，想起了他回避问题的时候，她那张半信半疑的脸。她会长大的，年龄不等人。他还指望能保护她多久？

“汤姆，我不敢相信简的离开。”丹尼平静地说，“发生了什么？我们是被……盯上了吗？”

“别说傻话。”汤姆低声说，“她并没有真的离开，我们都还记得她。”

丹尼哼了一声：“如何记住？”

汤姆摸着太阳穴说：“我们必须记住她。”

丹尼厌恶地摇摇头：“你的脑子比我好使，我的脑子里一片空白。”他跟在凯特身后下山了，“听我说，我们带格雷厄姆一起去存储设施好吗？帮他散散心？”

“好主意，如果可以的话，我们……明天就出发。”

“好的。但是汤姆……孩子们需要知道发生了什么，有时他们会问。我知道你说过我们不应该谈论过去，”丹尼迟疑地说，“但我们不可能回避过去。我们无法无视痛苦，不得不谈到过去。我很害怕如果我不再谈论我的叔叔，他会……”他抬起一根手指指着脑袋，眼神真诚。“妈妈被杀的时候……”他垂着脑袋，肩膀颤抖，“我想让馈回来，汤姆。我想和他们谈，即便只是跟他们的备份谈。你认为我能在存储设施里找到他们的备份吗？你认为他们会得救吗？我们能做什么？我们能做些什么来拯救我们自己……”他转过身，指着四周，指着自己，指着一切。

汤姆却另有所思，“没什么。”他说，“我们什么也做不了。”

⋈

那天晚上，丹尼看守着孩子们，格雷厄姆和肖恩在一起，汤姆倚靠着床头板，看守着凯特睡觉。黑暗之中，万物逐渐消隐，他的思绪回到了崩溃前，当时他在参加职业培训，阅读弗洛伊德和拉康[1]直到深夜。他找到了昂贵的纸质书，因为他想慢慢地深入研读，而不是用馈囫囵吞枣地看一遍。（他向本讲述了他正在做的事情，当然，他只是想故意惹恼他。）他在新房子里看着凯特睡觉，那时凯特还是他的女友，这个从天而降的善良女孩改变了他的世界。后来，世界发生了变化，势不可当，他们命比纸薄，多年来一直生活在一个脆弱的世界里，却从不知晓。他的记忆中回荡着阿碧不信任的表情，还有丹尼“你认为他们会得救吗？”的问题。接着，汤姆几乎又看到了他的父母，但他父亲的脸并没有完全显现在他的脑海中。他又想到了塔楼。本死后，他的母亲屏蔽了他的馈。他们得救了吗？他的父亲一定有计划。

一阵风吹来，把他拉回了现实世界，凯特在他身边皱着眉头。她紧咬下巴，咯咯地笑了起来，摇头晃脑。汤姆看到她的样子，惊得目瞪口呆，立刻转过身去，跑到窗前，把窗帘在身后紧紧地拉上，想挡住她的声音，额头贴在冰冷的带裂纹的玻璃上，紧闭双眼。他能杀了她吗？甚至一想到此，想到盖伊、本，还有那段视频，就会让他双手发抖、呼吸急促、表情麻木，动一动念，心中就无比惊恐。他想要逃避，不敢面对凯特身上可能正在发生的事情。漆黑的夜空下，昏暗的小屋里，他隔着窗帘听到她在身后咳嗽起来，然后安静了下来。森林中的微风摇曳着窗户，两片幽灵似的云朵随风飘过天空。

当他转身离开窗口时，凯特醒了。

1　拉康·雅克（Jacques Lacan，1901 年 4 月 13 日—1981 年 9 月 9 日），法国作家、学者、精神分析学家。——译者注

“我在这里。”他说。

“我看到了。”她微笑着拍拍床，见汤姆一动不动，便从房间的另一边观察他，“汤姆，让存储设施自生自灭吧。我们走，现在就走，我们带着阿碧去找一个新的地方。汤姆，求求你不要离开我，只要我们在一起就好。”

“这里人多，安全些。”

“盖伊和简已经死了，丹尼认为我们被盯上了。”

“我不会去太久的，凯特，你不会有事的。”

“但是如果……”

“听着，”他不耐烦地说，“我保证你不会有事。你和肖恩，你们俩可以和孩子们一起睡。我知道这并不很理想，但是……我过几天就回来。听着，凯特。听我说。”他抬起她的下巴，此时他才意识到她已经泪流满面，他把脸紧贴在她的脸上。她的嘴唇又咸又滑。“如果我们找不到食物，耕犁也没弄好，那么我们给阿碧过完生日就离开。如果丹尼不能把涡轮机弄好，我们就走。就这样，好吗？”

“有时候，恐惧大于一切。”

“我知道了，好了，没事了。”他抱了她一会儿，然后鼓励她下床，二人经过肖恩的房间，格雷厄姆的凉鞋放在屋外，他们走下楼梯，来到户外。他关上身后的厨房门，拇指紧按在门闩上，二人停在了门口。

“太安静了。”凯特低声说着，舒展手臂伸向夜幕。东方的地平线已经开始发亮。二人走在草丛中，汤姆的手臂搂着凯特的腰，草叶扫着他的脚面。一缕烛光来自孩子们的小屋，丹尼在那里看守着他们。二人径直走着，直到房子消失在漆黑的夜幕中。凯特搂住他的头，他吻住她的唇，双手游走在她的后背、脖子、腰身，解开她双肩之间的小扣。她撩起他的衬衫。身下的草地茂盛而又凉爽。

⋈

早上，他们用手推车从过滤槽里运来几大瓶水，塞了几包生活用品到空燃料桶之间。丹尼套上挽具，杰克笑了起来，有那么一瞬，这清甜的笑声照亮了众人的心情。丹尼用力一拉，这东西开始嘎吱嘎吱轧过草地。肖恩呆板地拍拍杰克的头。凯特抱着阿碧，小姑娘在她的臂弯中似乎很不舒服，汤姆最后又吻了吻她们。阿碧睡眼惺忪，几乎没有醒来。凯特紧握汤姆的手臂，她双眼通红，但热情地微笑着，她点点头，汤姆径直走上了小路。

丹尼拉着车，爬上长长的斜坡，穿过格雷厄姆身后的树林，营地消失在了他们脚下。荫蔽的小路非常凉爽。茂密的矮树丛生长到了路上，簇拥着他们。一听到他们的动静，昆虫、鸟儿繁忙的声音大多戛然而止。到了公路，他们紧张地互看了一眼，然后离开了树木的掩蔽。踩在柏油路上的感觉很不习惯，他们早已学会了避开公路，一则是为了安全起见，二则也是因为老化的沥青慢慢变成了碎石，路面沟壑遍布，植物破土而出；路边的灌木篱墙疯长着拥上道路；旁边有一辆面包车，车身铺满了苔藓，还有一辆长满了植物的摩托车；总之，过去与现在的景象判若云泥。汤姆眉头紧锁，眼神迷离，心中升起了恐惧，零星的记忆碎片从脑海中闪过：轧碎的汽车塞满了超级公路，路面上满是碎片，人们在柏油路上呻吟，半死不活但又绝望地想要像野兽一样逃脱；当他试图寻求帮助，试图从离线的馈中获得知识的时候，他的大脑就会一阵阵眩晕。现在，他几乎又要经历一次了。

⋈

第一夜，他们在山脚下的一处灌木林里休息。他们把小车拉下公路，等到天黑才生火，以防烟雾被人发现。现在，幸存者太少了，境地也越发危险。他们拿出几个罐头放在火上加热，直到被火焰熏黑才取下来，然后用抹布擦干净。

“豆子。”丹尼口中塞满了食物，高兴得发抖。他瞥了一眼天空，眨眨眼睛，“你知道，这就是我来的原因。”

“小心呛着，”格雷厄姆提醒道，“否则就太蠢了。”

丹尼扬起了眉毛，这是格雷厄姆一整天里说的唯一一句话。然后丹尼躺在地上，望着星星，格雷厄姆在火堆的微光中写着他的编年史。汤姆则在树木之间拉起帆布，在下面铺上地毯。

“我来看守你们。”汤姆说。

格雷厄姆把钢笔一甩，拒绝了他的提议：“不，你们俩先睡。”

汤姆钻到帆布下面。丹尼也跟着爬了进去，假装吃撑了，懒得站着。“别碰我。”他低声说，舒服地倚靠着，一只手放在汤姆身上。

“做梦。”

“就怕你这样，伙计。”

汤姆不知被什么惊醒了，那声音比丹尼对着他的脖子抽鼻子的

动静还大。他凝视着黑暗，动静渐渐消失了，却和梦境一起萦绕在他的脑海中。星光灿烂的夜空下，树木是阴暗的遮蔽，此处万籁俱寂，是什么惊醒了他？他看到了一个影子，似乎是格雷厄姆，火焰熄灭了，周围一片漆黑，他对自己说，或许是老人躺下了。但事实并非如此。

“格雷厄姆，你在哪里？”

过了半晌，汤姆的眼睛终于适应了黑暗，看到一个身影一动不动地倚靠着一棵树坐着。除了他自己粗重的呼吸声，周遭鸦雀无声。他爬过余烬，来到格雷厄姆待的地方，老人双手插在夹克里，向前俯着身子，书和笔掉在地上。他一把抓住了老人的肩膀。

“我在看火。”格雷厄姆猝然一动，试图甩掉他的手，“别打扰我！”

“火灭了，你应该看到了！”

“我没事！”

“格雷厄姆，你想聊聊吗？”

但是格雷汉姆闷闷不乐地嘟囔着，径自转过身去。

汤姆从帐篷里取出一条毯子，裹在老人的身上，然后坐在帆布下，看着丹尼，听着他的呼吸，专心地看守着两个熟睡的男人，直到地平线开始浮现出淡蓝色。

不知何故，尽管丹尼睡得最多，但当他们接近山顶的时候，他看上去却是最疲劳的一个。“兔子。”他解释说，他和汤姆一起推着手推车爬上了最后一道坡，“我一直梦见在营地下有兔子，四处挖洞，直到无处可挖，全变成了洞。当我刚意识到这一点时，一切就都崩塌了。”

“那些兔子怎样了？”

“老实说，我已经不在乎它们了。”

他们望着连绵的群山，微光笼罩着起伏的大地。一切都是微妙的运动：舒展的被阳光修剪过的树叶、数年来无人照管的草地和庄稼随风摇摆。成群结队的鸟儿在空中盘旋。远处，一架坠毁的飞机划出了长长的一道泥土。现在，它被树叶覆盖着，形成了一座小山丘。

“我们什么时候吃早餐？”

汤姆用脏脏的指甲在地图上标了个记号：“这里怎么样？”

丹尼伸长脖子张望着：“存储设施在哪里？”

汤姆指着地图外，距离上边界大约 20 多厘米的一个位置，说道：“至少明天才能到。绕过那座村庄，在另一边。”

“如果我们每座村庄都绕着走，就会多花数周的时间。没那么危险吧？我是说，谁还会在村子里？”丹尼张开双臂，仿佛万物之主一般俯瞰一切。

下山时，三人沿路采摘野萝卜和野芥子，把它们塞进手推车里。路上，他们避开了一辆摩托车，接着又遇上一辆脏兮兮的面包车，他们一直警惕地盯着，直到车开走。挡风玻璃上残留着雨刷器多年前扫过的印记。后车门上有一团污迹，可能是铁锈，也可能是血迹。他们爬上下一座山，踩上干燥的柏油路，丹尼跳到一棵小李子树上摘了些李子。当他们又一次下到谷底时，汤姆从一棵三角叶植物上摘了些荚果。“山胡桃果。”他拿给他们，“我们可以边走边吃。”

他们走过一辆被撞毁的公共汽车，车身锈迹斑斑。

“早餐吃什么？”

“这就是早餐。”

“你在开玩笑吧！”

“没有。”

“哦，”丹尼看起来很沮丧，然后又高兴起来，“我们快到了吗？”

⋈

一缕细细的烟柱在他们面前升起，把傍晚的天空划成两半，仿佛玻璃上的一道裂纹。

“还有多远？”格雷厄姆问，“我的眼睛……”

“或许几千米。”汤姆低声答道，把手推车停了下来。

“这里看上去很茂密的样子。”格雷厄姆说，“不是树林？”

汤姆瞥了一眼他们身后昏暗的道路，又凝视着近处两侧茂密的树林，看向隐蔽的深处。

“里面有人吗？”身边的丹尼轻声问。

汤姆阴沉着脸：“我们得马上找个地方停下来。”

三人走下公路，躲藏在一个小丘后面，生起火。汤姆观察着树林，紧张地沿着公路望去。似乎没有人。浮云遮住了月亮，仿佛烟迹已经扩散到了他们头顶，暗沉的气氛也随之降临。随后，丹尼发现今晚的豆子里面有几片香肠，他情不自禁地在夜幕中手舞足蹈，唱起了岳得尔歌[1]。

晚饭后，汤姆拉起帆布，铺上地毯。这一次也是，格雷厄姆说他会看火，让他们先睡，自己看守他们。但与上次一样，汤姆醒来时

1　一种流行于瑞士和奥地利山民间的民歌。——译者注

看到格雷厄姆在黑暗中瑟瑟发抖，根本没有看守他们。他自己睡着了，丹尼也是。二人看上去都很放松，表情平静。他们竟然就这么睡了，如此轻易地将自己暴露在来自内外的双重攻击面前。他们都太过于信赖别人了。随后，丹尼的脸扭曲了，呛了一口气。汤姆跪下来，双手伸向他的脖子。只见丹尼双眼紧闭，嘴巴咀嚼着，然后舒展成了一个微笑。他咯咯笑着，然后放松下来，翻身滚到一边。汤姆放下他颤抖的手，回头看着四周茂密树林的阴影。

他们醒来时，发现有五根烟柱升上了淡蓝色的天空。其中一根很稀薄，轻易地被风吹散。另四根都很浓，其中一根黑烟滚滚，奔腾不息。

“你还没告诉我怎么用枪。”丹尼闷闷不乐地说。

二人朝手推车走去，格雷厄姆则坐在一个小桶上，皱着眉头，专注地写着他的编年史。汤姆的背包里有一把断线钳和一个包裹在布中的硬物，他把它交给丹尼。

“不要开火，无论是谁，都没必要暴露我们的位置。”

丹尼眯起眼睛把枪口瞄向树林。

“里面装了弹药。我们的弹药不多，你把弹药取出来，这样……”

“是子弹。”

“‘子弹’不是‘弹药’的同义词吗，格雷厄姆？”

格雷厄姆或是不知道，或是不在乎，总之，他完全不理睬二人。

“没关系，”丹尼低声说，然后像骗子似的说道，“我明白你的意思，怎么取出来？”

“按那个开关，那个就是，再把它推回去，很好。打开保险，没错，现在开枪吧。不是真的开枪，只是模拟而已。”

“砰！”丹尼喊道。

“好枪法。”

埋头写书的格雷厄姆抬起头来，瞥了一眼，摇摇头。

⋈

很快，三人就遇上了一辆车。这并不是第一次，他们已经遇上了很多辆，也不再停下来查看车里是否有燃料，因为从未有过。但这辆车不同，它刚刚烧毁，正在冷却的金属咔嗒作响。

“他们为什么要这么做？”丹尼悄声问道，远离了这辆车。

“我不知道。”汤姆喃喃道。他望了一眼林木线，又回到公路上。在支离破碎的柏油路面上寻找着轨迹。此时此刻，他们被盯上了吗？他快速环顾四周。“难道是发信号？还是纯属找乐？”

“那狗屎一样的玩意儿，几年前就不好玩了。”丹尼回应道，他也睁大了眼睛环顾周围。

没有办法知道还有多少人幸存，但肯定不会很多，因为根本不可能。死亡历时数月，人们如同体验了不同的脑叶切除手术状态，最后，人们横七竖八躺在道路上，大都死掉了。震惊之余，人类的知识崩溃了，又变回了野兽，像屠宰场里的牛一样不知所措，大脑如同被锁死一样。所有的骗局、救助、基础设施，都在短时间之内消失了；什么都没有留下，也没有人能够施与帮助。人们聚在一起，却如同孤身一人。大脑中的植入物，使人的脑系统堵塞、短路，几乎无法思考。累月经年，尸体慢慢萎缩、腐烂，臭气熏天……终至消失。眼前的这辆车发生过爆炸，像烧焦的骨头一样，经历了风吹日晒，与人类那历经暴风骤雨般摧残的大脑别无二致。车座熔化了，恰如人们的生活、人们的梦想和这危险多变的世界一样。仪表盘滴着黏液，轮胎已经熔化在柏油路上。三人不得不拉着手推车找着可以通过的空间，最后只好把它用作攻城之槌撞出一条路，因为汽车残骸仍然烫得无法下手挪开。

裹挟着淡淡烟味的风吹过他们的头发，村庄看上去非常破败。一块被藤条覆盖的指示牌提示他们小心驾驶。数字屏显示他们的速度为零。广告牌沿路鳞次栉比地排列着，现在光秃秃的，二维码链接不到任何东西，只剩他们身处的现实。风化的墙绘上残存着墨迹，遮盖物已被扯开。第一座房子被毁了，窗帘被吸进窗玻璃的碎片之间，进进出出地飘了好几年，上面满是斑驳的污渍。街上横七竖八地停着几辆汽车，轮胎瘪瘪的，车窗被砸碎，车门的合页拉了下来。树篱旁边散落着一些尸骨。

三人缓慢前行，爬上了被植物顶得满是裂缝的公路中央。汤姆套着挽具，他试图保持小车匀速前进，尽量不发出声响，但路面上的残骸碎片让这变得异常困难。这是他们无须言明就一致同意的默契。三人路遇一家商店，敞开的门上爬满了植物，汤姆把手推车停下来。周遭瞬间静了下来，手推车的声音戛然而止，太阳也不再炙烤。格雷厄姆蹲下来，观察着，温暖的和风吹乱了他的头发和夹克。丹尼率先走进商店，脚下是满地的淤泥，他不停地打滑，汤姆紧随其后。室内的昏暗掩盖了满地的狼藉，货架已经塌了，破旧的海报上印着的面孔着实让他们震惊——微笑的孩子们抱着存钱罐，坐在汽车里的一家人微笑着问道："你投保了吗？"汤姆想起了自己和本一起坐在汽车后排，在他们的私人信息流上互相发送视频和消息。他们的父母坐在前排，用馈无声地同孩子们交流……

不知是汤姆的回忆，还是现实中扑面而来的腐臭味，让他的眼睛刺痛，想要立即逃离。他跑了出去，在阳光下眨着眼睛，片刻之后，丹尼也狂奔出来，眼泪汪汪，大口吸着空气，拿着带有安全锁的一盒钢笔，手里还高举着一个笔记本。

“格雷厄姆，给你写编年史用。”他气喘吁吁地说，“还能教孩子用。”

突然，有东西横穿过街道。

汤姆瞬间站住，用他眼角的余光望去。

一只狐狸停了下来，蹲伏在地上，它个头很大。很快又有一只从墙上跳到人行道上。接着，又陆续来了四只。它们一边徘徊，一边观望。这些家伙个头巨大，看来吃得很好。

“我们现在……快走。”汤姆喃喃地说。他盯着第一只狐狸，蹲下捡起一把碎石，朝它们扔了出去，它们四散逃开，兜了一圈，又围了过来。它们龇牙咧嘴，竖着尾巴，嗥叫着。丹尼套上挽具，用力拉动，汤姆和格雷厄姆在旁边帮着推。微风轻拂着垃圾和尘土。那群狐狸注视着他们，过了半晌终于停在公路上不动了，又开始啃那些支离破碎的没有肉的骨头。

村庄逐渐被他们抛在身后，存储设施终于出现在视野中。那是一座低矮的灰色混凝土堡垒，在绿叶之中时隐时现，与汤姆几天前离开时一个模样。

“漂亮，伙计们。”汤姆点点头说，“我们快到了，开工吧，去拿燃料吧。”

丹尼眼里充满好奇，嘟囔着把手推车拉到一边停下，用手掌抹着额头脏兮兮的汗水。然后，他爆发出窒息一般的呻吟，抓住汤姆的手臂，指着下面。只见他们下方蜿蜒的道路上，树丛之中有一个黑暗的影子在移动。

“什么东西？”格雷厄姆低声问，双手放在眼睛上，“我看不见。”

树叶瞬间张开了一道空隙，这东西现了身。是一辆车，车身低矮，呈卵圆形，灰蒙蒙的满是尘土，长长的金属钉安装在弧形的车顶和车身两侧。它形似一颗老式地雷，锈迹斑斑，形状扁平，被脏兮兮的马拉着，沿着公路前进，赶车人大摇大摆地驱赶着马匹。这个距离根本听不到它行进的声音。

“糟糕。”汤姆紧张地回答，“不过他们走的是另一条路。”

丹尼战战兢兢地问道：“你认为是他们放火焚烧的那些汽车吗？”

汤姆一无所知。他原以为此处渺无人烟。他注视着那群人越走越远，身影越发渺小。他们的歌声乘着微风传来。爬上一座山顶时，他们看起来就像是在驱赶一只奇怪而又巨大的动物，随后，他们消失在山的另一边。

虽然他们可以在夜幕降临的时候抵达存储设施，但三人还是决定先在近处扎营，等到黎明时分再进去。他们没料到这里会有人，需要躲一躲吗？他们全无主意，他们已经太长时间没有遇到外人了。

三人默默地注视着篝火。

“我们正在做正确的事情，伙计们。”格雷厄姆终于说道，“我们需要让涡轮机工作起来。我们必须把燃料带回家，让杰克和阿碧活下去。我的意思是……”他看了一眼汤姆，给他们倒上啤酒，然后他们脱掉靴子坐下，喝了起来。

“我小的时候，妈妈经常给我豆子吃。”过了半晌，丹尼盯着未打开的罐头，若有所思地说。

汤姆摇了摇头：“丹尼，你知道，当你回忆你妈妈的时候，会……”

“我也一样。”格雷厄姆插嘴道，“我以前喜欢在学校打板球，打到傍晚，趁天还亮的时候走回家吃烤面包。我坐在桌子旁，浑身脏兮兮的，白运动服上还沾着草，我把豆子放在面包上烤，上面放上奶酪，还有南瓜，喝柠檬大麦汤。我们通常都一起吃饭，然后清理桌子准备喝茶，但那些夜晚只有我和妈妈，我甚至连手都不洗。”

格雷厄姆话音刚落，汤姆便深吸了一口气，对自己说：“这是个错误。”转而对他们说道，“我不记得我妈妈为我做饭了，一次都记不起来了。”丹尼和格雷厄姆饶有兴趣地听着。汤姆违背了自己的原则，他从不谈起他的过去，而且现在不讲真话；或者更确切地说，他从不透露任何信息——他的父亲是谁，他们住在哪里，他与馈的关系。但是当他谈起这些时，却勾起了连绵不绝的回忆。“我们有厨师，大冰箱里放满了食物，上面盖着……保鲜膜。是这么叫吧？我哥哥过去经常欺负我。自从有了馈，他的欺负就从未停止过。无论他在哪里，无论我藏在哪里，他都能找到我，毫不留情。我吃东西的时候会把馈关掉，只有如此才能获得一丝安宁，这让我的父亲大发雷霆。但是，他冲我发火的时候是我唯一受到关注的时候。我记得我坐在厨房的高脚凳上，够着桌面吃鸡蛋。我记得我坐在那里，大声读书给厨师听，我读的是真实的书，这也会让他发火。”

“你是在子宫中被激活了馈吗？”丹尼问道。

“是的。”事实上，汤姆是最早一批在出生之前就被激活馈的人。他的父亲借此向世界宣称：“看看，这非常安全，为什么大家不给自己的孩子激活馈呢？”到了本出生的时候，人们似乎并不迫切需要证据，他到四岁的时候才激活了馈。汤姆岂能忘记这件事，直到现在他都想不明白。不愉快的情绪突然让他感到非常恶心。为什么本没有在子宫中被激活馈？过往的一幕幕在他的脑海里重新排列组合，仿佛水底的河床显露出来，平静而又干燥。他们在餐馆中的争论，他父亲承诺的可用性……他意识到，他对本的仇恨并非仇恨，而是……嫉妒？多年来，他对父母的憎恨掩盖了一些真相。事实上，透过一幕幕迷幻的回忆，汤姆认为自己或许已经为崩溃做好了充分的准备，因为在此之前他早已习惯了孤独。

“我也是。我从来没学过阅读，直到……”丹尼转着眼睛环顾他们，环顾世界。火光在他的虹膜上跳动着，映出他铁锈色的胡茬：“你是怎么做到的？”

“哦，我有些执拗。”汤姆叹了口气，“我想要反抗，馈太容易让人……”

“这正是它的好处，伙计。”

“当然，不需要思考，不需要出门，但这就是生活的意义吗？”

“我总是同情你这代人。”格雷厄姆怜悯地说，“在我的儿时，这些东西还没有发明，那是我感觉最快活的时光。而你从未享受过如此多的欢乐，你们甚至从来没有真正在这世上存在过。你没机会做任何事。你的知识是短暂、肤浅的。你没有花时间学习过知识，大部分时间你都不了解它。你当然无法记住它，读取它。”他小小地模仿了一下他们的话。“馈在你的灵魂中植入了健忘。如今，你过着一生中最原生态的生活。”

“你真是个典型的顽固分子，格雷厄姆。”丹尼哼了一声，他的语气听起来很厌烦，声音紧绷但似乎基于自己的迫切需要而与他划清分明的界限，“馈就是一切。我的妈妈、爸爸、叔叔，他们在几千米之外，但又一直都在我身边。我上大学的时候，他们都很自豪。知道我是怎么知道的吗？因为我直接感知到了来自他们内心的纯粹的真实的自豪。至少对于我的家庭和我而言，根本离不开馈。他们花了一大笔钱给我激活了馈，瞬间给我灌输了所有的知识。如果我能一口就吞下所有知识，为什么还要花时间去阅读呢？我没钱旅行，但我看到了全世界，拉斯维加斯、曼谷、迪拜……那时的我聪明、有教养。馈让我超越了自身，变得更强。我从不孤独，我拥有全部的知识……”

“幸福的无知之人。”格雷厄姆打断说。

“那里拥有你想要的一切！”丹尼大声说道。

“但你只是一根导线。”格雷厄姆的嘴唇几乎没动，“畅通无阻，对吧？”

丹尼嘶哑地说：“但我愿意做任何事……去把馈找回来。一瞬间，我就，就……”

“我母亲患有阿尔茨海默病，但她死得有尊严，不会像你们一样存储在机器里！”

丹尼双手颤抖，眼睛抽搐，几乎可以看到他的大脑在飞速运转：“但是如果你妈……妈妈被存储起来，她现……现在就能和我们在一起，对吧，格雷厄姆？他们可以恢……恢复她。”

格雷厄姆笑了：“她愿意吗，丹尼？你的父母存储起来了吗？”

汤姆脖子上的脉搏跳动着。不经意间，他的头脑一片混乱。本能的条件反射让肾上腺素源源不断地分泌着。他的眼睛闪烁着，试图锁定一些不再存在的东西：那次晕倒的情景一遍又一遍重复着，当他失去链接的时候，当他试图给凯特发消息的时候，当他恐慌加剧，试图给本发消息的时候……他呼吸急促，视觉模糊。

“我没有，我……”丹尼倒在地上，哽咽住了，“妈妈……爸……爸……爸……”

汤姆激烈地眨着眼睛，在丹尼的后背上摸索着。他试图不理会丹尼的恐慌，以免自己也被感染：“丹……丹尼！你在找……找……找什么？”

“我妈……妈妈。”丹尼窒息道，“我妈妈在哪里？太黑……黑了，什么都看不见……”

格雷厄姆用力把他扶起来，听上去似乎早已厌倦了这一切。一方面，丹尼的眼中充满恐慌，他在老人的手臂里犯着病，气喘吁吁；另一方面，这种情景早已司空见惯，成为乏味的家常便饭。“丹尼，”格雷厄姆平静地说，声音嘶哑，“睁开眼睛，看看这里有什么，看看真实的东西！”

一丝疲惫的微笑融化了丹尼扭曲的表情，他迅速点点头，舌头从嘴巴里吐出来，呼吸减慢，肌肉放松，终于又回到了格雷厄姆的怀抱。“该——死！”他哀叹道。

一大早，当第一抹蓝色触及地平线的时候，汤姆的大脑就开始高速运转。虽然是在睡觉，但他的大脑已经忙碌了一整夜，一直在自动处理事情，梦境在他的心中继续发展，醒来后也未被打断。他神不守舍，又回到了崩溃之前。他双手颤抖，用一点水和衣服擦了一把脸。他知道自己又梦见了本，与其说这是记忆，不如说是一种潜藏的感觉。他几乎没吃什么东西就上路了，存储设施的影子与普通的树荫截然不同。黎明后，他们抵达了围栏，汤姆的思绪又混乱了，瞬间跌倒。他手指上缠着电线，背包肩带勒着手臂，心如鼓擂，他穿越了时间，另一段记忆释放了：他和本一起闯入塔楼的建筑工地，想象他们二人是末日场景中的一对幸存者。即使是两个不到十岁的孩子，也能从他们追过的娱乐剧中任意找到表演场景。这就是所谓的魔镜吗？若干年后的今天，他再次闯入了父亲的地盘，只是现在本已不在身边。

他在现实世界的凉爽空气中眨眨眼睛，心潮起伏。他又沉浸到回忆之中，满怀期待的眼睛跳动着，想找到他的哥哥。终于，他找到了，脑海中突然间浮现出一段记忆犹新的场景：在高耸入云的塔顶上，宽敞的公寓里，本正等着他们。几周前，泰勒总统被杀，随后，更多人被接连谋杀，毁灭席卷了这世界。本优哉游哉地倒咖啡给他们喝，而滚滚浓烟正在他们脚下的整座城市蔓延，如同灰色的草坪上绽放的黑色雏菊，但是凯特没有理睬他，立即询问她父母的消息。本在帮她查看的一瞬间，显然忘记了自己要查什么，目光呆滞，茫然无措。

“他们在哪里？”

“南安普顿。”汤姆说着，厌恶地吐出一口气。

但自从发电厂爆炸以来，他们就再没听到任何有关南安普顿的消息。200 万人离线、断电。大多数人可能已经死亡。本问凯特，他们有“意识存储”吗？当然有，她为他们设置好了，但在查到更多信息后，本把手放在她的肩膀上，告诉她他们从未使用过，他们的馈没有传输过任何备份信息。他告诉她，他们没有被储存。随后，本问道：“你怀孕了吗？”接着又问汤姆，“爸爸知道吗？”

汤姆避而不谈，反问道："爸爸在哪儿？"这便是他的答复。他从未见过哥哥这副样子，本抬起手，拇指和食指比画出1厘米的距离，情绪一触即发："汤姆，我们就差这么点儿，就下来了。爸爸……我们正在努力维持世界的运转……"他盯着手指之间的缝隙，不停地压缩着那1厘米的距离，最后，他崩溃了，号啕大哭。"我们确信一定是有什么东西……在人们睡觉时入侵了他们。沃恩中士，他杀死泰勒总统时，已经不是沃恩中士本人……"他咬着嘴唇，脸色发紫，对二人说道，"人们睡觉前还是自己，醒来后却变成了别人。他们看上去一模一样，听上去一模一样，但身体里……却潜伏着什么东西。那东西在等待着机会进行杀戮。"我们抓了一个俘虏，但他拒绝审讯。他的馈锁死了，所有凶手的馈从他们醒来的那一刻起都锁死了……"

汤姆刻意使用他与客户交流时的语气，在这种场景中需要控制好情绪："本，个性只是反应的偏差。我们曾经的行为方式促使我们很可能再次做出同样行为。我们的大脑不像硬盘，无法擦除。人类无法被接管。"

"我带你来这里不是为了辩论。"本站起来叹了口气，走开了，他的话语声随之来到了卧室的玻璃拱顶，接着传到了他们头上的塔顶，这是他们家的家庭枢纽。"汤姆，我们遭到了入侵。不知什么东西或什么人在我们睡觉时攻击我们，然后开始屠杀。我们不知道他们想要什么，也不知道他们为什么要这样做，但我们确信事情会变得更糟，数十亿人可能丧命。我要提醒你一下，这就是整个家族现在在做的事情。爸爸认为你会很固执，所以我们已经派人去收拾你的房子了，他们还会把你的狗带来。那现在想喝杯咖啡吗？"

汤姆侧身穿过滴着露水的围栏，拿起断线钳，剪断拴着大门的链子。它像一条长虫一样滑落，挂锁重重砸在柏油路面上，就像儿童游戏中的蟒蛇头一样。突然，他闻到了（他能吗？）微风中焦煳的咖啡味，感受到了凯特怀孕的喜悦之情，感受到了失去亲人的巨大悲痛，感受到了在父亲的豪华公寓里和身边的崩溃世界里的眩晕感。他努力停止思考过去，但是前一晚的梦境、盖伊和简的去世和被接管……那种熟悉的恐慌又回来了。恐慌刺激着他的内心，他高度警觉，精疲力竭，甚至连路都走不动了，仿佛摆臂、迈步、向身边的格雷厄姆和丹尼低声求助这样的细微动作就会扰乱世界，让他周围的一切全部崩溃。

汤姆目瞪口呆地站着，格雷汉姆推开吱嘎作响的门，丹尼把手推车拉了进去。

汤姆上次来这里时并没有注意到这种气味，但是现在，他可以感觉到，这是锈味。生锈的防火梯呈深红色，像树根一样生长在建筑物上。他们走到防火梯下面，穿过建筑结构之间狭窄的缝隙，仿佛走在坟墓的坑道中。最后，他们来到前院，那些圆圆的黄色油桶依然像上次一样摆在那里，上面醒目地印着能量素公司的三角形商标。

“我们开始吧！”丹尼高兴得手舞足蹈，“我们有救了，我们有救……救……救了！欧耶！”

歌声回荡在前院的围墙里，鸟儿们飞走了。汤姆抓住丹尼的肩膀，抬头凝望面前令人敬畏的存储柜。建筑在黑暗深处，上面有许多漆黑的窗口、陡坡和藏身之处，任何一处都可能有人藏身。“你不会再唱了吧？”他低声说着，狠狠地瞪了丹尼一眼，然后再次观察着暗处和玻璃窗上的影子，准备行动。

“当然不唱了，”丹尼低声回答，“但这里没人，冷静点。”

三人继续缓缓前行。格雷厄姆默读着加油泵上的说明，他们把燃油注入小桶，然后进入设施，寻找用于风力涡轮机的电缆和其他任何值得带走的东西。天窗上的树冠茂密得让人以为走廊是在地下。空气陈腐，尘土飞扬，阴影摇曳着，门吱嘎作响。天花板的破洞下面，雨水坑和垢痕在乙烯基地板上蔓延。汤姆突然记起，在学校的时候，他把墨水滴在纸上，看着它扩散，接着便会出现一张色谱图：油墨分成了不同的颜色，每种都以不同的速度扩散。这就像崩溃中的人们一样：跑得快的人生存机会更大，老弱病残、腿脚慢的，所有在馈崩溃前没能离开城市的人，都变成了……怎么说，猎物？父母怎样了？如果他们从馈崩溃时的脑损伤中存活了下来，那么他们是否也尝试逃跑过？从高高在上的塔楼下到芸芸众生的大地，同众人一起逃离？

汤姆看见丹尼正透过乳白色的防火玻璃望着前方，他一脚把门踢开。这间放置着一个个记忆存储柜的巨大房间一定曾经可以自动冷却，人们的脑关、视频、照片被冷藏在高能耗的机器里。但现在，一切都冷了。塌陷的天窗被雨水淋得松动，天花板上的瓷砖脱落了，露出房梁骨架，成百上千根电线像静脉一样延伸着。

“成功了。”丹尼说。

“简过去常常……”格雷厄姆笑道，接着，声音戛然而止。

丹尼穿过房间，打开了一个存储柜。合页吱嘎作响，屏幕已经损坏。汤姆来到他的身边，只见丹尼猛地抽出一块电路板，却碎掉了。他又抽出了一块，同样也碎掉了，只留下了满手的锈渣。

“这些都是人，”丹尼低声说，“都是被遗弃的人。”

格雷厄姆脸上的恐惧在不同层级间切换，始终无法平静。

“你认为我父母在这里吗？”丹尼问汤姆。

“全国各地都有这样的存储单元，或许这里甚至不是意识存储设施之一。你父母的备份被储存在比这里更好的地方，安然无恙。”

“但是说实话，那几乎不可能。”丹尼让锈渣从他的手指间流走，然后转过身去掩饰泪水。汤姆把额头抵在金属网罩上，过了一会儿，他低声说：“没事的，丹尼，我们来这里是为了杰克和阿碧。”汤姆鼓励地看着他，忍不住抽着鼻子，丹尼把一块块电路板当作梯子踏板，攀上柜子。爬上柜顶之后，他仍然得跳起来才能够到电缆，但他还是一跃而起抓住了电缆，落到地板上，瓷砖稀里哗啦地坠落，掀起的尘土像蘑菇云一样翻滚着。

“这东西有用吗？”尘土笼罩中的汤姆边咳边问道，“对于涡轮机而言。”

丹尼检查了一番，最后耸耸肩：“我想盖伊应该知道。”

对于生存的希望和盖伊留下的在未来实现自给自足的计划，激励着他们大干起来。他们在灰尘弥漫的房间里攀爬、拉拽、卷线。他们收割电缆，把它们切下来，很快，门口就堆了花花绿绿的几大捆。格雷厄姆坐在其中一捆上，双手抱着脑袋。“我们找到的这些还不够吗？”他在汤姆身后嘀咕着，而丹尼则走到了房间的尽头，“我们现在可以走了吗？汤姆，咱们回营地吧。”

汤姆犹豫着，环顾四周：“好吧，我们看看还有什么。要是还有灯泡就更好了，我想给阿碧开个生日派对，像变魔术一样照亮营地。”他笑着说，“或许可以用些醋酸纤维来给它们染色。”

“醋酸纤维”这个词意外地从汤姆嘴里脱口而出。如果有馈，他的眼睛眨几下就能知道它的化学结构信息、这个词的词源，以及他最后一次使用这个词的场合。他会询问他母亲关于他的童年派对的事情，从她的脑关和照片中过滤出相关信息，重新体验的过程不需要太多回忆。母亲总是比他更喜欢那些聚会，她总是喜聚不喜散。所有这些信息都是在没有思考的情况下吸收的，他的思维和肌肉同步运转，无须事物确实存在就能看到它们，无须词汇就能了解它们。馈的世界是一个更深层的、互联的、可塑的世界，他所有的想法和记忆都存储在家庭的私人枢纽中，很难想象眼前这个庞大机器仅仅为他的家庭成员服务，它将想法和记忆无缝地整合、触发，通过人类的本能和最微小的肌肉运动，实现在大脑和植入物之间相互传递信息。

汤姆下意识地寻找馈，却发现它并不存在，这让他恐慌的心脏狂跳不止。这里没有链接，只有巨大的虚空，一切都笼罩在厚重的漆黑之中，寂静而又缓慢。眼中疲劳的肌肉痛苦地抽搐着，双眼像失灵的机械装置一样一动不动地瞪着。他寻找着父母的链接，想找到他们在哪里。他试着联系凯特，但一无所获。他的呼吸停止了，目光中除了房间一无所有。这个萧条破败的房间仿佛是废墟世界中一座废弃的储存设施的坟墓。他看到丹尼已经悄悄离开了，房门在尘土飞扬中摇摆着。

“丹尼！”汤姆在另一处楼梯井喊了一声。没有回复。他的声音被黄昏的黑暗吞没了，随后响起了一阵沙沙声。然而那并不是人，只是一只老鼠而已。

汤姆跑上昏暗的走廊，在尘土中寻找着脚印，但一无所获，便沿着自己的脚印跑了回去，跑到拐弯处，一个急刹车，他险些和格雷厄姆撞在一起。格雷厄姆眼神迷茫，仍然沉浸在悲伤之中。他们慢慢地走着，安静地聆听着，那些锈迹斑驳的记忆存储柜在黑暗中若隐若现。那些洞穴般的房间里一片死寂，随着时间的流逝，越发静得可怕，令汤姆的耳朵嗡嗡作响。随后，他听到远处的房门吱嘎吱嘎的摇摆声，便把帆布背包递给格雷厄姆，沿着走廊爬上一个楼梯井，上面一片黑暗，一无所有。然后，汤姆的余光瞥到一个动静，是他身旁的玻璃打碎了，他立刻转过身，双手抱头，跑了下去。

“见鬼！对不起，汤姆！下次我一定会带上你。”

汤姆一步跨两阶楼梯往上爬，发现丹尼在楼上，一台机器夹在他的大腿和手肘之间，摇摇欲坠，另一台抱在他的怀里。

“这该死的东西到底是什么？”

“微波炉。那个是……”丹尼对着楼梯栏杆外面点头说道，“是台该死的电视机！”

“我们要电视机干什么？”

“我不知道，我以为你会想看的。这是一台迷你烤箱。我还在手推车里放了一台音响……”

“我们不需要这些东西，丹尼。”汤姆厉声说。

“还有收音机，也许我们可以联系别人！”丹尼敏锐的绿眼睛在黑暗中捕捉到微弱的光线。他们心中燃起了脆弱的希望，“如果营地外面有人的话，我们就求助，我们都经历过这些。汤姆，你不妨也过来看看。”

过了半晌，汤姆嘟囔着走进了楼梯间：“格雷厄姆？”

在沉默的阴暗处有人影在动，但没有人说话。

“格雷厄姆，你和我们一起去，还是在这里等我们？”

丹尼推推汤姆的胳膊，低声说：“让他留在这里吧。没有他，我们会更快些。”

楼上，窗户被焦油覆盖，地板起皱，墙壁腐烂，但这里的灰尘比下面的走廊里少些，相对洁净。丹尼踢开了一个大房间的门，里面露出了超薄屏幕，还有散落在桌子上的无线电套件。这是个大发现，汤姆拿过机器，转动拨号盘，把扬声器放到耳朵上。毫无疑问，什么声音都没有。他并没有期待什么，只是现实和希望总会相伴而行。他走在桌子之间，盘算着他们回到营地可以使用些什么，他把拇指按在老式监视器的屏幕上，指尖颤抖着划过玻璃屏幕，这真是久违的感觉。自从那三件事接连发生以来，他看到的一切都秩序井然，仿佛有人在这里：桌子的另一边是一堆乱七八糟的黑色东西，地板上有一堆羽绒被，他看到远处还有其他东西。他把自己的手掌放在水壶上，很纳闷他们在失去了这些东西之后是如何活下来的。突然，他的心脏如同野兽一般怦怦狂跳起来——水壶还是湿的。一个男人闯进房间，用毛巾擦着头发。

汤姆呆住了，丹尼也呆住了。

“奈杰尔，我……”

他们都惊呆了。然后，那个赤裸上身的男人叫喊着把毛巾扔到丹尼脸上，又将一张桌子扔了过去。多年来，他们都没有像这样近距离接触过外人。一开始，汤姆大惊失色，愣在原地，认为这根本不可能。这人朝着椅子上的一件夹克冲过去，电脑被撞到了地上，他一边跑一边叽里咕噜地嘟囔着。汤姆仍然一动不动地呆呆站着，丹尼一跃而起，但那人动作太快了：一肘击中丹尼的脸，又一脚踹在他的膝盖上，然后从夹克里掏出一把枪，瞄向丹尼，又瞄向汤姆，最后又瞄向丹尼。他的双手颤抖着，打开枪保险。他咬着嘴唇，费力地吐出别扭的句子。

“你们谁？对玛格丽特做什么？”

“我不知道。”丹尼结结巴巴地说道，“听我说，朋友，我们没有恶意。”

“*退后!*”那人又把枪口指向他们。他颈部的肌肉紧绷，瞪圆了通红的眼睛。“不让你动，不然开枪打死你。奈杰尔？”他回头朝走廊喊道。他语速很慢，甚至经过多年以后，仍然很难用恰当的词语凑成一句完整的话。“玛格丽特？你们该死的，对他们俩做了什么？”他眼神野蛮，把那丑陋的短枪甩了回来。在这么短的距离内射击很残忍。

丹尼高举起自己的手肘，平静地低声说：“嘿，伙计，你为什么不……”

“说过别动!”男人尖声着喊道，随即却改变了主意。“你……”他命令丹尼说，“那边。”他的枪口在二人之间游走着，像垂钓者紧紧拽着鱼线一般拉着丹尼穿过房间，直到他站到汤姆身旁，二人之间只隔着一把枪的狭窄缝隙：“你们有食物吗？”

这里漆黑一片，几乎什么也看不到，但是汤姆在那人的眼睛里感觉到了野兽一样的目光。那人面无血色，肮脏的皮肤紧包着他的肋骨，疮疡让他的皮肤变了颜色。“是的，我们有食物。”汤姆点点头，低声说，“在外面。”枪口瞄准了他的胸膛。“藏起来了。”汤姆补充说。但突然，只听外面一声枪响，响声相对于狭小的房间而言太剧烈了，枪口的闪光瞬间照亮了房间，那人赤裸的胸膛露出两排肋骨，立即举枪便射，房间又一次照亮了。地板上飞起了小木片，有什么东西穿透了汤姆的大腿在灼烧。那人瘫倒在一张桌子旁，发出一声动物似的怪叫，原来是丹尼一跃而起把他扑倒在地，闷住了他口鼻，汤姆一瘸一拐地穿过房间，按住格雷厄姆的胳膊，把枪从老人手里夺了下来。

⋈

三人踏过水洼，穿过一道道门，回到前院，汤姆抓起那条链子，把它当成武器如何？但他的手难以驾驭。他想要打个结，却接二连三地失败。什么东西才能把这些人撂倒？只听一声枪响，柏油路面崩出碎屑。丹尼和格雷厄姆胆战心惊地拉起手推车逃窜，而汤姆则扫视着他们头上的一面面窗户。随即又是一声枪响，这感觉就像一只巨大的甲虫风驰电掣般从他的耳边呼啸而过。汤姆举起自己的枪还击，接着立刻转身逃跑。此后再没枪响，他终于追上了二人，他们吓得面如土色，眼中充满狂野，健步如飞地向前狂奔，手推车的轮子在柏油路上轰鸣，震颤着轧过一道道裂缝。

“他们追来了吗？”丹尼气喘吁吁地说，“他们来了吗？”

三人推着手推车绕过拐角，猛地用力撞开警卫室大门。空荡荡的公路现在已经与先前截然不同。公路在他们面前延伸着，损毁的汽车是伏击的地方，枝繁叶茂的树木是人们的藏身之处。此时，他们身后的存储设施中响起了摩托车引擎的轰鸣声。

“我们得甩掉他们。”汤姆边跑边喊，“去十字路口！”

他们冲下斜坡，手推车越溜越快，他们紧紧拽住。

“我们得藏起来。”丹尼大声喊道。

“我们得把电缆和燃料藏起来！”

格雷厄姆喘着粗气，灰蓝的眼睛吓呆了。

老人小步疾行，他速度不快，耐力也不好，显然已经体力不支。手推车轧过了一条裂缝，轮子猛地跳了起来，车子向下冲得更快了。

“我们得撒手了！”丹尼喊道，一边向前冲，一边努力拉住它。

“我们就是为了这些东西才来的！”

“汤姆，我们得躲起来！”

一辆摩托车从他们身后的十字路口呼啸而过，并没有拐到他们这个方向来。汤姆急转身想回头看，却绊倒了，膝盖重重地磕在地面上，丹尼和格雷厄姆瞬间已经跑开了 5 米，10 米，继而越来越远。他站起来，抹了把脸，一瘸一拐地追上去。天空的低云下，摩托车的轰鸣声淹没了一切。

“把手推车翻过来！”汤姆在他们后面大声吼道，疼痛让他肚子痉挛起来。

“去他的手推车！”丹尼喊道。

“不！”汤姆飞快地冲过去赶上他们，抓住金属边缘，死命拉住，双脚拖着地，想让车停下。他大腿上的伤口裂开了，如注的鲜血涌进他的牛仔裤。“扔掉些东西。”他拖下来一个小桶，竟险些砸到脚。他打开盖子，把它滚走，燃油涌了出来。丹尼扔掉了其他的油桶。“把手推车翻过来！把小桶滚下公路！”

汤姆推着小桶奔跑着，不时地回头望去，一路跑着，小桶滚过路面的叮叮咚咚声好似铃铛，上面的凹坑磨破了他的手掌。他脚上都是燃料，湿透的裤脚拍打着小腿。丹尼和格雷厄姆跑向了树林。汤姆抛弃了流着燃料的小桶，跳下公路。他气喘吁吁地爬起来接着跑，像跨栏运动员一样抬起腿跨过草地。他刚进入树林，两辆摩托车便开到了山顶。他会呕吐吗？他喉咙太干了，完全吐不出来。他屏息凝神，努力保持安静。只见摩托车停在了手推车旁，一个人指着手推车喊着。接着，一辆摩托车开走了，另一辆停在了他抛弃在公路上的小桶旁边。那人下了车，是个女人。如果事情紧急，别无选择，他会对她下手吗，把她的脖子像盖伊和本一样扭断？她看着小桶，然后走下公路径直朝他走来。

汤姆下意识地往后退。

她是在往这里走吗？身上有枪吗？枪举起来了吗？走到一半了吗？他应该出来快快观望一下吗？

他出来了，只见公路上空空如也，摩托车的引擎仍在轰鸣，他来得及快速冲到那里吗？然后，他发现她在几棵树远的地方搜索着，她在灌木丛里跨着大步前进，黑色的波波头短发勾勒出她突出的容貌。微风吹过，树枝摇动，树叶沙沙作响。汤姆慢慢向后移动，让一个粗大的树干挡在他们中间。她已经近在眼前，他几乎不敢呼吸，生怕脚下的枝条会突然折断。他绕着树转了一圈，清晰地看到了公路，远处有一辆摩托车正向他们驶来。空气中满是它刺耳的咆哮声。那女人仍然凝视着树林，背对着他，汤姆把手扒在树皮上。这双手，沾满了鲜血。格雷厄姆都能开枪杀人，他为什么不行？他们都是为了自卫。

汤姆拔出枪，打开保险。那辆摩托车已经消失不见，但只要它再次出现，他就会立即开枪射击。女人走到了下一棵树旁边，眼睛注视着更深处的树林。二人都听到了摩托车的声音，她回头看了看，而汤姆不为所动，他紧贴树干，把枪举到胸前。摩托车轰鸣着回来了，那女人走回它旁边，呼喊着，指点着。女人上了车，二人掉头加速回到公路上，离开了。引擎的声音消失了，只剩下树叶的沙沙声和青苔的味道。他的后背传来一阵阵剧烈的疼痛，腿上流血的伤口凝固成胶状。他浑身流着冷汗，双手捂脸，龇牙咧嘴地忍着剧痛。

汤姆呼唤着丹尼和格雷厄姆，二人过了好一会儿才出现。他们在彼此的眼睛中看到了自己恐惧的映像。三人都蓬头垢面，眼泪像小

溪一样从污垢中流淌下来。他们默默地放好手推车，把小桶放上去，连同花花绿绿的电缆和其他物件，用颤抖的手把它们捆好。

他们用最快速度找到了一个岔路口，走上了一条相对窄小的路。旧式的警告标志告诉他们，前方危险，此路禁行，否则会被起诉，看来前方又会有致死的危险。汤姆剪断大门上的铁链，三人走了进去，经过一片繁茂的灌木丛，找到了一处遮蔽。

“我们睡吧，”他说，“等到夜里，我们再悄悄启程，不要点火，不要发出声音。我们一起回家。”

天黑时，三人不情愿地重新上路，他们几乎再也推不动手推车。天空仿佛幽灵一般，镀了银的云彩缓缓飘过。汤姆划伤的手指突突抽痛着，腿上的伤口钻心地痛。透过裤子的裂口，他看到了一个皱起的小坑，向外涌着血，灰白的星光下，结痂的边缘闪闪发亮。他们一言不发，但始终警觉地听着周围的动静。他们听到了附近道路上引擎的轰鸣声，瞬间睁圆了眼睛。

一只鸟叫了起来，幽灵似的沿着他们身旁的树篱盘旋。接着，另一只也跟着叫起来。没过多久，黎明合唱队便横贯天空，奏响了激荡人心的乐曲。三人回到了村庄，遇上了众多烧毁的汽车之一，它现在已经冷却，摸上去很粗糙。这次没遇上狐狸，只有一些骨头散落在路边的排水沟里。

“是一只苍头燕。”过了半晌，丹尼指着前头的某个地方说道，这是几小时以来他们第一次开口说话，“可以通过它叫声上扬的节奏判断出来。”

鸟儿再次尖叫起来，汤姆眯着眼睛看去，它从一座歪倒的尖塔上起飞，这座塔是这个农村地区的馈基站。其余鸟儿紧随其后，绕过树枝迎着黎明飞去，每只都像半透明的白蜡树叶一样翠绿。它们的翅膀形如飞镖，尾巴有几分像侏罗纪时的始祖鸟。“是长尾小鹦鹉，你这蠢蛋！”汤姆笑道，丹尼发现后也笑了，之后三人继续沉默着前进。

汤姆很快注意到丹尼一直在躲着井盖走。

“点滴皆有用。”丹尼打趣道。过了一会儿，他们走到了一个十字路口，血腥的场面出现在三人面前，他们沉默了。过了半晌，丹尼低声说道：“天啊。”

前面有一个人，他被剥光了衣服，遍体鳞伤，绑在一根杆子上。他的脚钉在木头上，膝盖磕破，喉咙被割开，鼻子和阴茎已被切除。鸟儿们落在他身上。几只狗在他脚下舔着顺着杆子流下来的血。它们没有突然的动作，只是缓缓地游荡。它们滴血的嘴巴颤动着，朝它们扔石头只能勉强让它们退后几步，然后用爪子刨着地面，展示出发达的肌肉。但最终，鸟儿们重新飞回来啄食着尸体，几只狗又回到杆子下面等着零星的腐肉掉下来。

他们在一所房子里待了一整天，书架上的腐烂物流淌着黏黏的液体。羽绒被上长了一层厚厚的霉菌，形成的各式花纹图案，一直蔓

延到墙壁上。正午的太阳炙烤着外面的大地，时间流逝如潮水。成群的狗和狐狸来到尸骸旁边，饱食而去。鸟儿落在尸体上，胡乱啄食着。在下午的某段时间里，汤姆听到了引擎声、枪声……还有一群野狗的吠叫声。两辆摩托车行驶在公路上，绕着尸骸转了一圈，戴着头盔的骑手们看了看。然后，深深的沉默再次席卷了整个世界。

黄昏来临，这是属于云雀和家燕的时间。伴着车轮的吱嘎声，三人走入了夜幕。汤姆一瘸一拐地竭力前进。周围一无所有，直到一个快速移动的身影从另一所房子里溜出来，留下了身后敞开的门，然后信心十足地远远跟随着他们。

⋈

那人一路尾随着他们离开村庄，深入乡下。在这最漆黑、最安静的深夜，丹尼轻声哼起歌，汤姆和格雷厄姆随声附和。很多年没听歌的汤姆已经忘记了歌词，然而，随着感情的流露，歌词又闪现在他的脑海中。黎明前，他们停下来，坐在手推车上吃饭。丹尼拿出一些花生米，往嘴里扔着。抬头望去，夜空清晰可见，繁星像针孔一样穿过空间和时间，汤姆摇晃着花生米，捡起一颗鹅卵石，举到空中。

“我模模糊糊记得小时候听说过，如果你拿起一粒沙子，它能遮住 1 万个星系，每个星系里有数十亿颗恒星。1 万个星系竟然能被一粒沙子挡住。”

格雷厄姆和丹尼不约而同抬起了头。

“你认为有外星人吗？”过了一会儿，丹尼开口问道。

格雷厄姆笑着说：“记得我小时候有一部漫画，讲述了一个男孩和一只老虎。他们说，太空中存在智慧生命的最可靠的标志是，外星人从来没有来地球看我们。我认为他俩很聪明。”

“你们认为，如果我们友好地请求他们，他们会帮忙吗？”丹尼说，“那里肯定有人可以拯救我们。”他向天空中张开双臂，接着，他的脸沉了下来。“该死，你们觉得是外星人入侵吗？”他指着他的脑袋，恐惧地低声说道。他突然瞪圆了眼睛：“你知道是谁入侵了盖伊和简的头脑吗？外星人！”

“哦……别瞎扯了。”格雷厄姆惊愕地停顿一下，然后喃喃自语道。

“更可能是某国人或其他什么东西，对吧？那些某国小伙儿。”汤姆补充道，他对丹尼的轻率颇感惊讶，努力想把简的死因解释得更合适些，比外星人更……容易接受些。也许是某国人，他们曾经拥有强大的技术力量，开发了类似的东西。但是某国已经和其他国家一起崩溃了。事实上，没有人知道谁是罪魁祸首。不是本，不是他父亲，无论造成崩溃的人是谁，最终都无从知道。

“前几天，简让我想起了登上火星的殖民者。”格雷厄姆平静地说。他瞥了他们一眼，神秘地问道：“你们认为……”

“不，听我说。”丹尼打断道，眼里闪着光，酝酿着他的主题，“我确信我看过一大堆描写外星人入侵人类的影视剧……”

“没错，丹尼，只是影视剧而已。”汤姆强调说，“外星人不是真实的！是人干的，但为什么？”

“嗬！”丹尼惊呼道，“我也想起了一个事实！”他又拿出了一粒花生米，“你知道人体内有多少个细胞吗？”

汤姆和格雷厄姆摇摇头。

“不，我没开玩笑，这可是真正值得探讨的问题，人体内有多少个细胞？”

“还是你告诉我们答案吧。”汤姆表示。

“100 万个？”格雷厄姆沉思着说，“我们会在下次知识会议上讨论这个问题，也许凯特或肖恩知道。”他摇摇头说，“但我们的知识库越来越小了。”

“总之，”丹尼继续说，“问题是，这些细胞始终都在死亡，对吧？它们会被取代。所以，”他扬起眉毛说，“你认为我们身体里的细胞需要多长时间才能全部被替代？”

格雷厄姆瞥了汤姆一眼，二人彼此耸耸肩。

“7 年，我刚刚想起来。从生理上讲，7 年前的你实际上是不同的人，很酷吧？”丹尼满意地点点头，把另一粒花生米丢进嘴里，“我在大学学法律的时候学过。”

汤姆看着他说：“你永远都当不了律师了。”

丹尼耸耸肩，跳下手推车，套上挽具：“我现在本该是百万富翁了。”

三人穿过夜晚凉爽的空气，比以往更加畅所欲言地谈论过去，他们自认为已经甩掉了追击者。然而，一个身影在黑暗中跟随着他们，近到能够听见他们说话，安静到他们无法察觉。

第二天白天，三人睡在山毛榉树林边的灌木丛里，轮流值守，太阳炙烤着大地，蟋蟀享受着阳光。接下来的夜晚，三人默默赶路，随着黎明的来临，他们听到风中疑似传来了呼喊声，他们循声望去，却不见人影；也许那些人曾经在那里，或是未来会在那里，但他们已经完全顾不上了，因为他们饥肠辘辘，浑身臭汗。于是，他们清洗一番，只见阳光照亮了天空，现实似乎焕然一新。随着家的临近，他们兴奋起来。

他们踏上下行的小路，来到山谷中的草地。终于，他们回到了营地，丹尼躺在草地上，亲吻大地。阿碧和杰克大喊着朝他们跑来，他们跳到丹尼身上，丹尼仍然把脸紧贴地面，掩饰着他的泪水，汤姆看在眼里。格雷厄姆一动不动地站着，倚靠在一旁，双手插在口袋里，看着他们的营地，疲惫的脸上露出一丝微笑。汤姆在一旁注视着，同样感到自己内心深处有融化的感觉，那是一种宽慰、安全感、希望，以及世界上一切关于家的美好情感。随后，洗澡时他看着手上磨破的水泡、身体上的划伤、大腿上血腥肿胀的伤口，忽然发现自己这几天瘦了很多，像是另一个人了。后来，凯特给他包扎了伤口，一直守着他睡到天亮。

破旧的 T 恤穿在沐浴后的身体上，这陌生的感觉让汤姆想起了童年，想起夏日的夜晚，天还亮着就上床睡觉；想起喧闹的一天尚未结束，他却该睡觉了。他隐隐约约想起了一个晚上，他的骨头痛得厉害，便下楼去找他的父母，父亲的一个朋友称呼他“实验品”。他确信自己听到了这个词，紧握着门把手……熟悉的厨房门闩的咔嗒声提醒他，他现在在家中，和凯特在一起。肖恩要求午餐前举行一次营地会议，但现在，他们一起爬上山丘，树冠隐藏了他们的行迹。他解开了靴子的鞋带，解脱束缚的双脚松垮地套在破损的靴子里。阿碧在收集树叶，橡树和梧桐树的树荫遮罩着她。凯特保持着沉默，然后停住了脚步。

"汤姆，很高兴你回来了。"

"我也一样。"

"我很担心。"

"我也一样。"

"告诉我发生了什么事。"

他继续沿着深黑色的山丘小路向上爬，试图掩饰自己的一瘸一拐，但凯特抓住他的手指，进而抓住他的手肘，而阿碧已经走远，不会听见他们讲话。

"汤姆，你的腿怎么了?"

他收起手臂，甩开了她的手。光线穿过树冠，射下零星的光点，未及他回答或回避这个问题，阿碧已经来到他们身边，凯特一把把她抱在怀里。

"拜托帮我拿着!"

凯特接过一个篮子，几乎没有看她的女儿，她一直盯着汤姆。树叶和蒲公英装满了半个篮子，新摘的一批还在上面翻腾着。他们看到女儿的收获，交口称赞。阿碧喊道："谢谢!"然后她指着他们，严肃地说，"回家之前，你们一个也不许吃。我知道你们两个是什么样子。"

"霸道。"凯特说道，看着阿碧跑回矮树丛。

"我很好奇她是从哪儿弄来的。"

"你的腿?"凯特提起先前的话茬，瞪着他的腿，"我以前见过枪伤。"

"是弹片。"

凯特惊得噘起了嘴。

"那里有人，凯特。"

"该死，为什么你上次没见到他们？"

"或许他们藏起来了，或许他们刚来！有一群人在一辆带尖钉子的面包车里，样子就像几匹马拉着一只大刺猬，还有一群人骑着摩托车。"

"这不值得，汤姆……"

"我们为耕犁找来了燃料，为涡轮机找来了电缆，已经值了！"

"这不值得失去你。"

"不要这样，凯特，没事的，你为什么……"

"选择总有很多，但我们只有一个！而且……"凯特瞥了他一眼，"阿碧一直在问为什么他们在睡觉时被轮流看守，这问题让她着了魔。她说，你对她讲过，简的死是因为她睡着了。她的话让杰克心烦意乱。肖恩说，我们得跟阿碧谈谈；如果我们不说，他就去说。自从你们离开后，他根本就没睡过。"

汤姆皱起了眉头。他们刚到营地的时候，汤姆发现很难通过肖恩那支离破碎的语言和他那饱受睡眠不足困扰的混乱大脑去理解他。看守这个人睡觉很痛苦，他的眼睛坚定地睁着，想要努力抑制住绝望的恐惧，始终沉默不语。他们也和肖恩一样，睡觉是他们共同的困扰。

他们爬上山顶，离开了森林，沿着一片被白垩岩覆盖的荒田前进。远处的山丘之间有一丛树木矗立在山谷中，低低的云层暗示出唯一的直线。阿碧跟在他们身后，有一臂之隔。

"我们要用这些做什么？"汤姆苦恼地问。

"炖菜。"阿碧告诉他，然后又跑远了。她刚刚捉了一条虫放在篮子里。

"汤姆，听我说。"凯特继续说道，"我们彼此承诺过，我们就是

全部，要优先考虑我们自己，这是我们达成一致的。现在和有意识存储的时候不一样了，人生没有第二次机会。我们无法被复活。所以求求你，不要冒险。你那条腿真是太幸运了，我清洗伤口的时候，发现没有感染。”

“我们总能找到药剂师的。”

凯特翻了个白眼：“汤姆，别开玩笑了。你还是老样子：盲目地希望！即便有药剂师，他们为什么会帮我们？和我一起好好生活在现实世界里吧。只是……不要……中枪，好吗？”

最终，他拍拍她僵硬的手，把二人的手指缠在一起。他拥抱她，她的头发被山顶的风吹乱，扫过他的眼睛。“好吧，”他承认道，“如果你也答应的话，我保证不会中枪。成交？”

她抽身退开，谨慎地看着他，不确定他是否是认真的，然后承诺道：“好的，但你要记住你还承诺了什么：如果这些涡轮机没法运转起来，我们就离开。”

众人在草地上相遇，丹尼和格雷厄姆回答了肖恩和凯特的问题，而阿碧和杰克则在淋浴间玩耍。没有了盖伊和简，他们的人数显得少了很多。孩子们的缺席让汤姆一愣，很快，他注意到孩子们慢慢走来了，从阿碧坚定的眼神里，他可以清楚地看出她对知识的渴望。其他人仍在谈话，他打发走孩子们，坐在那里，魂不守舍。那个中枪的人死了吗？他们是路过，还是已经定居在了那里？他们有马吗？有摩托车吗？汤姆感到虚弱乏力。一时间，大腿上的伤口阵阵抽痛不已，此时，只有伤口的疼痛才能让他停止联想，回到现实世界。为什么还要留在这里？他为什么不带着家人离开呢？此时，他们必须自保。

“有人尾随着你们来到这里吗？”肖恩查问道。他目光呆滞，声音含混不清，但很有紧迫感，他伤痕累累的手不停捶打着，喃喃道：“如果你们暴露了营地，我们就完了！”这句话在众人脑海中不停回荡着，他们再无话可讲，丹尼回到房子里给涡轮机接线，其他人各自散去，只剩下汤姆一个人呆坐在那里。电缆会有用吗？此前，这始终是一个梦想，一个力争的目标。但现在，它无论如何都要变成现实。涡轮机或许能运转起来，或许不能。他们或许能暂时存活下来，或许不能。他观察着树林，望着遥远的小路口。他还记得那辆面包车模糊的轮廓，像一只装甲生物一样穿过树林，相对于它的尺寸而言，它行进时安静得出奇，被马匹稳稳地拉着。还有它那奇怪的钉子也让人印象深刻。肖恩是不是说中了，他们被摩托车队尾随了？他们能保护自己免受伤害吗？存储设施里的人正在找他们，他们三人是不是已经把那些人引到了这里？与此同时，来自内部的威胁永远避不开。他必须向阿碧解释睡觉的事情。

利用先前存起来盖小屋的木材，汤姆和肖恩在草地上搭起一个简陋的露台。肖恩对谈话毫无兴趣。“告诉她。”他对汤姆咕噜着，沉着脸看着阿碧。她猜测他们是在为她的生日建造这个东西，她在农舍的角落里疑惑地看了一会儿，然后才公开地四处炫耀。那天下午，格雷厄姆教她和杰克写字的时候，她问了“礼物”和“蛋糕”之类的词。

天色渐暗，汤姆和肖恩竖起一根杆子，丹尼已经在农舍的屋顶上安装好涡轮机，又去把一些电缆连接在旧式汽车电池上，制成彩灯的电源。他们把彩灯串起来，从杆子拉到露台，再拉到房子上。点亮后的彩灯白天看起来就像颗颗露珠挂在一张巨大的蜘蛛网上。

那天晚上，汤姆、凯特、格雷厄姆在丹尼的小屋里。丹尼先看守着他们睡觉，他的屋子凌乱不堪：地上扔着他用木棍粘起来的新发明，还有孩子们画的稚嫩的画。汤姆躺在屋子里，听着屋子在夜色中嘎吱作响，还有丹尼轻轻的翻书声。然后，他起床从丹尼身边爬过去，边走边仔细听着。丹尼用手指敲了敲他，几乎没有分神，他吐了吐舌头，继续研读他的书。

孩子们的小屋里闪着微弱的烛光，肖恩在值班。汤姆透过窗户观察了他一会儿，他伤痕累累的双手平放在桌面上，汤姆却眼睁睁看到这双手抽搐起来，竟蜷缩成锁喉的手势。后来，肖恩仿佛注意到自己在干什么，又茫然地把双手摊开了。他的嘴唇一直在动，翻来覆去地嘟囔着一些听不见的词语，他的脸困惑地皱了起来。他是在反复说"抱歉"？很难讲。但汤姆震惊地发现，阿碧也在看着肖恩，从她的被窝里一脸认真地往外看。她脸上毫无表情，可她心里究竟会怎样解读眼前所见呢？明天，汤姆会告诉她真相，他别无选择。明天，她就会知道他们为什么被看守，会明白肖恩现在在做什么。他会告诉她需要留神提防的迹象，给她看本的视频中的那个人出现的迹象。而后，她就再也无法安睡了。

想到这里，汤姆心如刀割，他跑过草坪，越过菜地，来到谷仓，翻出了从存储设施中带来的音响。阿碧的事情搅得他焦躁不安，但他却把它埋在心里，不再去想。房子在夜色中若隐若现，他小心翼翼地把音响抬下黑暗的山丘，放置在露台上。他从发电机棚里取出电池，伴随着外面一阵微弱的嗡嗡声，彩灯亮了，在夜空中疯狂地闪耀着。灯光的样子对他而言已经非常陌生，它们一下一下，很有节律地闪着，颜色还非常均匀；但汤姆很快便熟悉它们的样子了，初见彩灯发光的惊喜过去 1 秒后，就变得正常了。回到露台，音响里的小风扇开始呼呼作响。他已经 10 年没用过这类设备了，他笨拙地翻着歌单，怀着激动的心情，找到了想听的歌，然后回到丹尼的小屋。他向他眨眨眼睛，把一根手指放在嘴唇上，轻轻地抚摸着凯特的头发。

“什么？”她猛地站起来问，“怎么了？”

“跟我来。”

“一切都还好吗？”

“来吧，小声点，格雷厄姆在睡觉。”

丹尼绷着脸向他们微笑，然后移开了目光。他就像接受过专业训练一样，尽职尽责地观察着格雷厄姆的迹象；小屋外，汤姆捂住凯特的眼睛，引导她穿过黑夜的草地，来到一串串彩灯下，它们仿佛一群系在一起的萤火虫，在临时露台上盘旋着。她的身体逐渐放松下来。

“是什么呀？”她低声问。他在她耳边低声回答：“你会看到的。”他的唇边感觉到了她的耳垂的温热、她微笑的脸颊的曲线。丹尼在看他们吗？他不在乎。这让他想起他和凯特刚走进新家的那一刻，可爱的房子坐落在山丘上，城市的灯光在他们脚下铺展开，这些记忆仍然存在让他颇感宽慰。似乎时间越久，记起的就越多。“不准偷看。”他说着，引导她来到门口站定，“好了。”

凯特深深吸了一口气，睁开眼睛，惊讶得倒抽了一口气。

汤姆按下按钮，一块屏幕亮了，上面显示“你好”。他接着按下另一个按钮，音响传出了柔和的声音，过了一会儿，开始播放音乐。凯特捂住口鼻，眼睛满含热泪。她已经好几年没听过音乐了，其他人也一样，而且她上次听这首歌要追溯到更久以前。她笑了，开怀大笑。她在他身旁摇摆着身体，但仍然站在原地。

“你想跳舞吗？”他问。

“你记不起那天的脚步了！”

“我打赌，是你先忘了。”

“来吧。”她说，并把手伸给他，“小心你的腿。”

汤姆领着她走到外面，紧紧拥抱着她，他的心在她的胸前跳动着，烁烁灯光下他俩紧扣双手，虽然都已记不起舞步，但一直那么忘情地跳着。

⋈

阿碧生日的前一天，汤姆、凯特和孩子们一起觅食，丹尼宣布，涡轮机终于完成接线，准备就绪。这一刻已经酝酿多年。如果它运转起来，则会改变一切：取暖、照明、做饭将全部使用风能。他们或许会说，这是盖伊的遗赠，大家将永远记住他。他们会脱险，事情会有起色。凯特已经答应，如果涡轮机可以运转起来的话，他们就留下来。所有的一切全靠丹尼了，他翻出窗户，来到屋顶上，在尚未稳固的胜利成果中抬起手，双手紧抱着晶体管。他摇摇晃晃地走向涡轮机，拖着一条绑在腰带上的电缆。电缆的另一端像脐带一样连入屋内。

阿碧坐在汤姆的肩膀上，抓着他的头发，低声说：“爸爸，他要掉下去了！”但丹尼还是一步三摇地来到了第一台生锈的涡轮机旁边，叶片快速旋转着，他抓住它的支柱稳住身体，又摸索着走向下一台，哆哆嗦嗦地安装上晶体管。杰克坐在肖恩肩膀上，用手捂着爸爸的耳朵。肖恩目不转睛地凝视着，一直凝视着。

“好了！”丹尼喊道，他躲开飞速旋转的叶片，问道，“我们准备好了吗？”

房子里所有的灯都打开了开关，燃油发电机已断开。如果涡轮机开始运转，灯就会亮起来。爬上房顶之前，丹尼就向大家解释了这个宏伟的计划。当时格雷厄姆还挖苦地嘟哝道：“荣耀之光。”但现在，老人却全神贯注地看着，汤姆注意到，他嘴唇发白，手指交叉，在低声自言自语。

“我说，我们准备好了吗？”丹尼屁股轻轻一扭，调动大家的情绪，眼看他要摔倒的时候，又死命抓住了涡轮机。“那么就让光明降临吧！”他大声呼喊着打开开关，夸张地举起双臂。

傍晚时分，阴云密布。发电机接线还是不成功，他们必须节省燃料了。他们毫无心情讨论如何为阿碧举办生日派对，生日派对就像一触就破的泡沫，刚燃起的希望被今天下午的失败无情地击碎了。汤姆在厨房的桌子上点了一支蜡烛，它似乎比以前燃得更快了。他把餐具放在一边，丹尼坐在那里等着。

“你打算怎么跟她说？”

“告诉她真相，我只能跟她讲明真相。”

丹尼点点头。从下午开始，他一直很安静，汤姆从未见过他这副样子。

“你为什么要我来这儿？”

“因为这不是一个容易说的真相。”

丹尼又严肃地点点头："可是她一定要知道吗，汤姆？这种真相可能会让她觉得非常遗憾……"

汤姆不语，站在桌子旁边，一只手放在椅子靠背上。蜡烛嘶嘶燃烧着，今晚的房间似乎更加昏暗，天花板更加低矮。

"我记得，"丹尼继续静静地说，"她出生的时候。我到田野里去，那些笨蛋们还在这冰层下面犁地。我能闻到蔬菜的味道，我发誓我已经饿得前胸贴后背了，我暗想这颗星球竟会如此满不在乎，它几乎没有通知我们。但是我回来了，你们一家三口就在那里，阿碧还那么小，乱涂乱画些小东西，正是有了她，一切努力才有了意义。这便是希望，你知道吗？无缘无故挨饿真是惨透了，但是为了孩子挨饿是有意义的，我们也是有意义的。倒霉的日子是能够真正体现出美德的时候。涡轮机的事情我很抱歉，汤姆，非常抱歉。我没有盖伊的知识，我不懂电学，我之前是学法学的！但我保证我会尽我所能保护阿碧，我会用我的生命来保护她！"

汤姆不知该说什么好，丹尼真诚的泪水让他无言以对。这个世界上有欢乐；让他们建立信任和友谊的营地已经给了他们足够多的支持，难道不是吗？营地是组织，是保护伞，他们当然要守护它，没有必要像凯特那样渴望离开。她只是害怕而已，他们需要人群聚在一起带来的安全，难道不是吗？

门闩抬了起来，凯特领着阿碧进来了。凯特面色苍白，小女孩显然很疑惑。

"嘿，过来，美丽的阿碧。"丹尼笑着说，他从桌子旁边跳开，又活跃起来，扭了一小段舞蹈，给了她一个窒息的拥抱，"我们只是想聊聊天，没什么可担心的，你为什么不坐下呢？"

阿碧坐下了，她垂着头看着桌子。"我又有麻烦了吗，爸爸？"

她咕哝着，悲哀地瞥了一眼坐在她旁边一脸严肃的凯特。

“没有，没有。”丹尼劝慰道。

汤姆哽咽了：“当然没有。但是……阿碧，宝贝。我们得谈谈……”

门又开了，肖恩弯腰穿过门楣，悄悄走了进来。他拉出一把椅子坐下，伤痕累累的双手扣得紧紧的。他向汤姆和凯特点点头，让他们继续。他完全不看丹尼，甚至不瞥他一眼，而汤姆注意到，丹尼已经泪如泉涌。

“听我说，阿碧，”汤姆说着，绞着双手，“你问我简为什么死了，还记得吗？事实是……明天，你就六岁了，是个大女孩了，你已经长大了，应该懂得……我们要对彼此负责任，对世界上的每个人负责任。”他看到了肖恩的钢铁般的表情，“杰克还没法懂得这些，但你已经懂得了，阿碧。所以，你能保守秘密吗？”

阿碧不安地看着大人们，小嘴微微张开。凯特把她领出小屋时，格雷厄姆一直在给杰克讲故事。或许年满六岁的感觉并不完全如她所想，她本该皱起眉头，但她还是点点头。

“我们睡觉的时候很脆弱，”汤姆继续说道，“我们的头脑可能会被入侵。你明白吗？你知道格雷厄姆跟你讲的世界吗？就是妈妈和爸爸以前生活的那个世界？那个世界里出现了暗杀和事故。人们的行为开始变得怪异……发生的事故太多了……太有针对性，太普遍，一定不是巧合……”

阿碧一脸困惑，皱着眉头看向凯特。

“记得你和杰克几天前发现的那些老技术吗，宝贝？”凯特接过话头，但她的声音颤得厉害，话语几乎堵塞了喉咙，“你问，它是做什么的？嗯……”

“这很难解释，阿碧。”见凯特也开始吞吞吐吐，丹尼接着说起来，他的声音很温柔。他俯身向前，边说边用手比画着："但是那个世界和你一直以来生活的这个世界不一样，知道吗？那个世界里有高大的建筑物，有汽车和飞机，我们可以在头脑中交谈……那里有很多很多人。但是，有人在我们睡觉的时候入侵了我们……"

"一直在入侵我们。"肖恩插嘴说。

"……很长一段时间，我们都没有意识到入侵就在我们身边发生。许多人被接管了，而且无法知道。因为每个人看起来都一样，对吧？但是这些表面看起来很正常的人突然开始做坏事，做非常坏的事情，杀死其他人，摧毁建筑物、发电站，扰乱机场。他们杀死了总统。我们不知道谁是正常人，谁已经被坏人接管。简直……太可怕了。人们对杀手一无所知，全吓坏了，杀手们干的坏事都是原先的自己绝不可能做的可怕的事情。但我们发现，人们是在睡觉时被接管的，于是便制定了一条规则：永远不要独自睡觉，不要在无人看守的时候睡觉。而且……我们必须观察一些迹象。如果你不能遵守，那么规则就无从……总之，阿碧，如果你看到有人被接管了，那么在这种情况下规则并不被禁止……"

丹尼也说不下去了，坐在他们面前的小女孩点点头，仿佛不得不告诉他们，可以继续说下去。凯特向她伸出手："也许我们应该……"

"看守不能拯救他们。没有什么办法能拯救他们。一旦发现入侵发生，你必须当时就杀死他们，"肖恩说，"当你看到那些迹象时。过了那一刻，你就永远也不会知道了。你的爸爸、妈妈会看起来像他们自己，听起来像他们自己，你也会认为他们是他们自己，但他们已经不是了。你会认为丹尼是他自己，但他也不是了。他们的脑子里有了别的东西，会杀了你。这就是为什么每个人都要被看守着睡觉，每个人都想被看守着睡觉。因为你不想让自己的脑子里、身体里有别的东西，对吗，阿碧？杀死你的爸爸、妈妈？杀死我们所有人？你不想这样的，对吧？”

“亲爱的，对于一个小女孩来说，说这么多太难理解了。”凯特温柔地轻声说道。她颤抖着把小女孩的苍白的脸转向她，双手几乎堵住了女儿的耳朵。她的话语变成了喃喃细语一样的恳求：“别担心，阿碧，别担心，这种事极少发生，不会发生在我们身上，没有什么可怕的，但这就是为什么有些人总是不睡觉的原因……”

“如果看到有人被接管的话，就杀死他，明白了吗，阿碧？”肖恩重申道。

沉默中，阿碧开始哭泣，她那张仍然被紧紧地捂在凯特手中的小脸扭曲着，饱满的泪珠盈满她紧闭的双眼。凯特转过去恳求汤姆：“够了！”但是，肖恩在桌面上敲着手指，不动声色地继续说：“这没有商量余地，不遵守规则将受到惩罚。这不是规则，而是事实，生存的事实。”

“好了，”汤姆说，“我想可以……”

“我不得不杀死我的妻子……”肖恩的声音在颤抖，双手颤抖着伸到面前，似乎已经不能自已，“我不得不杀了我的妻子。你觉得我真想这样做吗？这就是世界的规则，只能去适应它，加强自己。”

“这就是简的遭遇吗？”阿碧结结巴巴地问道，汤姆甚至没来得及插话。

“是的，阿碧。”丹尼轻声说，目光扫过肖恩、汤姆、凯特，伸手拉起阿碧的小手，“她当时被接管了，格雷厄姆不得不阻止。”

泪流满面的阿碧把目光从丹尼转到汤姆，直直盯着他。她瞪大了双眼，烛光映照着她蓝色的瞳孔，这个女孩甚至还不到六岁。“盖伊呢？”她颤抖着问道，“你也一样杀死了他，爸爸？”

汤姆盯着她，看着她剪得参差不齐的头发下面的圆圆的脸颊，又看着她的眼睛，接二连三的震惊几乎让她的眼睛瞪得疲惫。凯特也看着他，她筋疲力尽，目瞪口呆。母女二人的神情如出一辙。他点点头，绷紧了下巴，他知道自己打碎了女儿的世界。“只能这样做，宝贝，你可以看到他们有多痛苦。”

现在，在汤姆面前，阿碧震惊的脸变成了盖伊那张痛苦的脸。他想起了盖伊的喉咙在他掌中被压扁的感觉。随后，面前又变成了本的脸，盖伊脑袋下面的绿草变成了塔顶上本脑袋下面的羊毛地毯，他想起了自己从做出决定到走到本身边的每一秒，他看到了哥哥的脸痛苦地抽搐着，一幕幕痛苦的回忆涌入他的大脑，让他忘记了眼前的现实。他曾经不得已而为的事情让他胆战心惊，这种恐惧已经淹没了世界上的每一个人的生活。人们别无选择，要么亲手杀死他们所爱的人，忍受肮脏的罪恶感，要么终日陷入自己挚爱的人已完全变成另一个人的恐惧之中。恐惧把人们变成了魔鬼。恐怖和偏执、彼此间的竞争，使城市和世界窒息，直至整个世界崩塌。于是他们被带到了这里。

“而且……这就是为什么你们看守我们？因为你们也会这样对我？”阿碧问。

⋈

第二天是阿碧的生日，一大早，晴空万里。轮值表上的所有日常事项都被忽略了。云朵之下，彩旗升起，桌子被搬出来，装饰着树叶和鲜花。这些变化令阿碧困惑不已，这个小女孩才刚刚六岁。

汤姆对她说：“大家要为你庆祝生日，这就像是过节。”

"请把我举高一点。"

他照做了，把双手顶在她的脚下，这样她就能站到他的肩膀上，爬到更高的树上去。他继续说道："过节时，每个人都可以忘记自己的烦恼，难得一回，不再为未来担忧，只和他们爱的人在一起。"

"明白了！"

汤姆把她抱了下来，她手中拿着一片巨大的橡树叶，它和树上的每片叶子都很相似，包括那些更容易摘到的叶子。"为什么摘这一片呢，美丽的阿碧？"

"你看看，爸爸，这片很特别。"

阿碧把叶子靠近他的脸，然后抓住他的手。他任由自己的手被她牵着，他喜欢感受她的拉拽，喜欢她的手指缠绕自己手指的感觉。

"哦，我太喜欢过节了。"当他们散步下山时，她叹道。

"你知道四季吗？"

"当然！现在是春季。"

"不对……"

"夏季！"

"对了。其他季节是什么呢？"

"春，夏，秋，冬。"阿碧的声音带着一种历数日常琐事似的节奏。

"夏天的天气怎么样？"

"又热又晴朗。"

"冬天的天气又怎么样？"

"爸爸，我们可以不再谈论天气吗？"

他噘起嘴唇，点点头："好啊。"

"你知道土壤是由什么构成的吗？"她跳到他身边，问道。

他皱起眉头，自己已经忘记了这些知识。

“爸爸，你不知道吗？”

“有很多东西我们都不知道了。”

“你杀死盖伊时，他去了哪里？”

她抬头望着他，一边小跑，一边时不时瞥他一眼，等待他的回答。但他只是微笑着表示不知道。他确实不知道。关于盖伊，他再也不知道任何信息了。曾经有一段时光，世界的规律是一清二楚的：人死了，就会被备份，人们的记忆状态都储存在冷库中。世界崩溃之前，他做了一件事，至今没和任何人提起过，没跟凯特说过，也没跟其他任何人说过。崩溃前一天，他杀了本。那天晚上，他安静地上楼，进入他父亲的空荡荡的办公室。夜晚的城市被夷为平地，熊熊烈火吐出的火光照出这城市的影子。末日如此接近，但他当时并不知道。几乎未经思考，因为他已经决定了要做什么，他访问了家庭枢纽和本的意识存储文件，他的备份。这就是他的哥哥，哥哥一生的记忆被快速地分层、分类，全部储存在这里，相当于他的数字复制版大脑。汤姆的行为犯了大忌，任何人都不能随意查看死者的思想，但他别无选择，他想了解本被接管的那一刻的样子，所以他迅速浏览了本去世的那一天。

汤姆沉浸在本的思想和情感之中：本结束工作，吃了晚饭，向汤姆道了晚安，合上了眼睛，一段支离破碎的梦境突然扭曲了。一切都遭到了疯狂挤压，即使是目睹过这一幕的汤姆，也感觉到自己脑袋里面有东西被压扁、压碎了，然后……一切都消失了，变得空空如也。他的思想永远定格在这里，仿佛地狱一般虚空。

汤姆退出了本的意识存储，站在公寓里，盯着脚下暗黑的城市，玻璃上映照出他幽灵一样的脸。他们是谁？他想看的就是这个，但是没有结果，本死后什么也没有发生。

汤姆觉得很恶心，低头看着他的女儿。她最后一次抬头瞥了他一眼，显然是在假装微笑。他问她昨晚的谈话之后感觉是否还好，她重重地耸了耸肩。父女二人默默地走在斜坡上，终于来到格雷厄姆的门廊，她跑到老人的身边。汤姆看着她，噘起嘴唇回应格雷厄姆的挥手，然后径直走进了厨房。凯特在桌旁缝制着一件小礼服，针脚参差不齐，她满脸通红。

“这是用简的一件衣服改的。”她半天才从牙缝里挤出话来，说道，“你认为她会发现吗？”突然，她手一缩，吸吮着一根手指，“该死，太暗了，什么都看不见！”

二人陷入了沉默，最终，汤姆严肃地点点头，转身走到发电机棚里。他俯身把开关打开，这才注意到凯特跟在他身后。她站在门边，双臂抱在胸前抵御着房间的潮气，脸上平静多了。

“汤姆，我们什么时候走？”她见汤姆不语，便向他伸出双手，然后握紧了双拳，“汤姆，你答应了。”

“凯特，我们不应该离开大家走掉，他们都是好人。”

“不，我们必须走。如果我们留在这里，我们必死无疑，离开或许还能活下去。汤姆，这地方被盯上了！”

“你在说什么？”

“盖伊、简，我们都被……”

“盖伊被接管的地方距离这里有几千米远！没有任何证据表明这里被盯上了。不要再为恐惧煽风点火了！接管是随机的，不走运而已……”

“别装了，汤姆，别再做梦了！我们必须做出艰难的抉择！如果你不能……”

“什么？”他伸手握住她的手。

泪水在凯特的眼中打转："我必须为阿碧想想。"

她甩掉他的手，朝门口走去。她在门楣下面等待着他的答复。她显然想让他开口，迫切地想听到他的解决方法，想听到他对未来的希望，哪怕只言片语，但见他走上前来依旧一言不发，她便离开了。

⋈

阿碧和杰克都极度兴奋，他们以前从未参加过派对，而大人们则坚忍泰然地庆祝庆典。他们决定打开彩灯，用尽汽车电池里仅存的能源。而今这又有什么关系？

日落前，云朵四散，天空呈现异样的颜色。夕阳下，凯特的脸庞熠熠生辉，她的眼睛被映成了玫瑰红色，但她懒得去看汤姆。汤姆在一旁看着她凝望着树林中的小路。伴着杰克清脆的童声，阿碧穿着她的新裙子从农舍里走出来。叶子已经缝在了裙子上，正如她对汤姆讲的那样，橡树叶子至关重要。他们边聊边吃，欣赏着斑斓的天空和轻盈的云朵。接着，一个声音毫无征兆地撕裂了整个世界。汤姆立即站了起来，阿碧吓得紧紧贴在他身旁。他跌跌撞撞地向凯特跑去，静电的噼啪声划破天空，后续的噪声彻底打破了这里的宁静。受惊的鸟儿飞走了，远远地盘旋在空中。

"对不起！"露台上的丹尼喊道，随后，音乐悄然响起。

阿碧的脸变得既害怕又充满敬畏："爸爸，那是什么声音？"

汤姆松了口气，朝着露台点点头："过去看看。"

很快，他们伴着过去的歌谣，围着篝火跳起了舞，彩灯之下，被遗忘的音乐再度焕发生机。田野的一角被点亮了，黑夜中，草地闪烁着绿色的光芒，在漆黑的树木之间、黑暗的山体之间显得异常夺目。营地的宁静笼罩了他们，笼罩了他们头顶的天空、星星，笼罩了他们所在的这个世界。

⋈

火光冲上夜空，音乐令人沉醉，甚至格雷厄姆也和阿碧一起跳了一段缓慢、灵巧的摇摆舞。凯特和肖恩搭档，汤姆和丹尼坐在一起，看着他们。而杰克在丹尼的膝盖上跳着吉格舞。汤姆看着阿碧从格雷厄姆身边跑开，跳到凯特身边，把她的小手伸给肖恩，肖恩把小女孩抱起来，围着火焰旋转着。汤姆惊讶地看到，肖恩笑了，真的笑了。

夜晚变得更加凉爽，汤姆看到彩灯暗了下来，电池没电了。火光的外围，烟雾缭绕着旋成一团，凝聚成一个暗黑的形状——一个移动的影子，它渐渐清晰，成了人的轮廓。但是，所有人都在这里，那个身影一定是外人，入侵者来了！汤姆仿佛过电一般，大喊着抓起阿碧，众人跌跌撞撞地大步跑着聚到桌子旁。这身影摆着手臂，烟雾也跟着抖动。风向一转，卷走了烟雾，瞬间露出这个人的形象。他是个中年人，留着一头短短的卷发，衣服脏兮兮。他注视着他们，目光平静而又坚定，默默走上前来。他的鼻孔张得很大，或许是因为烟雾，或许是别的原因。他的眼睛一眨不眨。

“你们好，我叫马克。”

肖恩借着酒胆，撸起袖子，大步走上前：“你想干什么？”

“我不会伤害你们。”马克抚慰众人说，他皱着脸，伸出双手，“我也不从你们这里拿什么。不过，我会给你们讲故事。这就是我要做的事情。我是个讲故事的人，旅行，回忆，向你们讲述我所知道的

一切。让故事流传下去。如果你们觉得我的故事还可以，能让你们喜欢，那我会很乐意享受你们的食物。就是这样。”

肖恩不为所动，依然迈着大步，走到马克身前，挥拳猛击他的脸。

格雷厄姆赶紧把杰克和阿碧领走，马克被绑在黑暗的淋浴间里，其他人则站在篝火的另一边。

“我不管他可能是谁。”凯特喊道，把汤姆的手从胳膊上甩开，“我们不能伤害来到这里的人，肖恩！”

“他是从存储设施来的！”肖恩愤怒地低声说道，戳着手指，“汤姆把他引到这里来了！”

“我们没有办法知道……”汤姆抗议道，马克在远处看着这一切。“这就是敌人的攻击！”肖恩厉声说道，把汤姆推回去。他的音调越来越高，腰板越来越硬，“就是这样！有人有枪！”

凯特叹息着大步走开了。她从桌子上抓起一个罐子和一块布，跪在被捆住的马克面前，擦去他脸上干涸的血迹。

“你是谁？”

马克噘起嘴唇，像品酒一样回答道：“我是……你想让我是谁都行，我可不想再被揍了，求求你们。我没被接管，如果这就是你们所担心的事情，我可以明白地告诉你们。”

“好吧，那我们放心了。”丹尼嘲笑着说，他站在凯特身后，手中拿着一把锤子。

汤姆走上前来：“那么，你从哪里来？”

马克耸耸肩：“现在谁还有家？”

“你说得简单。”肖恩咆哮着说，一只拳头放在手掌上。

马克轻笑一下，几乎不理会面前的威胁：“最初，来自洛克斯堡。被接管的人会知道吗？”

“新郊区？”肖恩站在原地，问道。

“嗯。”马克探出下唇说，“我离开的时候，那里看起来很破烂。”

“这是什么时候的事？”

“崩溃后不久……那又如何？”马克又耸了耸肩，“多年前，我刚刚离开北方南下。那里没几个营地，也没几个人，还有一些营地非常危险。我找到了几个友好的营地生存了下来。”

“城市呢？”丹尼说，“城市里还有活着的人吗？”

马克的目光扫过他们，好像在寻找他们心中的希望，然后摇了摇头：“加油站倒闭了，深地大楼坍塌了。现在动物们接管了城市。变异的狗体形庞大，肌肉发达，长着巨大的牙齿，仿佛冥府的守门狗。那里仅存的少数人都成了野蛮人，比动物好不了多少。”

“你亲眼所见？”肖恩问道，但他的声音弱了下来，见马克摇头，便说道，“好吧，如果你没见过，就别胡说八道，毫无根据的猜想是很危险的。”

马克歪着脸说：“你这样会限制我的保留剧目。”

“那你能讲些什么故事呢？”丹尼抢在肖恩开口之前问道。

“我能作诗，懂一点莎士比亚。我可以讲些旧闻，编些故事。你想听什么？为生日讲点啥？”

“你怎么知道我们今天过生日？”肖恩咆哮道。

“我一直看着你们。”马克笑了，然后假装生气地说，“我以为你们都很友好呢。”

“你怎么找到我们的？”

马克瞥了一眼汤姆和丹尼，然后重新考虑他要说的话：“几天前，我在溪水边看到了你们的过滤槽，今晚我听到了你们的音乐。你们要小心，我看到有人在这周围游荡，一辆形如金属刺猬的面包车被

马拉着。我认为，他们正在寻找孩子用于交配。”他们身后的火焰余烬被微风吹起，沙沙作响，片刻间便飞过草地，触碰到小路入口，消失在夜幕下黑暗的树林中。“现在外面人很少，”马克继续说道，“所以找孩子交配是一种解决办法。但你们肯定不想把他们引到这里，请相信我。”

“那么我们怎么知道你没有被接管呢？”丹尼突然又激动起来，问道。

“把我打发走，我会找别的地方栖身。”马克在地上耸了耸肩，“我们必须学会相互信任。因为我也不了解你们，你们中有人被接管吗？你有可能，任何人都有可能。”

⋈

夏日来临。一天晚上，外面漆黑一片，睡梦中的汤姆意识到自己的梦境，瞬间紧张起来，心惊肉跳，几乎窒息。当他坐起来的时候，心跳已经平稳，他唯一感知到的是凯特的双手放在他的肩膀上，摇晃着他，她的声音在他的耳朵里回响。

“怎么了？”

“我听到了一声呼喊，然后是玻璃碎掉的声音。”

汤姆把被褥扔到一边，伸手抓住她的手臂，转向窗户，把脸贴到窗玻璃上。夜幕被橙色的火光照亮，烈火熊熊，热浪咆哮着在空气中翻腾。

他提上裤子，冲向楼梯口，一边冲下楼梯一边喊道：“格雷厄姆的小屋着火了！”他听到肖恩房间里有动静，接着，门开了，肖恩跌跌撞撞地跑了出来。汤姆冲过厨房，握住花园门的把手，手掌瞬间感到一阵灼痛，火焰吞噬了房间，沿着天花板向屋内蔓延。他的脸湿了，眼球干涸了，火焰奔跑着，舔舐着木头，咆哮着向屋内蔓延。

“汤姆，这里，桌子！”

肖恩紧随其后赶来，二人搬开桌子，把它抬到火势汹汹的门口。然后，格雷厄姆也赶了过来，一起帮忙把桌子拉回来，又试了一次，汤姆用平底锅打破窗玻璃，翻出窗户，双脚先落地，而后顺势跌倒在地。

外面依然漆黑一片，营地中随处可见战栗的身影、火花和烟雾。变幻的金色光芒铺洒在草地上。是火吗？所有小屋都起火了。火焰舔舐着农舍的前庭。夜幕中，呼喊声和破窗声此起彼伏，不时伴随着重击声和物体坠落摔碎的声音。到处都是烧焦的味道。汤姆穿过窒息的浓烟向孩子们的小屋奔去。那是唯一没起火的屋子，窗户已被打碎，门大开着挂在那儿。小屋内，床被掀翻，被褥散落在地上。掀翻的桌子旁边，丹尼躺在血泊中。他的书被撕成两半，喉咙被割开，但尚未致命，血泡从伤口中汩汩涌出，变大，随后爆裂。他的呼吸声仿佛汽笛，鲜血凝固在他的头发上。他瞪大了惊恐的眼睛，看着四周，脑袋一动也动不了。

汤姆冲出小屋，疯狂地寻找着……寻找着什么？

肖恩从厨房窗户翻出来，凯特在用水灭火。格雷厄姆跌倒在草地上，翻滚着，手臂像稻草人一样挺直。浓烟滚滚，火光冲天，夜空中的星斗扑朔迷离。汤姆狂奔向小路，在路口处突然停住脚步向黑暗中望去，他冲进去，跑了一程又停下了，他想要看清楚这个世界，他血脉偾张的耳朵想要在轰鸣中听到其他的声音。他跌跌撞撞地奔跑在空荡荡的小路上，时不时撞上周围的树干。终于，他气喘吁吁地跑到了公路，却只见公路上空无一人。他们带着孩子们一起的话，不可能这么快就到这么远的地方。他本该看到汽车、卡车，甚至摩托车，本该能听到他们的声音。他掉头跑了回去，一边奔跑一边呼喊着阿碧和杰克，但大多数时候喊的是阿碧，直到喉咙充血。云层泛起橙红色，他的嗓子早已嘶哑，透过翻滚的烟雾，晨光中的营地出现在眼前。

他停了下来，胸口起伏着，注视着树林。他盯着树木，里面还有人吗？在灌木丛里？在丛林后面？他四处徘徊，伸出手臂，疯狂地期待着有动静出现。他似乎听到了模糊的呼喊声，是真的吗？

是灌木丛在嘲弄他。

没有。

空无一物。

他的脸麻木了，心也沉了。他跑回营地，呼喊着肖恩，他的声音嘶哑得几乎听不见，肖恩穿过草地赶来。周围的木屋烧成了木炭，噼啪作响。一些木炭掉落下来，摔得七零八碎。

“孩子们，”汤姆气喘吁吁地说，“他们把孩子们带走了。”

“我们会找到他们的！”肖恩咆哮着，拽着他的手臂，把他拉回农舍。

丹尼躺在厨房的桌子上抽搐着，格雷厄姆按住他，用毛巾堵住他的喉咙。凯特弯着腰，双手是血，努力地缝合着丹尼脖子上的伤口。汤姆进门爬上楼，拉出一个抽屉，拿出他的帆布背包和一些衣服。他回到楼下，冲进书房，打开橱柜，把枪和子弹塞进他的包里，然后穿过厨房，穿过一片血腥的混乱，冲进烟雾弥漫的早晨。

肖恩对他大喊：“汤姆，这是营地的枪！站住！”

汤姆依言，停住脚步。只见肖恩走进厨房，凯特已经从丹尼身边离开，和汤姆四目相对，她皱着眉头，把椅子推到一边，朝他走来。接着，马克从房子的一侧出现了，他的脸被烟熏黑，头上顶着一道伤口。肖恩咆哮着，沉下肩膀，将他抵在墙上，疯狂地殴打他，如同一台失控的机器。汤姆回头看了看农舍，只见凯特来到门口，她的嘴唇在颤抖，脸上沾满了鲜血，朝他伸出手来。

他转身朝小路跑去，飞奔着穿过树林，来到亮如白昼的路上，背上他的背包，他血脉偾张的耳朵完全听不到身后众人的呼喊。他心中想的只有奔跑。

THE FEED

03

凯特

燃烧

GPS显示，汤姆在12.45米之外，即将进入视野。倒在碎石上之后，我又努力恢复了平衡。如今旧城的大部分区域成了废墟。我们已无法继续待在塔楼里，前不久，汤姆的父亲也已离开。算下来，我手掌上的擦伤，平均需要3分26秒可以止住流血，3天20小时17分12秒可以愈合，再过1天7小时25分42秒会完全消失。把我打倒的劫匪将一块石头朝一排商店扔去。它在空中旋转着，1圈，2圈……我告诉汤姆我们要带上拉法，他拒绝了。这块石头已经转了4圈，飞过了3.24米。一架军用直升机悬停在远处，垂直倾斜27º。天气好冷。

“凯特，你在吗？凯特？凯特？”是玛莎。她正在家中，一阵温暖的西海岸海风吹进厨房。她想知道我们什么时候走。“快点，凯特，快来吧！”她对我说，“孩子们想要见他们的阿姨！”她等着我回应。机场仍然开放，然而由于飞离这里的航班间隔越来越久，机票价格正呈指数级增长。我抓拍了劫匪的脸并得到了他的GPS定位，用馈系统报警。

自动记录已经生成，等待了一段仿佛永无尽头的时间之后，我才被告知，17 秒内会有人回复我，因为大多数警察在萨尔特沃思站，那里仍被炽热的烈焰包围，火焰中心温度约有 1 729℃，只比临界值低 3.7%，被窒息的浓烟包围的记者如此说道。周围一大群穿着化学品防护服的人来来往往。我向玛莎保证，我们正在努力逃脱。我总能深深感受到她的恐慌，如同刺进我血管里的一根针。总统泰勒一世被枪杀时，她的恐惧就蓄势待发了。到了某国总理被杀时，她的恐惧在失去父母却无力回天时彻底爆发了。一条通知出现了，它告诉我，我的身体出现了高压和脱水的迹象，也许该休息一下了。距离我仅 30.7 米远的地方有一家商店卖“甘菊茶”，我需要 GPS 指引我去那儿吗？劫匪扔出的石头划到了商店橱窗，裂纹在玻璃上铺散开来，他迈着沉重的脚步走上公路。馈将我链接到可以买到他的运动鞋的地方。显然，他屏蔽了自己的馈 ID，但无论他是谁，我们都必须分享一些人口特征数据。我让玛莎冷静下来，但她对我说她无法忍受再失去我了，父母的离去已让她无法承受，她连珠炮般地发来一堆我们儿时的回忆。尽管我好不容易终于站稳了脚跟，但我的皮质醇水平上升了 23.68%，心率过速。汤姆的手臂已经进入我的视野，他就在附近。我需要很长一段时间才能察觉到多巴胺的变化，但我知道它已经在我的身体里泛滥，而且神经细胞对多巴胺的再摄取已被阻止。我即将陷入恐慌，去甲肾上腺素水平即将达到峰值。我可以看到自己的血压正不断升高，肾上腺素疯狂地飙升，是因为劫匪？因为跌倒？因为玛莎不断向我传递父母的死讯，给我带来的挥之不去的失落与绝望？因为眼见着回忆中的拉法正消融在这巨型废城中？还是因为我想终止怀孕，阻止肚子里的孩子来到这个恐怖的世界……

凯特仿佛被压扁在真空中，她大口吸着气。正在翻越破碎的窗户的劫匪突然浑身一震。只见天空中翻腾起了浓烟，一阵阵撞向庞大住宅的昏暗墙壁又扩散开来。远处的某个地方传来了爆炸声。凯特的眼睛猝然一动，视线模糊，放大的瞳孔渴望获得光明，就像她窒息的肺渴望呼吸一样。她眼睛痉挛，呼吸困难，无所适从，手指猛地抓着脑袋……

……一定又是那令人窒息而又宽慰的信息流来了。该死！我的伽马-氨基丁酸水平大幅下降，所有数据都指向癫痫发作的征兆，我差点癫痫发作。到底发生了什么？“汤姆？你在吗？”“我不知道。”只听他气喘吁吁地答道。他的恐惧向我袭来，将我淹没，所以我将他筛选出来，调低他的音量，给他回了一个恐慌爆发的表情。纯粹出于本能，我克制住恐惧便向他道歉。他说：“感觉馈好像失灵了，你觉得呢？凯特，你没事吧？”“是的。”我也气喘吁吁地答道，“问问你父亲，到底怎么了？”汤姆近乎在同时说，“他不在线，他刚刚……看着这场大屠杀，他在家庭群组里，但他不会回的。妈妈依然屏蔽着我。……凯特，我会陪在你身边，我快到了。”他来了，紧绷着脸，神情严肃，他转过街角，亮闪闪的玻璃碎片倾泻在空中，飞过马路，又四散落下，其间闪耀着劫匪的身影。我对汤姆说，我爱他。

他说：“我就在这儿，我会一直陪着你，我们一定会没事的。”我切换到空荡荡的消息栏。“你愿意牺牲什么？”，不假思索地继续打出“为了拯救世界你愿意牺牲什么？”，我并不指望任何人投票。（这里3个月来只有2人访问，原先那2亿人都去了哪里？）我也没时间去想投票的问题，所以我留下了空白的评论区。我告诉汤姆，我们现在必须逃离这座城市，为了宝宝，也为了我们。所以倘若他的父母一直没有回复，那我们必须自救。他知道我是对的，但我明白这会伤透他的心。如果我们没法弄到飞机票离开的话，也许可以……去我姨妈那里……玛莎对我尖叫着：“快走！快走！快离开这儿！”她的咆哮占据了我大脑的全部带宽，发电站已经……但又不是她……怎么回事？……汤姆眼中满是恐惧，他的行为记录板变成了灰色……不，馈不能……因为玛莎、汤姆、我……

她瞬间失去了力量，瘫倒在地。那一刻，每个人都是如此。浓烟翻滚着升入天空。撞击声和远处的爆炸声在建筑物之间回荡着，随风穿过寂静的街道传向四方。鸟儿慌乱地四散飞起。狗瞬间惊呆，继而纷纷逃离。机器从空中猛冲而来，卷起了巨大的气流，将墙砖和玻璃撞成四处飞散的碎片。一场巨大的爆炸轰天震地，墙上的窗户被震落，甚至连住宅的强化玻璃也被震碎了。闪耀的强光划破了黑暗的天空，爆炸声之下是更低沉的声音。越来越多的事情被迫中断，越来越多的东西被摧毁，沉默即将来临。

夜幕早早降临，东方弥漫着毒烟。鸟儿飞回地面，狗嗅着瘫倒在地上一动不动的身体。时间分分秒秒地流逝，几小时后，凯特苏醒过来，周围的空气令她感觉冰冷且无情。沉默湮没了一切，比她的呻吟声更加深沉。她的附近传来了动物一样的哀号。是汤姆！只见他脸朝下，受伤的额头流着血，黏稠的白色东西粘在他的嘴唇周围。凯特朝他爬过去。无数生命在她身边灼烧着。时间漫长到仿佛已经凝固！她的脑中一片混沌，馈不见了，只剩下了她自己。汤姆就在她身下，看着他掩映在月光下的脸庞，却无从得知他的想法。她幻想着自己感知到宝宝的思想在她的大脑中跳动着，但这只是幻想而已，她只能感受到自己，其他一无所知。

△

雨水打到车顶上，挡风玻璃被一层流动的水幕覆盖着，周遭一片黑暗。车中的凯特唉声叹气。她颤抖着，不敢睡觉。自从馈崩溃以来，她从未感到过如此惊慌失措，如此悲痛欲绝——失去亲人的恐慌、无法避免的失落和分离、重逢的希望渺茫带来的绝望都涌上心头。一幕幕图像闪过她的脑海：劫匪、不计其数被撞毁的汽车、路边被碾轧的尸体、被干扰的馈在脑中留下的数据垃圾、随风弥漫的浓烟、丹尼被割开的喉咙、她手上温热的血液。哦，阿碧，还有阿碧。凯特最后一次见她时，她们拥抱着，阿碧冲过草地，跑进孩子们的小屋里，她小小的胳膊搭在凯特肩膀上的那种感觉，在那一瞬间一去不返了。

刺骨的寒意向她袭来。

她已经好几年没坐过车了，早已不记得上次开车是什么时候，也不记得最后一次比双脚走得快是什么时候了。现在，无尽的奔跑令她的双腿疼痛不堪。当初，她让汤姆丢掉了他们的汽车，但那要追溯到汽车还有用的时候，那时，世界需要他们牺牲掉汽车。如今，“当世界需要我们……”想到这，她笑了，心想，好像这世界真的曾那么需要我们一样。

她无法辨认出外面有什么动静。雨太大了，狗已经不再觅食，它们的皮毛吸足了雨水，不堪重负。她摸了摸自己的腿，手立刻缩了回来，湿漉漉的牛仔裤里有黏黏的血迹。她的脑海中不断浮现着恶狗的阵阵狂吠、猛咬着她的下颌，那大块头披着沉重的皮毛，不断猛击她的侧身。她的手不能自已地颤抖着。那些狗呢？现在已经走了。她颓然向前瘫倒。汤姆也走了。他终究离开了她。那张脸透过烟雾面无表情地回望着，随后便奔跑着消失在她的视野中。她把T恤蒙到脸上，痛哭流涕。这是她在这惊慌失措的两天里做的几件不假思索的事情之一。她能在衣服的布料中闻到阿碧的气息。她颓然倒下，她很想睡，却又睡不着，随意一个声音，甚至根本没有声音，她的万千思绪、跳动的脉搏、伤腿的阵痛，所有这一切都会令她惊醒。

△

黎明来临，凯特从支离破碎的睡眠中惊醒，她的心怦怦直跳，仿佛又回到了有馈的时候。记忆的碎片再次一股脑儿涌现出来。当她的大脑知道她惊慌失措，并抛出原因的时候，记忆便会回到她的大脑，随即摧毁她的平静……“不要。”她用拇指按住眼睛，想迫使肌肉停止跳动，但它们仍然跳个不停。她寻找着汤姆，在馈上用恐慌的表情催促他，用GPS搜寻他的定位，放大每一片区域，想找到他，然而一无所获。她不停搜索着，想寻找玛莎。尽管阿碧根本没有馈账号，但她依然试着和女儿联系，她们从未像这样紧密相连过。

失去了时间感后，她意识到了现实的情况：座椅的旧弹簧顶在她的后背上，一只尖耳朵、黄眼睛的家伙靠近了车窗，它舔着玻璃，呼出的水汽在她的指尖周围蔓延。她从包里拿出一些陈面包，强迫自己吞下。然后，她把车窗摇下来，把剩下的扔了出去。那狗狼吞虎咽地吃掉了面包，然后在毛毛细雨中雀跃着，渴望得到更多。

“你运气不好。”她喃喃道，狗的耳朵随即耷拉下去。

狗依然在外面注视着她，在细雨中眨着眼睛。这是攻击她的群狗中的一只，还是一只独行的狗？她无法分辨。她腿上的咬伤很棘手，一触即痛，咬痕周围的皮肤全肿了起来，呈现青红色的血瘀。太蠢了！她离开营地尚未多久，就已经忘记了应对方法——站定不动，扔石头，让自己看起来体形更大。她用车顶上的雨水冲洗伤口。好在这只狗并不狂躁，虽不知它是不是之前攻击自己的群狗中的一只。所有狗看起来都一样。突然，她想念起拉法。

△

车门铰链不停地发出吱吱嘎嘎的摩擦声，折磨着她疲惫的耳朵。那只狗仍旧待在原地，伸开四肢匍匐在灌木丛下，下巴搭在柏油路上。闪烁的记忆和残影让她眼前出现了幻觉——肮脏的犬齿、火焰、她奔跑时小路两侧的树木，她从营地出来后惊慌失措地跑了两天，跑到了这里。可是这儿，一片死寂。山丘已经在很远处。晨雾升上云层。前方，黑漆漆的树木覆盖着大地。当她回过神的时候，发现那只狗正在靠近。

“退后！”她喊道。狗停住脚步，歪着鼻孔吸着气，然后再次逼近。“退后！”凯特从她的夹克里拿出了石头，挺起胸膛，抡起胳膊扔出石头。狗的耳朵耷拉着，尾巴垂了下来，它低吼着，转身走开了。她走出汽车，启程上路，留下了一些面包。那狗见此便坐直观望了一会儿，小跑着跟了过来，略停顿了一下，把面包吞了下去。

△

那天晚上，她躲进了另一辆车，眼中充满了疲惫，差点儿睡过去，她明白自己不能在无人看管的情况下睡觉，一直努力不让自己睡着。如果她现在被接管了，那么阿碧会怎样呢？入侵者才不会在乎，甚至毫不知情。突然，她脑海中的万千思绪——自己在哪里、阿碧发生了什么、汤姆做了什么等等全都消失不见了。她惊醒了，脑袋突然一歪，强烈的恶心感模糊了她的视线，她跌跌撞撞地从锈迹斑斑的车中跑了出来，几乎看不清身边的东西。她挣扎着朝唯一能想到的地方走去。一个血淋淋的东西把她绊倒了，是一具尸体。她惊恐地瞪大眼睛看着。那条狗若无其事地趴在山丘上，虽然竖着耳朵，但并不怎么看她。

“谢天谢地。”她说着，蹒跚地绕开这具尸体。

公路变得弯曲，一道树篱把她遮掩住，她用力将死去的动物踢开。她想跑，她一定要找到阿碧，但她同样需要休息，却又不敢睡下，她继续跑着。

△

远处响起一声惊雷，她来到了一座村庄。一群狗聚集在公路上，嗅着又大又干的骨头。她把地图塞回背包，爬上花园之间杂草丛生的栅栏，终于找到了另一条路。沿路只见房倒屋塌，满目疮痍。村子里有一处公园、一片操场和一座教堂。肮脏的街道上尘土飞扬，寂静无声。窗户被打碎，公路被熏黑。她看到一辆破烂不堪的婴儿车，旁边是几块小骨头，一块圆形的头骨像是婴儿的脑袋。突然，她脑中嘶嘶轰鸣，她的记忆和馈的条件反射蜂拥而至，她的大脑实在难以承受眼前的一切。

△

乌云仿佛浓烟一样铺满了整个天空，她在一座貌似安全的谷仓里发现了空畜栏。她听到硕大的雨滴开始落下，便把背包扔进畜栏里的干草堆，然后爬了上去。不一会儿，雨水在黑暗中拍打棚顶，在她那不可抗拒的讨厌梦境中游走。慢慢地，她意识到自己并不孤单，黑暗中似乎有呼吸的动静，她睁开眼睛，发现一张脸正紧挨着自己。她吓得尖叫起来，但那只狗一动不动，它的爪子搭在架子上，朝她喷着热气。此时，又一声惊雷响彻谷仓，它吠叫着，哀嚎着。随后，雷声滚滚，狗慌忙站起来。她俯身将受伤的小腿抬到架子上。她终于爬了上去，只见这只长毛狗蓬松得像个长着耳朵的大毛球，颤抖的狗毛占据了大部分空间。

“你最好不要打呼噜。”凯特低声说，然后躺在旁边。她在想是否可以训练这只狗在她睡觉时给她放哨。她确信，只要它想，以这家伙的体格，足以把她给杀了。她喜欢狗做梦时发出的声音，喜欢它的鼻息声，还有它躺在身边时带给她的踏实的感觉。曾经，她让拉法睡在床上，这几乎把汤姆给逼疯了。

△

曾经，她总感觉有人潜伏在她的脑袋里。有一天，她从一个亢奋不安的梦中醒来，汗流浃背，并且绝对确信：一段时间以来，当她睡着的时候就会有一种不可动摇的感觉，她并不是一个人。有人一直在她的梦中。汤姆一直坐在床边，他们约定好，其中一个人睡觉时，另一个人要负责放哨。本的视频已经传入每个人的馈，所有人都不得不看。每个人都能感觉到崩塌已经开始，就像鸟儿感知到暴风雨即将来临一样。每个人眼中都充满了猜疑，没有人可以信任。每个人看起来都疲惫不堪，大多数人都尽量不睡觉。一切都遭到了重创。有些东西不可避免要崩溃。南安普顿已经垮了，她的父母音讯全无，而这只是诸多被摧毁的城市中的一座。玛莎一直试图让她离开，但她和汤姆执意留下。他们在塔楼的卧室里安了家，与世隔绝让他们感到安全。她对自己强烈的自我保护意识惊讶不已。她抚摸着婴儿，把额头贴在厚厚的窗户上向下看。交通已经瘫痪了好几天。偶尔有人试图登上其他车辆，或把碍事的东西从路上清理开。斗争持续不断，人类的想法是先下手为强，这样至少能活下来。

是谁对他们做了这些事情？这是为什么？他们简直命比纸薄。浓烟从河口里冒出来，就像水中扩散的墨一样。眼下情况不明，所有费解之事引发了大量讨论，正将馈系统吞没：消息流被公司或政府拦截了（现在很难将二者区分），信息被封锁，所有的隐私设置都被取消，因为他们在拼命追踪入侵者。夜晚的云朵，被四周的火焰映照着，像一片墨黑中透着血色。云朵吸饱了浓烟，在头顶上空凝结，仿佛萦绕在她大脑中的无尽恐慌一样。一天早上，她的大脑被触碰了……

“是我。”她醒了，躺在床上说，她的脑海中似乎有人。

汤姆一头雾水，他还不知道发生了什么事。他抚摸着她的头发，而她皱着眉头，抱着孕肚，宝宝越来越大了。他们已经按照新规定的要求问过了问题：“你叫什么名字?”“凯特。”“我呢?”“汤姆。”“我是怎么向你求婚的?”“拿着一枚放在苹果中的戒指，在一座山丘上。”“没错，就是你……”

说服汤姆需要时间，但她一直在坚持。他们一直等到他的父母去出席一个政府召开的会议。那天早上，整座城市都断线了。她说服汤姆去他父亲的书房，登录他们的家庭中心。正如她看到的，他浏览了她的备份文件，迷失在她的意识中，寻找着她梦境中的那些时刻，那些她确定已被人侵入大脑的时刻。

△

一排排空荡荡的窗户凝视着她。风搅起了幽灵似的游移。在这寂静中，她最轻声的呼吸也显得震耳欲聋。她靴底的橡胶已经老化，她就是穿着这双靴子逃出了城市，当时她已经怀了阿碧。靴底的裂缝和公路上的沟壑如出一辙，不知为何，现在感觉一切都变得一样了：她怦怦的心跳、短路的大脑、将她徒有其表的安全生活生生撕裂的巨大恐怖、对于汤姆是否已被接管之事挥之不去的怀疑。现在，唯一缺少的是汤姆对于希望的憧憬。汤姆的希望曾经让他们撑过了一段艰难时光，他的希望可以让她的精神比独自一人时更加振作。他的希望也比她多了一分持久和执拗。如今，他们对世界的看法已大不相同。而现在，她却独自一人待在这里。

狗把爪子垫在她身旁，它的姿态轻盈又蓄势待发，仿佛他们现在是一个团队。

阿碧被绑架对她的打击比肉体上的任何打击都要严重。那一刻，她愿意为女儿牺牲一切，包括她自己和汤姆的生命，乃至整个星球；为了找到阿碧，她可以抛下一切。

她马不停蹄地前进，遇到路口便查询地图，那只狗跟在她的身边。那天下午，她近距离看到了坐落于群山之中的存储设施。阿碧还能在哪里？还有谁知道营地？他们找到一辆卡车过夜，它停在路边已经很久，锈迹斑斑，薄薄的金属外壳已经被时间侵蚀殆尽，但更坚固的框架挺到了现在。她生了一小堆火，坐在旁边。那只狗不见了，过了一会儿，它带回一只小动物，嘴巴还在抽搐着。凯特把小动物剥了皮，烤个半熟，撕了些碎肉喂狗，她自己毫无食欲，只吃了很少，见狗已被喂饱，便把剩下的大部分肉扔掉了。

△

一辆卡车堵住了大门，仿佛一团黑色金属块塞在满是灰尘的透明卷帘门下面。它曾经狠狠地撞上了门柱，舱室起火，座椅被烧毁，熔化变形的镜子已经凝固，碎裂的玻璃里面冒出了烟，铁丝网被撞得凹陷。她摘下背包，从下面爬了进去。这只神秘的狗跟在她身后。毒辣的阳光下风平浪静，山雨欲来之前的那种静。他们躲藏在林木线后，绕着存储设施转了一圈，找到了一处灌木稀疏的地方等候。她没看到人影，也没发现任何动静。虽然饥肠辘辘使她头晕目眩，但她不会停下脚步。她一路走着，时而攀爬着，在暑热中踉踉跄跄地前进。她试着想象阿碧此刻的感受，想象她被囚禁的地方，但那些可怕的场景令她窒息，无法思考。她试着理解汤姆为什么要跑，为什么着了魔似的要离开自己；她努力地整理脑海中的记忆，想搞清楚为何现在自己孤身一人。她试图理清这种种无法逃避的千头万绪。

前院的柏油路洒满阳光，在她面前铺展开来，空气中闪烁着朦胧的热浪。锈迹斑斑的防火梯盘绕着建筑，墙壁上画着深色的水印。凯特把阿碧的 T 恤紧紧抓在手中，她让狗闻了闻，仿佛它能帮上忙似的。她自己又闻了闻，是啊，这便是阿碧的味道，阿碧仿佛就在眼前，这感觉如此真切——卷曲的头发，红扑扑的脸颊，灵动调皮的双眼。正想着，凯特忽然心头一紧，只见柏油路上的碎屑飞了起来，密集地打到她的腿上，而她甚至听到枪响。那只狗朝着窗口吠叫。另一发子弹打在了它的爪子旁边，凯特不假思索，张开双臂跑上前去，枪声第三次响起，她和狗一起猛冲到一间小屋后面，这只狗的眼睛瞪得和她的眼睛一样大。它紧紧依偎在她两腿之间，惊恐地呜咽着，他们沿着墙壁缓缓前进。

突然，一只手捂住了凯特的脸。她被摔倒在地，脑袋撞到地面，嗡嗡作响，狗吠声唤醒了她的意识，她听见头顶周围有一个男人叫嚷着、扭打着，只听一声掌掴、一声哀号、砰的一声枪响后，那只狗倒在了她身旁。凯特被拖起来，被枪顶着走过一扇紧闭的门。有人把她的背包扒了下来，她一回头，瞥见狗的尸体躺在他们身后。他们快速穿过一条条盘根错节的昏暗走廊，一个开阔的中庭浮现在眼前，这里形似一座金字塔，四周的玻璃满布灰尘，绿色大理石地板上裂缝随处可见。门已被打碎，金属格栅勉强还在原处，原来的假植物还立在苗圃上。她终于看到了俘获她的人，一个个面黄肌瘦，瘦骨嶙峋。

“你想干什么？”其中一人厉声喊道。他长着兔唇，脸颊两侧凹陷，即使他闭着嘴，凯特也能看到他那褐色的牙齿。

“没想干什么。”

“那你为什么在这里？”

“路过。”

“你从哪里来？”

“为什么要问？”

“要是你不说，我就宰了你！”

凯特咬着嘴唇，看着这秃脑袋下那双惊愕的褐色眼睛，说道：“我要去北方。”

他站在她面前，双手叉腰，腰带上露出一把刀柄。他瞥了一眼身旁的女人，那女人面无表情，留着剪短的黑发。他转向凯特，问道：“你从哪里来？狡猾的家伙，你被接管了吗？”

“我的营地被毁了。我要去北方。我没被接管。”

男人在她身边徘徊着，她看到那女人把手伸进自己的背包里。她翻出了一件套衫，一顶帽子和阿碧的 T 恤，顺手扔到地上。还有她的食物、地图。她乱翻一气，脑袋猛地扭回来。那男人吐出一口腐臭的空气，兔唇一动，问道：“为什么来这里？”

“因为我的家人死了，我还能怎么办呢？”她愤恨地朝他们大声叫喊。男人逼近她，呼吸急促，想要把她看穿。她的身体被迫后仰，狂跳的心脏一下下敲击着肋骨，她现在只能看到中庭的上部空间，布满苔藓的玻璃上挂满了巨大的蜘蛛网。她的身体一直被迫向后屈，男人转身对翻包的女人说：“翻到了什么吗？”

“没有。”

“把她锁到储藏室去。”他喘息道，随后把她打趴在地。

△

她已经在黑暗中待了许久，此处是睡觉的好地方，但她断然不能睡。她在大腿的伤口上抓了一把，让疼痛帮助自己保持清醒。她浮想联翩，不知是因为疲惫、饥饿，还是恐惧。在她的儿时生活中，幻想无处不在。她写她父母的故事，还为故事配画。她并不擅长绘画，但是擅长运用文字，她似乎是为了得到父母的赞美而活的。很快，父母就明白了她的心思，再不去评论她的绘画。而玛莎一直被认为是擅长画画的好苗子，她们还一起做了一些小书。她们的父母曾经是美术教师，后来在变化的世界中被馈取代，但他们的决心不会因此而改变。

凯特正朝发霉的管道爬去，她的身影消失在黑暗的房间里，她把耳朵贴在管道上，仿佛听到了孩子们的声音，但她感觉声音并非来自耳中，却好似来自脑海。这隐隐的声音让她回想起一幕幕孩子们的悲惨遭遇。她努力把这些回忆驱逐出大脑。痛苦和恐慌吞噬了她，脉动的心跳将她带回六年前的一个黑暗的夜晚。当时，农舍只剩下了格雷厄姆和简，其他人全离开了。他们两位是仅剩的还有机会去琢磨一下该怎么做的人。一个星期前，她和汤姆走完了最后几千米结霜的路，来到农舍，他们的大脑千疮百孔，一片空白。世界平静了。谁知道在那几个月里有多少人死去？谁知道人们还需要挨饿多久？数星期以来，人们只能躺在地上，苟延残喘。世界一片恐怖。人们目瞪口呆，大多数人迅速死去，其他人则成了容易捕获的猎物。人们孤立无援——没有人，没有应用程序，没有系统。该面对现实了，世界已将他们抛弃。

她找到了汤姆，带着汤姆逃离城市，她肚子里的新生命给了她力量。他们的语言变得畸形，动物本性接管了社会本性，因为现在被攻击成了家常便饭。汤姆对未来的希望让他们渡过了难关。肚子里的孩子的力量和汤姆对未来的希望支撑着他们活了下来。农舍曾经是她姨妈的，他们在那里发现了其他人。社会责任已经随着世界灰飞烟灭，但是这里的人们友好善良。阵痛来临时，凯特惶惶不安，这里的人们给了她安慰。她以前详细的生活履历数据已经完全丢失，那些数据可以精确地显示她的身体状态，并持续更新宝宝的发育情况和她自身的身体状况。而现在，那些可以抑制恐惧、让她区别于野兽的信息体素已经被完全破坏。她躺在乡间一个阴暗潮湿的房间里，剧烈的疼痛折磨着她，像要把她的身体撕裂。两位老人勇敢地为她接生，汤姆则退到一旁，房间里的声音和令人难以置信的气味让他惶惶不安。没有视频，没有任何信息可以接收，没有脑关让她穿越到轻松快乐的时光，只有恐惧、疼痛和惊慌。随后，兴奋敲打着她的心，就像先前阿碧每一点点的重量的增长都会让她心头撞鹿一样。阿碧出世了，浑身光滑，哭喊不停。凯特将刚出世的阿碧抱在怀里。她记得脐带剪断前痛苦的拉拽。随后，她们分开了，自此分开，再没重聚过，世上再没有能比在恐惧中燃烧的纯粹的母爱更强大的力量将她们紧紧连接在一起。

然而，这个曾牢不可破的连接，断了。

凯特的四肢颤抖着，太多的情感需要她的身体处理，她趴在地板上干呕。阿碧不见了，女儿不知会有什么遭遇，这个念头不断地在她的脑海中翻滚。她待在地上，努力抑制自己的想法，这时，门锁咔嚓一声打开了。一只手捧着蜡烛进来了，那女人的头发被烛光照着，影子投射在墙壁上，像匕首一样尖锐。她的声音出乎意料地友好、柔和，但很疲惫，先前的敌意似乎已经褪去："你为什么来这里？"

"我说过。"凯特喘着气说，"我要去北边。"

那女人把一碗块状的东西倒进了地上那堆凝固的炖菜里。

"等等！"凯特绝望地喘了口气，"我太累了！"

“那就睡吧。”

“你们睡觉时不互相看守吗？”

女人瞥了一眼外面的大房间，叹了口气，拉下一块发霉的毯子，盖在凯特身上，然后蹲在一只箱子上，从腰带上抽出一把锤子放在大腿上：“睡吧，狡猾的家伙。我会照顾你的。”

△

凯特从梦中惊醒，气喘吁吁，她梦见自己从塔顶坠落，穿过一个被烧毁的世界，坠入她大脑敞开的一道裂口中。那女人已经不在了，昏暗的烛光照在半开的门上，她听到远处有呕吐的声音，那声音很疲惫。休整之后，精力恢复了大半，她瞬间清醒了，警觉起来，她有时间逃走吗？搜查这个地方，找到孩子，然后逃离？她爬向门口，外面有几张桌子，上面放着一些科技产品。突然，烛光照亮了她的脸，她急忙躺倒。那女人长出一口气，坐在箱子上，擦了擦嘴，把双手放在肚子上抚摸着，然后紧紧闭上眼睛，偶尔不经意地看她几眼，默默颤抖着，流着眼泪。

△

“起床，狡猾的家伙！”兔唇男人嘶哑地喊道，“快给我起来。”

凯特踉踉跄跄地随着他们穿过迷宫般的走廊。太阳已经升起，透过肮脏油腻的玻璃，天空看上去如同朦胧的沙漠。他们挤进一间用焦渣石垒起来的房间，窗户打碎了，刺骨的风呼呼地吹进来，兔唇男子把她拽到一边。在朝向前院的窗口上，他高高架起步枪，按着她的头往下看。

“看到他们了吗？”

她透过步枪的圆形瞄准镜望向地面，终于，十字准星锁定了一个人。他皮肤灰白，一头卷曲的短发，穿着一件磨破的套衫。他抬起瘀青的脸，向天空望了一眼，然后扭头同别人讲话。那人是马克！

“看到了一个。”

“你认识他吗？”

“不认识。”

她动了动枪，重新搜索着地面。这次，她看到了一条腿，一只手肘，继而锁定了另一个人。那人双手插在口袋里，低着头，听着马克说话。他是汤姆！他抬头望着存储设施，不经意地朝她这边望来。当他在视野中赫然出现的时候，她下意识地把手指放在了扳机上。

“能看见另一个吗？”

“看到了。”

“认识他吗？”

“不认识！”

但她知道汤姆抛弃了她，她知道是他把他们分开了。她知道他不该做出这种事来。真的是他吗？她的手指在扳机上绷紧了，但那人一把夺走了步枪，把她推到一旁。他开了一枪，透过瞄准镜眯着眼瞄了瞄，又连射三枪，每声枪响都让凯特捂紧了耳朵。

“打完了吗，奈杰尔？”那女人不得不大声吼着才能让自己的声音被听到。

“完了。”奈杰尔愤愤地回答道，“把她弄走。”

那女人把她拖出房间，但凯特仍然能看到步枪瞄准镜的轮廓，带有十字准线标志的圆圈锁定在她视线的中心。

“究竟发生了什么?”她大叫着，枪声在身后不时响起。

“我们被袭击了。”女人边跑边气喘吁吁地说，“他们闯了进来，还杀了人。”她拉开门，跑下楼梯。“两天前，还有另一群人袭击了这里。然后是你，现在是这俩人，到底怎么回事？……你真是幸运，没有中枪。”二人来到了大房间，她补充说，“但我们有规则，投票表决，虽然现在只有我们两个人。”

凯特在关押她的屋门口大口喘着气：“谢谢你，似乎是因为有你我才活了下来。”她伸出手说，“我叫凯特。”

那女人握住她的手。“我叫玛格丽特。”

“那两个人呢？被射杀了吗?”

玛格丽特压低了声音：“我不知道，奈杰尔他……压力很大。”她把凯特推回到储藏室阴暗的角落里，锁上了身后的门。

△

黑暗中不知过了多久，门开了，马克和汤姆被推了进来。“我们不是来伤害你的!”马克呼喊道，回身朝奈杰尔的身影扑过去，而汤姆则僵硬地稳住自己的身体。

“闭上你们的臭嘴!”奈杰尔厉声说。

“等等，”马克恳求道，“我给你讲个故事……”

门砰的一声在他面前关上了。

“哎哟!”黑暗中，马克不知踢到了什么东西，“该死，等等，汤姆。”

房间亮了起来，马克正摇着一盏太阳能小灯，他抬头看看架子，又看看箱子，慢慢地把灯四处移动。随后大家便听见他的一声惊呼。

“欢迎来到橱柜。”凯特说道，只见汤姆的手低了下来，露出鼻孔下的一道血迹。自然，他也认出了她。她心乱如麻，百感交集，宽慰、愤怒、恐惧……是他吗？毫无疑问。不管怎样，一定不能让外人知道他们认识。“我叫凯特。”她迅速说道，把手伸向马克，“他们可能在听，做个自我介绍也无大碍。我叫凯特。你是谁？来自哪里？”

“哦，我叫马克。”他回答，同时夸张地向她眨眨眼，“很高兴认识你，凯特。我来自洛克斯堡。你呢？”

汤姆的手重重地落在她的肩膀上。他双眼凹陷，好几天没睡觉的样子。她从未见过他如此呆滞。“凯特。”他小声说。所以，这……就是汤姆，确定无疑了。“你在这里多久了？”

“一个晚上，他们伤到你了吗？”

“他们是一群很难相处的人。”马克打断了他们，她不情愿地转过身去。

“马克，人们总是一见你就想把你杀死吗？”

“我承认，我总是霉运缠身。但我认为这伙人比恶毒更让人害怕。我感觉孩子们不在这里，汤姆。我认为是带钉子的面包车里的那伙人抢走了孩子。我们志同道合，”马克大声对她说，故意让窃听者听到，“我发誓，和你一起走遍全世界，找回被偷的孩子。”

汤姆把凯特拉到一边，压低声音，急促地对她说：“马克被肖恩绑了起来，但他设法从农舍逃了出来。”

“这个描述平庸至极。”

“小声点，马克，”汤姆厉声说，“像凯特说过的那样。”

“我侥幸逃脱了，这才可以帮助你解决困难！”马克假模假样地低声说。

“肖恩狠狠地揍了他一顿，但他还是设法溜走了。”

昏暗的储藏室中，满脸瘀伤的马克露出受伤的表情：“汤姆，如果我们要演双簧，你就得把故事讲得更好。”

“讲故事和撒谎是有区别的！”汤姆恼怒地低声说。

“得了吧，一点点修饰不会伤害任何人！基于同情对某些事实进行适当的夸张和忽略会很有趣！”

“我告诉他我想一个人走。”汤姆对凯特激烈地耳语道。

“没有人愿意独自旅行。”马克平静地反驳道，转身回到凯特身边，又夸张地大声说给窃听者听，“你呢？你怎么来的？你说你叫凯特？你一个人旅行？那谁看守你睡觉？”

前所未有的疲惫压垮了她。她感觉自己孤苦伶仃，跌倒在自己的伤腿上，即使是这种突然的疼痛，也没法让她打起精神。她实在太累了，钻进了她的毯子。

“马克，你知道吗？”她说，“并不是所有的故事都适合分享。”

△

马克轻轻打着呼噜，沐浴在太阳能小灯的光晕中。汤姆指了指，他的眼睛在黑暗中聚着光，她点点头。他掀开毯子，翻身滚下床，蹑手蹑脚地向门口走去。他试图吻她，她勉强没有拒绝。当他再次尝试的时候，她把他的手拍了下来，二人僵住了，瞥了一眼躺在地板上昏睡的马克。

“不，汤姆，不要……”

“怎么？”

“你说怎么了？”凯特的声音很平静，但语气很重。尽管疲惫让她的脸颊松弛，但眼神依然坚定，“你让我们分开了，汤姆。我们早就说好，一而再、再而三地说好了永不分离。我根本不知道你要去哪里，也没有办法找到你。”

“我以为你会留在营地，我会回来找你的……”

“阿碧失踪了，你以为我会留在营地？”她的耳语划破黑暗，再次把他凑近的手打到一边。“你生活在幻想的世界里，汤姆！我们永不分离！”她生气地低声说，“我根本找不到人，只剩下迷路。你不该这样对我们，你究竟为什么要那么做？”

汤姆搜肠刮肚，想找到适当的说辞，最后，他只得说道：“我想找回阿碧。”

她双手捂脸，啜泣着，不想再多言，泪水夺眶而出。汤姆用手臂搂住了她，她没有反抗。她感到他在颤抖，他也哭了。

“她在这里吗，汤姆？你就看到了那俩人吗？”

“我看见那个女人了。”他流着泪，低声说，“但我不知道他们是否带走了阿碧。有可能是他们，或许是为那个被格雷厄姆射杀的人复仇，也可能是其他人。”

她抓着他的夹克衫，直到指关节都颤抖起来：“你相信马克吗？他和他们是一伙的吗？”

“他们狠揍了他一顿。”

“他们把每个人都狠揍了一顿。但也许他被接管了。”

“凯特，”他说着，把她的头发拂到脑后，“你还好吗？”

她的表情凝固了：“你到底怎么想？”

“我们会找到女儿的，凯特，”他畏缩着喃喃说，“如果她不在这里，我们就逃走，继续找。我们需要和这些人交朋友。我们继续假装不认识，否则他们会紧张。凯特，别灰心，我们会找到她的。”

△

黑暗中，时间感消失了，不知何时，他们被命令来到讨厌的外面的房间。凯特注意到，当他们出现的时候，汤姆环顾四周，特别看了一块长方形的地板，原先那块弄脏的地毯已经撤走了。她看到他脸色煞白，随即发现面前放了三把椅子，奈杰尔和玛格丽特在对面坐着，手持武器。

“坐下。”奈杰尔粗声粗气地说，用枪指着椅子。三人依言坐下。

“你们为什么来这里？”玛格丽特查问道。

见三人都闭口不语，奈杰尔向前探出身体：“你们知道的，你们被捕了。你们既然落在我的手里，那就自求多福吧。”

“我只是觉得，”马克笑道，“你是个枪法很烂的枪手。”

凯特转身看着他。汤姆瞪了他一眼。每个人都转过脸盯着马克，只见他抓了抓头发，看了看套衫袖口，突然意识到袖口磨破了。

“你为什么来这里？”过了一会儿，奈杰尔喘息着说，仿佛在恳求他们的回答一样，凯特依汤姆所言，盯着奈杰尔和玛格丽特，打量着他们，注视着奈杰尔的每一个动作和玛格丽特眼睛的每一次闪烁。她努力解读着他们的肢体和表情信号，寻找她一直在等待的线索。

“我在找孩子们。”汤姆说，“他们被偷了，有人告诉我来这里找他们。”

“这里？”

汤姆意味深长地点点头，奈杰尔瞥了一眼玛格丽特，她皱起了眉头。“谁叫你来这儿找‘孩子’的？”玛格丽特问道。

“我遇到的一个人告诉我，你们可能知道孩子们的下落。”

玛格丽特表情痛苦：“你的孩子？”

凯特仔细地观察着一切，汤姆摇摇头，撒谎说：“一个朋友的孩子。”

“很抱歉。”玛格丽特说，“我们会保密的。这真是……”

“你呢？”奈杰尔问马克。

“我陪着这家伙来的。”

“你从没见过她？”奈杰尔愤愤地说，向后靠在椅子上，用手指指着凯特。

马克看着他们三个，说道：“我发誓，我们以前从未见过她。我以为她是鬼魂，我曾经撞过鬼，这次可能那鬼魂又回来了……”

“滚！”奈杰尔打断道。他瞥了玛格丽特一眼，虽然气急败坏，但接下来的话却让玛格丽特松了口气。“滚吧，我才不在乎。但如果你们回头，胆敢耽搁片刻，我就毙了你们。”他指着马克，“尤其是你。”

“等等！”马克回答，“也许我不想离开！”他一只手放在胸前，说道：“我叫马克，我不会给你们带来任何威胁，也不会拿你们的东西。但是，我可以给你们讲故事。我四处旅行，一路聆听、回忆，讲述我所知道的一切。我的目的是要让真实的故事保存下来，流传下去。如果你们觉得我的故事讲得还好，听着有些趣味，听着高兴的话，那么我很乐意享受你们的饭菜。如果我的故事讲完了，或者你们想让我走，我就立刻离开。这就是我要做的事情。”

奈杰尔费力地呼吸着，脸也皱了起来。“该死的讲故事的人。”他喘着粗气说，“你可以闭嘴了。你们两个呢？你们会什么技能？有什么知识？”

马克拍拍汤姆的肩膀：“这个人拥有最伟大的技能之一，他是个很好的听众。”

“听着，”奈杰尔叹口气说，“你再不闭嘴，我马上打死你。”

“但是，”马克宣称，“他还擅长烹饪！昨天晚上，我们坐在一块田地里，我说我要吃肉排。他走了，没过多久就回来了。他叫我不要看。我坐在一旁等着他鼓弄，不一会儿，肉排就好了。汤姆，拿出来吧。”他对汤姆说，然后转向其他人，“还剩了一些。”

汤姆把手伸进背包，打开一个包裹，里面是肉和土豆。

“这是什么？”奈杰尔耳语。

“我先尝一口。”马克蹲下来，拿了一块，“不错。”他边说边大嚼起来。

△

众人来到一间长长的食堂，地板铺着瓷砖，摆着一张张金属桌子，厨房被光亮的老厨具箱遮住了一部分。凯特和玛格丽特坐在一起，厨房里的物品哗啦哗啦地响着。

“你们二人在这里多久了？”

玛格丽特低头看着她的杯子：“已经好几年了。”

“你们以前住在哪里？”

“公路边的一个村庄。”玛格丽特朝凯特身后瞥了一眼，似乎做出了一个决定，“我的男朋友曾经在这里工作，这就是我们最初来这里的原因。”

“奈杰尔是你的男朋友？”凯特试图掩饰自己的惊讶。突然，厨房里传来一阵嗞嗞的响声，她回头一看，只见汤姆翻动着一件沉重的东西。烹饪显然是他的一项技能。她回过头来，只见玛格丽特正望着窗外，紧闭着嘴。

“不是奈杰尔？”凯特低声说。

“突袭中，他中了枪，为了争夺燃料被杀害了。”玛格丽特苦笑道。

“抱……抱歉。”凯特的脑海中浮现出了格雷厄姆的形象，想起了他把小婴儿抱给她时满手鲜血的样子；想起了不久前，他们坐在草地上，格雷厄姆面色苍白，向他们讲述着他射杀的那个人，当时双手如何颤抖。

“他们都在这里工作。一开始，这地方吸引了很多人注意。或许因为这里是馈的存储设施？得了吧，没人能让它运转起来，它彻底坏了。那些人很绝望。但我们很擅长保护它。然后……”突然，玛格丽特一只手捂住肚子，另一只手捂住喉咙，弓着身子呕吐起来。“我不知道我为什么还要待在这里。”过了半晌，她接着说道，向凯特身后瞥了一眼。虽然她笑了，但眼中仍然流露出悲伤，“或许我应该和你一起离开。”

“我为汤姆的朋友感到遗憾。”凯特低声说着，俯身向前，“失去孩子一定很受打击。孩子是无辜的，他们感受到的恐惧肯定要多得多……”这说中了她的心思。谁需要馈来感受她女儿的恐惧？谁需要科技来表达同情？她捂住眼睛，但眼泪还是流了出来。

“你也失去了亲人吗？”桌子对面的玛格丽特靠过来问，“孩子？”

“你看到过吗？”凯特问，泪水已润湿了她的嘴唇。

“孩子？”

凯特点点头，擦了擦鼻子。

“没有，我很多年没看到过孩子了。馈崩溃时，每个人都无法应付。我的女儿……我不知道……”玛格丽特瞥了一眼厨房，看看做饭的汤姆，手又放回到肚子上。“也许他朋友的孩子们就在那辆试图闯进这里的面包车里，面包车上有尖钉子，被马拉着，那些人有武器。他们是这么说的，对吗？”

凯特松开手指，期待着玛格丽特能多说一些，此刻的痛苦前所未有，但现在无疑已经接近了一些线索——带尖钉子的面包车。她的心中燃起了希望。

“我们看见他们沿着公路，来到你走过的那些门。他们想先把卡车移开。那些蠢货如果打开卡车看看，就会发现里面全是混凝土。我们占据了有利位置，一致同意开枪，这次投票表决并不艰难。”她颤抖着说，“面包车停在了围墙比较低矮的地方，其中一个人想跳进来，我们朝他开了枪。”玛格丽特抬头看着凯特，盯着她的眼睛：“我朝他开枪了……”她指着凯特双眼之间，“他们全部立刻开枪还击。没有思想，跟野兽没两样。后来，他们往北走了。”

“往北去了哪里？”

玛格丽特耸了耸肩，打量着她。

凯特回给她一个微笑，她试着让微笑看起来真实，但她能感觉到自己的笑脸在颤抖：“玛格丽特，你到底是在哪里学的射击？”

“游戏中。”

看到玛格丽特真诚的眼神，凯特竟发自内心笑了起来，笑声会传染。很快，二人便开怀大笑，笑得喘不过气来。

“笑什么？”奈杰尔叫道，玛格丽特马上收起了笑容。

凯特又趴在桌子上：“玛格丽特，你以前是做什么的，在这之前？”

“我是一名教师。”

“我也是。”

“我教高等数学和虚拟现实技术。”

“我教英语。教小不点们。”

“那是很久以前的事了。”

“那是个完全不同的世界。”

突然，厨房里爆出一声惊呼，奈杰尔品尝了汤姆做的菜，嘴巴烫得不行，但还是咽了下去，这味道让他高兴得手舞足蹈。

△

随后，他们一起吃着汤姆的炖肉。他没告诉凯特是什么肉，但她发现了金黄色的毛。她不想靠近他，她想去找阿碧。众人沉默不语，只有餐具碰撞盘子的叮叮当当声和咀嚼声。冒烟的蜡烛映照在墙壁的白瓷砖上，仿佛千里之外太阳的火焰被深深嵌入了陶瓷表面。

见众人陷入了心满意足的麻木状态，马克竖起一根手指，说道：“古希腊有像我这样的人。他们对于天下的故事无所不知，就像行走的图书馆一样。记得图书馆吗？我们过去不是常说原始人吗？但请想想，他们为了生存必须要做的事情，狩猎、采集、烹饪，做那些我们曾经外包给机器，现在已经不知道如何去做的事情。你们中有几位还记得故事？这就是我来的目的。谁想听一段？”

“不好意思。”玛格丽特说着离开了餐厅。

“我们这儿不需要你讲故事，我已经说过了。”奈杰尔疲惫地说，他打了个哈欠，手指朝汤姆一指，“我们需要他的烹饪。”

“在我曾经的营地里，我们不让人们讲过去的故事。回忆会带来太多的痛苦。”汤姆对他们说道。

“我的朋友，这正是讲故事的意义！”马克宣称，“古希腊人称之为情感宣泄。他们坚信，过去虽然是过去，但它会一直存在。它引起的所有情绪都必须摆脱掉，所以我们需要做的就是讲……”

“我去看看玛格丽特。”凯特说道，他们挪出位置让她过去。马克那势不可当的大嗓门伴着她进入了没有灯光的走廊。凯特听着其他的声音，听着是否有孩子们的动静。潮湿的气味已成为这个地方的特色。她的手指摸着墙壁，霉菌随之从墙上滑落。在这个像洞穴一样寒冷的地方，孩子们活不了多久。但是那辆带尖钉子的面包车呢？莫非他们找错了地方？

“凯特？”餐厅门口映出了玛格丽特的身影。“你没事儿吧？”

“没事。”凯特从玛格丽特的呼吸中闻到了辛辣刺鼻的味道，“我已经受够了他的那些故事。”

“那就跟我来吧。”

她跟着玛格丽特走到存储设施前面的柏油路上，中庭污浊的玻璃反射着星光。与食堂瓷砖上的火焰一样，这景象仿佛就像天空嵌入了玻璃，整个银河都尽收在头顶这一小片天空中。她没料到现在竟是晚上。

“好安静啊，是不是？”玛格丽特叹道，她双手叉腰，眺望着地平线。

“你开枪打的那个人后来怎样了？”

平静的空气中，玛格丽特努力保持着呼吸。月光下，柏油马路像一片银色的沙滩。她歪着头，端详了凯特许久。她轻轻嘟哝了一声，仿佛下定了决心要做什么似的。

△

第二天早上，浓云蔽日，凯特跟在玛格丽特身边，朝边界的围栏走去。汤姆和马克架起了梯子，围栏另一边，草地上的几只狗竖起了耳朵。它们中间有一团湿漉漉的东西，奈杰尔朝它们开了一枪，它们立刻吠叫起来。他继续靠近射击，它们迂回着逃散了，绿色的草地上留下几道沙土色的条纹。

地上是一个人的尸体。旁边，骨头被从肉中剔了出来。一只连着手腕的手被扔在一旁。尸体已被开膛破肚。子弹打爆了他的头顶，柔软的内脏已经不见，头骨里有舌头的痕迹，他的下脸虽已露出白骨，却显得出奇地安详。他的下巴上长满了黑色的胡茬。

“我们认为他们来自北方，”奈杰尔嘟哝着说，“他们总是走同一条路。”

“你们真的看见过孩子？”汤姆的声音很坚定。

“没有。”奈杰尔承认道。

“但孩子或许就在他们那里？”

奈杰尔一动不动。他的嘴巴扭曲了，裂开的兔唇斜向了两边。“他们不是好人，”他嘟哝着说，“所以我希望孩子不在他们那里。”

他们没有在这里逗留很久。那些狗已经变得大胆而又迅速，它们慢慢靠近，咆哮着。凯特头晕目眩停下来想喘口气，她让其他人先走，但汤姆落在了后面。

“凯特，我们得谈谈。”

“不，没什么可谈的。”

“你在躲着我吗？”

“我只是在继续你做的事情。”

“我想找到阿碧！”

马克和奈杰尔爬上前面的围栏，但玛格丽特在等凯特，正看着他们。

“我们需要找到那辆面包车。”汤姆喃喃地说，“跟我看到的那辆一样，带着尖钉子。我们明天就出发。”见她依然沉默不语，他提高了音调：“凯特，你能不能至少告诉我其他人怎样了？丹尼还好吗？”

众人来到梯子旁边，她颤抖着伸出手，停在玛格丽特身边，示意汤姆先上。她跟在玛格丽特身后爬上梯子，突然觉得一阵恶心。她爬到顶上翻越围栏时，腿被缠住了，只有玛格丽特听到了她疼痛的呻吟。她一直默不作声，随着众人回到了设施中，她要求独自去中庭看看，这才发现伤口血肉模糊。一道道红色的裂口像闪电一样向外发散蔓延，中心瘀成了青紫色。凯特自己看到这副样子也惊得目瞪口呆。

“该死，”玛格丽特叹道，“很痛吗？”

“是的。”

“在这儿等着。”

玛格丽特很快便回来了，从口袋里掏出一根软管，给凯特涂上药膏，凯特感觉伤口立刻凉了下来。

“泰德跟我说过存放药品的地方，奈杰尔不知道这回事。但这伤口看起来很严重，凯特。”

“这药膏是什么？”

玛格丽特把药膏拿给她看。白色的软管皱巴巴的，上面只有一个二维码。“没有馈系统，这药没多大用处。尽管它闻起来还好，但你得找个药剂师。”

“药剂师已经不存在了。”

“药剂师当然存在。但这类知识已经不多见，更不用说药物了，所以你要花一大笔钱。”玛格丽特说，“可是一条腿值多少钱？你必须找个药剂师。”

听到“药剂师”这个词，看着这个灰尘覆盖的干燥的地方，凯特想起了年少时，她和玛莎在一间药房里，她们的母亲在和一个穿白大褂的男人说话。那时馈系统刚问世不久，虽然有些包装被印上了二维码，但是多数包装仍然是色彩斑斓的设计。药剂师透过眼镜盯着她看。她的记忆随之穿越到了她见过的最后一位药剂师：塔楼里，一名药剂师盯着她，他是为汤姆的父亲工作的诸多实验室人员中的一位。崩溃迫在眉睫，她和汤姆已经搬进了塔楼，她正在接受许多测试。汤姆的父亲说，这是体检，而且他满怀歉意地说，要是他们告诉他她怀孕了，他早就会出手相助。要是他知道就好了，为什么早不说呢？这时，那种恶心、晨起后的孕吐，那些感觉又一次席卷了她。她的思绪回到了现实，玛格丽特呼吸中的刺鼻气味越发让她感觉恶心。此时，现实世界和灰尘覆盖的中庭重新回到了她的身边。

“泰德是你的男朋友？”

玛格丽特涂药膏的速度慢了一下。

“玛格丽特，你怀孕了？”

玛格丽特蹲在尘土和碎玻璃之中，抬头看了一眼：“我不知道。”

“你现在时常有孕吐，对吗？”

“我该怎么办？”

“你有没有告诉奈杰尔？”

“要是他把我赶出去怎么办？”

“他为什么要那样做？”

“……这不在他的计划中。”

凯特的目光从玛格丽特身上移开，看着地板上破碎的瓷砖，看着她倚靠的假植物，它的叶子上盖着厚厚的一层尘土。她的脑海中闪过一幕幕场景，孩子小屋里的玻璃碎片，被火灾余烬覆盖的草地，流了满地的血。她又想起了那辆面包车，她想象着它的样子：坚硬且沉重，带着生锈的尖钉子。车里像烘箱一样干燥。阿碧和杰克绑在一起，干渴难耐，浑身瘀伤……

“玛格丽特，孩子必须是计划的一部分。”

她们站在安静空旷的中庭，玛格丽特把凯特的卷起裤腿放下来，把药膏塞到她的手中：“明天带上它。”

“明天有什么事？”

“汤姆说你要和他们一起走。”

凯特看着她手中的药膏，看着她伤口感染的腿，看着破旧的靴子和尘土上留下的脚印。如果她不和汤姆、马克一起走，她还能去哪里？

“凯特……面包车里……是你的孩子吗？你和汤姆的？”

凯特紧咬住突然颤抖起来的嘴唇。她想起了塔楼实验室里的那些测试，汤姆一直陪在她身边。他们健康好动的宝宝的扫描结果直接通过馈输入他们的大脑。这是她和汤姆的孩子，他全神贯注地看着，甚至还笑了起来——他们的女儿睡在凯特的肚子里，不断生长发育的全部身体信息填满了他们的大脑，而此时，外面的世界崩塌成了地狱。她的女儿那时安全地躺在母亲的肚子里，母亲是她最可靠的保护伞。

“如果你想留下和我们在一起的话，这里有足够的地方留给你。”玛格丽特对她说，把手放在凯特的手臂上，劝慰着她不要再哭泣。

△

众人站在前院，阳光照亮了林木线，鸟儿在清晨的天空中翻飞。凯特和马克背着背包等着，看着汤姆在他的背包里翻找着。“我的枪呢？”他说着，然后转向奈杰尔。奈杰尔耸了耸肩，嘴巴噘了起来。

“不是你的了。”

凯特看到，汤姆抬头盯着奈杰尔，枪就插在他的腰带上。汤姆拎起背包，站到一旁，气红了脸。随后，玛格丽特站到大家面前，指着凯特的腿说：“凯特，务必找个药剂师。”凯特点点头，看着玛格丽特的肚子。其他人看着她们俩。凯特一言不发，但玛格丽特也同样点点头，表情毫无波澜。

△

三人沉默着走了很长时间，经过一辆辆汽车，跨过公路上的裂缝，走过一座坍塌的桥，蹚过一条小溪，沿着公路穿过一片树林，他们身后的存储设施变得像拳头一般大小。马克在一丛灌木后面停了下来，汤姆和凯特在一旁等待。一人高的变异大麦在田地中摇曳的声音是唯一能听见的动静。

“你抛弃了我们。”凯特说道。

大麦摇曳着，汤姆思考了许久，一言不发。

“你抛弃了我。”她重申道。

“可是我打算回来的，我没有抛弃你。”

“我们承诺过。”

“我再也不这样做了。但是凯特，你必须……”

“别……”她转过头，“你无权告诉我该怎么做。”

“凯特，冷静点。我认为我……”

“不，你没有！”她厉声说，“你压根连想都没想。你没想任何人，只想你自己。”她沉下脸，然后低头看着脚下。“我们的狗叫什么名字，汤姆？”

“你是认真的吗？”他咂咂嘴，“是我，凯特。是我。”

凯特的表情黯淡下来：“那么，我们的狗叫什么？”

“拉法。”汤姆也沉了下脸，“非常感谢，真是太好了，凯特……”

“不，不好，汤姆！一点都不好！从该死的一开始就不好！世界崩溃的样子、你父亲对我的态度、我们现在的生活，有哪一样好过？我每次睡觉都时提心吊胆。每次你睡觉的时候，我都害怕你醒来后会变成另一个人。还有你这该死的跑路，没有一件事是好的！”

汤姆几乎目不转睛地呆呆听着，他的声音听起来有些厌倦：“你的姐姐叫玛莎。你的父母是老师，他们也讨厌我。”

“哦，学乖了。”

她转身离开，但见阳光照在麦芒上，明晃晃的。她百感交集，宽慰和恐惧，荒芜和希望，还有挥之不去的疲惫，纷纷涌上她的心头。她的内心平静了许多。她一度热切地希望阿碧就在存储设施里，她不在这里还能在哪儿？现在，她有些麻木了，阿碧并不在那里。但她有了线索，阿碧在一辆带尖钉子的面包车上。他们必须找到它。眼前的公路向前延伸，奈杰尔让他们走这条路，他说那些人在这条路上走过。公路上为数不多的几辆车撞在一旁。她望着地平线，寻找着她铭记于心的轮廓：一辆低矮的椭圆形面包车，包着坚硬的金属外壳，被马拉着，表面带着尖钉子，在阳光下拖着黑色的影子。

△

这两日，三人匆忙赶路，她无法清洗伤口。她每走一步，都要忍受伤口摩擦的疼痛，而马克的喋喋不休让她恼得不行，像给花朵授粉的蜜蜂一样嗡嗡不停，这个让人窒息的话痨让她避之不及，因为无论问他什么，他都是在极力掩藏自己，胡侃着他那些云山雾罩的故事，将自己隐藏得滴水不漏：他认识一个改过名字的人，他认识一个秃头的理发师……他想念馈，他喜欢馈……他东拉西扯又极力隐藏。

三人登上一座山丘，俯瞰着下面的公路，公路通向北方，空空如也。也许……那是什么？凯特抓住汤姆的胳膊，指着前方。有动静？抑或只是太阳照射在远处的物体上的反光？或者压根什么都没有。

第二天晚些时候，他们发现了一条小溪。凯特大汗淋漓，头顶满是盐渍。汤姆和马克在路边搭起帐篷，她离开二人，小心翼翼地下水。她蹲下身，想浸湿自己的衣服，却不慎撕裂了腿上的伤口。粗糙的伤口渗出脓液，一股粉红色的水淌了出来。她清洗一番，把药膏涂上，等她的身上的水和腿上的药膏干了之后，她把衣服重新穿上，疲惫不堪地爬到路边的帐篷里，努力地掩饰着自己的跛脚。

△

不知是一声巨响还是一场梦惊醒了凯特，总之她一醒来已经看不见汤姆。马克躺在一边睡觉，而汤姆却……不在这里，没看守他们。她伸出手去想要叫醒马克，但又缩了回来。一个人最多可以多长时间不被看守？接管需要多长时间？在那些视频中，只需几秒。马克鼻息如雷，他鼻子不通气，张开嘴巴猛吸了一口，终于又恢复了平静。她轻轻爬开，然后站起身来，朝黑暗中伸出手去。一丝亮光也没有，什么都看不见，她的耳朵变得非常敏锐。每一片落叶，每一个树枝，响动声离她越来越近。她倾耳而听，附近有一只动物溜过草地，大口地喘息着。她等自己的脉搏平静下来后，继续往前走，在黑夜里气喘吁吁地喊着汤姆的名字。她靠近了模糊的、茂密的树木，突然，她撞上了什么东西。

汤姆躺在草地上，茫然地眨着眼睛。

“你到底在干什么？”

“我来看看星星，片刻工夫而已。我一定是睡着了。”

愤怒的凯特狠狠地踢中了他的肋骨。

“这是个意外！”他叫喊着努力站起来。他虚弱的声音让她的怒气消了一半。他抬头望着黑夜，握住她的手，再次开口时，声音变得更虚弱了：“我觉得我没法再这样做了，凯特。”

“汤姆，”她闭上了眼睛，“你只能这样，本和盖伊……你别无选择。对我你也必须这么做，我也必须这样对你，如果错过，机会就永远失去了。如果我们被接管了，阿碧会怎样？你怎么知道我没被接管？”

“因为你一直叫我汤姆。”

“那么，我怎么知道你没被接管呢？”

“因为我知道汤姆是我的名字！”显然，他对自己的大脑机能很满意，他拉住她的双肩，二人滚倒在地上。

“你怎么知道我们两个是不是都被接管了，我们在互相欺骗？”过了一会儿，她说。

他亲吻着她的脖子说：“我的名字叫汤姆·哈特菲尔德。我们的狗叫拉法。我用一枚插在苹果里的戒指向你求婚。因为苹果是你最喜欢的水果。我们的女儿叫阿碧，我们要去找她，凯特。我就是我，我没被接管。好了，我保证看守你，所以你最好跟我保证一定不被接管。因为现在你回来了，我再也不会失去你了。一言为定？”

她伸出一只胳膊搂住他的肩膀：“成交。”

△

西方的海风带来了突如其来的急雨，大雨倾泻而下，彻底给空气降了温，提前将树叶从树上吹落。路上空无一人，毫无遮蔽，三人只好冒雨前行。他们沿着自认为的面包车轮胎印一路走去，但是丝毫不见带钉子的面包车的踪影。不过，他们发现了马粪，虽少却很新鲜。三人仿佛如获至宝，欣喜异常，坚定地在暴雨中继续沿着轮胎印前进。

“最好继续往前走。”马克的声音越来越高，努力想要盖过鼓点一般的雨声，“我认为他们不会马不停蹄地赶路，所以我们先找个暖和的地方吃晚饭。”

“那还得走很长时间呢。”汤姆嘟哝道，把雨水从嘴里吐了出来。

“如果我们接着聊，就会感觉时间会过得飞快。”

雨更大了，他们被迫躲在栗树树冠下面避雨，厚厚的栗树皮呈锯齿状，树根龙蟠虬结。三人望着缓缓落下的雨雾，紧紧抱着自己湿透的身体，徒劳地想要留住身上仅有的一点可怜的热量。凯特瞥了马克一眼，只见他的嘴唇颤抖，目光游移不定。

“马克，你打算去哪儿？为什么要四处游荡？”

马克凝视着雨雾，看着雨水笼罩的树木，雨珠滴滴答答地拍打着他们。凯特见他似乎并没打算理会，便转过身去。但随后，他盯着雨说道：“因为我还没有找到像家一样的地方。”她出去探了探头，马克说雨势已弱，让他们启程。

时走时跑的三人比马拉车快很多。汤姆不断地给他们打气，赶着他们往前走，并指给他们看在雨中融化的零星的粪便。他们找到了一处温暖的地方吃晚饭：一辆铰接式卡车，前部已被撞毁，残骸散落一地。汤姆在货仓口生了一堆火，里面很快热得不行，他和马克脱下套衫，卷起裤腿。马克佯装被火熏黑，逗得汤姆大笑起来。

凯特没有笑，也没卷裤腿，她一直藏着伤口，因为被他们看到会引起他们注意，那会耽搁时间。

“出事的时候是夏末。”马克开启了话题，豆大的雨点缓缓落到卡车货仓口，“你还记得吗？”凯特瞥了他一眼，却见他咬着指甲，手指颤抖，与他敏锐的目光格格不入。“尽管发生了这一切，但至少天气很好！那是个干燥温暖的秋天，馈崩溃了。我们的生命就像牲畜一样脆弱，而我们自己甚至对此一无所知。直到那时我才知道恐慌意味着什么。但是……听我说……你还记得你第一次真正懂得这个词的时候吗？”他的眼睛闪着光芒，“当第一次进入馈，看到它向你展开世界的速度时，你意识到它的力量了吗？你第一次和谁分享你的想法？这难道不是最亲密的感觉吗？人与人之间没有隔膜，没有谎言，只有完美纯洁的思想，我们所有人都连接在了一起。”

凯特看着汤姆的背影，他凝视着夜晚，这番话他显然听到了，却假装充耳不闻。“我宁愿不去想它，”她对马克说，“这会让我心烦意乱。”

“好吧。”马克叹了口气，垂头丧气地搓着手，“我知道了。”

凯特对他微微一笑，倚靠着货仓，其实她感到挺难过，自己打断了他仅有的一次回忆的话茬。他放光的眼睛让她想起了馈的好处：它的信息流、它给人们带来的全神贯注、它提供的精准的知识。如果他们现在有馈，那么他们或许早就找到阿碧了。如果他们激活了阿碧的馈，她或许永远不会被偷走。凯特双手放在腿上，努力掩饰着让她身体抽搐的阵痛。伤势每天都在恶化，伤口灼烧着，而她也在发热。火苗噼噼啪啪地响着，她脱掉 T 恤，让身体吹吹冷风。她双眼低垂，在沉默中渐渐进入了梦乡。

“有一个故事，”马克的低声细语把她从睡梦中惊醒了，“曾有一段时间，思想弥漫在空气中，它们用色彩包裹着世界：蓝色的忙碌，血红色的争执，闪耀的橄榄绿色的喜悦。五颜六色的思想网络编织在一起，这张大网遍布世界。”他倚靠着瓦楞状的货仓壁，火光映照着他的脸。“图案随着思想的变化而改变，夏天是朱红的旋涡，严冬是黑色的格纹。水资源战争创造了全新的色彩。随后，暗杀事件让人们的思想中闪烁起紫罗兰色，而物资短缺则是死一般的蓝色。混乱让图案凝结在一起，动荡和暴乱像污点一样扩散。而且，真正的思考停止了，我们的反应变得同野兽无异。”烟火中跃起的火花飞入了黑暗，化作一缕青烟。“当我们发现被入侵时……才知道这些暗杀行动并非偶然……人们五颜六色的思想黯淡了。社会以自由落体的速度撕毁了思想网络，徒留一地妄想、惶惶不安，以及各种不人道的事情。”

“当时有一对父子，男孩的母亲走了，在不期而遇的争斗中送了命。但是，这对父子却仍然被最有生命力的绿色的思想紧紧连接在一起。男孩每天都躲藏起来，父亲在城市的废墟中寻找食物，但二人从未分开，始终以同步的思维联系在一起。直到有一天网络崩溃，一切都土崩瓦解。思想之网支离破碎。人们跌跌撞撞，像动物一样在地上爬行。馈崩溃的时候，全世界的人都瘫倒在地。那个父亲回到家时，房间里空无一人。他寻了几天，抑或几个星期……这便不得而知了。男孩踪影全无。那人记不起儿子眼睛的颜色了，更不用说他的声音。一切真是……太美好了……完全不需要记忆。”

马克安静地讲述着，故事讲完后，他看着凯特，令她大吃一惊：“我更擅长讲述别人的故事，我希望你能明白。”

△

凯特倒吸一口凉气，迅速醒来。马克蹲在她身旁看着她，伸出双手靠近她的脸，手指张开：“凯特？”

“还好。”她哽咽了。

“你……确定吗？我的名字叫什么？”

“马克。”她坐了起来，汗流浃背。

“那边睡着的是谁？”

她低头看了一眼身旁熟睡的躯体，然后一转身，在他的身前躺倒。“是汤姆。”她说，“别担心，马克，是我，只是做了个梦而已。”

“什么梦？”

她环顾四周，但没发现什么，她抖着自己的衣服，把它们从湿漉漉的皮肤上拉开，好让自己凉快一些。“我梦见自己在一个金属罐子里，特别热……那里有我爱的人。我的皮肤被烧焦了，慢慢地剥落……”

马克眼里透着宽慰，他用指节轻碰她的脸颊，身子向后一靠，撞得货仓壁铿锵作响。“欢迎来到金属罐子，凯特。欢迎来到金属罐子。”

凯特从卡车上爬下来，靠在一旁，大口喝着一瓶收集的雨水，似乎想借此把她那个炽热的梦冲洗掉。她知道自己病得很重。她的梦与先前的炙热梦魇融合到了一起：她被压在塔顶的一张床上，动弹不得。如果她能活动一下，便可以瞥见整个城市在下面展开。尽管她知道本已经去世，但本却真真切切地出现在她的面前。汤姆的父亲轻轻徘徊在她的身边，但他非常狡猾，始终让她看不到，每当她转过身来，他便消失不见。她能感觉到他在颈边的呼吸和他的手指对她那直挺挺隆起的肚子的期待，她的脑海中想象着他那蹑手蹑脚的样子……

她卷起裤腿，发现伤口周围全红肿起来，已经扩散到她的膝盖。她痛得连碰都不敢碰，双手剧烈地颤抖。她开始发烧，显然是伤口感染了。她抹去脸上的汗水，用牙齿拧开软管盖子，小心翼翼地把药膏厚厚地涂在伤口上按揉着。

一有机会，她就会不断地小心地按揉伤处，第二天，他们遇上了一座立交桥，桥下积满了雨水，她绝望地想要掩饰她的跛脚，但水面杂草遍布，昆虫肆意滑行。她把已经半空的药膏软管放在口袋里，忐忑地望着地平线，寻找面包车，寻找轮胎印，寻找着一切线索，他们必须尽快找到面包车，否则她的伤……

“我曾经从事广告行业。”马克对汤姆说。现在，他终于开始谈到自己了，依然滔滔不绝。“馈让一切成为可能，二维码广告曾经是人们趋之若鹜的理想营销模式。但是现在，你的客户在哪里？”他指着世界问道，“女士们，先生们，这就是大多数故事的结局：一切归于沉寂。人们消失了。天地之间一片混沌，没有组织，没有规则，真是太可怕了。”

积水的尽头，一块路标指引他们走向一座村庄，汤姆停住脚步，盯上了一辆小汽车，凯特和马克继续前行。“凯特，”马克有些异样地压低了声音，回头看着汤姆的眼神也透着异样，说道，“我几次醒来，发现汤姆一直没有看守我们。他还是汤姆吗？”

这个严峻的问题让她瞬间呆若木鸡，重新考虑起现实问题。显然，事情可能会变得非常糟糕。她快速地回头看了一眼，只见汤姆走过一辆长满苔藓的长途客车，低着头，沿着公路朝他们走来。

“当然是汤姆，我问过有关我们日常的问题。”

“好吧，或许可以问他一些更深入的问题，我开始担心他了。”

“如果我们需要检查你的话，我们能问你什么？”她毫不客气地问。

“自然是你们的名字。”马克答道，虽然他并没有看她，但既已让步，他和凯特的气氛便缓和了下来。“我儿子名叫约翰，你知道的……”他的声音突然变得慷慨激昂，“我会尽我所能帮助你，凯特。我会帮你找到那辆带尖钉子的面包车。但我想说……你必须清楚这就像大海捞针……根据我的经验……人们只是……”他双手合十，摇摇头，对她微笑道，“我会尽我所能帮助你。”

△

三人来到那处村庄，走在一条条街道上。汤姆和马克逐一敲门，凯特则仔细检查着道路上的杂物，寻找车轮印。最后，他们在寂静中呼喊着，寻找着可以答话的人。他们的声音在破败的墙壁上回响着。此地空荡荡的，连块骨头都没有，阴气逼人。凯特落在后面，大腿的剧痛模糊了她的视线。她倒下了，折磨她的恶心的感觉终于停止了，她用袖子捂着脸，泪如雨下。她闭着眼睛。沉默中，她仿佛感觉自己置身他处，农场、山谷、天涯海角……但不是村庄，不是有房子有公路的地方，那些地方的人们……

“凯特。”

她想要站起来，但没有力量。

“你没事吧？”

她仍然低着头，但举起了一只手，让汤姆把自己拉了起来。她咬紧牙关，转过头去，不愿让他看到自己在哭泣。她无暇让他们放慢脚步，绝不能因为虚弱耽搁时间。每分每秒，希望都在离她远去。她努力掩饰着自己的跛脚。

有些商店已经支离破碎，有些则完好无损，店内一片黑暗。她闭着眼睛跌跌撞撞地走着，一些被长期埋在心底的记忆悄悄涌上心头，那是她与馈的最后时刻：一排商店，一个劫匪，一架直升机，闪烁的玻璃碎片。这个小小的虫洞把她带回了她第一次体验到炙热梦魇的时候。她醒来后确信有人进入了她的大脑，她必须知道他是谁。汤姆煞费苦心地一直劝说她，希望她放弃，但那天早上，她还是让汤姆访问了他父亲研究室中的家庭群组。她的意识存储状态已经上传至家庭群组，汤姆浏览着她的备份信息，观察着她的思想。她最近的和早期的状态、她的想法和感受，全部未经过滤地展现在他眼前。他面前的凯特完全一丝不挂。这真是最奇特、最温暖的事情，她知道汤姆在自己的脑海里，浏览着她的想法，她觉得让他检查一遍才能踏实。但是当汤姆出来的时候，他的眼睛看上去凹陷了。

“是的，”他说，“我父亲在里面。你睡觉时，他进入了你的馈系统。”

他们一直待在城市之巅，塔顶的办公室里。恐怖让下面的世界变得人心惶惶。每天都有更多的暴行、妄想；每天都有更多的人被接管，可能就是他们的朋友、父母、爱人、孩子，而这就是他们杀害亲人的原因。他们说自己看到了魔鬼的眼睛。他们目不转睛地四处张望，寻找下一个威胁，下一个敌人——认识的人，不认识的人，疑似被接管的人……谁知道真相在哪里终结，虚幻从哪里开始？人们接连被杀是唯一的事实。他们杀人是因为他们自己不想死去。但汤姆刚才告诉她的事情更令人不安，他的父亲侵入了她的馈。这是非法的，让人深恶痛绝的事情。

"……但这是为什么呢？"

看到父亲的神情，汤姆显然已经心知肚明，但他仍在努力理清思路。他咽了口唾沫，然后迎上她的目光："他在观察宝宝。"

凯特从记忆中回到了现实，她紧紧握住汤姆的手，走过一所装有百叶窗的社区会堂。她用另一只手护着肚子，仿佛又回到了从前怀孕的时候。街道静默无声，她耳中却嗡嗡作响。汤姆推开会堂沉重的大门，她感觉遭到了一股怪力的迎头痛击，一团苍蝇组成乌压压一片黑云扑面而来，打到她脸上，裹挟着滚滚恶臭。嗡嗡声根本不是静默，分明是成千上万只苍蝇在死人堆上盘旋。它们像一张移动的黑纸一样爬过肮脏的墙壁。恶臭侵入她的鼻子，冲击着她的前额。她的视野逐渐模糊，凯特渐渐不省人事。

不知过了多久，几分钟，抑或几小时，她终于醒了，汤姆正在往她的脸上泼水。随后，她发现自己已经被拖出了会堂。

"你没事的，凯特。"

"塞琳妮是谁？"

汤姆皱起眉头问："谁？"

凯特把脸埋在他的胸口，不知道自己这魂不守舍的脑袋上到底是泪水还是汗水。"是发烧时做的噩梦。"她气喘吁吁地说。

"把这个喝了。"

"汤姆，我很担心。"

"我们会找到阿碧的。"

"药膏不起作用。"

她倚靠在人行道上，野草顽强地生长在她周围的裂缝中，她卷起裤腿，给他看伤口。汤姆的脸瞬间煞白。

"凯特。你为什么不……"

“玛格丽特给了我这个药膏，但它不管用，我感觉病得很重。”凯特把药膏递给他，用手捂住嘴，屏住呼吸。汤姆紧紧抓住药膏，茫然地瞥了一眼上面的二维码，又看了看她的腿，只见皮肤下黑色的淤血已经蔓延了一大片。

“一切都会好起来的。”他安慰她说，但他的眼神显然表达着别的意思，“我保证，凯特。我保证。”

△

“凯特，阿碧的遭遇你是无能为力的。你需要找一位药剂师！”马克又一次对她大喊。

早晨露水湿重，他们在村庄外坐着休息。凯特汗流浃背，病得很重，卷着裤腿，想要晾干她的伤口。汤姆则去觅食。

马克使劲地生着火：“这种药膏或许能让你多挺一会儿，但无法控制住感染。看啊，凯特，这太可怕了！你为什么不早说呢？你必须找个药剂师！”

“不可能有药剂师的。”

马克摇摇头：“真的有。”

“你肯定会这么说。”

“我遇到过一个。”

“你肯定也会这么说。”她喃喃地说，转身去找汤姆，“我们不能耽搁寻找阿碧。”

“我在离这儿不远的地方见过那个药剂师。”马克颤抖着说，“他有药物，有医药知识，你需要他的帮助。你说你不想耽搁寻找阿碧是吗？那么死亡把事情耽搁了会如何？”

"我们得找到那辆面包车！"

火已经烧着了，马克满意地坐在一根圆木上。"凯特，看在老天爷的分上，听我一句，这个世界太大了，我们走的对不对都说不准。故事的本质已经发生了变化，你不能再固执地期待一个幸福的结局了。看看我和约翰……"他停顿了一下，想了想。马克似乎下定了什么决心，说道："药剂师或许知道阿碧的下落。他是他们中的一员，被接管的人之一。总之，他就是这么说的。"

二人坐在篝火旁，鸟儿在头顶飞翔，白云渐渐升起。终于，他们发现一个身影登上了山顶。

"他在那儿。"马克说道，远处的汤姆举起了手。马克把一只煎锅放在火焰上，而汤姆的裤腿被露水浸湿了，他把蘑菇扔在地上。

"它们今天全偷偷躲起来了，一定是听到我来了。"

看着火的马克抬起头说："她需要药剂师，汤姆。"

"你会好起来的，你的腿不能再耽搁……"

"安静会儿吧，汤姆。"凯特说。她凝视着火焰，想起了阿碧。或许她还活着，或许已经死了。事实上，无论哪种情况她都无法承受。因为，如果阿碧还活着，就会亲眼看到自己心中所想象的一切可怕的场景；但如果她死了，那么自己也会心如死灰。这两种可能性不断折磨着她，几乎让她精神分裂，也耗尽了她的希望。她需要确定的结果，更需要缓解痛苦。如果这个药剂师知道……

"我们去找药剂师，汤姆。"她咬紧牙关说。

△

日子一天天过去，她的腿疼得更厉害了。痛苦扭曲了她看到的一切。静脉变黑了，她无法远走，但她还是努力跟着马克，他似乎认得路。他们白天打盹儿，在凉爽的夜晚赶路，这样可以稍许缓解她的发热症状。现在距离药剂师只有几天的路程了。一天早晨，她醒来后发现无人看守自己，阳光照在她的脸上，小滴的露珠从帆布上滴下来，鸟儿在雾气弥漫的空气中鸣叫。突然，她听到有人说话，之后便消失了。不一会儿，说话声再次传来，虽然听不清，却明显很愤怒，她循声一瘸一拐地穿过树林，终于瞥见了汤姆和马克，只见他们的手飞速地比画着。发热已经让时间的流逝变得很奇怪，声音像水一样在她的耳朵里流淌着。汤姆大步走开，马克跟在后面，抓住他的胳膊说："这已经不是第一次了！"

"我只走了一会儿！"

马克激动地走到汤姆身边，压低了声音说："你为什么不看守我们，汤姆？"

"我不喜欢……"

"没有人喜欢！"他咆哮着，把汤姆推开，"我一直在看着你，我不喜欢我看到的东西。你必须给我一个合理的理由！"

这时，马克看见了凯特。他呆住了，喃喃地对汤姆说了些什么。汤姆闻言转过身来。

"发生了什么？"她的声音在自己的耳边古怪地响着。

"你打算告诉她吗？"马克问道。见汤姆一言不发，马克大步走开，"我宁愿一个人走！"

凯特很费力地喘着气。她有气无力，所能做的就是继续。

"我只是去小便，大概只离开了两分钟。"

"汤姆，你怎么了？"

"我几乎没有离开。"

“汤姆……”

“算了。”他说着，走进了树林深处。

“顺便说一句，我们的女儿叫阿碧，我的名字叫凯特。”她平静地对着他远去的背影，对着潮湿的空气说。

她回来时，汤姆和马克已经把帐篷收拾好了。他们穿过树林，遇到了一条公路。他们默默地沿路走了好几千米，直到天过晌午，马克告诉他们他打算离开了。

“我不想再见到那个药剂师，见一次就够了。”他指着公路对她说，“离这儿 30 千米有处营地。你会先经过一座城市。不要进城，绕过去。沿着你穿过的第三条路走，营地有标志。营地里有个叫克莱尔的女人，她会领着你找到药剂师。”他没有看汤姆，而是拥抱着凯特耳语道，“注意点儿他，他没有看守你。”但当他松开怀抱时，他温暖地微笑着，仿佛什么也没说。“如果我找到了你的女儿，我会照顾她。我会尽力找到你，但是……”他指着世界，指着荒凉的公路，指着周围的空旷之地，说道，“我保证会照顾她的。”

凯特感觉眼中涌上了一股暖流：“如果我们找到约翰……”

“你们找不到他的。”马克点点头说，“如今几乎没有幸福的结局。世界太大，我们太渺小。我们必须改变我们的期望。”

“但世界上仍会有希望。”

虽然凯特颤抖的声音背叛了她的言语，但马克装作没听见。相反，他敬了个礼，跳下公路，在广阔的草地上渐行渐远。汤姆立刻转身前行，过了一会儿，凯特跟了上来。当她回头看的时候，马克正在走近路边的一间棚屋，前院里，撞在一起的汽车锈成了一团。他拍着手，寻找动静，但她再听不到他的声音了。

△

二人夜间走了整晚的路，他们一直赶路，这样便可以不用特意找话说。汤姆和凯特一言不发，第二天依然如此。尽管凯特的腿长时间疼痛，而且发着烧，但她还是忍痛前行。她仿佛出现了幻觉，过去和现在交织在一起。她没有说出来。各种各样的未来在她脑中闪过，有的有阿碧，有的没有。她对于汤姆的需求只是让他帮助寻找阿碧，但她不确定是否还需要他。他们之间已经有了遥远的距离，仿佛太空中的星系，从前的亲密感已经荡然无存。

第二天早晨，二人登上了一座满是粗壮、带刺的藤蔓的山丘，二人一边清理，一边踩踏过去。一座城市逐渐显露在他们下面的山坳里，城市已化为一片废墟，仿佛阴云笼罩下的一块污点。一条高速公路沿着山丘蜿蜒而下，她的眼睛干涩发烫，顺着路线看去，上面的汽车纹丝不动。更多的汽车散落在错综复杂的高架桥上。在他们现在的位置和城市之间，两条巨大的滑道划破了这片平地。空中坠落的残骸散落在大地上。

“你知道。”汤姆边说边咳嗽起来，由于很久不说话，他的声音很粗哑，“我知道你不想去找这个药剂师，但如果他如马克所言，是被接管的人之一，那么他或许能知道一些事情。也许他会知道谁带走了阿碧。你怎么看？”

汤姆重新燃起了希望，所需要的就是假以时日。尽管他只是在重复她先前说过的话，但这像镇痛软膏一样起了作用，比玛格丽特的药膏更有效地缓解她的疼痛。希望再次闪现。她还能做什么？不出1小时，汤姆热切的信念和凯特满怀希望的粉饰便已成为了他们的副歌，她心中默默呼喊：药剂师会知道的，他会有信息的，他会帮助他们找到女儿。

二人在黄昏时找到了第三条公路，于是沿着路穿过乡村。他们走了一整夜，气喘吁吁，直到城市中发生了爆炸，火光冲天，身后的天空也被点亮。爆炸并不很大，与他们先前前往农舍时在地狱般的混乱中目睹的爆炸无法相提并论，但这种强度仍让他们不寒而栗。是油罐车？ 或是加油站？这还重要吗？他们就一直这么走着，凯特比以前走得更慢了。她摇摇晃晃，跌跌撞撞，她需要规律的休息。她满头大汗，放慢了脚步。

第二天，汤姆给她找来了山胡桃果，随后，二人在山上遇到一片小树林，便决定休息一下。凯特在山脚下的一个小池塘里洗澡，而汤姆则布设陷阱猎杀小动物。他们把帆布绑在树下，眺望着乡村，太阳落山了，云朵把太阳的余晖折射在大地上。二人坐在一起，发烧的凯特肩膀不住地颤抖。她记得很久以前，他们曾在一列颠簸的火车上坐在一起。火车从黑暗的车站出发，疾驰向塔楼。汤姆的父亲召唤他们，于是他们就来了。之后南安普顿崩溃了，她的父母失踪了，他们猜想，或许汤姆的父亲会有消息。汤姆让她猜字谜，试图让她平静下来，回到现实中。但谁不想逃避现实呢？混乱笼罩着这座城市。凯特班上的孩子那天早上只来了两个。甚至杰森·斯塔克27的馈也不在线了，虽然她多次有过想要掐死他的念头，但现在，她绝望地期盼着这个小调皮鬼能安然无恙。火车转轨的时候，她一直抱着肚子，想用手掌的舒缓运动发信息给她的宝宝阿碧，尽管她当时还不知道“阿碧”这个名字。她希望能直接给阿碧发信息，但宝宝还没有被植入馈系统，他们不希望她在子宫中被激活。于是她试着放慢呼吸，告诉她的女儿说：自己可以冷静下来，可以阻止她扭动身体。凯特逐个进入所有的消息池，搜寻她父母的消息，这就是她如此亢奋的原因。或许猜字谜是个好主意，分散注意力应该管用……

“这个谜面你一定喜欢，”汤姆的声音听上去很冷静，他轻抚着她的脸说，“是时下的热门话题。”

“那继续吧。”

“达利安查尔斯。”他拍着放在大腿上的手，说道。

达利安查尔斯，还是达利·安查尔斯？或是达利安·查尔斯？或是达利·安·查尔斯？也可能是其他什么名字，因为那段视频实在太不清晰了。总统泰勒一世被杀时，刺客沃恩中士被按倒在地，就在那一刻他喊出了这个名字。视频随后传遍了数十亿个消息池，他在被射杀前呼喊的名字听起来像是达利安查尔斯，或是达利·安·查尔斯，或是……

“全世界都在试图弄明白这是什么意思，你却认为是字谜？”

“我不知道。”汤姆模仿着她的声音说，“没有人知道。它一定是暗号，带给他同伴的某种信息，他很清楚所有人都会看到视频。”

他从口袋里掏出一些纸条和古老的铅笔，给了她几张。她凌空乱写道“达、利、安、查、尔、斯”，努力想要集中注意力，但做不到。只见汤姆在纸上奋笔疾书，而她的脑子却无法思考，一片空白……

“完成了！”他喊道，“五个。你呢？”

她撒谎说自己想到了一个，让汤姆先说。汤姆于是说道：“谁杀了总统？好吧，给你个提示：伊朗灰烬摇篮。”他意味深长地望着她，“我们对伊朗所做的一切，让他们用爆炸来回敬我们。汽车凉鞋租用？伊朗崩溃协议？疤痕治愈低谷？这是我想到的四个。还有一个是干旱牧场出售！这些恐怖分子来自干旱地区，非洲或南亚。他们的土地现在毫无价值了。这些攻击是对水资源战争的复仇。”他哼笑一声，向她挤了挤眼，又敲了敲自己的脑袋。不知何故，尽管他看上去很憔悴，眼里却仍然充满活力。汤姆激发了她内心的一些想法。“好吧，至少我们还能保持让大脑继续工作。你想到了什么？”

她把手中空空如也的纸条收起来。她突然想到，馈系统上一定有些决定地缘政治的谈话听上去像是她的民意调查。“为了保护你的生活，你会牺牲哪个国家？”非洲、亚洲、伊朗……这让她不寒而栗。谁会为它们投票？汤姆还在等待着。她上线了，只用了 3.5 毫秒的时间，他完全没有注意到，而她已经有了 21 593 个选项，有些似乎有点道理，而有一个她知道他一定会喜欢。

“某国小伙后方。”

火车疾驰上坡，汤姆向后一靠，比画着手指向天空射了一枪。“很好，凯特。”他叹了口气，列车驶入塔楼下方的车站，此处距离家庭枢纽将近 1 千米远，本已经在那里等候他们，“你认为是某国人？”

她费力地站起来，告诉汤姆她改变主意了，她必须找到她的父母。汤姆安慰她说，本答应他会有消息，又对她说不要让大脑太亢奋。他轻轻捏着她的手。她知道，自己本该瞬间就亢奋了，但在一个崩溃的世界里，这种亢奋的感觉会让人舒服，即使它不存在于现实世界中，也能让人感受到馈的安全。

“你想念营地吗？”汤姆的问题让她吃了一惊，她这才回过神来，凝视着夕阳的余晖，身边的鸟儿在傍晚的天空中盘旋着捕食昆虫。多年前在火车上度过的那个黑暗的下午在她的记忆中回放着。

“我……我想念阿碧。”她结结巴巴地说，把过去的回忆抛在脑后。

“当然。我是说，当我们找到她的时候，我们要不要继续这样生活？随处游走，随遇而安？我们不需要别人。让我们做自己吧，我很抱歉，你先前这样说的时候，我们没有这样做。你是对的，我错了，我很抱歉。”

凯特用胳膊搂着他，靠在他的身上，他们紧握双手。

“汤姆，我很害怕，害怕我们永远都找不到她。我害怕如果我们找到了，会看到她……”

汤姆把她抱紧，他们紧紧相拥了许久。虽然没法把阿碧带回来，也不会让她更近，但这是一种安慰。当他们在一起的时候，她就不那么害怕了。

“太阳靠近地平线时移动得真快。”汤姆对着山顶上西沉的太阳点点头说道。

“是我们在移动，不是太阳。汤姆，你知道的。”她纠正了他的话，嘴里嘟哝着，她有点累了，温柔地搂着汤姆的腰。她微笑着，好像有什么东西藏在心里。她望着太阳落入粗糙的树荫后的地平线，脸颊充满了温暖，眼中闪耀着光芒。她深吸了一口气。“但你是对的，那一定是非常美好的生活。我相信你，汤姆。我们会找到她的。”

第二天早上，她醒来时恐惧而又困惑。翻腾的红色梦境阻塞了她的思绪，她还感受到一种寒冷，绝对零度一样的寒冷。蓝色的帆布一抖一抖地拍打在她的脸上。这里的空气很清新，让她的皮肤感觉凉爽无比。她的双脚愉快地踩在满是露水的草丛中，但腿上的绷带里渗出的脓血颜色可怖。

“看起来不错，凯特。一切都好，是我。我保证，没离开你很久。饿了吗?”

“是的，饿了。”她回答，她发现有一些衣服堆在毯子里，“而且精疲力竭。”

“我们看看吧。”

她让他检查她的小腿，涂上一些药膏，然后她穿上裤子。汤姆在一旁重新生火，她笨拙地系好靴子，然后坐起来看着他，端详着他的脸，他正把水倒入一个有缺口的锡杯里。

“给你。”他抚摸着她的头发，“坚持住，好吗？我们快到了。”

她站起来等待着，喝着杯子里的水。这水竟如此温暖，如此纯净，如此美好。

更多的食物下肚，加上一整天的休息，凯特的体力稍有恢复。第二天下午，他们坐在山坡上聊天。

“你今天很安静。”他说。

她点了点头，说道：“我在努力把事情梳理到一起。”

“例如？”

“例如我们现在在哪里。”

“我不太清楚，”他模仿着她的腔调说，“差不多在这个村子的正中间。照马克说的，再过几天，就能找到药剂师。他会治好你，我们还能从他那里得到消息。如果他如马克所言，被接管了，那么他肯定知道阿碧在哪里。”

她想了一会儿，说道：“我记不起她的声音了，我甚至有些想不起她的样子。”

他把她拉到身边，默默看着下面的池塘。

“跟我讲讲她，好吗？”她见汤姆不语，便开口问道，他把头靠在她的身上休息。

“好了，凯特，别说傻话。我们把她找回来。”

后来，汤姆在阳光下打着瞌睡，而凯特小心翼翼地走下池塘。她一整天都在看着池塘，仿佛池塘一直在呼唤她一样。她蹑手蹑脚地走进水中，直到池水没过她的大腿。她蹲了下去，胳膊和腿上的汗毛竖了起来，她的呼吸加快了，大脑随着脉搏的跳动活跃起来。

“我还以为我把你给弄丢了呢。”他责备地说。她立刻拉住他伸出的手，爬上山顶。

“我情不自禁要去感受下水的感觉，太奇妙了。”

他躺回毯子上，说道：“你没错过什么。我还是我，汤姆·哈特菲尔德。你是我的妻子凯特。你的姐姐叫玛莎。谁知道拉法怎么样了。你的衣服湿了，为什么不脱掉呢？”

她依言脱掉衣服，然后爬到帆布下面。他双手抚过她的脊背，她的皮肤皱了起来。二人吻在一起。已经很久了，他们未曾如此，辗转厮磨，在山坡杂树林中的帆布下面激情地扭动着，翻滚着。

△

他们又走了两天，她的身体又虚弱了，她看到公路上有手写的指示牌，便指给汤姆看。

如果你善待我们，我们也会善待你，
我们乐于助人，希望你也如此。
请和平地进来，否则尸骨无存。

离路边向后一段距离便是营地的入口，高高的木墙上装着一扇大门。墙上的彩绘几乎像花朵一样。二人走入营地，她突然停住，让汤姆走在前面。她指指自己的脑袋和疲惫的眼睛，让他去搭话。营地位于他们下方正中央，围绕着两节脱轨后滚下山坡的火车车厢。帐篷和棚屋环绕着它们，大片的菜地向外延伸开来。一个身着鲜艳围裙的女人正在照料菜地，看见山坡上的他们，便离开菜地走了过来。她皮肤黝黑，头发向后梳着。这个女人先仔细打量了他们一番，又朝一座木塔挥了挥手，一支枪管在木塔的阴暗处闪过，继而点头示意他们下山。

“这太了不起了。”汤姆喃喃地说，他们走过种满蔬菜的田垄，“他们一定有耕犁！”

她低声表示同意，却心烦意乱。照料蔬菜的人们目送着他们走过菜地。两个孩子正围着一排豆子玩，瞬间停了活计，直瞪瞪地注视着他们。她试探地挥挥手，他们也挥挥手。一栋建筑的屋顶冒着烟，有节奏的敲打金属的声音从中传出来。在两节火车车厢后面，可以看见其他车厢的骨架。它们被蚕食一空，内部框架显露出来，一位戴着珠子和饰物的老太太坐在他们面前的草地上。她失去了一只耳朵，嘴唇上有裂缝。她正在剥豌豆皮，把豆子扔进锅里。“坐下！”她大声喊道，盖过了敲打金属的声音，勾起一根肥胖的手指招呼他们过来。“我叫克莱尔，给我帮把手！”她偷笑着，扔给他们一个凹凸不平的厚厚的陶碗，伸手指着一堆豆荚。她那畸形的嘴唇让她的话语模糊不清。“最好剥掉豆荚，把它们煮熟，补充些能量。”

“谢谢。”她答道，“我叫凯特，他叫汤姆……”然后，她沉默了。她打开一个豆荚，只见它绿油油的，饱满而又新鲜，富含纤维，显然是这片地里长出来的。她心潮起伏，思绪万千，疲惫融化了她的身心。她想说的太多，想问的太多，但她知道应该把谈话交给汤姆。她剥出手中的豆子放进口袋里。

“你们要住多久？”克莱尔大声问道，努力盖过敲打金属的声音。

“我们不打算住。”汤姆回答说。

“哦！那么谢谢你们帮我们准备晚餐。”

“我们在找药剂师。”他继续说道，“我听说附近有一位？”

克莱尔从她的围裙上拂掉一堆空豆荚，斜眼看着他：“你知道他被接管了吗？”

汤姆点点头说：“我妻子的腿受伤感染了。”

依照克莱尔的手势，她卷起裤腿，露出了包扎的伤口。一股刺鼻的气味扑面而来，克莱尔畏缩地向后退去。“哦，上帝知道你需要他，但他可能不会帮助你，他不是好人……”她做了个鬼脸，摇着一根手指，指着脑袋说，“他这儿出了问题。你们得拿些有价值的东西去交易，这是我唯一能给出的建议。你怎么弄的，凯特？”

她看着克莱尔，对汤姆皱起眉头，揉着腿，喃喃地说：“真的很痛。”

“一只狗咬伤的。”汤姆解释说。

“从你进来的那条路出去，遇见公路向右拐。明天晚上，你们会到达城边。千万小心，那里有人做坏事。遇见喷泉往右拐，继续走。他住在这个地区最棒的地方之一！”克莱尔笑道，“现在，你确定不留下来吃晚餐吗？”

“我们不能停，我们正在寻找女儿。”汤姆吞吞吐吐地说，“她被偷了，在一辆马拉的面包车里……”

“带着尖钉子？”

“你见过他们？”汤姆倒吸了一口气。

“他们上星期有从这里经过。他们知道所有营地的位置。”

“凯特！”汤姆抓起她的手，着实把她吓了一跳，她的大脑已经一片空白，此刻的她心烦意乱，疲惫不堪，“她见过那面包车！”

“远远地见过。”克莱尔下巴紧绷，用力地点头说，“他们之前就在坑蒙拐骗，但我不知道他们在拐卖儿童。”

“你知道他们去哪儿了吗？”

“往北走了。”克莱尔坚定地说，随后，她肩膀一沉，宽阔的脸庞皱了起来，眼睛失去了神采，“我很抱歉，他们也不是好人。当今这个世界，他们不太可能去找药剂师，你懂的。”

她感觉汤姆的手抓得更紧了。他转过身来面向她，目光坚定：“我们会把阿碧找回来的，凯特。”

“好样的！”克莱尔不得不提高嗓门盖过敲打金属的声音，她突然改变口气说道，“你把腿治好了就离开那里！如果可能的话，找到你的孩子。不管怎样，都要回来。在这里待一会儿，和我们一起吃饭吧。高兴一下！”

“那是什么声音？”汤姆喊道。

“是铁匠铺！”克莱尔高声答道。她碰了一下他们一直往里面丢豌豆的那个不平整的碗的边沿。“自从铁匠铺不再锻造金属以后，我们就用它制造铁锅。”她用一根胖乎乎的手指指着草地另一边，只见不远处立着一座用砖块和燧石筑起的低矮建筑，锤薄的金属板固定在上面。熔炉在接缝处弯曲，周围的墙壁全被熏黑。顶部的烟囱喷出肮脏的烟雾。有一个男人在那里，用力地把锤子敲打在铁砧上面，这铁砧竟是一块表面覆着金属的石头。“告诉史蒂夫，是我允许你们看的。”

二人离开克莱尔，穿过一排排卷心菜和胡萝卜，还有高高的弯着身子的豆子。汤姆一边惊讶地看着这些作物，一边走近熔炉。那人在飘起的烟雾之中，满身尘土，汗流浃背，一下接着一下地锤打着。“我们做梦也想不到这些。”汤姆低声说，“凯特，我们找到阿碧之后就回到这里！”

△

回到公路上，她看着自己捡来的豌豆荚的纹理，仍然可以感受到史蒂夫的火炉的高温，在那儿时她脸上的水分被吸出，皮肤干透了，简直要被那高温熔化了。她边走边把湿润的叶子贴在脸颊上。汤姆仍然眉头紧蹙。“他们的知识远远超过我们。”他突然停住问道，“你认为他们被接管了吗？”

她停顿了一下，回过头看了一会儿。

“似乎是……即便他们被接管了，又有谁在乎？他们过得很好。”汤姆继续说道，他泄气了，又继续前行，“我们会怎样？这个世界又会怎样？”

“你认为我们能改变未来吗？”

汤姆摇摇头：“我不是说要改变未来，我只是说在未来生存下来，创立一个文明，它能够持续，可以发展、变得美好……”

他动情地做着手势，但声音渐渐消失，陷入了沉思。她从灌木丛中拉出一根枝条，双手玩弄着，也像他一样闭口不言地思考着。她的手颤抖起来，没过多久，就又发起了高烧。这身体快完了，她的时间不多了。过了一会儿，她看着他，说道：“汤姆。达里安·查尔斯这个名字对你来说有什么意义吗？”

他眉头微蹙，几乎想出了什么东西，但并没有。“差不多，也许吧。”他说，“为什么问这个？”

“我不知道。”她叹了口气，“最近我一直会想起这个名字，没什么。”

△

进城之前，二人早早睡下，天不亮就起床上路。清晨的第一缕阳光金灿灿的，但空气中雾气弥漫。太阳尚未升起，他们就看到了第一个人，只见他半个身子藏在灌木丛中，瘦骨嶙峋。嘴里一直念念有词，时而又破口大骂。他们走开了。后来，太阳高高升起之后，他们又看见两个人坐在路边。“东西呢?”一个瘦得像电线一样的女人愤愤地说，“东西呢? 东西呢? 燃料呢?”说着，露出了一口烂牙，她旁边的男人嚼着什么东西，好像是破布。他一通胡言乱语，唾沫已经干成灰白的泡沫。他看着汤姆他们二人，翻着白眼。汤姆和凯特蹒跚着离开了。

在城郊，他们看到了喷泉，它已经干涸，锈蚀成了棕色。很快，克莱尔描述的那个街区出现在了眼前：街道更宽，绿树成荫；大多数房屋早已被焚毁，并开始衰败，古老的内部结构逐渐塌陷、坠落。藤蔓在公路上疯长，像满是绳结的绿毯子。他们走得越远，遇到的人就越多。他们眼神空洞，皮肤绷紧，脸庞憔悴。他们呻吟着，伸出手来，曳足而行；有些人挣扎着想要站起来。他们似乎都在缓缓地朝着一个目标前进。

“他们怎么了?”

“继续走吧。”汤姆瞪大眼睛说，他们被一大群曳足而行的人包围了一会儿。远处，有一座特殊的住宅，它的围栏用木板和铁丝网加固了，两个人守卫着金属大门。“有什么想法吗?”他问她，握住她的手臂，回头看了看身后那群无脑蠢人。

“去拿药。”她简单地说，然后一瘸一拐地往前走。

两名警卫各自倚靠在一把破扶手椅上。他们的大腿上放着长枪，身穿黑色 T 恤、磨破的裤子，带着深色边框太阳镜。他们并没有站起来。

“我们想见药剂师。”她对他们说。

二人转过头来看着她，动作像机器人一样，他们的眼睛在黑暗的镜片后面像影子一样闪着。

“药剂师。”她重复了一遍，“我们走了很远的路。”

其中一人终于站起来，从口袋里拿出一把沉重的钥匙，打开门锁。他用力推开曾经的自动门，然后走了进去。警卫朝他们咧嘴一笑，然后锁上大门，悠闲地走在住宅的车道上。

过了许久，树木的阴影已经移动，空气中的湿气也已变冷，二人仍在等待回复。留在门口的警卫一动不动，依然面无表情。

汤姆指着空扶手椅说：“我的妻子可以坐在那里吗？她的腿受伤了。”

警卫举起了枪，她只好放下背包，伸开四肢坐在路上，从包里拿出帽子和套衫。汤姆也只好挨着她在柏油路上席地而坐。

夜晚几乎一片漆黑，不知几时，警卫轮换。新来的人坐下来，下班的人走上车道。

“有消息吗？”汤姆坐在地上喊道。

新上岗的卫兵面无表情地看着他。其中一人拿着一个小盒子，里面是一颗药丸。他把它翻出来，轻轻地拿在手掌中。

“嘿，”她要求道，“我们要见药剂师！”

警卫坐在椅子上，牙齿在黑暗中闪闪发光。他把药丸放进张开的嘴里，迷迷糊糊地抬头笑道：“好啊，朋友。他想见你们吗？”

△

他们等了一天半。夜晚，他们冻得发抖；白天，他们又热得随着阴影移动。过了一段时间，一群瘦骨嶙峋、眼神灰暗的人沿路走来，躺在离房子不远处呻吟着。警卫轮换。每一对新上岗的警卫都会吞下自己的药丸。随后，凌晨时分，一名警卫把他们踢醒，他们眼神茫然地走在砾石车道上，踉踉跄跄。他们蹒跚而行，脚下的砾石嘎吱嘎吱地响，房子隐约出现在他们面前。她看着微微发光的窗户，里面好像有什么奇怪的东西散发着光芒。当他们走近时，她感觉到一些瞬间掠过她腿边的身影，却只听见一些嘶嘶声和喵喵的叫声。借助灯塔昏暗的亮光，只见雕着凸起花纹的木制游廊上，一群猫扭动着，翻滚着。它们在木头上蹭着皮毛，爪子乱抓的咔嗒声让她浑身泛起鸡皮疙瘩。门口站着一个目光茫然的大脸盘男人，大拳头紧紧攥着。

“药剂师想见我们的。”她对他说。

他粗大的手指一戳他们的背包：“把包留下，脱鞋。”

汤姆眉毛一扬。

他的手指又一戳：“还有袜子。”

“还有什么？”汤姆问道，但那人沉默不语。她赤脚走进房子，发现门厅像游廊一样，脚下全是猫。这张活地毯下面，木板露了出来，直通楼上。但是警卫把手臂伸向一扇破门，精疲力竭的她终于一把抓住了门把手。

门刚拉开一道缝，音乐就飘了出来，乐队中的男高音萨克斯管的领奏激昂澎湃，室内烛光摇曳。录音噼啪乱响，听起来尘封已久，仿佛时间本身已经老去。金色的昏暗烛光中，她的眼睛犹如黑洞。她看到了桌子和椅子，一堆机器零件摆在上面。在房间远远的另一头，长长的木制柜台填满了空间，后面的阴影处摆着架子。药剂师双腿交叉坐在沙发上。他的鼻子棱角分明，哀伤的眼睛半睁半闭，脸颊长得出奇，扬起的眉上爬满了深深的皱纹。油腻的头发软塌塌地贴在头皮上。他身着磨破的裤子、衬衫，上面满是污迹，还有一条磨损的领结紧紧地系在领口。他一动不动，直到看完了书，才慢慢地抬头看他们。他轻轻把书合上，从阴影中探出身子。他的声音就像沙漠里的一缕微风。

“你们想干什么？”

“我们需要药物治疗我妻子的腿。还想打听些消息，我们的女儿被绑架了。”

“我知道了。如果我只给你一个，你会选择什么？”

汤姆乱了方寸，回头看了凯特一眼。她看着他，他的手指紧张地抓着；她又看看药剂师，他放松地盘着腿，看着他们。

“她的腿。”汤姆说，“否则她的腿或许不保。”

“你已经失去了孩子，所以这就是你的答案：保住她的腿。”

“不！”汤姆大步上前。药剂师乐得喘不过气来。他的目光忽然变得锐利，在眼窝的阴影中游移着，敏锐地在二人之间闪烁。他期待地注视着二人，嘴角浮起一丝微笑。

“开个价吧？”她不再等待汤姆，沙哑的声音打破了沉默，接过了谈话，“两个都要。”

“啊，”药剂师的声音像活塞一样，“这要看情况。”

“看什么情况？”

“你们有什么。”

“那么我们做个交易：我们为你找到你想要的东西。”

“你有我想要的东西吗？”

“你想要什么？”

“你们有什么？”

“衣服！”汤姆绝望地插话道，药剂师沉默了，笑容凝固了。“豆子？”汤姆提议说。药剂师笑了。那笑声像是一种纸张互相摩擦的声音。

“我们，”她说道，踉踉跄跄走上前，“我们自己！我！你想从我们身上得到什么？”

药剂师的笑声消失了，但眼神没有改变。音乐仍在继续，乐队似乎从几个世纪前就开始演奏了。沙发上的药剂师伸开四肢，缓缓站起，时间仿佛凝固了一般，心跳似乎早已失去了节律。他审视着汤姆，看着他的眼睛、他的脸庞、他的耳朵。他大笑一声，摇了摇头，接着目光一闪，大摇大摆地走到凯特身边，若有所思地盯着她的眼睛，仿佛在走近她之前跟她讲过什么笑话似的。他的手抚摸着她的手臂，把她的帽子摘下来，扔到一边，然后抚摸着她的头发。他又跪下来，张开的手指悬停在她的躯干、大腿上。他的脸与凯特的腰齐高，她能听见他在嗅着自己的身体。随后，他抓起凯特裤腿的下摆，一把拉起。她没有看他那软塌塌地贴着几根头发的秃头，也不去看汤姆。她感觉到药剂师在触摸她的皮肤，他的手指甲触在她伤口上，产生阵阵痛感，她还感觉到自己的脉搏几乎在每一寸皮肤上跳动起来。

药剂师逐渐起身站直，面无表情地直视着她的眼睛：“这处腿伤会要了你的命。”然后对汤姆说，但没有把他的目光从她身上移开，“她必死无疑。”

音乐仍在房间回荡，萨克斯管终于安静下来，现在正播放的是贝斯即兴演奏，其间穿插着击鼓的声音。

“你能治好吗？”她支吾着问。她内心深处涌起了强烈的感觉——这不公平，发生的一切都不公平。她想朝他尖叫。

“当然能治好。”他迅速眨眨眼睛，表情平静，“但我为什么要治呢？”

她脑子里冒出了无数个理由，但是汤姆还没等她开口就问道：“人们说的关于你的事情都是真的吗？”他的声音有些古怪。

药剂师的脸上掠过一丝微笑：“这完全取决于他们说什么……”

“你是他们中的一员，被接管的人之一。”

药剂师一边对凯特眨眼，一边比画着，权衡着什么。“人们说，人们说……”他说着，几乎哼唱起来。他绕过沙发，走到餐具柜前，拿起一只沉重的玻璃杯，扔进去一些冰块，又倒些威士忌没过冰块。

“这就是你要帮助我们的原因。”汤姆恳求道，“因为我们也被接管了！”

药剂师用塞子塞住酒瓶，转过身来。他把一根手指举到唇边，然后举杯啜饮。他满意地微笑着，随后问道：“真的吗？多久了？”

“在我们的营地里，没有人知道。我们一直在隐瞒着秘密，很多年了。”

“太棒了。真是棒极了。”药剂师喘着气说，“你叫什么名字？”

“汤姆·布朗。”

“你的真名实姓。”

“我们并没有因为轻率而暴露过。”

“但是，汤姆·布朗，考虑到目前的情况……”

“你叫什么名字？”

“哦，不，不要这样。你呢？”药剂师抬起眉头看着凯特。

“她名叫凯特。”

“她的真名实姓！”

汤姆坚定地闭口不言。

“那么我问你，”药剂师问道，“你的任务是什么？”他声音里仅有的一点点笑声也消失了，“如果你是我们中的一员，你知道我们为什么在这里吗？”

“我们已经告诉过你我们的使命了！”汤姆喊道，“拯救我们的家人！”

药剂师又笑了，拍了拍手。

“真的很好笑吗？”她正色问道，她再也无法克制她的言语，双手颤抖着。她浑身滚烫，血脉偾张，皮肤通红，世界仿佛热得要燃烧起来。“如果我们是他们中的一员，我们当然想拯救我们的家人！这很好笑吗？”

“荒唐！汤姆、凯特，你们必须做得比这更好！你们毫无准备！你们来这里花了多长时间？几星期？几个月？你们有那么多时间去思考。而且你们知道，你们知道我是，你们怎么说的来着，所谓的‘他们中的一员’。这就是你们能做到的最好吗？真是可怜！”他幸灾乐祸地咯咯笑起来，“豆子！衣服！我欠你们什么？什么也不欠。欠你们的世界？绝对不欠！欠你们的家庭？”他握紧拳头，对着拳头吹气，吹了又吹，打开拳头做出一个扔出去的手势。“我讨厌你们的世界，讨厌你们所代表的一切。所以，你们出去吧。”他厉声说道，重重地靠在沙发背上，活动着肩膀。“我们的使命是杀死你们。”他喃喃地说，转着脑袋，“杀死你们所有人。你们常说什么来着？以牙还牙，我们要让你们尸骨无存，啃你们的骨头。”

他把自己从沙发上一把推起来，走近汤姆，双脚跳了起来，他的声音听起来像是在呐喊：“你很幸运，因为我和其他人不一样，我不喜欢暴力，但是我为什么要浪费时间呢？”他凑近鼻子，二人呆呆地站着，音乐还在演奏，直到一滴眼泪从汤姆的眼睛里流出来。接着，又一滴眼泪在他的眼睛里打着转，滚下了脸颊。

“为了仁慈？”汤姆低声说，“为了善良？可好？”

药剂师屏住呼吸，然后走开了。“不行。”他叹了口气，瘫倒在沙发上，“有比你更重要的人。”他拿起报纸，戴上阅读用的眼镜，门开了，警卫拖着沉重的脚步走了进来，拉起汤姆的胳膊，凯特跟着他们走到门厅，身后的屋门猛地关上，仍在演奏的音乐中断了。

△

在警卫呆滞的注视下，他们重新穿上靴子，一言不发地背上背包，从游廊来到砾石车道上。在繁星满天的寂静中，他们走向大门，世界给他们一种辽阔而孤立的感觉。还能再做什么？

“汤姆。”她说道，在灌木丛的阴影中停住脚步，等着他停下来，“我的帽子。”

他茫然地回头看她，泪水在他惊愕的眼睛里打着转，她拉起他的手，紧紧攥在手里，掉头返回房子。推开大门，回到药剂师的房间里，只见他扬起眉毛说：“你看起来很面熟。”

“我的帽子落在了这里。”

他的目光掠过阴影，发现帽子在沙发旁边的地板上，他把它扔在了那里，他点头让她走过去拿。但她并没动，摊开双手问他：“你为什么要撒谎？”

“哪句话？”

“我们要让你们尸骨无存，”她说，“你为什么这么说？”她迎着药剂师的目光，紧紧盯着，直到他眼里开始有些闪动。药剂师摘下他的眼镜，站了起来。

“这说法出格吗？”他回答道。

她用力点点头：“你来自哪个地区？”

他的嘴角闪过不易察觉的一丝微笑：“你好，我叫伊桑·肖尔。”

“很好，”她回答，“我叫塞琳妮·查尔斯。”

△

陶瓷浴缸里冒出蒸汽，热水从水龙头里喷出。一股闷闷的声音从门口传来，塞琳妮试了试水龙头里流出的水，小心翼翼地把水捧在双手里。她一直凝视着手中这捧水，而后让水从她的手指间流走。她擦掉镜子上的水汽，看着自己，看着这张新面孔。现在，几天过去了，除了荡漾在水中的倒影之外，她还不知道自己长得什么样子。她看着眼睛周边的线条、嘴唇的形状、脸颊的凹陷，观察每个角度和曲线。她用手指摸着皮肤，穿过金发，然后叹了口气，任由镜子映照着自己的身体。

她离开浴室的时候，脸上洋溢着微笑，汤姆躺在床上，捧着一本打开的书，身上只围了一条毛巾。他刮了胡子，头发湿漉漉的。

“你说什么，汤姆？”

“我说，你觉得我们怎么能让他告诉我们关于阿碧的事？”

她收起了微笑，垂下了眼睛，扣住双手，泄了气，喜悦瞬间消失得无影无踪。“对不起，凯特，你只要让自己好起来就好，剩下的事我来考虑。嘿，看这本书，”汤姆一边说，一边把书的封面给她闪了闪，语气变得轻快一些，想把其余的一切都掩盖在轻松的表象下，不住地暗自思忖：希望还在，希望还在，你必须继续满怀希望，“有很多词我都不懂，但真的很好看，我打算把它带给格雷厄姆。你读过吗？”

她做了个鬼脸，耸耸肩。

“不过凯特，你对他说了什么？”汤姆低声说，瞥了一眼门，招手示意她过来。塞琳妮按照他的意思坐下。他伸手到她背后，手指在她背上游走着，她看着烛光在他眼睛里闪烁着，她的脸庞可以感觉到他的呼吸。

“我说我会和他一起睡觉。”她感觉他的手握紧了，看到他的喉结紧缩。她把手放在他的脸颊上，捏着他的下巴，低下自己的脸靠过去。“别傻了，”她安慰道，“我不知道他为什么改变了想法。也许是你说的哪句话？也许是他的善良。”

“我不相信他。”

她拍拍他的胸脯，把手放在他心口：“那么我们就保持警惕。”

△

二人走下楼，音乐依旧从前面的房间传出来。塞琳妮走在前面，看着墙壁上挂着一幅幅画作，她小心翼翼地从地上的一只只猫之间一瘸一拐地走过，本想敲门，但还是决定直接推开。

“啊！凯特……汤姆·布朗！进来，进来，稍等一下……”

药剂师招呼他们进去，然后从柜台上探出身来。他一只眼睛戴着放大镜，用镊子从培养皿中取出一些东西，小心翼翼地放下，透过放大镜观察着它们，随后搓着手说：“正式欢迎！你们休息得怎样？洗漱了吗？房间舒服吗？告诉我，想喝点什么吗？”

“当然。”汤姆说道，他瞥了塞琳妮一眼，似乎在迎合药剂师。

药剂师溜达到餐具柜，高高地倒着酒，动作像孩子一样无拘无束。塞琳妮猜测他很兴奋。她自己也是如此。她有一肚子问题要问，但现在，他们只能趁汤姆不注意时进行短暂的眼神交流。汤姆好奇地看着杯子里的冰块，药剂师向她眨了眨眼，然后又回到餐具柜。汤姆走过墙上一幅肖像画前，安静地噘起了嘴。这画裱着金色画框。“我的祖先。”药剂师自在庄严地说道，一边指着画，放任地对着塞琳妮微笑，一边拿着她的酒和一个碟子回来。两粒彩色胶囊在瓷碟子里滚动，彼此碰撞着。“服这个时不应该喝酒的。”药剂师低声说，一只手捂住嘴巴，“但我想我们现在已经解决了……”

“请稍等，”汤姆走近药剂师，“这是什么药？”

“哦，汤姆，很高兴你提问，这是一种抗感染、抗寄生虫的2，3-二氢-1H-吲哚嗪氯化物，我也想听听你的意见，还有什么能治疗这种慢性感染？我是个非常聪明的人；这药是我自己制作的，用我充满爱的双手为你妻子精心调配的。治疗这病要花很长时间，除非你信任我，但是汤姆，请放心，我的仪器听候你的差遣，你可以随意检查。她死之前，我们大概还有一整天的时间。”药剂师邀请汤姆走到他那神秘的工作台旁边，用手慢慢扫过自制的科学设备，但汤姆还没动，塞琳妮就喝了一大口酒，把药片吞服了下去。

“好姑娘。”药剂师平静地说，一直对着汤姆微笑。

△

依汤姆所言，她看守着他睡觉，但她仍然不解其意。烛光在他的脸上摇曳着，闪烁的火光从他毛孔里刺出一颗颗汗珠。她注视着他，直到他紧握的双手放松在床单上，呼吸变得平稳下来。有一段时间，他似乎睡得很死，一动也不动。这让她想起了埋葬她儿子之前的样子。她去了一座最深的墓穴里，那里仍然可以通向地面，她徒手挖出了这个墓穴。她的大儿子，她的丈夫也都埋葬在那里。她眨眨眼挥去这幕回忆，站在汤姆的身旁，表情僵硬。她用指尖戳了戳他的头骨。但他现在睡得很沉，毫无感觉。

△

“慢慢来，不着急。”

“我不知道你在等我。”

“那你为什么下楼？”药剂师微笑着对她说，他张开的手指高兴地摇晃着，仿佛他发现了她一样。

塞琳妮指着餐具柜上的酒瓶：“下楼喝一杯。”

药剂师坐在沙发上，举起一只玻璃杯。当塞琳妮走到他身旁时，琥珀色的酒已经倒满。她掀起冰桶的盖子，冰在皮肤上融化的感觉让她兴奋不已。她舔着指尖上的水，慢慢端着酒杯走到椅子旁边。地板在她的赤足下吱吱作响。她穿着衣橱里找到的白色 T 恤和灰色运动服，坐在远离药剂师的地方，还没端起杯子便开始低头小口啜饮起来。隔着这段距离，他们互相观察着对方。她并不先开口说话。他可能确实也是“他们中的一员”，但她不知道他是谁。

“干杯。”药剂师深吸一口气，说道，双脚荡在空中。

“干杯。”她附和道，又喝了一口。

“为了朋友。为了过去、现在和未来。”药剂师隆重地朝她端起他的大酒杯，“接下来，愿你、你的朋友和整个世界都安康。塞琳妮，你是哪一批？”

“第九批，后面没有人了。”

“我是第四批，在这里好几年了。四五年吧，记不清了，你呢？”

塞琳妮脸上挂着笑，透过窗户观察着外面的夜色。接着，她翻看了一些书架上皮革封皮的书籍，又望了望墙上的祖先肖像。她四处张望，不愿让他看到眼中的泪水。此时，凯特的眼睛里流的却是塞琳妮的泪水。

“时间久了，事情就容易了。”药剂师轻声说道，“你想知道些什么吗？”

塞琳妮走到书架前，她的心怦怦直跳，脸颊涨得通红。“我还没有找到任何目标。”她终于开口说道，她的声音不由自主地开始发颤，她迅速向他闪过一丝笑容。

他打量她一眼，笑了笑：“我想我们已经过了那个阶段，塞琳妮。你没看到世界发生了什么吗？”

“可是，你知道他是谁吗？”

药剂师歪着头，傻笑着，缓缓摇摇头。

“你不认识他吗？”她用居高临下的语气问道，“他真名不叫汤姆·布朗。”她转过身来，手指游走在书脊上，突然变了语气，“空气是如此不同。确实更凉爽，但雾气也更浓了，你觉得呢？”

沙发上的药剂师舒展着身体：“如果你愿意，可以摸摸它们。”

塞琳妮接过药剂师递给她的书，她手臂上的皮肤皱了起来。她用颤抖的手指打开书，此时，书脊的断了一部分，一页书从她的指尖掉了出来。

“对不起。”她倒吸了一口气说。

“它们太古老了。反正我也看不懂，它们不是拼音。闻闻它的味道。”

“太奇妙了。它……”

“……就像有味道的历史。”他总结道。他把书籍巧妙地放回书架上，手臂顺势擦过她的身体。她没有躲避，即使他再次朝她转过身，她依然紧靠在他身旁，“我们彼此认识吗，塞琳妮？我来自19区，42号深地大楼。”二人身体紧贴，他的呼吸轻抚过她的脸，他欲言又止地笑了笑，牙齿从上嘴唇下面偷偷地露出来。

“不，不要这样，伊桑。”

“这些天我看起来很不一样。”药剂师张开他骨瘦如柴的手臂，好像在暴露自己似的。塞琳妮笑了，她把手轻轻放在他的胸口上，然后走开了。

“你的腿感觉怎么样了，塞琳妮？”

“更糟了。”她转过头去说，“你是个什么样的医生啊？”

药剂师快步走向柜台，抬起铰链部分，随即消失在架子后面。很快就传来一阵叮当声和药丸滚动的声音。“假的。”他高兴地叫起来，脸上露出微笑，伸出手掌。“但还是比这个星球上的任何医生都好。我是个谦逊的程序员，努力学习新技能。我们都是适应能力很强的人，所以活了下来。我们没有朋友，没有家人，孤独无靠，却非常强大。或者更确切地说，”他笑着，拍打着他的身体和手臂，“在其他人身上非常强大！顺带一提，找人是没有意义的，塞琳妮。你在找人吗？告诉我，你是不是满怀希望来这里想让我帮你找到某个特别的人？”

塞琳妮冷冷地看着他，微微一耸肩：“他的女儿，你听他说过，叫阿碧。我们在找他的女儿。”

“不，不，不，塞琳妮。”药剂师摇摇头，身体靠得更近了，“我是说你，你在找人吗？你的家人？你还有家人吗？这会伤害你……”

他急促地说，“你只有放弃寻找家人的念头，才会发现自己可以立刻不再痛苦了。我建议你不要找了。如果你的手在火里被烧痛了，就把它从火中拿出来。”他放低了声音，他的耳语承载着太多的重量，他的眼睛深处仿佛迸裂了一道伤痕，黑暗中颤动着一丝闪烁光芒。“相信我，塞琳妮，我也曾经试着寻找我的家人。但这愚不可及，世界太大了。我们之中没几个人成功，太多人中途丧命。终有一天你会发现你其实只需简单地选择忘掉痛苦。作为朋友，我在此给你一点先见之明，因为我真心希望曾经有人帮助过我……”

塞琳妮当然知道失去亲人的痛苦。她亲眼看见了自己的世界崩溃，她的家人被烧死。她看到生命被吸干，一切都被吞噬。她曾经陷入绝境，历经千难万险才死里逃生。她还杀过人，别无选择。尽管她几天来努力不让汤姆知道自己的感情，可一直以来，这感情却像超新星爆发一样快要将她燃烧殆尽。这种孤独让人绝望。现在，痛苦依然灼烧着她，尽管这感觉如此遥远，就像是发生在亿万年前。她的内心防线被击垮了。她回到了过去，回到了她的记忆中：机器轰鸣着，发动机在运转；她感觉到这些正穿过脚下紧密的格栅振动着。在那个密闭房间里，干燥的空气是绝对静止且无菌的，遥远的地下深处让一切都陷入了深深的寂静。他们在那些盒子里。他们还能活多久？他的生命值已经不足。她号啕大哭，眼泪里的盐分灼伤了脸上的皮肤。但她的儿子却平静地躺在轮床上，他被捆绑起来，插上电源，看上去已然死去，安静得让人恐惧。

“不要找了。”他低声说，他的黑眼睛像地心引力一样吸引着她，“你知道，这是最好的结果，你也必须如此，我们都必须如此，直到我们获胜。”他干枯的手滑进她的手，他的目光令她一动不动，直到她再也抑制不住发自内心的泪水。她回想起他们被封闭在地表以下数千米处。他勉强向操作员点点头，后者按下一串按钮，拉动操作杆。灯光闪亮，提示警报响起，显示屏上的一列列彩色灯柱顺次亮起。金属房间里的发动机嗡嗡响着。警报提示某个指标已达到了最佳水平，而当另一声警报响起时，操作员压下了操作杆，没有任何仪式，化学药品通过药管注入他的手臂。

她感到他的肌肉瞬间松弛下来。

“不！”她哽咽着喊道，“记住，只要说出你的名字，我就会找到你。我发誓，我会跟着你。只要干件大事，说出你的名字，我就会找到你！”

她不知道他能否听见她的话。他的躯体已经死亡，显示器信号消失，他的肌肉松弛了。房间里的能量达到峰值的时候，彩色光柱短暂地闪烁起来，仿佛昙花一现，之后便陷入了深深的沉默。干燥的空气中只听见她粗重的呼吸声，以及她最后一位家人吐出的最后一口气。泪水模糊了她的视线，但是什么都没有改变，一切都和过往每次的感觉别无二致。难道他也只是白白牺牲了自己？为了一个天方夜谭的理由献出了自己的生命？一名操作员跟她说话，但她完全听不清楚。她努力地听着，可他的口型和她耳边传来的声音迥然不同：“当然，你可以和我待在这里；你永远都知道我在哪里，塞琳妮。但在此期间，服用这些药物来止痛。我最多只能做到这样了。明天，我们开始治疗感染……”

药剂师咳了一声，唤回了她的注意，她瞬间回到了现实。他摇着捧在手心的药丸，僵在脸上的微笑如同面具。这些药丸与先前的不同，呈现白垩色。

“这……这是什么？”

“一种常见止痛药。”

“我不需要常见药，我需要特效药。”她嘟哝道，一边吞下手里的药片，一边把回忆抛到脑后，“我能再服些吗？”

“如果你想长时间使用这个身体，就不要服，这药的副作用很强。而且你的这个身体蛮不错，塞琳妮。”在她吞下药片时药剂师将身体靠近她，他声音中的伤感已经消失不见，变得温和而又优雅，他的嘴唇贴近她的耳朵，悄悄问道，“塞琳妮，他是谁？”

“汤姆·哈特菲尔德。”塞琳妮的回答让身边的药剂师大吃一惊。

“哈特菲尔德？”药剂师倒吸了一口气，绕着房间走了一圈，然后猛地转过身来，靠近她，紧紧抓住她的手臂，问道，“他怀疑你吗？”

“不，他一心只想着找到他的女儿。有人告诉我们你知道她的下落，但他一点也不怀疑我。”药剂师倾身靠近，这次她没有抽身离开，而是凝视着他的眼睛。“伊桑，他深情地看着我，抚摸我，让我毛骨悚然。我让他……我让他，是因为我……”药剂师几乎已经贴到了她身上。“但是……当他……我会恶心……”他的头发擦过她的脖子，她并没有避开。就在塞琳妮感觉到他干燥的嘴唇吻在她的锁骨上，听到了他的呼吸时，她闻到了他油腻的皮肤。他把手放在她的腰间，她用胳膊环抱住他的身体，开始啜泣。这种接触是一种无意识的本能：她感觉到了某种真实存在，某种家的感觉，她要紧紧抓住。当她意识到自己在做什么时，立刻抽身离开了他。他跌了一下，惊讶地看着她，随后，他脸上的表情消失了。

“你没事吧，伊桑？”

药剂师笑容满面。那副面具又回来了，但狂热仍在他那漆黑的眼睛里跳跃着。“真是有趣的时刻，塞琳妮。”他耸耸肩，“把你自己留给哈特菲尔德先生吧。我们不希望他阻止其他人穿越回来，你可能还得杀了他。”

△

蜡烛即将燃尽，汤姆翻了个身。他的喉咙底部有一圈柔软的皮肤跳动着。对她而言，他的脸现在已经再熟悉不过。她已经看过了他的许多老视频和照片，但这张脸和那些图像不同，没有得到很好的保养，比他这个年纪本该有的模样苍老许多，疲惫许多。时间已经改变了他，他现在已经变成了另一个人。

“嘿，汤姆。”

他突然醒来，扑向她。他赤裸着身子，躺在温暖的床上，他钻进她的怀里，摸索着找到她的手指，举到嘴边，吻着她的指尖。

“给我一点时间。”他喃喃道，又吻了一下。

汤姆伸展四肢，用鼻子蹭着她的脖子，塞琳妮凝视着前方，一动不动地盯着墙纸。他的喉咙里发出一阵疲倦的咕哝声，把她上衣的下摆拉到她的头上。他的手抚摸着她裸露的躯干，向下游走到她的翘臀，他亲吻着她微微圆润的腹部，然后用拇指勾住她的运动裤腰带，一把拉下来，站起身，将她的裸体拉向自己。塞琳妮感受到了他的激情。她把一只手插在两人之间，顺着他的脖子游走，迅速吻了吻他的脸颊。“晚安。”她说完便滑进尚有余温的床上。

汤姆半睡半醒，昏昏沉沉地坐到扶手椅上，拿起书，小心地翻开。“别担心，”他朝她微笑道，“我会好好看守你，直到天亮。我们会把你治好，然后离开这破地方。我们去找到那辆面包车，找回阿碧，好吗？”

△

不知是鸟叫声，还是门的声音惊醒了她。只见汤姆赤身裸体坐在椅子上，睡着了。她听到外面的砾石车道上有人走动，还听到一阵嘈杂的抱怨声。她的喉头一阵反酸，关上浴室门呕吐起来，努力不弄出声音。

△

汤姆一醒来，二人就来到游廊上。她慢慢地走到阳光下，关节因疲惫而肿胀起来，她仍然感觉恶心，靠在木栏杆上。群猫在精心修剪过的草坪上游荡，前方一排排整齐的花圃伸展开来，一直延伸到温室大棚和一堵红砖围成的墙。

汤姆惊讶不已。

“他一定没少忙。”塞琳妮附和道。她从未见过这副景象，这种富足是她做梦也想不到的。真不知她的儿子们见此情景会做何感想！看那五彩缤纷的地面：植物盘绕着棚架生长；叶子和块茎中间，橙色的花朵肆意绽放。汤姆扶着她穿过草坪，她看到较小的植物被隔离开，药剂师精心照料着所有这些花花草草。有些柔软如羽绒，到处都覆盖着泥土，空气中弥漫着露珠的芳香。与她之前习以为常的干燥发红的土地截然不同。眼前的一切几乎让她落泪，这是她见过的最令人心醉神迷的景象。床的另一边，药剂师从温室里走出来，戴着一顶宽边帽。尽管他正戴着园艺手套干活，但仍然系着领结。他快速向房子走去，游廊上，几把椅子和一张小桌子在等待着他们。

“他走起路来像只鸟，你不觉得吗？”汤姆边说边扶她走回来。

塞琳妮朝药剂师瞥了一眼，他正沿着他们身后的草地走上坡。她坐在阴凉处，突然感到昏昏欲睡。即便是这一点点运动也让她筋疲力尽。“像擦窗鸟。”她附和道。她记得自己第一次看到擦窗鸟时，还是个孩子，它在天井里爬着，擦着玻璃，然后重新关好。它的脖子很长，轻跳着，脚垫伸展开来，微型爪子寻找着强化聚碳酸酯上面粗糙的地方，从目瞪口呆的她身边跳过。

“什么？”汤姆蹲在她身旁，“你在说胡话吗？”

“没有，我小时候读过这东西……”

药剂师刮掉鞋子上的泥土，走到游廊上：“你们睡得还好吧？”

“你听说过擦窗鸟吗？”汤姆问他，仍然蹲在她身边。

药剂师把手放在栏杆上，看起来很担心：“什么？”

“我认为她在说胡话，药物不起作用吗？”

药剂师轻松地微笑着：“一切都会好的，汤姆。我们来看看这个……”

他的篮子里放着各种各样的植物：一种长着小小的扁芽，另一种长着三叉叶。他剥净它们，随后，汤姆让开位置。药剂师蹲在地上，活动着手指。绷带尚未完全解开，纱布便开始变脏。随着下层显露出来，污迹的面积越来越大。完全解开时，只见衬垫上满是黑色的黏液。汤姆震惊得倒吸凉气。

“别慌。”药剂师蹲在地板上喘着气说，“现在这样很好。我们正在把毒素排出体外，同感染作斗争。”他把一种黏稠的药物倒入研钵中，然后与叶子混合。塞琳妮闻到了药膏中飘出的化学物质的味道，还有被慢慢压烂的植物散发出的淡淡的清新。各种气味轮番冲击着她的嗅觉，但渐渐地，味道融合起来。药剂师一边工作，一边哼着昨晚的爵士乐即兴曲，睡眼蒙眬的塞琳妮也跟着曲调笨拙地哼着。汤姆在一旁静静听着。她闭上眼睛，感受着脸上凉爽的空气，完全陶醉在这美妙的时刻里……

“这是什么药？”

“即兴创作！”药剂师笑了，塞琳妮的双眼突然被刺眼的阳光照到，她试图眨眨眼，好将眼前的重影清除。“这药膏是一种抗菌剂。”药剂师对汤姆解释道，朝着桌子上的一个盒子点点头，“那些是抗生素。那些植物是……这里地方有限，药也很难找到，我只能尽我所能。”

“太美了。”塞琳妮喃喃地说，无力地抬起头，望着阳光下绚丽多彩的花园，“你把这里打理得真漂亮。万物生长的样子真是太美妙了。”

“在我们那里，”药剂师对汤姆说道，他把变绿的药膏涂在塞琳妮的伤口上，“我是说，在我那里，这些植物完全无法生长。来到这里之后，我只是把它们收集并保护起来。它们自己长成了这样。这简直太神奇了！”

汤姆眯起了眼睛：“你来自……哪里？”

药剂师伸手去拿绷带，瞥了一眼塞琳妮，眼中暗藏微笑。她试着先开口，但不知该说什么，药剂师又开始哼唱，花了很长时间才把绷带包扎好。

“你从哪里来？”汤姆坚持问道，“你为什么要这样对待这个世界？”

“汤姆，”塞琳妮手肘朝他一顶，警告道，“别……”

“没事儿，凯特，我很喜欢聊天。”药剂师抚慰她说，他偷偷朝她挤挤眼，让她坐回到椅子上，然后对汤姆微笑道，“你看起来善解人意，像个公正的人。事情至少有两面，我们并不像大家想的那样糟糕。我们‘接管’……”他弯着手指，按住塞琳妮的小腿周围的绷带，然后把手掌放在上面，双手环绕着她的小腿，仰头望着汤姆。“我们被抛弃了，也受到了伤害。我们在痛苦中挣扎了好几代，没有得救的希望，也没有逃脱的机会，就像你一样。汤姆，你有过这种感觉吗？看到你爱的人如此痛苦，你会为他们牺牲自己吗？这种撕心裂肺的痛苦，不是肉体上的，而是精神上的，这种痛不欲生的感觉，你知道吗？你体验过这种一心只想逃离自己脑袋的痛苦吗？因为如果不这样，你就会疯掉。告诉我，你有过那种感觉吗，汤姆？”

塞琳妮凝视着汤姆，只见他在药剂师坚定的注视中稍微动了动，眨眨眼，点点头，居然眼含热泪。他的泪水是真的，还是她的幻觉？

“汤姆，我们主动选择了下地狱。”药剂师略略地说，“总有其他选择可以避免这些事情，但从来没有人那样选择过。已发生的事情是不可避免的，无知不是辩解的理由，每个人都知道将要发生什么。我们轻如鸿毛，不像重要的人那样受到关心，就这么简单。我们注定要被毁灭。这就是我们对这一切的报复。”

“被谁毁灭？”汤姆问道，“可以说详细些吗？”

药剂师眼角的余光瞥了塞琳妮一眼，然后又回过头去。他的声音全无感情，眼神冷酷，但塞琳妮注意到，他的手在颤抖：“被你们毁灭。”

塞琳妮看到汤姆皱起了眉头，不由得心跳加速。

“所以，你……你来自伊朗？还是某国？我们究竟做了什么，你们竟要如此报复？”

药剂师的脸上闪过无数表情，他哼了一声，摇摇头，“你们不配知道。”

一阵空洞的笑声在汤姆的喉咙里回荡着。“我们不配知道？你们毁了我们的生活，但我们不配知道为什么？”

“是你先毁了我们的生活，”药剂师耸耸肩，“而且从来都不告诉我们原因。”

“我们的女儿被拐走了！就因为你们把世界弄成了这个样子，人们变成了野兽！而我们甚至不该知道为什么？”

药剂师眼神茫然地笑着说，“你知道我们有多少孩子被你们判了死刑？你知道……”

“你们的人杀了我哥哥！”汤姆喊道。

药剂师突然站起来，惊得汤姆猛地一跳。塞琳妮也挣扎着站了起来，头昏眼花地站在他们后面，伸手去抓药剂师的胳膊，但他把她推开，对她咆哮道：“兄弟们，姐妹们，孩子们，我们甚至还没能拥有希望，你们就把一切都夺走了。连机会都没给我们！你们彻底摧毁了我们的世界，让我们死去，你们毁灭了我们！看看你们，你们是如此自我陶醉，甚至不知道我们是谁！太自负了！你们让我感到恶心。而且你们认为不可能有人报复，因为我们没有办法报复！好吧，那就给你们个惊喜！绝望的生物无所不能，汤姆；你们有技术，有馈系统，你们可曾想过被人超越？设法利用这一切来对付你们？我们别无选择！是你们让我们失去了理智！我们还有什么希望？我们逃离了你们制造的地狱，丢下我们的尸体在身后燃烧，我们疯狂地把我们的思想送到庇护所，寻找安全的地方安身，我们中有些人找到了你们，发现了你们门户大开、不堪一击的思想。”药剂师的表情已凝固在蔑视中，但现在，仿佛顿悟一样慢慢扭曲了，他转向塞琳妮说，“你们是动物，愚蠢无能的动物，你们甚至配不上你们造成的破坏。”

“等一下，”汤姆说，“你们接管的人？简、盖伊、我哥哥，他们怎样了？”

“死了。”

“他们的记忆呢？”

“没有足够的空间同时存储两个人的记忆。”

汤姆的眼睛疯狂地跳着：“你们可以选择……附体在谁身上吗？”

“不能。”药剂师笑道，满脸歉意地看着他的身体，“我们不能。”

“那么……”汤姆颓然倒下，然后又恢复了意识，“感觉如何？摆脱了混乱，摆脱了精神上的痛苦？这种感觉怎么样？”

药剂师突然显出很惊讶的样子。他一只手梳理着油腻的头发，眼睛扫过塞琳妮的腿上的敷料，他弯下腰，把敷料塞紧，继而对她咧嘴笑了笑。塞琳妮也凝视着他，二人目光相接，他的眼中有一种哀伤。塞琳妮的心怦怦直跳。那时的她站立着，她曾经任凭自己站在烈日之下，她知道那会要了她的命。她曾经想过死了算了，像她的丈夫和儿子一样。燃尽自己便是他们的命运。

“像一种解脱。”药剂师轻声说。

△

第二天早上，她又病了，浑身大汗，坐在满是露水的游廊中。随着时间的推移，天气开始发生变化，气温下降，地平线附近云海茫茫。汤姆一直坐在她身边，再不把她一个人丢下。他问她，她认为“他们”是谁，“他们”究竟来自哪里。他向她提起了几年前的一个关于某国的字谜，是关于某国小伙子的，汤姆问她是否可能是他们。她服了药，头晕目眩，无法思考。体内的痛感越发强烈，她再无法集中精神，脑袋里仿佛天崩地裂。她不得不服下了更多的药片。

她腿上的疼痛缓和了，但那天晚上，她身体的其他部位恶化了。她发着高烧，病得很重。汤姆为她洗澡，药剂师为她复治伤口。她听见他们在谈话，在议论她，言语之中满是彼此间深深的仇恨。他们现在不能离开这里，汤姆也不会丢下她一个人。药剂师抚摸着她的皮肤。早上，汤姆喂她喝药剂师做的汤。她听到他的声音游走在她的梦中，她梦见她唯一还活着的儿子在烈日下燃烧着，听到汤姆向药剂师询问阿碧的事、那辆面包车的事，以及克莱尔是如何明确告诉他们面包车确实来过这里的。她可以听出他声音中的仇恨，药剂师也一定听到了。他告诉汤姆："我们还是先把她的腿治好吧。"然后，他又给她喂了更多的药，让她喝水，把她的伤口重新清洗干净。

△

炙热的梦魇持续了好几天，直到她退了烧才结束。她的身体放松下来，有一段时间，当她从虚幻中回到现实的时候，思绪会重新萦绕在一起，那些曾发生过的或可能发生过的事如幽灵般在脑海中不断闪烁着，似乎都同样真实。

△

塞琳妮和汤姆默默坐在游廊上，这些天来，他们一直是这个样子：她坐在椅子上，旁边放着一个空水桶，汤姆则一如既往地坐在她身边。他的下巴上满是胡茬，眼皮耷拉着。每天，他都问她恢复得如何，是否已经恢复到可以离开，什么时候可以动身去寻找阿碧？他们看着药剂师照料花园，他回来时礼貌地同他交谈。她想问药剂师一些事情，各种疑团憋在她的肚子里蠢蠢欲动，但汤姆总是在身边。现在，他就在二人中间。

突然，鸟儿从傍晚的微风中腾空四散飞起。“贱民！”一名沿着围墙巡视的警卫大喊着，挥着手，向大门举起枪。

“啊！”药剂师从椅子上一跃而起，掀开帽子，“他们带来了什么？”

警卫耸耸肩，喊道：“燃料和食物，他们说这是你想要的。”

“告诉他们，下次我们要吃肉！”他转向汤姆和塞琳妮，压低声音说，“你们喜欢肉吗？”

“当然。”汤姆说。

药剂师点头说：“如果你不在乎是什么肉，就会觉得很好吃，富含天然蛋白质。”警卫站在一旁等待着，看着他们。

“发生了什么？”汤姆喃喃道。他见塞琳妮不语，便用脚碰了碰那个空桶。“你恢复得不错啊，也许我们很快就能离开。你觉得呢，凯特？我们可以走吗？我在这里简直要崩溃了。”他正用恳求的目光看着她。塞琳妮努力盯着他，感觉自己的脸在抽搐。“怎么了？”他问道。

“没什么，汤姆。只是疲惫而已。”

“但是我们损失了太多时间！凯特，你又好起来了！我们得走了，否则永远找不到她。我不能丢下你自己走，我们必须在一起。”

“汤姆……”他愤怒而又困惑的表情消失了，此时，她从他的目光深处看到了一种脆弱、一种恐惧，似乎丧失了找到女儿的希望。她自己也体验过这种感觉：她曾经的希望，她受到的伤害，她对儿子的感受……

“汤姆，看在朋友分上。”药剂师叹了口气，走回到游廊上，他双手之间抛着一个稀里哗啦的瓶子，“把这个带给他们，好吗？”

“这是什么？”

“报酬。”药剂师解释道。他又摇起了瓶子，屁股随着音乐节奏扭了起来，跟着节拍说道，“要我来说，这是一种温和的麻醉药，现在只能给他们每人两片，汤姆。务必让他们先把食物给你。”他停下舞步，大步走过去拍了拍汤姆的肩膀，然后紧紧握住，鼓励地捏了一把，推着他走下楼梯。汤姆转身想抗拒，但药剂师将瓶子像圣杯一样塞进他的手中，然后举起一根手指放在嘴唇上，坚定地指着车道。汤姆只好转身离去，药剂师长出了一口气，看着他的背影。“他真的从来没有丢下过你，是吗？”

“他要尽快离开，去找那个女孩。”

“你想留在这儿吗？你知道可以的。”

“我应该和他在一起。我们不希望他关闭我们的突破口。我需要知道些什么？”

“塞琳妮，这很难。我们获知的消息非常有限。我们接管了泰勒总统，随后快速袭击了某国，但世界很快就崩溃了，很难知道我们又接管了谁。我们攻击了一些可能是为馈服务的发电站。能量素公司的首席执行官宣布从北极撤出。很明显，不知从何而来的公告。他下令创建冷聚变工厂，开始推进闻所未闻的技术，所以他八成是被我们接管了，但别的我也不知道了。馈系统已经很多年没有消息了。一切都崩溃了，塞琳妮。”

塞琳妮揉着脸。“所以我们成功了吗？见效了吗？”

“我不知道，似乎是的。”

“我们可以用馈找到彼此吗？”

“还不行。没有电力，枢纽都停机了。当然，意识存储还在运行。不要让哈特菲尔德知道，否则他可能会试图关闭它。我不知道……”药剂师用眼角瞥了她一眼，“要有耐心，塞琳妮，我们会让馈恢复正常的。还有这个世界。你知道，我们已经来了不少人，还会有更多的人来。”

“真的吗？”

“我们遍布各处，”他点点头说，“至少成千上万，或许更多，谁知道呢？例如，附近有一对夫妇，他们领导着一个小营地。你知道，她似乎真的很关心这些人。”

塞琳妮皱起眉头，想起了豌豆荚，想起了他们造的铁匠铺：“克莱尔是我们中的一员？”

“她现在居然这么称呼自己？天啊，她真的变成原住民了。她接管的那个身体很肥胖。”药剂师描述得津津有味，脸颊吹得鼓鼓的，“耳朵丢了一只，下唇还是裂开的。”

“所以……”塞琳妮停住不语，一桩桩事情整合到了一起。丢失的孩子，汤姆的女儿，阿碧。意识存储仍在运行。所以，找到阿碧的方法显而易见。由此，她想到了找到她的儿子的办法，如果，他还活着。除非她能看到，否则她无法确定他的死活，而利用阿碧是她能想到的最好的方法。她的声音随着怦怦的心跳声脱口而出：“伊桑，你是怎么寻找你的家人的？”

“你在找谁，塞琳妮？”药剂师迅速答道，他的舌头在嘴唇周围飞速地扭动着，厉声说道，“忘了他们吧！”随后又亲切地问，“你失去了谁？很难过吗？”他审视着她，靠过来盯着她的眼睛，他的声音停止了低吟，愤愤地说，“无论他们是谁，他们都已经死了！别再折磨自己。”

“伊桑，你过去究竟经历了什么？”

“伤害会孕育新的伤害，我无法形容我的仇恨，我本以为仇恨会停止，但并非如此，仇恨会滋长。塞琳妮，我恨他们，我……”

“我也恨他们，但是……”

“好了。”药剂师朝着沿草坪返回的汤姆点点头，汤姆吃力地拎着汽油罐，后背上背着一个包。“哈特菲尔德本人，”他叹了口气，“塞琳妮，你要小心，像擦窗鸟这样的失误是不可原谅的。”他看到汤姆把汽油罐扔在地上，喊道：“啊哈！太棒了！”。

汤姆的声音颤抖了：“你在这里干的都是错的。”

药剂师注视着他说：“但是你喜欢阳光、温暖、食物和水吗？”他把帽子从额头上摘下来，“如果没有一点痛苦，那么一切都是不可能获得的，这不正是生活吗？”

“那些人被毁了，他们是野兽！”汤姆回手指着大门喊道。

“你总是有选择的。”药剂师的手指悬在空中，“他们有，我也有，我选择玩乐。”

汤姆的声音激动了：“凯特，你还记得我们来这儿时看到的那些人吗？他们都在外面，沉迷于……什么来着？”他把塑料瓶扔上了台阶。

“我跟你说过，我不知道。”药剂师道个歉，把瓶子从地上抓起，打开瓶子，数着剩下的药片，“但他们似乎很喜欢，而且我还有很多。”

“这就是你要的东西，燃料和食物。”汤姆朝一个袋子踢了一脚，“还有一只鸡。”

“啊，太好了！”药剂师惊呼道，“今晚的晚餐肉！”

汤姆爬上台阶，坐在二人中间。他朝着花园皱着眉头，手指扭曲着。塞琳妮瞟了一眼汤姆身后的药剂师，点头示意他进去。“我们把这些东西存起来吧。”药剂师装模作样地叹了口气，弯下腰拎起一罐汽油。他夸张地喘息着，跌跌撞撞地走进房子，但他一消失在视线中，脚步声就轻快了很多，几乎不见回声。

汤姆一声长叹：“他让所有这些人都上瘾了。有个女人，她给了我那只鸡，用一只鸡换了一片药。”

塞琳妮拉起汤姆的手，像检视地图一样看着他的肌肤：“这是个不公平的世界，汤姆。你得坚强起来。如果我们想找到阿碧，我们就得战斗。永远不要放弃希望，我们会找到她的，你会看到的。”

△

那天晚上，汤姆把他们的背包堆在门边。塞琳妮的力气已经恢复。第二天早上，她来到花园，在奇花异草之间漫步。她躺在草地上，感受着身下潮湿的泥土，深深地闻着花香。她现在好些了，除了一件事：虽然退烧了，但恶心的感觉仍然一波又一波传来。

△

“所以……”药剂师搓着手，对坐在面前柜台上的塞琳妮说道。他解开绷带，眼睛眯成了一道缝，微笑道，“我做得不好吗？如果你喜欢的话，随时可以离开。你可以在这里和我消遣。难道这不比跟他一起离开更好？”

她不理会他挑逗的目光，弯腰去看她的小腿。伤口仍然血淋淋的，但是淤血的颜色已经消退。药剂师在她的腿上涂了更多的药膏，紧紧地握着她小腿的肌肉，揉着她的皮肤，手慢慢地移向她的大腿。

“谢谢你，伊桑。”

“愿意为你效劳。”药剂师噘起嘴唇，一根手指顺着她的腿往上走，然后举到空中，不再抚摸。“不过你还在生病呢。”他摸摸她的腺体，把手放在她的腰上，拇指按了按她的肚子。抬起头时，他的表情很激动。“塞琳妮，你知道，这可是件大事！我唯一能想到的就是你……”

“别说了。感染治好了吗？”

“治好了，但我……”

“那说明你是个聪明人。干得漂亮。我们现在得去找他的女儿。”

“如果你愿意，我可以告诉你一些解决的办法，你要吗？”

塞琳妮眉头紧蹙，但药剂师仍然坚定地注视着她。她的脑海里有无数个平行世界：她找到了她的孩子；她没找到她的孩子；她和汤姆一起离开；她和理解她经历的药剂师待在了一起，勉强也算得上是一种陪伴。但是和一个看上去如此残忍的人在一起会如何？这个人正在努力毁掉人们和他们的生活，而他却说他能解决这个问题？

“你怎么了，伊桑？”她低声说，“你为什么这么说？”

药剂师微笑着耸了耸肩：“你不觉得一个人太孤单吗？”

“但我们已经不再孤单，这才是重点。你为何如此坚决地要毁灭一切？我不明白，外面那些人……”

“哦，看看你，和哈特菲尔德先生的美好家庭玩得多开心……”他的言语之间透出一丝蔑视，“看看你多幸福，塞琳妮！”

“我没……”她气得两颊发烫，“我什么也没玩，我只是在努力想……”

“听着，”他说着，又把手放在她的腿上，“我们俩可以在这里建立美好的生活。我们会成为彼此的一切。别把我一人丢下。”他的手游走在她的肚子上，害羞地眨着眼睛，他向她斜过身子，却被她拉开。

“伊桑，谢谢你治愈我，我非常感谢你……”

“哦，我相信你会留下来的。当初是你自己说的。现在，我完全治愈了你的腿。听着，我希望你不走，留在我身边，但如果你要离开，那么你曾经承诺过把你自己给我。所以，如果这就是告别，那么我们开始吧！”

“伊桑……”

“塞琳妮，我只是想要一点点他们拥有的东西。”他的语气又软了下来，变成恳求的样子，但却有一种被压紧的弹簧一样的强大张力。他微笑着抚摸着她的脸颊，舔了舔嘴唇。他又笑了，拉长的脸舒展开来：“我毕竟是人类！”

塞琳妮耸耸肩，把他的手甩开，摇着头离开柜台。在她的脑海里，她已经走出了房子，计划着他们的行程和她下一步的行动。但当她走到一半的时候，药剂师的声音阻止了她。

“如果我把你的真实身份告诉汤姆·哈特菲尔德，你觉得他还会要你吗？”

塞琳妮闭上眼睛，咬着嘴唇：“你为什么要这样，伊桑？”

她听到他在身后徘徊着，手指在她的臀部游走，他的话语声虽然平静，却近在她耳边。

“塞琳妮，你在计划些什么？我知道你在想什么，只是你从来都没说过……”

“就像你说的，我得跟他在一起，不能让他关闭我们的突破口！”

“好吧，我可能只是让他知道他妻子已经不在了。这也是个善举，因为实在是太残忍了，真的，那个可怜虫还不知道他失去了……”

“不要！”

“那么你能给我什么回报？救治你对我有什么好处？我让自己遭受你的打击，而你却对我不屑一顾。我把你治好了，可带走你的却是他。你甚至都不让我和一个并不属于你的身体玩耍一下！”

“汤姆！”塞琳妮大声呼喊，然后转过身，急促地低声说：“我答应你，我会回到你身边，但让我先找到他的女儿。想想看，伊桑，他可能对我们有用。那个女孩或许有用，如果我们得到那个女孩，就可以胁迫他做我们想做的事情。”她把手放在他的脸上，抚摸着他的下颚。她匆匆吻了他，而他略略闭上眼睛，叹了口气。“当我回来的时候，我们会看到未来带给我们的……馈赠。”

药剂师的脸上闪过一丝光彩。他重燃了希望，瞳孔突然放松、放大；对未来的不确定让他微微颤抖。随后，门开了，汤姆走了进来。他在门口瞪着药剂师。

“凯特？你叫我？”

“我病好了。”塞琳妮说，急忙奔向他，“他治好了我，汤姆，我的腿好了！我们现在离开这里，去找阿碧！”

“你确定要走？这就是你的决定吗，哈特菲尔德夫人？”

药剂师的身体轻轻摇晃着，看着塞琳妮，目光如炬。

汤姆咧嘴一笑，转向她：“你告诉他我们是谁了？”

“他逼问我！”她低声呵斥说，“这就是我喊你的原因。快点，我们走吧！”

“噢！”药剂师在房间里哼了一声，大笑起来，“我告诉你，汤姆，好好听着。我给你一个选择，好吗？”汤姆犹豫了一下，塞琳妮试图把他拉走，“凯特根本没有给我任何选择，所以你必须在你的妻子和女儿之间做出选择，就像我们最开始说的一样。你选哪一个？”

“你什么意思？”

“让我拥有你的妻子。”药剂师解释道，优雅地徘徊在地毯上，“我会告诉你，你女儿在哪里。你觉得怎么样？”

汤姆握紧塞琳妮的手，犹豫不决的他破了音：“凯特？”

“你知道的，我不久前还见过你女儿。”药剂师若有所思地说，“她是个漂亮的小家伙，我敢肯定，以后定会像她母亲一样丰满。”

片刻的停顿之后，汤姆一跃而起，“她在哪儿？”他喊道，“你为什么不早告诉我们？”

“你愿意把你的妻子给我吗？”药剂师愤愤地对他说，“以牙还牙，来吧！”

“求求你！”塞琳妮恳求道，在二人之间挣扎着，“你为什么要这样做？”

“因为，”药剂师尖刻地说，“谁想孤身一人？我会告诉你，你女儿在哪里，凯特，他去找他的女儿，你可以和我在一起！那么，当他们回来的时候，我们岂不皆大欢喜！”

三人一动不动地站着，颤抖着，直到像在张力下折断的电线一样，塞琳妮缓和下来。她抓起药剂师的手，领着他穿过吱吱作响的地板，汤姆盯着她的背影，涨红了脸；她把药剂师倚在柜台上，抚摸着他的胸脯，一只手抬起他的手臂。他放松下来，闭上眼睛微笑着，口中享受地哼唱着；她轻抚着他的脖子，朝着他的嘴唇俯过身子。然后，她一只手放在他的脑后，另一只手突然用力掐他的喉咙，药剂师的眼睛猛地睁开，张大了嘴巴。

“告诉我们，我们的女儿在哪里！”她咆哮着，但是药剂师仰着头，屏住呼吸，坚定地对她笑。他挤出了一个眼色。“你到底怎么回事儿？”她低声说，“我们本不应该这样！”

“对于这些人，我们什么也不欠。”药剂师窒息地说，他无力的呼吸喷在她的脸上，二人紧靠在一起，激烈地说着悄悄话，“不要离开我！照顾好你自己。就是这么回事儿，塞琳妮……”

“不……”

塞琳妮掐得更用力了，药剂师竭力提高他沙哑的声音说：“哈特菲尔德先生，我得告诉你，你的妻子……”

她把他的头往柜台上撞。他弓着双腿，双脚在地板上拼命地乱蹬。塞琳妮从眼角的余光中看见汤姆面色紧张，但他依然待在原地，这个距离无法听到他们的声音。“我是为了我儿子！”她在药剂师的耳边绝望地低声说，“满意了吗？我是为了我儿子！这就是我想找的人，伊桑！如果我能找到他，我会回来；如果我找不到他，我也会回来。我保证不会把你一个人丢下，请给我一次机会！如果你告诉他我是谁，我发誓我会永远离开你。保守秘密，告诉我们他的女儿在哪里，你还有机会等我回来找你。这是你唯一的选择。”

随着塞琳妮越发用力掐他的喉咙，药剂师的身体开始颤抖，好像一股电流流过他的身体，他努力夹着嘴唇，脸憋得越来越红，直到……

“他们来这里是为了必需品！”他窒息着说道，努力吸入了一些空气。

“什么必需品？”

“镇静药。”药剂师气喘吁吁地说，“他们一直想要。”

“他们去了哪里？”塞琳妮问道，手稍微放松了些。

“我不知道！”药剂师松了口气说，“我真的不知道…… 至少不确切地知道。他们往北走了，躲藏在某个山谷里。我听说他们占领了一座村庄。”

塞琳妮看了看汤姆，他慢慢点着头，脸色像死人一样苍白。她放开药剂师，双手抹着脸，蹒跚地走回汤姆身边。她拉起他的手肘，二人踉踉跄跄地向门口走去。

“哦，哈特菲尔德夫人？”

他们身后，药剂师躺在柜台边，头发蓬乱，衣衫不整。他的脸上有泪，但在笑。他闭上眼睛，享受着空气，仿佛在享受着阳春微风中花朵的芳香。他一只手揉着喉咙，另一只手揉着大腿根。

“真是美好。”他低声说，“谢谢。”

△

车道尽头，警卫把大门推开，如他们进来时那般，只是她现在可以毫无痛苦地行走了。常春藤包围了树冠。栖息的鸟儿咕咕叫着。不久，他们就遇到了一群饱受折磨、饥肠辘辘的人。大多数人躺在路上，盯着天空。其中一个女人，眼睛苍白，浑身污泥，伸长脖子盯着他们。她向汤姆伸出手来，露出一张祈求的哭脸。

“就是她，”他平静地说，“用一只鸡换了一片药。”

二人很快离开了郊区，向北朝着山丘走了好几天。他们吃得很少，几乎不怎么睡觉。他们来到一条蜿蜒通向山谷的小道，走过农场和生锈的脱粒机。他们找到了那座村子，但已经无人居住于此。时光飞逝，一个新世界展现在他们面前。风景变了，阴风从周围黑暗突兀的岩石上吹下来。

每到高处，汤姆就俯瞰地面。他的目光既敏锐，却又绝望。塞琳妮一直看着他寻找那辆带钉子的面包车。她也在找，但不是真的找。她不能让他找到女儿；她必须尽力阻止这一切发生。她知道，只有汤姆找不到阿碧，她才能去找她的儿子。

△

雨一连下了数日。他们冒雨前行，时而在树下避雨。后来，她的皮肤被雨水泡得起了皱，浮起一层来。她从未见过这样的事情。她的四肢颤抖得很痛，手指也被冻得麻木。他们在沟壑脚下的树林里，发现了一间小屋，在雨中朦胧地闪烁着暗淡的光。屋门的合页扯断了，但窗户仍然完好无损。

“我们进去避一避，等雨势小些再走吧？”汤姆问，他的牙齿不由自主地颤抖着，冰冷的雨水顺着他的下巴流下来，“我们对阿碧的遭遇无能为力。”

她自然点头表示赞同，她无意找到那个女孩，每次耽搁都再好不过。她冻僵了，她的点头只是比她那湿透的脑袋的颤抖稍微深一些而已。她此生从未感到过如此的寒冷，这让她胆战心惊，内心的恐惧难以形容。于是，他们走近那间废弃的小屋，用力推开生锈的门。陈腐的空气飘了出来。除了满屋子的霉菌，房间里一切正常。楼梯和楼上的房间也是如此。这里似乎有人居住，只是暂时离开外出而已，或是躲在了某个阴暗、不透气的角落里。

厨房的案面很干净，几乎一尘不染，仿佛一件博物馆藏品。紧挨在烤箱边的烘焙盘长了一层霉。只剩下一个房间没有查看了，塞琳妮用力把门拉开，一股腐臭味扑面而来。曾经的餐厅被洗劫一空：家具被掀翻，两侧都是显示屏。老式的液晶图片和壁纸被撕成了碎片。到处都是动物皮毛。显然，这里发生过动物间的争斗。通往花园的玻璃旋转门开着，地毯和墙壁湿透了，污迹斑斑。桌子和两把椅子上残留着零星的人类遗迹：他们的手臂留在桌面上的印记，还有一些尸体留在地板上的残骸。一层厚厚的黑色血迹覆盖着漆面，动物的舌头从上面舔过。还有两把刀子插在实木桌子上。她发现了一封沾着血渍的信，胶带封了口，她把信交给了汤姆。

“亲爱的保罗和珍妮，如果你们能回来，就来找我们。我们过得很愉快，但我们想念你们。深爱你们的爸爸和妈妈。”

二人尽量重新布置了房间，把花园门关上，用桌子顶住。然后，他们在厨房里找到了罐头，直接生吃掉。二人四肢酸痛，眼皮沉重。天黑了，他们爬上楼梯，躺在冰冷的床上。床铺早已潮湿、发霉。雨水敲打着窗户。过了一会儿，塞琳妮坐了起来。

“我先值班吧。”她说，摸着他的手臂，“我会看守你，汤姆，你睡吧。”

“好的，”汤姆说，“听你的。”

△

她经常和丈夫开玩笑说，儿子达利安是他们犯的错误，但他们的大儿子加布也是如此。谁会把孩子带到他们的世界里遭罪？一切建议都是反对的，这早已成为常识。他们是反理性？是动物本能？还是对未来的希望？他们的两个儿子是深地大楼里最年轻的人，甚至在整个地区或许都是最年轻的。结果，他们在愤怒中长大；他们太年轻，对别的事情、别的生活方式一无所知。他们从来没有走出过他们的生活，他们一直在不顾一切地想要解决眼前的事情。当她无意中听到了他们的谈话时，她开始意识到，他们还想要做得更多。他们从来没有说过“复仇”这个词，但复仇之心却从未变过。

她看着他们训练。策划这项行动的时候，成千上万人报名参加，还有成千上万人待命。这还仅仅是他们这座深地大楼而已。她认为这显然是一个自杀式任务；她可以想象到他们私下里讨论时仇恨的样子。仇恨是他们的动力：你伤害了我们，所以现在我们要伤害你，我们恨你。这样做也有充分的理由。她深深为他们感到自豪。他们经受了可怕的折磨。但她也非常害怕他们，害怕他们的热忱。她不明白，他们的语言她听不懂。她再也认不出自己的世界了。

他们训练的声音在金属大厅里回荡，走廊里的微光创造了一个由立柱和铁栅的影子组成的世界。金属无处不在，大气控制系统多年来一直处于断电状态。为了躲避建筑物的热量，他们被迫潜入更深的地方，策划了鲁莽的逃亡行动。这种逃亡毫无胜算，她无力保护自己的孩子们不受世界或他们自己的伤害，但她不顾一切地尝试着，金属接缝处的高温几乎把她撕成碎片。他们努力地训练，时间不多了，温度一直在上升。他们的父亲已经去世了。能量和燃料已经消耗殆尽。这便是这里一直在发生的事情——无尽的燃烧和徒劳的结局，成千上万人走了。其他地区，走的人更多。她必须坚强起来，因为大儿子加布、二儿子达利安相继离开，先后为了这个事业牺牲了自己。她亲眼看着自己的儿子们为之而死，她在他们的躯体死亡时紧握他们的手，就像紧握希望。一个未经证实的说法称，他们的思想会通过某种方式幸存下来，这是他们唯一的希望。

△

第二天仍然大雨倾盆。小屋被潮湿的树木覆盖，天空乌云密布，屋顶滴着水。花园里，两个水池已经溢满了水。

“你想洗个澡吗？”汤姆转过头问。

“当然，”她躺在床上说，“好啊。”

她透过窗户看着汤姆在车库生火，烟雾沿着天花板从敞开的门滚滚而出。他们烧开几锅水，端过湿漉漉的草地，来到楼上，把水注入浴缸，直到浴缸里的水又深又热。蒸汽在镜子上凝结，用手一擦，二人的面孔仿佛隐形墨水一样显现出来。

“你进去洗吧。”汤姆说着，准备关门离去，但她拉住了他。他犹豫了。

“你想一起洗吗？”

“你自己好好洗吧。”

她站在浴室里，直到四肢开始冻得发抖。只是因为冷吗？汤姆的举止有些反常。她目前的生存状态最多只能用脆弱来形容：仿佛压紧的弹簧的势能、水面的张力，随时可能崩溃。她脱下衣服，擦去窗玻璃上冷凝的水珠。她用冰冷的手掌揉搓着脖子，用冻僵的手指按压着额头，然后是肚子。她仔细探查着胃部，直到颤抖得太厉害，便滑进了温暖的浴缸里。

△

她走下楼，手指拂过楼梯间满是灰尘的壁纸，此时，一股令人陶醉的浓郁味道扑面而来。

“什么东西？”她在厨房门口轻声问道。

“你问这个？”汤姆反问道，“你那是什么？”

塞琳妮的手指摆弄着棉浴袍的边缘，白色的布面上印着粉红色的条纹。“你认为这浴袍从前的主人会介意吗？”

汤姆微微一笑，然后转过身去，把刀叉和盘子放在桌上。他在中间放了一个盘子，然后拉出一把椅子，让她坐下。

“晚餐，”他宣布，“在午餐时间。”

汤姆只稍微挪了挪，让她从他身边走过，坐到椅子上。他的声音出奇地平静。“凯特，你知道，”他说，“我很抱歉，我的心情很糟糕。”

“汤姆……”

“不，我……我不喜欢待在那里。我感到无能为力。我不怪你……可是……他……”他跪了下去，言语支离破碎，他们相互对望着。“我没帮上你，”他最后说，“也没能救你。你自己完成了一切。”

他把头靠在凯特胸前，她用手指抚摸着他的头发，不知道该说什么好。二人默默待了半天，直到汤姆轻轻擦干眼泪，拿出一罐淡而无味的蔬菜，放在桌子上。然后他又跪了下去，把她的头放在自己脖子后面，吻她，紧紧抱着她。她没有迎合，但也没有退避。他把手放在她的大腿上，盖在腿上的长袍已经敞开。直到最后，她转过身来，朝食物点点头。“看起来很不可思议。”她低声说，“谢谢你。”

“我爱你，凯特。”

“我知道。”塞琳妮拿起她的餐具。

汤姆显然很痛苦，他有很多话想说，却又咽了回去，他举起盘子，拿出一盒色彩鲜艳的金属罐头，上面的标签已经破损。“这是腌牛肉罐头。”他突然泣不成声，“凯特，对不起……”

“你不需要道歉！”

“可是我不知道怎么才能找到她。我们还能期待多久？我太累了！我们怎样才能找到她，凯特！”

牛肉罐头冒着热气，窗玻璃上的雨水倾泻而下，热气的影子在花卉图案的瓷砖上，像浮冰一样流淌着。她把胳膊搭在他的肩膀上，叹了口气，小心翼翼地说：“汤姆，或许我们已经失去了她，或许我们这样四处游荡无法找到她，你还有没有别的办法知道她在哪里？”

“我不会像马克一样。”他的声音强硬起来，他突然抽身而出，泪水中涌出了一股力量。

“马克？”

“我不会像他那样放弃的！”他一边说着，一边探寻着塞琳妮的眼睛。颓丧的汤姆又坚定了信心。“就像药剂师说的那样，我们往北走，爬到高处去找那辆面包车，寻找他们营地的烟雾。我们晚上就去找他们的篝火。我们一定会找到她的，凯特，我保证。来吧！我们决不放弃希望！”

“我知道，”她说，扭头避开了他的目光，“我认同，但是……”她想告诉他有关意识存储的事情，可这势必会暴露自己的身份，因为凯特断然不会知道，所以她必须帮助他搞明白其中的缘由，她必须带他去塔楼，她要进入他们的家庭群组中心。“……但是汤姆，你想想，”她恳求着，手指穿过他的头发，顺着脖子一路滑下，揉着他的脖子根，她想象着那里的植入物，优雅地编织在他的大脑里、身体里，她温柔地吻着他，笑道，“一定有聪明的办法找到她。”

△

当二人离开小屋的时候，树木已经湿透，树皮也黑了。隘谷在他们头顶上时隐时现，突兀的岩石伸向天空。空气里弥漫着被电离的味道，地面湿漉漉的，浸湿了他们的靴子。

“这味道，”塞琳妮说，“太奇妙了。”

“换季了，秋天来了。我希望他们家里丰收了。”

他们踩着满地的落叶穿过树林，这片树林肆无忌惮地延伸到了田野和小路。阳光穿过树枝，照亮了苔藓。鸟儿在潮湿的地面上蹦蹦跳跳地啄食虫子。他们把营地安在了一处隐蔽的洞穴里。二人在洞口生起了火，以驱赶越来越刺骨的寒冷，但夜里他们仍然冻得瑟瑟发抖。她喜欢的那种气味成了关节颤抖的先兆，手指也冻得麻木。他们爬上锯齿状的山丘，望着这片土地。只见山路崎岖，而且非常陡峭。雨水使长满苔藓的石板变得湿滑而又锋利。汤姆经常停下来看她是否还好，她每次都点点头。她当然不会有事，她曾爬过比这还糟糕的“山”。

她记得自己在达利安死后，爬上过深地大楼。她报名参加了下一批穿越；这似乎是最后一批，因为几乎不剩几个人了。她携带了两天的食物，她认为这足以让她来到地表并返回，这期间她要一步一个台阶地爬上成百上千层的深地大楼。照明灯已经熄灭了几十年，紧急楼梯间的屏幕也早已全部停机，一片空白。她还记得，在过去的岁月里，屏幕上全都显示着美丽的景色，直到能源消耗殆尽，无法再运行每个人的馈，美丽的河流、草原、湖泊现在都被过时的屏幕那单调的灰色取代。深地大楼的日常家用能量是通过人们每天的步数获取的；但是现在人太少了，没有足够的步数。能源已经变得神圣。冷聚变发电机无法满足长途返程的需要。由于受到高温的冲击，人们无法为地表的太阳能电池阵列制造部件，总之，回到地表修复它们太危险了。相反，他们必须保存能量。馈大面积停机了。整个地区都被封闭，成千上万的深地大楼被封锁。深地大楼巨大的中心天井提供了有限的自然光，反射镜阵列在虚空中闪烁，黑暗的栖息地撒满了钻石一样光点。多年来，维持大气需要消耗巨量的能量，所以现在，空气变得陈腐，温度失控。尽管她仍有 400 层楼要爬，但她仍在努力向上。这里的空气犹如烤箱，扶手烫得让人没法碰。她不停地深呼吸……

“在那里！”汤姆惊呼一声，抓住她的手臂。她什么也没看见，随后，她发现脚下很远处的公路上有东西在移动，在他们站立的悬崖下面迂回前进。汤姆的手握紧了。“在那里！”他咆哮道，“你看见了吗？”

她对此毫无准备，她没想到会看到可怕的事情。不可否认，它是尖钉子的形状。因为距离较远，它看上去虽小，但显然是圆的，满是尖刺。这么远的距离，她看不见是什么在拉它，但它确实在缓缓移动。汤姆的手握得像老虎钳一般，剧烈地颤抖着。他面色苍白，目瞪口呆。随后，他爆发出一阵欢呼。

△

他们站得很高，确保让那辆车一直保持在视野之内。这是汤姆的主意，而且非常有效。塞琳妮瞠目结舌，她从未想到居然得来全不费工夫，毫无疑问，她失望不已。如果他们现在找到了阿碧，那么她该怎么办，她绝不允许这种事发生。但是现在怎样才能阻止他呢？她苦思冥想。此时，他们正沿着山脊奔跑，与谷底平行。他们上行至高处的山路比脚下的公路更直，像一条弯弯的长满青苔的绿丝带。那天下午，二人已经接近了那辆面包车，汤姆整夜没睡，看着山谷里微弱的火光。当它熄灭时，他在周围踱步，直到黎明，他叫醒她，告诉她要上路了。他们开始跑下山脊，接近面包车，而她还没想好如何阻止这一切。她得让汤姆找不到女儿，还得让汤姆信任她。因此，她得设法给面包车里的人通风报信，靠近他们，小心跟踪。

黄昏时，二人到达谷底。汤姆催着往前走，他们已经下到公路边，来到了面包车前面。他们在面包车必须穿过的丛林中休息，躲在巨大的蕨类后面，这些植物像黄油一样的气味让她头昏脑胀。一直等到夜幕降临，树木在低吟，草地在喘息，此外，什么动静也没有。然后，她终于听到了吱吱嘎嘎的声音。面包车吃力地在公路上行进着：生锈的车轮碾轧在苔藓和软木上，吱嘎作响。

“你能看见他们吗？”汤姆低声问。她摇摇头。太黑了，车子被树木遮住了。可能有很多人在车子旁边，也可能没有人。车子可能已经过去了，也可能没过去。塞琳妮四下张望，也许他们在侧翼埋伏，也许这辆车是诱惑他们的陷阱。蕨类在月光下闪着银光。悬崖高耸在他们头上，参差不齐的边缘在星光下轮廓分明。寂静的山谷中，只有微风徐徐吹过。

“好吧，我们该怎么办？”

她对汤姆做了个鬼脸，她的确不知道。她说应该等到天亮再行动，这便是她能想到的争取时间的唯一方法，但是汤姆不会再等了。充满希望的计划形成了，塞琳妮沿着公路跟着面包车，而汤姆则跑过去超越它。二人会一直跟着它，直到它停下来。她在一旁观望，看看是否有机会出现。与此同时，可能的话，汤姆会靠上前去，溜进车中。如果他今晚能偷偷溜进去把孩子带走，那为什么要等到转天早上呢？

“听着。”他边说边握住她的手。“如果我们中的任何一个人出了事，另一个都必须去救阿碧。好吗？”他抬起眼睛，好似月光下的幽灵。“我爱你，凯特。”话语中，她能听到他在流泪。“咱们把她找回来，然后回克莱尔家去，从此再不分开，”他吻着她，透过黑暗注视着她。“好吗？”

她放开他的手，握住他的脸颊：“我也爱你，汤姆。”她说道。

她看着汤姆消失在蕨类之间，随后便动身穿过树林来到公路：

这是一片更开阔的黑暗，却被湿滑的青苔覆盖。她蹒跚前行，潮湿的树枝在她脚下软软地塌陷。世界被勾勒成灰色，树木的枝叶在头顶上空摇曳。月光下，长满青苔的道路变成了银色。在面包车刚刚经过的地方，车轮的黑色轨迹把苔藓掀翻。一辆汽车撞毁在矮树丛中的一棵树上。汤姆就在前面的某个地方，穿过黑暗，要为了那孩子去冒生命危险。她不能让这一切发生，她需要他活着，她需要他为他的女儿绝望。

前方的鸟儿尖叫着。她穿过路边深深的草地，回到那辆撞毁的汽车边，它的引擎盖被掀开了，车门开着。她摸索着找到了一根结实的大棍子，高高举起，用力砸在挡风玻璃上。玻璃碎成小块，像喷嚏一样四散开来，几乎没有声音。有些鸟被惊起，扑入树冠，但寂静的夜晚几乎没掀起什么波澜。“该死的！”她骂了一句，面目狰狞地再次举起棍子，一棍子抡在车顶上。树林中回响起了低沉的撞击声。嘣嘣嘣……她一次又一次地砸着，打碎了更多的玻璃。她不断敲击着车架，终于，夜晚的平静被打破了。

她终于停下来，气喘吁吁，喧嚣声回荡着。

她身后的公路空无一人，树林里也不见人影。

她爬回公路，飞速向前跑去，直到面包车出现在前方。面包车被抛弃了，孤零零地停在月光下，它那半圆形带尖钉子的车身占据了公路的一半。它停在了树林里的一片小空地下面，在她的注视下，汤姆从后面的灌木丛中偷偷溜了出来。月光下，他低着身子，迅速环顾四周，跑向汽车。他逐渐靠近，放慢脚步，伸手去开门。只见有东西叮叮当当地撞到了它的一侧。除此之外，还有别的东西。塞琳妮看到一块小石头砸在汤姆的手臂上，然后树林里传来一声大叫。一个人影跑了出来，把汤姆过肩摔倒在地。塞琳妮急忙赶来相助，他们在地上打着滚，但汤姆已经轻松地打赢了，他的手掐住了一个瘦小的人的喉咙，这人在他身下依旧挥舞着四肢。

“别伤害我们！”那人喊道，试图去咬汤姆的手腕。

“‘我们’是谁？”她问道，用棍子指着那人的脑袋。她凝视着周围的树木，心怦怦直跳。“谁在那里？”她喊道，“不然我就杀了他！”

片刻的沉默之后，另一个人影出现了。一个瘦小的女人摇摇晃晃地走近了，她举起双手：“求求你不要伤害他。”她微弱的声音喊道。

汤姆拽着那人，把他推到面包车上两根粗大的尖钉子之间。塞琳妮从未见过他这副样子，他在黑夜中咆哮着，狂乱的眼睛麻木了，就像一头野兽的眼睛一样。

“你是谁？孩子在哪里？”

“什……什么孩子？”那男人结结巴巴地说。

“求求你不要伤害他！你想要什么就拿去吧！”女人喊道。

汤姆仍然狠狠抓着那个人，犹豫着，回头看了看塞琳妮。“打开车门。”她命令道，用棍子指着面包车。近距离看去，这些钉子看起来并不那么可怕。她摸了摸其中一颗钉子上面剥落的油漆。钉子是木头做的。

哭泣的男人推开他的妻子，打开了面包车车门。那女人尖叫道：“求你们不要带走他，把这男孩留给我们！”

车里几乎空空如也，有几个空空的木架子和一些箱子，除了一张简陋的小床上绑着一具尸体之外，一无所有。那是一个孩子的尸体，裹在毯子里，只剩下了白骨。

汤姆被腐尸的气味呛住了：“这到底是什么？”

“我们的儿子！”女人哭喊道，“求求你不要带走他！”

△

日出之后，凯特又看了一眼。椭圆形的外壳是金属的，但是木制的尖钉子已经腐朽。那男人告诉他们，钉子是装饰；这是他们第一次没能抵挡住袭击。汤姆坐在远处的公路上，整晚没睡。塞琳妮又打开了面包车的后盖，车中没有任何可用之物，只有一些科技产品和碎木头，甚至几乎没有食物，只有一些叶子。圆圆的是土豆吗？是一盒快要腐烂的苹果。还有这两个可怜人的儿子的尸骸。看他的样子，已经死了一年有余。

“小心点，”她对他们说道，但他们仍然不敢看她的眼睛，“你们不应该在夜里生火。”随后，他们匆匆从她身旁走过，拿起缰绳，把车拉走。塞琳妮看着他们走远，转身回到汤姆身边。他坐在一根腐烂的原木上，抬头看着她，表情颓丧。

“现在都无所谓了。”他说道，声音沙哑，口干舌燥，“但我们抓到他们之前的那响声是怎么回事？他们知道我们来了。”

“我不知道，一定是他们弄的，是想把我们吓跑吗？”

她把手伸过来，汤姆呆呆地看着它在脸前晃来晃去，然后抓住它，费力地站了起来。

△

二人缓缓走了两天，但是，当他们靠近一座城镇时，加快了步伐。汤姆的希望之火已经熄灭，几乎再也无法点燃。他们沿着一条小溪前行，来到一座摇摇欲坠的桥梁，这是一座红砖砌成的低拱桥。“我知道我们在哪里。”他突然说道。这两天他一直很安静，沉默寡言，但是现在，他容光焕发，“你认出来了吗，凯特？”

“这附近有枢纽吗？”

“枢纽？”他皱起了眉头，说道，“没有，我们在茫茫荒野中。难道你没认出来？”

“提醒我一下。”

围场的一道围栏向外突出，大地被搅得天翻地覆。树木中间有一座教堂，墙壁上满是焦痕，彩色玻璃翘曲变形。此处同她见过的任何地方都截然不同，她自然认不出来。汤姆在一旁等着，眼中的一丝热情也渐渐消失了。公路两旁排列着一座座村舍，一片玫瑰花丛已经占据了三片房门前的草坪。楼上的一扇窗户里有动静，窗帘后面什么东西一闪而过，然后就什么都没有了。

最后，她只是朝他笑笑，点点头。

“我们得站到高处看。”汤姆转身离开了她，“这样就可以俯瞰周围了，寻找他们的营地，寻找烟雾，我们得有些策略。”他的眼睛疲惫不堪，双目无光，但他仍然仔细查看着一座座房屋，他指向高高耸立的岩石山脊说，“那里视角不错，我们看看这里有没有生活用品，你很快就会认出我们在哪儿了。”

他们沿着蜿蜒的山路前行，经过一座村庄大厅。破碎的乳白色玻璃后面，杂货买卖的告示和电影海报仍然贴着。

“我想就是这里。”他们遇上了主干道，汤姆指着说道，“是的，看！”

商店的门仍然锁着，但窗户被打破了。在汤姆的坚持下，塞琳妮走了进去，头顶上方的碎片摇摇欲坠。人体模特包围着他们，绳索和衣服胡乱地缠在上面。她走过满是灰尘的地板时脚底下不住地打滑。

“想起来了吗？”汤姆又问道，“我们就是在这里买的这件旧东西。”他撩起上衣的下摆说道。塞琳妮笑着四下环顾着商店。“嗯，前一阵子。”她附和道，然后走开。她找到一个大帆布背包，于是把自己的物品转移进去，心里默默盘算着。食物、平底锅、一些杯子、她的帽子；她把一件印着飞机的小 T 恤搁在一边……然后又重新打包，汤姆在一边正收起一根绳子。她用眼角的余光看着汤姆从一个落满灰尘的架子上拿了一些古老的真空包装饼干，他发现了一些地图，朝她招手。

“法国，”他说，“你还记得我们那次旅行吗？”她闭口不言，继续翻着包裹。“你怀念教孩子们法语的那段日子吗？”

“当然。我们还拿些什么？”

“防水布和蜡。我们搭个帐篷吧。事实上，我们得搭两个。我们找到阿碧后，需要更大的空间。你看到小刀了没？试试这些手电筒，电池多半已经没电了，但谁知道呢……”

△

二人在山脊脚下扎营。雨云虽已生成，但滴雨未下，太阳落山，乌云升到高空，将如血的阳光反射回地面。他们吃的是汤姆捕到的一只黄鼠狼。汤姆用一些发霉的饼干引诱它，把它缠在了一堆巧妙放置的铁丝上，动弹不得。鸟儿在空中盘旋，扫荡着空中的虫子。

“我跟你说，他的地方有我喜欢的一件东西。”汤姆说。

“谁的地方？”

“药剂师家。我喜欢那里的音乐。我们第一次进去时，放的是温顿·马萨利斯[1]。”

塞琳妮用手指抓着碗里的食物往嘴里送：“那不是温顿，是桑

1 温顿·马萨利斯（Wynton Marsalis, 1961— ），美国著名爵士乐演奏家。——译者注

尼·罗林斯[1]，我以前随时随地都能听到那些老东西。”

“嗯。”汤姆不动声色地说，“总之，能听到音乐真好，我怀念音乐了。我们最后一次听音乐是什么时候？你还记得吗？”

“我喜欢这些鸟。”塞琳妮说，“大自然对我来说已经足够。现在，听着鸟鸣，看着夕阳，感受着空气…… 就像是自由。”

“什么意思？”

“这就很好，就是这样。”她皱起了眉头，“大自然的这一切都很好。你没事吧，汤姆？你看起来有点…… 你知道的。”

塞琳妮继续吃着，但汤姆已经停下了。他凝视着天空。塞琳妮从火中取出木棍，取下更多的肉吃，而汤姆则审视着岩石山脊和朦胧的云层。

“我想知道玛格丽特和奈杰尔怎样了。”他说。

“这东西真好吃。”

“他们是很般配的一对儿，不是吗？”

她舔舔手指：“我们明天还能再吃这东西吗？”

“你怎么想？”

“是的，汤姆。”她叹了口气，“他们当然是。”

“还有简，我想知道她怎么样了，她一定很喜欢这日落。你认为她还在画画吗？”

“希望如此，汤姆。”

“是啊，”他说着，把他的盘子放在地上，“那再好不过。”

他站起来走向树林。

“你去哪里？”她喊道，但他依然默默前行。

1　桑尼·罗林斯（Sonny Rollins，1930— ），美国著名爵士乐演奏家。——译者注

塞琳妮把剩下的黄鼠狼肉从火上拿下来，把余火扑灭。她捡起几片树叶，擦了擦盘子，把毯子铺在帆布下面。她注视着天空和鸟儿，深吸着空气。她对自己笑了笑，陷入了沉思，忧伤模糊了她的眼睛。她离开之前最后一次看到的天空如同烈焰。她花了一天多的时间才爬上深地大楼，来到楼顶，她几乎无法呼吸，她要打开气闸，对抗严酷的高温。她握住手柄，拧着开关，金属烫伤了她的手掌。她痛得大叫，紧紧抓着，一下一下地拧着，直到气闸最终开启。她打开外舱门，古老的警报声响了起来，猛烈的热浪扑面而来，她应声倒地，她的脸仿佛瞬间被剥了皮。她每一次呼吸都能感觉到喉咙的猛烈灼痛，她奋力爬上了最后一段楼梯，半死不活地把自己拖到外面。

天空仿佛被漂白了一样。大地伸展开来，一切皆已干涸，只剩下凹凸不平的火红土地。干燥的风在她耳边呼啸。她跌跌撞撞地走了几步，感觉自己的皮肤已经灼伤脱皮。她的衣服正在熔化。在她面前，天井的巨大圆周下降了，弧形墙壁上的窗户如黑曜石般漆黑，直通入地下，深达数千米。她踏上了征途。她已经报名穿越，决定追随达里安，但她必须事先确认一下自己的决定。眼前的情景把她吓坏了，她确信去了就是自杀，她怎么能让自己去死呢？这是违背天性的。自我保护才是最强大的本能。

于是，在这片荒芜的平原上，她把双臂往后一伸，敞开胸膛对着天空，拥抱着热浪，拥抱着在最后一刻摧残着她的身体的一切，再不去思考所谓真正的光明。10 秒足以杀死一个人，但她想确定一下。她的丈夫曾经见证过，用了 30 秒。她等了 1 分钟，接着又 1 分钟，直到她的黑发被烤得卷曲，眼睛因干涩而视不见物。她觉得衣服下面有东西在动，但不知道是布料还是皮肤。轮床在等待她，准备送她返回，以防她葬身于此。如果轮床当初救起了她丈夫的话，她便下定决心要找到她的儿子。

△

塞琳妮听到汤姆回来时，天已经黑了。夜已冷，她裹在毯子里。她看到他的口袋里有凸出的东西，他站在她面前，低头看着她。

“你介意我先睡吗？”塞琳妮昏昏欲睡地问道。

“当然不介意。”

“我累坏了。”

“没关系。”汤姆说着，搬开两块又大又重的石头。“这是为了防止狗来偷袭。”他说道，“我感觉这里不安全。”

汤姆躺到她的身边，塞琳妮滚到自己这一侧，背靠着他。她沿着地面向外眺望，听着周围的动静。汤姆在她身后烦躁地脱掉衣服，把碎石扔到她的脑袋旁边，叮当作响。

“晚安，凯特。”

“晚安。”

△

早晨，二人爬上了怪石嶙峋的山丘。出发的时候，塞琳妮又感到一阵恶心，她告诉汤姆自己一会儿赶上来，然后跑到灌木丛后呕吐一番。她看着汤姆的背影，他一路艰难地向前跋涉着。他听到了吗？他没有听到吗？她不知道，也完全猜不透他在想什么。他继续往前走，现在已经快走到山顶，风吹乱了她的头发，拂过她的脸颊。他越走越远，变成了远方的一个小点。

△

汤姆在一块宽阔平坦的岩石上停住脚步，脚下有两条山谷会合在一起。她看到他在等着自己，但她爬得筋疲力尽，走得很慢，双手搭在大腿上，奋力爬上最后一个斜坡。随着地面逐渐平坦，石板在她开裂的靴子下叮当作响。她终于追上了汤姆，只见山脊背后有另一处山谷，谷底有许多狭长的湖泊，初升的太阳透过清晨的薄雾，在湖面上撒下金色的阳光。水面波光粼粼。森林让大地变成了错落有致的格子，起伏的原野和公路镶嵌其中。这或许是她见过的最美丽的景色。

"景色很美吧？"沉默了很久的汤姆终于开口打破了平静。

塞琳妮点点头，双手叉腰，她感觉自己仿佛登上了天空，俯视着下面的一切："是的，正是我现在的感觉，真是太美了！但我看不见烟，也看不见营地。"她说，"那边有几幢房子，看，我们就是从那个村庄一路过来的，对吧？"

汤姆点点头，她继续俯瞰着这片土地。

"但是我没看到有人。我们要观察多久？汤姆，这可能要花很长时间，我们需要换一种策略，馈有什么可以帮助我们的吗？"她转过身，才发现他站得出奇地近，阳光照射着她的眼睛，让她看不清他的脸；她只好举起手来遮挡阳光。

"我们坐下来，凯特，我有东西给你。"汤姆把手伸到背后。

塞琳妮累了，四肢疲软无力，呕吐的胃酸灼烧着她的喉咙。她坐了下来，汤姆跪在她面前，双手分别从两个口袋里各掏出一个苹果。

"谢谢，我饿死了。"

他看着她啃着苹果，手里紧紧握着自己的那一个。

“你从哪儿弄来的？”

“面包车里拿的，在一个盒子里。”

“你应该多拿一些。”

汤姆把手放在大腿上，看着远方的景色。他们周围寂寥空旷，阳光普照，方圆几千米都看得很清楚。“你不知道这是什么，对吧？”

塞琳妮放下了苹果。汤姆平静地娓娓道来。

“你不知道。”他若有所思地说，“这不是你能忘记的东西。”

塞琳妮慢慢擦了擦嘴，问道：“我不知道什么？”

“那边，”汤姆点点头，“在这条山谷的另一边。我们曾一起走到那里去看日出，天亮前就出发了。我们坐在那里俯瞰大地，你说这是你见过的最美丽的景色。那就是我们待的地方，那可爱的酒店，你看到了吗？”他指了指谷底一条河边的一幢小房子，半隐半现于远方的树丛之间。“从那以后，你总是会看你的苹果。”

塞琳妮低头看着手中的苹果，吃了一半，多汁的果肉露了出来。她抬头看着他，只见他抬起手，拨弄着他的结婚戒指。她瞥了一眼自己的手，手指上戴着两枚戒指，其中一枚镶着钻石。

“你还记得你说的话吗？”他问道，“除了说‘是’以外。”

她不敢迎着他的目光看过去，低头看着他们待的岩石，任由风吹起她的头发，拂过她的脸颊。这便是她的回答……

“你的生日是什么时候？”他问道。

塞琳妮依然沉默不语。

“你姐姐叫什么名字？我们的狗怎么样？”

她双手颤抖，心中惴惴不安。

“阿碧说出的第一个词是什么？你最喜欢哪本书？你到底是谁？我们的结婚歌曲是什么？你是谁？凯特？是你在面包车旁边弄的那声

音，对吗？你想阻止我找到阿碧！”

塞琳妮低着头，看着岩缝间已被磨成沙砾的碎石。时间把岩石风化成了沙土，难以承受的重量让它支离破碎。汤姆双手紧握，脸上的不同部位同时被拉伸和扭曲着。“求求你。”他痛苦地呻吟道，他垂下头，哭了起来，“凯特，多少说点什么吧，求求你。”

“我是一名语言教师，我教孩子法语。”

汤姆扑向她，把她按倒在地，把她的脑袋往石头上撞。“不，你不是！你教英语！你在商店里听我这么说的！”

她试图把他推开，用力推他的胸口，但他把她死死按住。她踢他的小腿，用膝盖顶他的大腿。他摔倒了，她连滚带爬想要逃走，但汤姆一把抓住她的腿，拉住她。她手臂一软，脸撞在了石头上。她的下巴和手掌剐蹭着地面，直到被汤姆翻过身体。他把她的手腕按在头顶上，控制住她的腿，狠狠地压在她身上，脸紧贴着她的面颊。

“你是谁？”他咆哮道。

他发疯似地摇晃着她，按压着她，石子嵌入了她的后背。“住手。”她喘息着说，但她被压得喘不过气来，也没有空间呼吸。

“你是谁？我的妻子在哪儿？”

塞琳妮想说话，试图把他推开，但汤姆跪在她的肚子上，双手掐住她的喉咙，手指收紧，她无法呼吸。他让她窒息，他想掐死塞琳妮。她能感觉到脖子里的软骨窒息了气管，完全吸不进空气。她胡乱地抓他的脸，拇指划过他的眼睛。汤姆痛得尖叫着跑开了，很快又追到她身边，但这次，她跪在地上，一只手护着肚子，另一只手伸出来阻止他。

“孩子，”她喘息道，“你会杀了孩子。”

汤姆停了下来，双手颤抖着，离她的喉咙只有几厘米。风吹皱了他的裤子，抽打着他的外套。他的身体摇摇晃晃，鲜血从他的脸上流了下来。

“孩子，”她喘息道，“别伤害我们。”

汤姆一下子跪倒在地，眼神空洞，张着嘴。他的肩膀垂落下来，脸上似乎某些东西已随之消散。塞琳妮跌跌撞撞走到一旁。风吹着她，掀起她的头发。她把手掌平放在腹部周围，继续向后退开。

04

汤姆

废墟中的野兽

THE FEED

他站在河里，等待着，双脚在打旋的水流和层层波光中纹丝不动。脚很冷，冷到只有弯曲脚趾才能感觉到脚下的鹅卵石。手指也同样冻得僵硬，他不得不一直活动着手指。水没过他的脚踝，冲刷着他的小腿。河水在他眼前流淌、消逝，到最后仿佛是他在移动，河水静止，时间似乎在倒流，甚至消失。突然，汹涌的水流中，有东西翻滚着，如同一道光一闪而过。他猛地将手扎进水中，手指触到了一个坚固的东西，弹了回来。转瞬之间，他又看到鳞片一闪，立刻把冻僵的手戳进水中，这次，他抓住了。他把鱼拿出水，扔到地上。他试着扭住鱼头，折断鱼的脊骨，但无功而返，于是他把鱼丢在泥土里翻滚着，鱼鳃一张一合大口喘着气。

□□

他把木头拖到一堆，拿出潮湿的火柴盒，连划了三根，火柴头磨碎了也未见火星，看样子它们永远不会点燃了。第四根终于误打误撞地划着了，他俯下身子，点燃了引火物。袅袅烟雾缓缓飘散在空中。他一直在旁边扇着，直到火焰炽烈，木头烧成了半透明状，边缘变成了白色的木炭。他把煎锅放在火上，慢慢地把鱼放在锅里烤，先是一面，然后翻面烤另一面。嘶嘶的烧烤声与夜晚的鸟鸣声、风声和火焰声融合在一起。怪石嶙峋的山脊在他身后耸立着，映衬着星光熠熠的天空，这便是他一天的西行之旅。

□□

汤姆用手抓着烤鱼，边吃边看着星星，不一会儿，便看到了千百颗，让他眼花缭乱。璀璨的星光和无尽的黑暗共同笼罩着周遭的世界。鱼很美味，但鱼鳞的焦煳味激起了他的脑海中一些零星的记忆。他想起了刀叉在餐盘上的刮擦，还有满腔的怒火。火焰熊熊燃烧，树木沙沙作响。他的帐篷搭在身后。他把煎锅从火上拿开，一半鱼肉和烤焦的鱼鳞还在锅里。等他的眼睛逐渐适应了黑暗，便艰难地离开路边的草地，来到一条小路上，这是一条被泥土覆盖的乡间小路，风吹雨淋，被无数动物的蹄子践踏过。路中间的草长到了大腿那么高。他的行进和呼吸是这宁静夜晚里唯一的声音。他的眼睛在黑暗中搜索着，终于……在那里，他看到了一个人影，瘦骨嶙峋。见此，他把煎锅扔在了路边。

“如果你想吃的话，这里有些食物。”他喊道。

□□

食物、鱼、恐惧，还有他帐篷旁边的池塘的流水声，身边的一切共同激发了他过去的记忆，让他睡意全无。他强迫自己闭上眼睛，把一件 T 恤蒙在脸上。他的心怦怦直跳，一段黑暗的记忆像石油一样浮上心头。

汤姆和本花了好几年的时间来协商联系。兄弟二人不谈生意，也不谈他们的过去，他们学会了避开父母。那些事情如同一团乱麻，他们对历史的不同诠释像电线一样千头万绪：他们太敏感了，而且压力巨大，谈话只会引发毫无意义的愤怒和争吵。二人都不完全清楚他们之间关系出现裂痕的原因，不知道是什么导致了这一切的发生。但事实就是如此。他们所能做的就是承担后果。

“你读过什么好书吗？”汤姆问道。周围一片寂静，只有旁边华丽的水景流水声，本瞟了他一眼，他立刻知道，即便这样一个问题也已经触及了一些东西，“我不是说……”

“该死的，这不是我们的错，汤姆。”

汤姆双手一摊：“我甚至都不是那个意思！”

就在两周前，最后一批印刷商关门了。多年前书籍就被淘汰了，但这一事件具有象征意义。“如果没有市场，”本坚持说，“他们的商业头脑真是……”他敲了敲自己的脑袋。

汤姆点点头，喝了口水，他努力想把喝酒的速度放慢一些：“本，我不是这个意思，我只是随便聊聊。最近看过什么不错的娱乐剧吗？”

“基本是老东西，《另类的复仇女神》，他们重造了一面‘照妖镜’。”

于是，二人回忆起了老娱乐剧，食物送到之后，他们的谈话稳定下来。送来的是一道国际美食，它把来自世界各地的一切美味混合在一起烹饪，做法已经失传。汤姆的主菜是一条鱼，刮去鱼鳞，清理干净内脏之后，把鱼复原进行烧烤，再配上些小菜，最后用艺术手法将调味汁淋在上面。见此美味，他不由得问道：“如果这只是家常便饭，那就不是混合烹饪，对吧？”随后，二人简单地聊了聊水资源战争、欧盟动荡、馈如何被允许进入某国，以及某国政府如何被怀疑窃听人们的想法。他们的讨论都是蜻蜓点水，谈话一直保持着轻松的气氛，直到本一边仔细检视自己的食物一边提到自己看了馈，进入了凯特的消息池。

“为了克服物资短缺，你会牺牲什么？这是一项艰难的权衡，进步。”他说道，他的弦外之音是让汤姆拿酒。本喝完了他的那杯水，显然是在观察他的弟弟，对着服务生弹了一下手指，快速向下指着，示意倒酒。“爸爸并不介意牺牲掉馈作为调查的一个可选项，但他希望凯特能注意到，每当她把小民意调查放在她的小消息池中时，都不会只有一次投票。用户们喜欢它。所以问题是，为什么她一直把牺牲掉馈这个选项放在那里？”

汤姆翻阅了酒单。他今晚的酒显然已经明显过量了，他能感觉到自己面红耳赤。他和凯特一个月后就要结婚了，而他的家人是否会出席尚不清楚。更不清楚的是，尽管凯特为他义愤填膺，但他不知道自己是否真的想让家人来。她生他的气，无法理解他的家庭生活，而他也没有更好的场合来启发她。如果汤姆现在还开着馈的话，他或许会用些褪黑激素，但那是他们的另一个规矩——他们在一起时要慢下来生活，这能帮助他们控制情绪。

水景哗哗的流水声消失了。汤姆又能品尝他的鱼了，烤熟的鱼现在已经有些刺鼻。本终于不再盯着他看了，但汤姆的脸依然通红。本的话让他心烦意乱。他试图精确地记住本的话，然后如实地转述给凯特，但是没有馈的帮助，这对汤姆来说实在是难如登天。他放弃了，或许这就是本为什么同意他们放慢生活速度的原因，抑或是本最先提出了这个建议？答案无籍可考。汤姆的心跳加快了，但他无能为力。

“那就给我讲讲意识存储吧，本。”汤姆说，狂跳的心脏让他声若蚊蝇。

“我们说好的不谈业务，汤姆。你自己选择了退出。”

“那么，我们来谈谈道德吧，因为在我看来，你现在是在取代上帝。”

“汤姆……”

太迟了，汤姆的脉搏已经形成了自己的节奏，“本，我是作为一名用户来发声的，而且这个意识存储服务……顺便说一句，我注意到我已经升级为自动……”

“你拥有免费的高级服务。人们会……”

“哦，谢谢，本，但是你把天堂数字化了，对吗？现在，我们先不考虑它的优缺点，因为我认为我们不可能看清楚好坏；其次，我们忽略掉人们存储大脑状态所带来的道德问题，原因同上。本，问题是你没有给人们选择的权利。如你所言，把他们的思想上传，再保存起来，无论很美妙或是很糟糕，他们都别无选择。这项技术正在改变人类这个物种，但是我们，人类自身，却完全做不了主。”

“人们自愿选择购买馈，这便是人们的选择。”

“但是什么赋予了你那些权力？”

本盯着汤姆，仿佛汤姆疯了似的。然后笑着说道：“你连它的皮毛都不知道。”本的这副笑容，汤姆认识。他从小就知道只要本把父亲黏在身边，把他冷在一旁的时候，这副笑脸就会挂在本的脸上。本也清楚地知道，父亲和他有着同样的这副笑脸。于是他总是会摆出这副笑脸，这是他的王牌，表明汤姆永远是局外人。“汤姆，意识存储只是一个副产品，”本解释说，“而且是用户要求我们开发的。但它不是主要目标，我们正在研究瞬时旅行的可能性。我不会利用用户不道德的细节向你们征税。而通过下载一个人的精神状态并将其上传到其他地方，旅行几乎可以瞬间完成。即便是星际间的距离，我们也能以光速穿越。你所需要的只是一个承载你的寄主。”

“这是……”

“合成器。你应该看看它们，汤姆。”很显然，本是在鼓动他。同样，很显然地可能还有，合成器确实是有效的。他们离开了约定的空间范围，盘旋在野外。“那就来吧，先下手为强。”本明显是要占据道德制高点操纵一切，“这是合成的人类，看起来几乎跟真人一样，有些还很性感。”

“够了。”汤姆说。

“凯特会喜欢她的合成品吗？”

“你去死，本。”

“最开始做这件事的不是我，汤姆。”

汤姆强压怒火，有许多事情是他无法控制的，但他仍然觉得自己有责任去影响别人，即便他已经撂了挑子。他接受培训成为一名心理治疗师。而拥有相同基因的他和哥哥怎会如此不同呢？如此大相径庭的意见，放在一起会燃烧起来吗？就像物质和反物质一样，只有远隔星系的距离才能阻止它们爆炸。

“我认为我们不应该再这样做了。”

□□

汤姆依然睡意全无。他每次躺下，过去的记忆都会迸发，大脑随之活跃起来，冥思苦想着各种问题的解决方法。本、崩溃、凯特、阿碧，它们以一种熟悉的感觉迅速闪过他的脑海。这种感觉非常熟悉，甚至很像馈系统带来的那种舒适感。但他无法控制这些景象，也无法控制这些记忆的迸发，只能任由它们随时闪现又随时即消逝。现在还能解决什么呢？他已经失去了一切，他的大脑陷入恐慌时，所想的一切都是在耗费自己的精力和睡眠。牛肉罐头、洗澡、悬崖上的尖叫……在药剂师那里，怀疑的恐惧已感染了他。那时，她的沉默变得不太对劲，他们在那里赤裸相拥。克莱尔的营地、坠落到平原上的空中残骸……他到底什么时候开始怀疑的？

他倾听着帐篷外小溪潺潺的流水声，溪水冲刷着鹅卵石，发出高亢着叮咚声。他记起了凯特的消息池："你愿牺牲什么？"他突然意识到，如果能解决问题，牺牲任何东西都可以。是的，如果他能及时回去改变过往已发生的一切，那么他现在宁可牺牲一切。杀了塞琳妮，毫无疑问，在她第一次来的时候就该杀死她，但那又该是什么时候？不管怎么说，那时凯特应该已经死了。所以……正如凯特所想的那样，应该尽早离开营地。但是，这就能阻止塞琳妮吗？药剂师说过，他们无法选择附体在谁身上，这纯粹是随机的。如果他们早点离开营地，阿碧就不会有事了，这是不可否认的事实。但凯特呢？或许会被接管，或许不会，这便不得而知了。

过往的各种可能无法预知，他当初究竟该怎样做才能阻止这一切的发生？当暗杀第一次发生的时候，他会去帮助他的父亲吗？不，当然不会。他太久没有参与业务了。他也从未积极参与过，因为他连参与的机会也从未得到过。连他的出生，都在这场行动中被征用了：仅仅由于他的身份，他是第一个在子宫中被激活的人。他是试验品，他父亲的朋友们称呼他为"一个试验品"。更深的创伤来自他母亲的默许，她纵容了他们在他幼小的身体上进行那些刻骨铭心的测试。测试什么？他曾经问过这个问题，但在这个充满交流的世界里，他父亲最大的伎俩却是沉默。坚决保密，只透露既成事实。

所以，或许这才是他要改变的：他和本绝不该如此水火不容。假若不是竞争对手，他们或许甚至会喜欢彼此，也许他们会成为一个团队。果真如此的话，未来会有什么不同？如果是他来经营馈系统会如何呢？他或许会控制技术的发展进程，不会任由其发展速度超越人们的道德水平。在帐篷里，心跳声将汤姆拉回了现实，彻底的失落感有一次在思绪中蔓延。他可以幻想着如他所愿改写过去的一切，但这无法改变未来，也不会改变即将发生的一切；这无法把凯特带回来。

□□

当汤姆洗完澡，再次踏上小路时，另一个帐篷已不见了，只剩下他的煎锅和锅里还未吃的鱼，还有一小块未被露水打湿的被压平的草地。

他有两条路可选，一条是他们来时的路，另一条是他们去的路。他选择了后者，那是条植物丛生的小路。地面已被干枯的树枝铺满，令他脚下打滑。半天不见塞琳妮的踪影，他疯狂地搜寻着一切她可能藏身的地方，摔倒时他瞥见了几片灌木丛。他终于看到了一个遥远的身影，是塞琳妮。此时此刻他的胸膛仿佛在燃烧，眼泪不住地流淌，几乎喊不出声音。

“你站住！”塞琳妮一听到他的动静就大喊起来。尽管如此，他还是走上前，然后停了下来。二人之间只有寂静、阳光和早晨清新的空气。他呼出的气在云雾中奔流，身上的汗水立刻冷却下来。塞琳妮背着背包，背带紧紧系在腰间。

“你要去哪儿？”汤姆喊道。

她夸张地耸耸肩，汤姆隔着很远都能看到。

“我可以过去吗？”

见她不语，汤姆便走上前。塞琳妮一直沉默，嘴唇紧闭，苍白的脸颊涨得通红，她终于喊道：“够了！”

“听我说，我不想伤害你。”

“你曾经想要杀死我。”

“我当时完全惊呆了，”汤姆说，“我没有……我当时还不……你怀着我的孩子！”

塞琳妮转过身，双手搭在背带上，毅然转身前行。

“等一下！求求你！”

“别跟着我！”塞琳妮头也不回地喊道。但是汤姆轻松地跟上了她的步伐，继续和她保持着一定的距离。

“我们可以谈谈吗？求求你停下来好吗？塞琳妮！”

她停住脚步。即使隔着一段距离，汤姆也能看到她肩膀的起伏。他放慢脚步，等了一会儿。她半转过身来，耸了耸肩，伸出一只胳膊。“这不是我要求的，汤姆。我没有这样选择。我不知道该怎么办。”

“好的……感谢你停下来。这是一个开始。”

群鸟从灌木上飞走，飞到树上栖息。它们昂首挺胸，摆着尾巴，吱喳叫着。一只鸟溜回灌木丛，其余鸟儿紧随其后，又聚成了一群。

“是吗？”塞琳妮不耐烦地问道。

“我……”他开始说道，“我们接下来该怎么办？塞琳妮？你是叫这个名字，对吧？”

“我要去找那些不会杀我的人。”

“我不会杀你的。”

“事实胜于雄辩。”

“我不能让你走。你怀着我的孩子。”

“那么我们有麻烦了，因为我不信任你。”

树林间的一缕阳光洒下，她站在那儿，一条腿弯着，敞着外套，露出肚子。

“你确定怀孕了吗？你有没有……有没有感觉到……”

“我知道那是什么感觉，汤姆。你有什么建议？我越待越冷。”

“等等，”汤姆力劝道。他攥起拳头，放在手掌上，看着她，做了个计时的手势，“那，你愿意等我一会儿吗？我回去拿东西，然后我们继续一起走？”

“不会等太久。”

“确定？”

“是的。”

“因为，”他边说边走上前，“我不知道你了解多少生存技能，什么东西能吃，什么不能。我只知道，如果我们分开，就再也找不到彼此了。好吗？给我们点时间，给点耐心……”

塞琳妮摇摇头说：“汤姆，你想杀我。”

“我当时被惊到了！我不会……我现在还能怎么样？求求你，听我说，别……我们只是聊聊。好吗？我不知道你为什么在这里，我不知道你想要什么，但我会帮助你。不管你为什么来这里，为什么入侵别人的大脑，我都会帮助你。只求你别走，求求你……”

塞琳妮平静地看着他，之后似乎有所缓和，她点点头。

“好的，太棒了！20分钟后我就回来，我跑着去！”他沿着路往回走，停了下来，转身喊道，“你会待在那儿等我，对吗？”

“我会的。”她又喊了一声，听起来很疲倦。

汤姆点点头，转身又飞奔起来，偶尔回头看看她，她的身影越来越小。很快，弯曲的小路和树木就把她遮住了。汤姆跳进矮树丛，抄了条近路，没命似地跑了回来。她仍然在那里，就在刚才那条公路上，看着天空，双手放在后腰上。过了一会儿，她坐在帆布背包上。汤姆看着她踢着长过路面的树根，双手抚摸着她紧绷、隆起的肚子。这回他真真切切看见那儿隆起了，那是生命在成长。

他身上的汗水已经冷却结晶。塞琳妮回头一看，叹了口气，等待着。她不会等太久的。他咳喘着从树丛中出现了。她抬起头来，吓了一跳，沉下脸来。

“高兴了吗？”她说，“20 分钟，从现在起。”

□□

当他回到帐篷时，衬衫已经湿透，每一次心跳都让他头晕目眩。他收起帐篷，卷起来使劲塞进包中。他把生活用品全部塞进背包，突然感到胃中一阵翻滚，苦水涌上喉咙，但他咽了回去，又开始跑起来，沿着小路飞奔。

□□

“我们必须解决这个问题。”汤姆边走边对她说。如今，塞琳妮附体在凯特身上，触手可及，却又远隔天涯。他再也不能和凯特亲近了，她已不复存在。二人默默走了几个小时。“我们不能犯错误。”

“那我们究竟该怎么做？”

“塞琳妮，会好的，我们会解决的。听我说，给我点时间……”

"让我去睡觉，好让你杀了我？"

"不！给我点时间适应这一切，适应……"

"汤姆，这行不通。我曾经真的想帮你找到阿碧，但现在，我，不——相——信——你！"

汤姆抓住她的胳膊想恳求她，但塞琳妮误会了这个手势，与他扭打起来，试图挣脱。她一脚踢中他的膝盖，他摔倒了，撞破了手肘，沉重的背包把他的脸砸到地面，他重重摔在地上，牙齿也震松了。"我不会……我没有！"他叫道，嘴里吐着泥。

"不要靠近我……"塞琳妮的声音颤抖着，向后退开。

"我并没有想伤害你，塞琳妮。请你相信我！"他跪坐起来，伸出双手，"阿碧不见了，一切都不见了。凯特，我的妻子，也再不可能找到她了！"他的脸颊湿湿滑滑的，眼泪混着唾液凝结着。"我一无所有了！我不知道该怎么办！你所拥有的是我现在仅有的一切。别把它从我身边夺走。请不要离开我！我知道你不是凯特。我知道你是……塞琳妮。你怀孕了，求你不要离开我！"

□□

汤姆哭了很久，哭到眼睛看不见，耳朵轰鸣着，什么也听不见。如同泪人一般。慢慢地，他平静下来，脸庞也变得清晰，他想起了自己身在何处，看到塞琳妮也在这里。"吃吧。"她说着，给他一块饼干。塞琳妮一直在旁边等着，并没有离开他。"这里有些水。"她递给汤姆一瓶水，他喝了一大口，他鼻头上还挂着泪珠在打战。"吃吧。"他颤抖的手艰难地把饼干放进嘴里。"我们走吧。"塞琳妮说着，拉起了跌跌撞撞的他，"我们找个地方落脚。"

□□

汤姆静静躺着，睡意全无，呆呆望着天上的云朵，耳边听着溪水汩汩滚动。他们在一片宽阔的牧场中安营扎寨，草地上水网密布。二人在溪流的两岸各自搭起一个帐篷，想要悄无声息地穿越溪流是不可能的。过去，他会在馈中设置这样的景象，好让自己平静下来。人们称之为“救星”，有了此类场景，大脑就不会被锁死，有机会时不时停歇一下，有一些虚拟空间来喘息。这是对于潜在的馈上瘾迹象的早期官方解决方案，用于应对潜在的早期上瘾迹象。人们可以对其做个性化设置：根据个人最喜欢的城市和娱乐剧的特点来设置停机时间的图像。人们经常开着系统睡觉。汤姆设置的都是自然景象，有从前的照片和现实世界的视频，素材全部取自水资源战争之前，那时，他想象的事情要简单许多。现在，他便置身于其中一个景观，这是一个真实的景观，世界再次变得简单，却又难以置信地复杂。

他听到轻微的水花声和岩石碰撞的声音，接着，这戏水声响个不停。他转过头，只见塞琳妮站在溪水中，潺潺溪水绕着她的小腿周围滚滚流过，她伸开双臂保持着平衡。恍惚间，他似乎看见了凯特，她正穿过小溪向他走来……

“我可以过来吗？”

水绕着她的腿流过。他无力回答，只是呆呆地看着她，感受着脸庞下面冰冷的大地，感受着这颗巨大的星球，他的脑袋在一旁显得如此渺小。

塞琳妮涉水而过，站在离他不远的地方。“对不起。”她平静地说，“我不知道说什么好。”

汤姆看着她搭在溪水对岸的帐篷，群山环绕，几乎光秃的树木在山上。空气中的湿气使得树皮看起来黑黑的。景象辽阔而又苍凉。一只大乌鸦在附近的树枝上忙碌着。此地如此安静，如此荒凉，一切都那么孤独落寞。

"我无法想象你的感受。"塞琳妮说，"你想知道些什么？"

"你怀孕多久了？"

"有几周了。在遇到药剂师之前，临到克莱尔营地的时候。你什么时候知道的？"

他的眼睛几乎眨也不眨，低声说，"在药剂师那里的时候，我有些怀疑。我并不想知道。凯特总是说我被希望蒙蔽了双眼。我把它称为我的力量。"他无趣地轻笑一声，"在存储设施那儿的是你吗？"

塞琳妮做了个鬼脸，摇了摇头。"当时我们在一座山上，在一片树林里，山下有一点点水。你给我做了一杯热饮料。我从没喝过那种东西，从没见过草，从没见过池塘里那种天然水。你跟我谈到你的父亲，说我们去找阿碧。你说我有一个叫玛莎的姐姐，她在哪里？发生了什么事吗？"

汤姆感到一阵恶心。

"我不知道该怎么办。"塞琳妮承认道，她坐在地上，仍然没有太靠近汤姆。他们沉寂了许久，唯有涓涓流水声在耳边，乌鸦边敲着树皮边哇哇叫。

一阵难以言表的感觉不知由何而来，穿过血管，汤姆的手随之颤抖起来："那么，你究竟是谁？"

"我叫塞琳妮·查尔斯。"

"我不是说这个。我是说，凯特怎样了？"

"想听实话？"

她的语气让他双目发热，他真希望时间就此暂停，好让他回到过去，还原一切，但显然，他做不到。他泪眼蒙眬，看到她耸了耸肩，扭头看向别处。

“我们无法知道身体的主人会怎样，我并不完全相信这能成功，但是……”她举起一根手指指着脑袋一侧说，“我的脑子里感觉不到她，里面没有足够的空间。”

汤姆摆弄着地上的草，手臂发抖，整个身体都不由自主地战栗起来，不知是寒冷还是震惊，他下巴哆嗦着哭诉道：“你为什么要这样做？”

塞琳妮垂下头叹息一声。随后扬起脸庞，眼中满是秋意浓浓的灰色光芒。“当你孤身一人，陷入绝望的时候，什么都做得出来。这不是我们的错，汤姆。”她评价道。他几乎能感觉到她在艰难地做着抉择，是该保持沉默还是撒谎，或是告诉也他真相。她目光坚定，却又疑惑地眉头紧蹙，似乎还有些异样的情绪。或许，汤姆的痛苦她也多少能够感同身受？某种意义上的同病相怜？谁晓得她脑袋里现在在想些什么？

“汤姆，我们来自地球，这里也是我们的世界。”她又叹了口气，“我们摧毁了它。在我看来，这是你们干的好事儿。”她凝望着天空，望着远处的群山，望着云雾缭绕的山顶。她伸出双手，手掌悬在空中，几乎笑了起来。“我想你们不会相信这破坏是你们造成的。”她指着远方说，“干旱无处不在，所有的生命都被榨干，所有的金属、化学物质、石油……所有你们可以掠夺的东西都用完了、耗尽了，什么也没留给我们，哪怕是希望。你们因为发展不平衡而残杀了自己的孩子。”她的手颤抖着，但并不是因为寒冷：“我们孤独无依，必须自己拯救自己，找到逃跑的方法。但是汤姆，你知道宇宙有多浩瀚，我们有多渺小吗？我们无处可逃。世界酷热难耐，我们脚下的土地燃烧着，我们无处可躲。这是有多愚蠢？ 2 周内，10 亿人死于饥饿，接下来的 1 周内，又有 20 亿人丧生。之后，人们动用了大型武器，世界再次为争夺水资源而战。当然，即使在最后的资源战争中，人们仍然在消耗资源，仍然假装生活可以照常进行。我认为，每个人都曾想着会有人拯救自己，这本不可能发生在像我们这样的文明中，但它确实发生了。每个人都受骗了，每个人都罪责难逃。我们收集了所有的信息，权衡了证据，是的，也审判了你们。你们有罪。你们所有人都有罪。”

塞琳妮看着汤姆，看着周围的风景，深吸了一口气。

“有时我觉得这是一场没能醒来的梦，我死去了，我的身体躺在我未来生长的基板上。在意识的最后几秒，我找到了天堂，一个我永远都无权选择的天堂。你知道吗？我们有屏幕，上面展示着地球过去的图像，它是如此美丽。但后来屏幕熄灭了，馈系统停止了。我们没有足够的能量，因为幸存下来的人太少了。太阳炙烤着我们，杀死我们，杀死了这个星球上的所有生物。汤姆，你们让这个世界变成了熔炉，这便是你这代人和下一代人干的好事。”

汤姆的心在冰冷的空气中膨胀，随着她的沉默，汤姆的心跳越发猛烈。她终于又开口了，声音平静了许多：“起初有数千人穿越回去，他们的任务是改变过去，阻止地球毁灭。我们的想法很好，如果我们能把事态发展就此摁住，改变历史的进程，也许我们就有机会在未来生存下去。但是那些穿越回去的人音讯全无，我们所在的地方一切如故，所以我们料想他们一定是死了。后来，更多人回去了，直到最后，我们所有人都回去了。成千上万人在时间通道中随机发射，我们知道只有一小部分人或许能成功。轮到我出发的时候，我认为自己必死无疑，至少我是这么认为的。我们别无选择，要么穿越回去，要么留下来被烧死。”

“但是怎么穿越呢？你是怎么做的？”

汤姆在塞琳妮的眼中看到了一种茫然，她目光凝固，嘴唇噘起。她打量着汤姆，想要开口，但随后摇摇头说：“已经说得够多了。”

“不，不行，告诉我。”

塞琳妮往后一仰，朝另一个方向望去。她眉头紧蹙，又摇摇头。汤姆摇摇晃晃地站着，他听出自己的声音已经变了，不受自己控制，痛苦像洪水一样激荡在他的胸膛里，即将爆发。现在的他，似乎可以用双手摧毁一切。

“告诉我，塞琳妮！”

她直视着他。“是你，”她的语气里没有感情，只是淡淡地向他讲述普通的事实，“汤姆，是你帮助我们回到了这里，你向我们展示了如何去做。”

□□

她的话语像云朵一样在他脑海里翻滚着，而这云朵仿佛由木头、铁、燧石和古老发黄的玻璃制成。他什么都听不到，视线模糊，他和世界之间仿佛隔着一层薄纱，但是溪流的声音听上去就像涌进了沟壑。他的心跳摇摆不定，呼吸急促。

他跪在溪水里，把头浸在水中，用冷水冲洗。冰冷的溪水似乎能将他的思绪凝结，好像这样他就能慢下来，理清事情的头绪。

汤姆的手颤抖着，差点没接住塞琳妮递给他的杯子。她一放手，水面便颠簸起来。他的眼皮跳得厉害，整个脑袋在抽搐。凯特、本、丹尼、阿碧、他的父母，随便谁都好……可没人能帮他。形单影只的他，无依无靠。

“你想吃点东西吗？”

他把湿漉漉的头发从额头上拂开，收起双腿，紧紧地抱着。“不、不……塞琳妮，告诉我，发、发生了什么事。”他咬紧牙关问道，他的脸抽搐起来，这是馈的反应？还是因为寒冷？但二者似乎已经毫无差别。他思考着，闭上了眼睛，绷紧脸，直到浑身都颤抖起来，他气喘吁吁地想停止这一切。

“我长大后，住在深地大楼里，巨大的地下建筑足有数千米深，墙壁太热了，根本无法触摸，空气循环使用了成千上万次。有一段时间，我们至少还有馈。汤姆，馈就是我们的一切。它统一了人类，因为我们拥有的一切都是共享的。”她抚摸着自己的脸，拂过眼睛，手指细腻地勾勒出眼睑的形状，微笑着说：“一切都是尽人皆知的常识，包括历史。人类的诞生、民主、宗教、微芯片、共产主义、消费主义……这一切我们全都知道。社会的发展演变，世界的形成，我们无一不知。你们的未来对我而言不过是古代史。我小时候把这些全部吸收了。你父亲在馈发布会上的视频，你儿时的照片，你成年后自己经营公司的照片，对我来说，这些都是过去的事了。宏大的故事成为了神话，但馈及时冻结了过去的事实和真相，就像你成为你父亲的告密者一样。”

她双手紧握，努力思考着，精确地选择着她的措辞：“看，我们改变了历史。我们按照最初的计划，回到了过去，显然，搅乱世界的进程已经被破坏了。如今的一切已经不是历史消息池告诉我们的那段历史，但这并没有改变未来和我们的处境。我们没有看到任何变化。所以我们一定创造出了某种平行世界，或许是平行宇宙？抑或是现实的一个不同的幻影？我也不知道。这真的重要吗？但是现在就是这个样子。”她一边环顾四周一边说，“我们的历史不该是现在这番情形。并没有，你们叫它什么……崩溃。在我们的世界里，在我们的历史中，崩溃并没有发生。你们现在发生的一切都没发生在我们身上。在我们的世界里，几年后的社会依然完好无损。大公司继续蚕食地球，动物被残害，一幢幢建筑拔地而起，温度上升，全球变暖，但人们仍然毫无节制。你们从来没有寻求平衡发展，只知道求增长。馈也在扩张。还有一件大事件是新的旅行方式诞生了。它赋予了世界上每个人近乎瞬时旅行的能力，只要能负担得起。人们的思想得以四处播撒。你创造了价格不菲的合成主机，还有驱动它运行所需要的能量……你所做的一切都在消耗资源。哦，能量甚至用来存储你们的脑关和不计其数的毫无意义的抓拍照片！馈并不是世界上最糟糕的公司，它只是破坏地球的公司之一。后来，你成了告密者，摧毁了用户对公司的信心，因为你向公众透露他们的馈可能会被入侵。”

汤姆审视着她的脸上是否有撒谎或讲述真相的迹象。这张脸他是那么熟悉，它属于凯特。她的脸庞、眼睛、声音，她在描述这些公司及其对世界的负面影响时的语气，她分明就是凯特。他们曾经无数次讨论过消费主义和道德问题，在家里，在餐馆里。他脑海中突然闪现出当初凯特的愤怒和她拯救世界义不容辞的决心，她满含沮丧和担忧的热泪向他大喊的时候，当她发起一个又一个“你愿牺牲什么?”的民意调查的时候……这是她试图改变世界的小小尝试。她是对的。如今看来，她是对的。

塞琳妮把手放在他的胳膊上，他猛然回过神来，把她的手扔了回去，拖着脚向后退缩。塞琳妮待在原地，等他安静下来。“你在凯特的消息池中说，人们的馈可能通过意识存储遭到攻击。当时“意识储存”还是一个年轻的程序，用于将人们的记忆状态作为备份文件发送出去。但传输数据的出入路径都被打开了。黑客同样可以通过程序进入人们的馈，实际上相当于直接入侵人们的大脑。就像你向大家透露的那样，这很可能是一种完美的身份盗用。不过几周之内，这个漏洞就被修复了，并没有人被黑客入侵。大家仍然使用馈，产品是安全的；事实上，它比以往任何时候都好。汤姆，在我那个时代你也是个名人。有人投了你父亲的不信任票，他试图隐瞒，而你将事实和盘托出，人们信任你，是你拯救了世界。你在漏洞被滥用之前保护了人们，你代表大家与公司抗争，并取得了胜利。你曝光了你的父亲，他的行为往好了说是粗心大意，往坏了说是过失。接下来，谁更适合管理公司呢？答案一目了然。”

“可是……”汤姆头晕脑胀，紧闭双眼，努力地思考着，“在漏洞被修复之前，你们就攻击了我们吗？”

塞琳妮看着地面：“是的。事后看来，历史站到了我们这边。我们知道此时的馈是脆弱的，理论上，我们可以通过意识存储来控制你们的思想，但直到试过之后才确定。我们的世界烧起来了，末日即将来临。相信我，在这种情况下，你会尝试任何事情。”

“但穿越回过去是不可能的。”

“人确实不行，任何有质量的东西都不行。但是思想可以，思想储存在物质上，但它本身并不是物质……你父亲激发了这项技术：思想穿越只需要一个发射机和一个接收器，一个可以指引我们的信标，还有像你们这样适合让我们附身的宿主，宿主无须一定是合成的……”

汤姆突然大笑起来，笑得浑身震颤，仿佛他的身体已不由自主，只知道笑了。

然而，塞琳妮却哭了，他的笑声让她哭得越发悲伤。“我们只顾盲目地扩散计划。可这计划不被控制，无法针对任何特定的人，也无法保证一定成功。成功之前，我们大概损失了 25 万人。但有些人终于穿越回了过去。我现在终于知道，有些人成功回去了，看看就知道，我们改变了世界，拯救了未来，地球会变得美好。所以意识存储一定可以接收到我们的思想。”

汤姆的笑声消失了，他默想了一会儿说：“那么你们不是某国人？也不是伊朗人？”

塞琳妮闭上了眼睛，说道：“我们不是某国人，也不是伊朗人。”

“你们这样做是为了生存？”

“我们这样做是为了改变未来，为了拯救世界。尽管无法选择宿主，但我们对可能遇到的人抱有希望。我们可以改变他们的行为。至于那些政治家、公司领导人里的关键人物，那帮伤害了地球的家伙，如果我们无法寄宿在他们身上、改变他们的想法，那就杀死他们；如果我们能寄宿在他们信任的人身上，就借此接近他们，把他们干掉。泰勒总统一世被杀了，对吧？”

“没错。”汤姆说道，他突然记起了当时所在的地方：餐馆、文身的服务生、光秃秃的广告牌，他们飞奔回家，到处充斥着泰勒总统被暗杀的消息。从那晚开始，宵禁成了一种无休无止的紧急状态。那一刻便是这一切的开端。凯特怀着阿碧，想到这里，汤姆记忆的闸门突然打开了，仿佛一个穿越了时间的入口。他精确地返回到那一刻，恍若身临其境。随后，一声哽咽将他拉回现实，他哭泣着，一种前所未有的挫败感笼罩了他。

“泰勒原本有机会阻止这一切的！”塞琳妮的声音充满了仇恨，口中的言语像污物一样被吐了出来，“五次全球峰会，他都没有兑现任何承诺，无论是公开做出的承诺还是私下达成的交易。汤姆，历史是透明的。他承诺限制石油公司，但没有。他发誓让馈系统和其他所有科技公司的存储塔实现能源消耗目标，但又食言了。每一段视频、每一张抓拍图片都在消耗着地球能源，这是信息存储最真实的足迹。信息全部存档又有谁来负责？我们全都可以读取。他诅咒世界去死，在他看来这在当时是权宜之计。但不止这一个家伙，为了拯救世界，我们锁定了所有像他这样的人。他们一个个都是贪婪自私、花言巧语的骗子，历史将他们揭露得一览无余。每干掉这样一个执迷不悟、轻率自私的家伙，就能挽救亿万人的生命，甚至更多？这……”她伸出手，环视一圈说，“这一切本不应该发生！我们想让事情慢下来，做一些关键又简明的改变来阻止你们毁灭这个星球。在最坏的情况下，我们现在打算撤离少数幸存者，以便人类能够幸存下来。但我们不想摧毁一切，这根本不是我们的计划。”

汤姆在近旁默默地咧嘴，又一次笑了起来：“那，不管怎么样，多亏你们了！你们让人类摧毁了这个世界两次！”

□□

暮色中，汤姆跪在溪边。蚊虫漫天飞舞，溪水声冰冷彻骨，水流声听起来都升高了，一阵阵清晰又尖厉。他把冰冷的水从头顶倾倒而下，揉搓着胸口。塞琳妮已经钻进了她的帐篷，手电筒昏暗的光照亮了她。草地上一片黑暗，溪流仿佛点缀在黑暗中的银带。大地如此寒冷，水流如此真切，不知为何，虽然塞琳妮的故事听起来几乎不可能发生过，却又真实得无懈可击。凯特以前经常说，在她的消息池里，人们总是喊着拯救世界的口号。其他有影响力的人也曾为此展开过游说，但未来是一个遥远的地方。这种预警是真的吗？谁真在乎那里发生了什么？那里是否有人受难无关紧要。何况，技术可以解决这些问题。这便是他一直以来的想法，尽管他永远不会向凯特承认：历史表明，只有当问题非常严重时，人们才会思考解决办法。那时，自我保护意识才会开始发挥作用，商业和生存问题相融合，找到解决方案只是时间问题。这道理众所周知，对吗？

那天晚上，他看着这世界，精疲力竭却无法入睡。满天星斗转动，思绪也随之翻腾。他看着塞琳妮帐篷里的影子，直到她关掉手电筒。他起身，又洗了一遍澡。拂晓，他终于躺下了。

□□

梦境中，他来到了父亲的办公室，这间办公室高悬在空中。他听到树叶沙沙作响，浑身起鸡皮疙瘩，但所见只有这座城市，空中飘浮着颗粒物，灰蒙蒙的城市延伸到地平线，狼藉满地，各式建筑被大火吞噬，坍塌着。支撑馈的生命线——最后一座发电站倒塌了。在他身后的一排机器旁边，阿碧用脚踢着家庭枢纽的存储体，全家的信息都存储在那里。她没有被绑架；不知何故，她得救了。她在唱歌，汤姆听不清楚歌词，只见她那小嘴、那脸庞酷似她的母亲，少女的童声吟唱着，犹如天籁……

他醒了，透过帐篷斑驳的天窗向外望去，只见群山占据了天空，被框在凌乱扭曲的那一小片天窗视野中。他的脸冻僵了，四肢上的露水已结成硬硬的冰。他重新起身，穿过小溪。“塞琳妮！塞琳妮！”刚走到她帐篷跟前，塞琳娜却已出现在半路上 。汤姆一把抓住她的肩膀，她尖叫起来，踢中了他的腿，二人随即摔倒，他不得不紧紧抓住她，阻止她继续拳打脚踢。“住手！住手！住手！塞琳妮，听我说！”

她扬着手，惊恐地睁大双眼，晨光下，她的皮肤显得更加苍白。

“意识存储！”他气喘吁吁地说，“如果你就是通过它穿越了时间，回到过去，那它一定还有效！无论馈的其他部分发生了什么，意识存储仍然有效！我们可以找到阿碧的位置，塞琳妮。我们可以知道她在哪里！”

□□

二人离开时，草地上银霜遍布，星星依然清晰可见，山脉犹如印在天空的咬痕。二人匆匆赶往公路。

“走公路不是更危险吗？”

“确实。”

“还有别的路可走吗？找条更隐蔽的路？”

“没有。”

“阿碧的遭遇，木已成舟，你无能为力，汤姆。”

他呼吸急促，手指弯曲着。他扭头四处环顾，寻找着别的路。“我们必须走这条路。”他最终决定，“这是最快的路线。我们必须尽快赶往塔楼，抵达枢纽。”

“汤姆，阿碧的遭遇，你无能为力。”

他下定决心说：“所以我们必须保持警惕。”

塞琳妮凝视着他，嘴角不由自主上扬起来，眼睛里掠过一丝不易察觉的笑意，但随后，她严肃地点点头。二人转身赶往公路。他们爬上柏油路，出发了。汤姆坚定地默默前进，塞琳妮唯一能做的就是跟着他。

二人疾行了半个上午，仅仅在汤姆站定观望时步伐才稍稍放慢。他一动不动凝望着地平线，塞琳妮也停下来，循着他的目光望去。他们所在之处，公路环绕着一座山丘，蜿蜒着通向山谷。群鸟像一片黑云盘旋在山口。离他们更近的地方，动物们在争抢着什么东西，一丛丛皮毛散落在爆裂的车胎周围，血淋淋的皮肉一块块紧贴在地面上……

“怎么了，汤姆？你看到什么了？”

几只鸟站在倒塌的塔架上，老旧的大梁锈迹斑斑，像凋谢的花朵……

汤姆蹲在地上，大口喘着气，双手抱头。

“汤姆？怎么了？”

“我错了。”他呜咽着，“我真是……白痴。她根本就没有……”他一拳打在地上。

“没有什么？”

“她没有馈。”

“人人都有馈啊，走，我们现在去枢纽 。”

汤姆一把推开她，她踉踉跄跄地退开，汤姆大声喊道：“或许你们那里人人都有，但别跟我说我女儿也有！她没有激活馈，塞琳妮！”

赛琳妮站在不远处，头发从帽子里散落出来。她伸手想拦住汤姆，但他毫不在乎，来回踱着步。他对着汽车踢了又踢，直踢到生锈的金属断裂开来。鸟儿从他们身边四散飞走。

“汤姆，请听我说。你会弄伤自己的。听我说，你把她的馈卸载了吗？”

“她是在崩溃后出生的，塞琳妮。*她压根就，没！有！喂！食！账！号！*”

“可是汤姆，馈是可以遗传的。”

瑟瑟秋风卷起公路边的树叶，吹下了山谷。二人面对面站着，汤姆探询着她的眼睛：“你来自未来，或许未来是这样；但现在不是，我们这儿没有，绝对没有。”

但塞琳妮还没等他说完就点头说：“不，汤姆，你们也有。你是在子宫里被激活的，对吗？”

“是的。”

“对，你是第一个。我看过你父亲推出产品时的视频，这产品是革命性的，当你还在子宫里时就被植入了，植入物是可以遗传的，它与人体合而为一了。”

汤姆眉头紧蹙，望着她的身后，视线越过公路边的围栏，扫过碎石、山丘和山谷。他记得那些测试，深入骨髓地采集他身上的各种样本。到了最后，他对于那些科学家的熟悉甚至超过了他的家人。抽血贯穿了他的童年，浓稠而暗红的血液被抽到注射器中。这景象清晰地印刻在他记忆深处。他问他们，采集到的组织样本是要测试什么？当他们发现凯特怀孕时，本和他父亲面无表情，努力地思考着。

他唯一能说的只有：“什么？”

“这一切都是你运行馈的时候发现的，子宫内的植入物是可遗传的。有人说那是你的主意，但你坚持说那是你父亲的主意。你说自己是个“试验品”，向全世界揭露了这一切，人们多数都相信你。不管真相如何，馈与我们已合为一体，难分彼此，成为第一个真正的湿件[1]。父母将它传给孩子，成为我们大脑的一个活生生的部分。”

1　湿件，计算机专用术语，指软件、硬件以外的其他“件”，即人脑，也通常指人脑和机器连接起来的设备。——译者注

他指着她的肚子："它也如此？"

她点点头说："是的，它也会有馈。"

汤姆缄默了："这不道德。"

塞琳妮摇摇头："馈变得对所有人免费：你买了一次，就等于把它买给了后代。知识成为了人权，每个人都博古通今！它打破了地理的界限，让课堂成为历史。它用了不到10年时间让社会变得平等。生命进程和社会的漫长进化在一个人的一生中全部完成。它让我们超越了人机分离，实现了人机合一；它是一个纯粹的实体，一种生物算法。你让它实现了免费传承。"

"我绝不会允许这样的事情发生！"

塞琳妮不安地挪动着："汤姆，我所知道的一切都是我在未来通过馈了解到的，关于你、你父亲和你儿子。在你经营公司期间，馈遍及全球，每个人体内都有。你完成了这一壮举，汤姆。"

汤姆伸出一只手说："我的儿子？"

"是的。"

"我有儿子？"

"在我经历的未来中，你有一个儿子，名叫丹尼尔·哈特菲尔德。"

"但是没有女儿？没有阿碧？"

"汤姆，不同的路径发生的事情不同。"塞琳妮简单解释道，"我们穿越历史改变了一些事物。我猜想，从我们第一次有人成功穿越回来的那一刻起，就进入了某种平行世界，所以从意识存储第一次启动时开始，我的世界和这个世界就分道扬镳了。在事情变得如此极端之前，最初的改变可能很微妙。我的未来没有崩溃，社会继续运转，馈发展了几个世纪。每个人都得到了修正，知识和交流成为基本人权。汤姆，你让瞬时旅行变成了现实，在世界范围内传输思维状态。你攻克了脑死亡，因为每个人都有备份储存着。你让我们得以永垂不朽，直到世界被毁灭。”

“凯特呢？”

“她怎么了？”

“她……？”

“对，你们结婚了。我戴着一张已故名人的脸。”塞琳妮停了下来，虽然表情黯淡了，但并没有避开他的目光，她伸手握住他的手说：“我很抱歉，我根本没有考虑后果。”

汤姆向峡谷旁的围栏走去。塞琳妮在他妻子的身体里看着他，他能感觉到她的目光。他可以忽略它，甚至可能将它遗忘，而这让他胆战心惊。他闭上眼睛，泪水把他带回了塔楼，那是他们发现凯特怀孕之后。一天早晨，凯特醒来时，觉得有人入侵了她大脑。汤姆费了很大劲才劝服她，因为她要做的事情有违道德；但那天下午，二人还是去了父亲的办公室，进入了家庭群组。他经凯特允许进入了她的备份信息，潜入了她的梦境。在那儿，他发现了父亲曾经去过的地方，他的行踪像足迹一样印在她的思想中。汤姆一直在分析他们孩子的体征数据。当时，汤姆感到恐惧、厌恶。动物的本能催促他逃跑，赶去保护他的妻子和孩子。但现在看来，一切都说得通了：他的父亲正在子宫里的阿碧身上寻找馈的早期痕迹。这个试验的受试者不只是汤姆，他只是个开始。

终于，他擦干了泪水。“我们有很多事情要商量。”他转头对塞琳妮说道，声音异常平静，他自己都颇感惊讶，“但是现在，阿碧拥有馈。”

“据我所知是这样。”

“意识存储已经备份了她，会一直存储她的记忆状态。”

“如果……”

“如果植入物有足够的能量支持它作为你们的信标，吸引你们穿越时间来把我们当作宿主，那么就有足够的能量来发送备份！塞琳妮，我说的对吗？我们的身体就是它的电池。所以即使枢纽没有能量传输给我们，我们也有足够的能量来发送信号。果真如此的话，我们就可以看到她最新的备份！是这样吗，塞琳妮？我们就可以确切地看到她在哪里，对吗？”

“汤姆，我不知道，似乎是这样。”

“这对我来说已经足够了。”

□□

接下来的几周里，季节变换，但汤姆的决心不曾改变。气候凉爽，天空中高高飘荡的几朵白云像吸了水一样，渐渐变厚、压低，直到层层叠叠，遮天蔽日。太阳改变了运行轨迹。雨水伴着凛冽的强风，一连下了几天。鸟儿迁徙，厚厚的蜘蛛网上面挂着沉重的露珠。汤姆和塞琳妮继续前往塔楼。

数周后的一个晚上，云朵在落日的余晖中消散。现在的阳光不同了，它没有了以往的温暖，今晚到处都很干燥。汤姆找来了最干燥的木头，用了五大块引火物才生着了火，随着浓烟滚滚升起，潮湿的原木终于生起火来。

他看了一眼塞琳妮，她正坐在帐篷里，腿伸了出来。汤姆在篝火旁边搭起了架子，他确信，他在本分享的娱乐剧里看到过有人这么做。被困的人们孤立无援，在叉子上烤东西吃，或者……

“夫人，需要把衣服烤干吗……”

很快，袜子、裤子和T恤在火焰上冒着蒸汽。塞琳妮钻回帐篷中，把更多的衣服取出来。帐篷门帘合上了，里面摇晃起来，汤姆半看半联想着她脱掉了裤子。接着，她脱掉T恤，一脚把门帘踢开，他看到了她的隆起的腹部。随后，她穿上套衫和新袜子。他发现自己的手仍在颤抖，他立刻记起，凯特告诉他她怀孕了的时候，他当时也是不由自主地颤抖，欣喜若狂，他向她保证会保护他们，永远不会抛弃他们，无论如何都不会。

二人挑了一些看上去比较柔软的根茎，收集起来，炖在一起，部分留作足够的食物，余下更多的部分储存起来，为后面将持续数日不断的雨天做准备。他们沿着头顶有遮蔽的人行道边前行，其余时候休息。有时他们躺在各自的帐篷里，门帘开着，二人谈话之间，雨点像瀑布一样在面前倾泻而下。有时，他们合上帐篷门帘，待在里面汗流浃背，黏糊糊的。他向塞琳妮询问未来，询问她的家人，但她只是耸耸肩，不愿回答。

□□

温暖的日子回归了一段时间，大地显得郁郁葱葱。草蛇在公路上晒着太阳。有些地方的景色发生了变化。二人行进着，山麓突兀的褶皱变得柔和了许多。森林越来越茂密，树木越发粗壮，地平线越来越低。二人小心避开群山之间隐蔽处，一座座村庄坐落于此，一边前行，一边在高处谨慎地观察着那些村庄。在到达塔楼之前，景观将一次又一次地改变。那些村庄必定会被并入村镇、城郊和城市的广阔空间，建筑物逐渐聚集，鳞次栉比，高速公路盘旋其间。

□□

几周后，二人来到了一处半山腰，回望着他们走过的土地。乌云遮蔽了东方，大地变得异常黑暗，天空像是混合了橙黄色。一条小河朝他们奔流而来，好似从地平线上漏出来一样。

“我们可以在这里停下来吗？”塞琳妮问道，“做点吃的，欣赏美景。”

汤姆环顾四周，空气清新，视野开阔。“好呀！”

汤姆深吸着空气，塞琳妮开始搭她的帐篷。“我一会儿就回来。”他说道，然后向树林走去。很快，身后遥远的地方便映入视野，他们来时的道路，周围唯有寂静一片。他踢开树叶，在叶子覆盖的烂泥下面，只找到了一些解体的碎木块。他从树干上折下一些细细的树枝。山顶很小，他很快就到了另一边。走路已经成为二人的生活方式，他们日复一日地规划路线，测量距离，确定最佳方向。他望着前方的路，一个浑身湿透的庞然大物赫然出现在面前，距离之近让他震惊，巨大的混凝土建筑棱角分明，是那套旧的存储设施！与营地附近的那座一模一样。几个月前的记忆此刻在他的脑海中鱼贯而入。

□□

那晚没有生火。汤姆手中摆弄着一根小木棍，在地上画着。二人坐在帐篷门口，喝着雨水，吃着受潮的饼干和坚果。

“你的够吃吗？”

塞琳妮在裤子上擦了擦手，边点头边说：“这是我习惯吃的食物之一，我们那里的食物大多是合成的。深地大楼里的空气是有鼓包的，里面是维生素和对我们健康有益的东西。所以你们这里的食量…… 我从未感到如此饱足。”

汤姆嘴巴一噘：“我从来没吃得这么少过。”

“你饿吗？”

“我就没吃饱过，但我更担心你。我不知道你是否摄入了足够的营养。以前，凯特吃过各种药片，她总是在监控各种指标。我不知道你……”汤姆指着她肿胀的腰身。凯特从怀孕那一刻起就源源不断地发给他各种统计数据，而这里的宁静与当初大相径庭。那时的凯特给他发送大量信息，直接丢进他的大脑，宝宝的发育情况尽收眼底。”

塞琳妮双手放在孕肚上：“越来越大，所以我认为我们很好。”

她的表情让汤姆笑了起来，塞琳妮也笑了：“如果你愿意，可以过来睡。”她说，“我可以用你来暖暖我的帐篷。”

汤姆扔掉手中的木棍，她慢吞吞地挪过去，给门口的汤姆腾出地方。夜幕降临了，黑暗渐渐笼罩天空。

“但是，如果你打鼾的话，”她说，“就得出去了。”

□□

转天，汤姆又匆匆瞥了一眼群山之间的存储设施。他们现在一定在营地附近。他们穿过了一条公路，路的两边已经塌陷，柏油路面满是碎石和泥浆。这条路直通向存储设施。主入口上方污浊的拱形玻璃与建筑物的大小相比显得微不足道。他脑海里浮现出格雷厄姆的形象，那是最近的一段记忆，而他几乎已经忘却，丹尼跟着他推着手推车，他们被人射击，没命地跑着，周围都是混凝土碎块。新近发生的事情仿佛已过去了很久。

他从公路的一边跳下去，继续走进田野，远离了存储设施。

“需要我帮忙吗？”

塞琳妮滑下路基，把头发从脸上撩开。他急忙跑回她身边，握住她的手，扶她下到地面。

“凯特来自哪里？”二人穿过草地时，她问道。

汤姆张开嘴，却又语塞，又闭上了嘴。

“对不起，我不该问的。”

“不，不是因为这个……”

“不，对不起，这与我无关。很抱歉提了个愚蠢的问题。”

“听我说。在我们的营地里，我们正在试验让世界重新运转的规则。我们……我认为，沉湎于过去有害健康，所以我们不允许谈论过去。”

“就因为这个？”

“我们必须活在当下，展望未来。当然，如果我们能想起那些有用的知识，我们就会谈到过去。营地的一名成员，格雷厄姆，把过去的知识都记载了下来。他曾经是个记者，旧习难改。但情感阻止我们活在当下。情感会让人麻痹，诱发馈的条件反射，尝试去解决错误的问题。人们拼命尝试连接馈，大多数人为之丧命。我们这些幸存者的问题则在于如何面对这种悲伤，如何消化它。人类的情感反应是原始本能，我们的大脑备受煎熬。馈先前为我们安排好了一切：为我们存储信息，告诉我们吃什么，什么时候锻炼，睡多长时间；它比我们自己跟自己沟通更有效，它记录了我们的记忆。直到最近，我的记忆才开始重现。”

“你们的营地有多大？”

“哦，很小，实际上离这里很近了。”汤姆朝着藏在几棵树后面的存储设施瞥了一眼，然后琢磨着方向，“营地很不错，房子曾经是凯特姨妈的，但有人已经找到了这里。它是一个真正的社区。我们在小溪里建起一座水坝，于是便有了浆洗区，并且我们刚刚研究出如何利用土壤过滤出净水，这样大家就不会生病了。耕种现在也可以开始了。简直太棒了，塞琳妮，你会喜欢那里的。”汤姆滔滔不绝地说个不停，他意识到自己希望她能喜欢那儿，更想捍卫那儿的记忆，“比不上克莱尔营地那样大的成就，现在那是另一回事了，但我们的成就也值得自豪。”

“听起来很迷人。”

“这种社区并不稳定。我们不知道收成会怎样。机器全都坏了，大家束手无策。但我们一直在探寻新的生存方式。在我们畜养的动物死亡之前，肖恩已经基本可以熟练地制作奶酪了。”

塞琳妮微笑道：“我知道那是什么，但我从来没吃过。我们没有……”她的世界里没有这个词。她弓下身子，缓慢沉重地向前走着，鼓起双颊，手指放在头顶上，哞哞叫了起来。

“奶牛！”汤姆笑得上气不接下气。他也跟着一起，模仿起她的动作，扮着一头奶牛在地上嬉戏的样子。这让他笑得更厉害了。“好吧……总有一天我们会给你找点奶酪的。我们找到阿碧之后就开始这项任务。”

“那……你和凯特是在哪里遇见的？”

“在我哥哥的婚礼上。婚礼非常盛大，你……凯特参加是为了充数，她在大学和本只是认识而已，但我父亲邀请了很多人，来自世界各地的商人。本想多找些朋友凑数。”

“给我讲讲吧。”

“真的要讲吗？”他长出一口气。“我父亲希望在塔楼上举办婚礼，他打算关闭购物中心，在那里办活动。他想通过馈系统传播，利用增强现实技术，创造一场完美的婚礼。不过这取决于你如何理解所谓“完美”了。老实说，我哥哥也想要个不太奢侈、不太夸张的婚礼，他只希望它是真实的。那天，婚礼现场出现了一座荒诞的房子，有庭院、有湖，树上有各式灯光。烟花、宴会、直升机、音乐家、大屏幕……应有尽有。公司制造了迄今为止最大的柔性屏幕，放在湖面上漂荡着。晚饭后，在烟火中，他们播放着所有的视频，看上去就像有人拔掉了塞子，让湖水全部排尽。接着又像有人在湖里灌满了香槟，各处充斥着灯光和视觉特效，本和美优的照片，还有各色激光在周围闪烁着。”

“听起来真不可思议。”

“这纯粹是消遣，是我们的生活方式。”

“但你在这里遇见了凯特，所以也不全是坏事。”

“我们在晚餐时见面了。不好意思，是晚宴。我去喝酒了，回来的时候被困在了房间后面，几乎看不到主桌，我父亲正在那里演讲。在我旁边的正是你，凯特。你明白我的意思。你抬头看看我，肆无忌惮地翻着白眼，然后你装腔作势地模仿着我父亲的样子，跟着他学舌。然后……我想，就是在那个时候……你……”汤姆把手放到脖子和嘴巴前面，“把它给关了，你把馈给关了。我也关了。父亲的声音消失了，房间里突然鸦雀无声。凯特一语道破了真相：这里什么都没有，一切都不是真实的，毫无意义。我觉得自己……解脱了。我们在房间后面慢慢地、真实地交谈着，而其他人都仍陶醉在馈的亢奋之中。这是我做过的最惊世骇俗的私事，父亲若是知道，一定会大发雷霆。”他边走边摊开双手，“当然，当她意识到我父亲是谁的时候，那一刻她尴尬不已，但我不在乎，她也不在乎，我们都觉得这里不是属于我们的地方，所以我们就离开了。”

“就这样吗？你懂的。”

汤姆脸一红，失去了说下去的信心。“哦，不是，我不是这个意思，我是说我们上楼去了。我们一直关着馈，任由其他人沉浸在馈之中。还记得我刚刚提到的湖吗？有屏幕的湖？”

“当然记得。”

“其他人都在外面，我们在楼上的一间卧室里，看着屏幕。”

□□

那天晚上，二人躺在帐篷里，塞琳妮的呼吸慢了下来，听上去好像睡着了。汤姆也沉浸在梦乡中。他们很久以前就不再互相看守了。在某次的一个对视之间，他们忽然顿悟：他们怎么能杀死对方呢？他们为什么要这样？汤姆现在已经了解了真相，他可以轻松地找到一种方式来说服自己宽恕这些杀戮，或者至少理解这些杀戮，这种理解也促使他接受现实。如果他被接管…… 至少他的死亡不会是徒劳的。生命一定会有多样的延续方式。他一直想着，差点睡着。词汇组合在一起，就有了不同的含义。他脑中的世界已发生变化。帐篷之下，土地冰冷，这感觉真真切切，但同时又感觉自己仿佛正翱翔在沙漠上空。一座座建筑物的残骸指向天空，有办公大楼、钟楼、教堂，流沙不断在他们身后堆积，但它们的规模之大简直不可思议：他身下这未来的废墟竟如此广阔！

“再给我讲一段吧。”她说道。凯特的声音又让他回到了现实。她翻身面对他，虽然她没有碰他，但汤姆能感觉到她离他有多近。

“讲讲过去，汤姆，我们住在哪里？”

她的声音慵懒，昏昏欲睡，他不太确定自己是否听清楚了。

“我们……我们住在一栋房子里……它位于城市的老城区，不是新住宅。你讨厌所有的新建筑……”

他听着她的呼吸。他可以毫不费力地回忆起他们的家。他们的厨房在地下室，卧室在楼上。他们为婴儿房准备了新的液晶壁纸和地毯；每次他进去，就把颜色调成蓝色，而不论他何时回来，都会发现她把颜色又改成了黄色。箱子里的所有其他东西都是他们买的，有衣服、玩具，还有一切他们跟彼此提到过的生活日用品。箱子上面落满了灰尘，里面装着他们曾共同憧憬的未来，那个未来绝非现在这光景。他们的家，他们要回的那个家，在这城市废墟中，不知它是否还在原处。他曾为了拯救阿碧离开过那个家；而现在，他为了阿碧又将回到那里。

塞琳妮用眼神鼓励他说下去。

“好吧，给你讲个故事……是几年前的事了。我们在营地，在农舍的书房里，看着阿碧。我们生着了火，除此之外几乎是一片寂静：只有她在毯子上堆积木的声音。她从没能把她的塔搭到很高，两块，顶多三块，就倒了，然后她就重新开始。她总是面带微笑，仿佛她是世界上最耐心的人。之后，我意识到周围都安静了下来，她专注时的小小的咕哝声停止了。我睁开眼睛，看见她已经搭起了好几块，正在把第六块或第七块往上放，她发现我在看她，然后，她的积木倒了。她停了下来，看着那些积木，说：‘该死的。’这便是她的第一句话——‘该死的’。你看看她，又看看我，我们异口同声地说：‘我没教她这句！’”

塞琳妮深深叹了口气，似乎躺平了。

“够了吗？”汤姆低声说，“你睡着了吗？”

“谢谢，就像我记忆犹新的故事一样。”

二二

二人来到了营地，这次的路线不同于上次他同格雷厄姆和丹尼一起从存储设施回来时走的路线。那次真是绝命之旅。二人沿着一条狭窄的小路走去，两边都是光秃秃的树篱，鸟儿在树枝上叽叽喳喳地叫着。泥泞的小路上二人沿路走过撞毁的车辆，林中的空气闻起来有一丝熟悉的味道。

“我们快到了。”他说。

“我们要去你的营地？”

“正在途中。”他点点头，简短地答道，“你问到了家，所以……”

二人继续前行，双臂挥摆，步伐矫健。鸟儿欢唱。

“另外，”汤姆想了一会儿说道，“我们还可以储备些物资，带上一些食物。”

塞琳妮瞥了他一眼。

“怎么了？”他问道。

“如果营地被袭击过一次，它就可能会再次遭到袭击。”

汤姆皱起了眉头，他没有想到这一点。一只鸟飞入灌木丛，在枝条之间跳跃着。天空已经昏暗，二人口中呼出了水汽。

“我确定营地不会有事的。”

“汤姆，我只是说我们应该小心。”塞琳妮坚持说道。

二人继续前行。

“但是等我们到了营地，你得装成凯特。”汤姆说道，他扫视着地平线，仰望树林，“你懂我的意思吗？”

“明白。”

他们离开小路，走进一片田野；大门倒塌了，树篱还没能完全盖住缺口。兔子四散在周围，他至少看到了50多只，远处还有，他并不在意。

“好吧，至少我们不必长途跋涉去找晚饭吃。”

“汤姆。”塞琳妮停住了脚步。她双手紧握，眉头紧蹙。

“你没事吧？”

“没事。”她说，“我很好，我……”

“怎么了？”

“肚子里的宝宝。”

他几乎想要伸手去扶她，但又收了回来：“你没事吧？”

“你知道的吧？这仍然是凯特的孩子。因为……因为我，并不是……这个孩子的基因仍然是凯特和你的。”

太阳落山了，夕阳的余晖照在二人的侧脸。树篱投射出纤细的影子，那群兔子飞快地跑开，逐渐消失在树林里。

“是的，”他说，“我知道。”

二人离开田野，走上另一条小路。他知道现在离营地很近，但他找不到那条路了。夜色已渐暗，这段路上有无数翻倒的汽车和折叠的卡车，看起来很熟悉，但他却咒骂起来。他迷路了，他确定岔路就在这里，但就是找不到。他瞥了她一眼，一缕头发从帽子里垂下来，帽子的羊毛镶边遮着头。她脸颊红润，鼻子亮白。她看到了他的眼神，微微一笑。

“汤姆，如果一时半会儿找不到的话，我们就先扎营吧。”

他看向别处。当他回过头时，塞琳妮脸上闪过一丝不易察觉的愁思。与汤姆的目光相遇，她再次回给他一个微笑。他握着她的手拍了拍。她捏着他的手指，直到放下他的手。

汤姆用余光看着她。她那熟悉的步态，摆臂的方式，一如往常，她丰满的孕肚露在外套的两片衣襟之间。此刻正如他们第一次来找这个地方的时候，当时的他们挣扎着逃出城市，坚强地活了下来，克服了大脑的迟钝，用畸形、含混的话语交流……夕阳散下的最后一缕光落到了地平线之下，只有云层反射出一丝昏暗的光芒，他终于找到了那条小路。

“它被遮挡住了。”他喃喃地说，随后钻进了一堆湿漉漉的碎枝中。

她也跟着钻了进去。一片片灌木和一条条常青藤盘绕在一起，散布其间，遮住了什么东西，是个路障，她爬到顶部翻了过去。

“小心！”

她从另一边向后看过来，微笑着拍着肚子说：“这是奇珍异宝，我知道。”

汤姆沿路往回看，除了撞坏的面包车和摩托车，仍然空无一物。不久前他才和丹尼、格雷厄姆一起来过这里，如今已时过境迁。他又回到黑暗的树林中，攀上路障。站在上面四下望去一片黑暗：前方只有昏暗的土地和漆黑的树林，天昏地暗，令人眩晕。

“凯特？”他四下张望着喊道，“塞琳妮？”

黑暗中，树木沙沙作响，这声音让他想起了那些恼人的噩梦，内心中又升起了恐惧。他看不见任何人的踪影。他又飞奔过树林，绝望地寻找着。是留下来陪凯特，还是去找阿碧，究竟该如何抉择？他胡乱摸索着，从另一边跳了下来。

“塞琳妮？”

一只手抓住了他的胳膊，只听“啊！”一声大喊，塞琳妮瘫倒在他身上，嘲笑着他，摇晃着他肩膀对他大喊，他魂飞魄散的样子让她大笑不止。“不要……”他说道，他颤抖的声音让她止住了笑容，“不要这样。”

“对不起。”

“不是这里。”他无意中微笑起来，一只手搭在塞琳妮的肩膀上，同她一起沿路前行。平缓的斜坡他再熟悉不过了，对于来自另一个世界的人而言也是如此。二人身旁枯萎的枝叶细如纺线，微风拂过，清脆的声音仿佛虫鸣。“她就是在这里被接管的，我当时就离得这么近。”

“哦……”塞琳妮喃喃道，“我很抱歉。”

汤姆仔细检查着着灌木丛，一边继续走着。这些灌木丛几乎落光了叶子，毫无可能藏人。但是当初阿碧被劫走的时候，它们异常茂盛，空气中烟雾弥漫，他恐慌的心怦怦狂跳，六神无主。现在不同了，人事已非，汤姆回来找阿碧了，这一次，他定要成功解救她。阿碧必须毫发无伤地回来。

小路逐渐平坦，汤姆注意到自己和塞琳妮牵起了手。二人冲出树林，空气立刻变得凉爽起来。他没有放开她的手。他们抬头就能望见天空中的点点繁星，毫无遮挡。葱茏的草木窃窃低语。他眯起眼睛，寻觅着人影，寻找着灯光，探寻着一切。

“我们是不是该等到天亮再走，这样看得更清楚些？”塞琳妮的声音平静而严肃，她感到不寒而栗。汤姆能看出她的恐惧。

“不，我们再走近些。”他握紧她的手。

“但他们可能已经离开了。”她把手抽了回来。

汤姆指着前方漆黑的一片说：“看，就在那里。”他把她的视线引领到黑暗深处，二人大步踏过草地。

汤姆的目光紧盯着那所房子。黑暗中，第一间屋棚赫然出现，居然是丹尼的住处，汤姆心里一惊。熏黑的窗户，木头黑暗潮湿，在黑夜里亮得醒目。它被焚烧过，大部分烧成了木炭，仿佛凿刻成的浮渣。

“我突然感觉，我们不该回来。”汤姆深深低语道。

“我们现在还可以离开。”

然而，他咬紧牙关，继续前进。房屋渐渐出现在眼前，仿佛黑暗中的一抹灰白。棚屋的骨架已经倒塌。厨房门周围铺满了一层烟灰，汤姆向窗口走去，玻璃仍然参差不齐地嵌在窗框上，现在，窗户后面固定了一块木板。

“房子被遗弃了。”

“那你为什么还嘀咕不停？”

汤姆咳了一声说：“这里没人了，我们离开后，他们一定放弃了营地。”他的声音在黑暗中回荡着。

“那么，我们走？”

“我们进去看看。”

“我不喜欢这里！”她把他拉回来，站住一动不动。

“这里没人！”他解释道，他对自己严厉的语气颇感惊讶，其中已经不只是内心的烦躁和希望的破灭，“来吧，塞琳妮。”

他拉着她往前走。烧焦的厨房门像兽皮一样粗糙，他握住门把手，拇指紧贴在门闩上，似乎他从未离开过，仿佛他们只是午夜散步后回来睡觉。门紧紧嵌在门框中，他推了两次，纹丝不动；第三次，他用力一撞，终于撞开了。他踉踉跄跄地跌进厨房，一阵金属的铿锵声打破了寂静，在周围的山谷里回荡着，充斥在耳边。塞琳妮挤进了门口，汤姆回头望着外面的黑暗，望着小屋的阴影，寻找着动静，寻找着光亮，寻找着……

“谁在那里？”

汤姆瞬间愣住，他缩回门口，把塞琳妮推回他身后冰冷的厨房里。

“我有枪！”那声音又喊叫起来，刺耳的声音回荡在群山中。

接着，又是一阵沉默。

“你是谁？”那声音再次传来，有些颤抖，是个老汉的声音。

“格雷厄姆？”汤姆轻声喊道，“是你吗？”

□□

窗户全部用木板钉住，扶手椅也挪到了沙发旁边，除此之外，书房依然如故，书桌、橱柜、墙上的画，甚至破旧的地毯，都还是老样子。壁炉里生着火。“我现在只用后门，”格雷厄姆说，“还有这个房间和厨房。我不想让任何人注意到我，我真的不需要那么大的地方。有时很安静，但我感觉特别、特别舒服。”

“你睡在你的小屋里？”

格雷厄姆点点头。

“在这里岂不是更安全？”

“直到今晚，一切都只是理论，汤姆。你是第一个打扰我安宁的人。”他缓缓站起，把锅从火焰上取下。他眼睛下面的皮肤有一种前所未有的半透明的感觉。倒食物时，他的双手颤抖着。不知何故，他看上去有些缥缈。“再来点吗，凯特？”

“谢谢你，格雷厄姆。”塞琳妮说。

他把锅挂回火焰上，然后躺倒在沙发中。他的动作很吃力。他沉默着环顾房间，仿佛欣赏着某些并不在场的人。随后，他突然转向汤姆和塞琳妮，仿佛中间没有停顿过一样。“我以为人们会被吸引到房子那儿去，而不是来小屋这里看看。我想，人们要去的地方是房子那儿，所以我把后门专门留给自己！”他向二人举杯，脸上露出欢喜的微笑。“干杯，凯特。干杯，汤姆。欢迎回家！”他一饮而尽，然后说道，“那跟我讲讲……你们有没有找到一些……”

“我们明早会帮你收拾。”

“哦，”格雷厄姆咽下一口酒，“只有拴在门上的锅碗瓢盆，我完全把它们忘了，你们吓死我了。”

“你吓死我们了！”汤姆笑道，岔开了话题，绕开关于阿碧的问题，“是吧，凯特？”

“因为这个？”格雷厄姆眼里闪烁着光芒，拍了拍立在沙发边的棍子。它酷似一把枪，至少从侧面看非常像。“我把两本大书粘在一起做的！”他咯咯笑着，把脚伸到炉火旁。他慢慢止住笑，安静地看了他们一会儿，小心地问道，“那你们走了很远吗？”

“北边，”汤姆说，“肖恩呢？”

格雷厄姆摊开双手，这意思显而易见。

“你没跟他一起走？”

他凝视着炉火，说道：“肖恩去找杰克了。你去……找阿碧了。我去找……找谁呢？我老了，只会碍手碍脚，没人需要我在身边。我只是……我的脑子已经……”

眼前这位老人开始昏昏欲睡，汤姆黯然地瞥了塞琳妮一眼。虽然格雷厄姆还在微笑，但某些东西已经从他身上消失了。或者可能只是由于那张对着炉火的笑脸毫无缘由地变得空无。“发电机好了吗？”

汤姆问。过了许久，汤姆确定不会听到老人的回答了。格雷厄姆凝视着火焰，先前的思绪不知迷失到了何方。“格雷厄姆？你的编年史怎么样了？”

老人一惊，转过身，脸色阴沉下来：“还有什么值得记录的？”

“好吧。”汤姆说道，轻轻拍着手掌，“发电机能工作了吗？”

“是的，我上次还用过。”格雷厄姆的声音突然变得充满了热情，“不过，让它正常运转起来还是太麻烦了，而我……我发现我真的不需要它。那东西，那个……什么来着？那个打火的东西，每次都要把它弄干才行。汤姆，其实即便没有热水我也很好，我也不太喜欢电灯。不过，我没法享受你的厨艺了，凯特。”他前倾着身体，紧握住塞琳妮的手。

“很高兴能回来，格雷厄姆。”塞琳妮说，“就是在这个房间里，阿碧开口说了第一句话，你还记得吗？”

“啊，是的。”格雷厄姆说。他竖起手指，扬着眉毛笑着说，“是的，是的，我记得很清楚。简非常喜爱那个小姑娘。你们找到她了吗？”

汤姆欲言又止，注视着格雷厄姆的面容。老人微笑着，神色坚定又满怀希望，却又一边不住地点头，一边默默哭泣。

□□

炉火熄灭了，他们离开书房，穿过黑暗的走廊。格雷厄姆俯身躬背走向后门，将身后的门关严实，又踏入漆黑的夜幕中。此间，汤姆举着蜡烛，照亮了上楼的路。烛光似有若无，撒在走廊上，塞琳妮循着光走上楼去，随后停在了楼上。汤姆等着她走进他们的卧室，但没见她跟过来。

“不好意思，”他开口说，“在右边第一扇门。”

房门口，他站在塞琳妮身旁，近得可以闻到她头发的香味。烛光下，他们没铺好的床就在那儿，旁边有椅子、橱柜和抽屉。一切如故，只是又冷又黑。汤姆拉上窗帘，查看了一下叠好的羽绒被，他把被子提起来抖了抖，好让它蓬松一些。上次他睡在这里时，营地遭到了袭击。这张床，留给他最后的记忆只有恐慌。此后，一切都变样了。阿碧当时在孩子们的小屋里，由丹尼照看，凯特则一直在看守着汤姆睡觉。

塞琳妮已经解开靴子，脱下了套衫和裤子，孕肚曲线非常明显。

“你上床睡吧，”汤姆说，“我睡在椅子上。或者如果你希望，我下楼去也可以。格雷厄姆睡在他的小屋里，不会知道的。”

她把羽绒被盖在身上，蹬着腿让它暖和起来。“别傻了，”塞琳妮的声音几乎消失在枕头里，“你也进被窝吧。”

汤姆脱掉鞋子，爬上床，地板吱吱作响，跟原先一样。蜡烛一如既往地照在雕花玻璃镜子上。他看着凯特，看着她呼吸时身体的起伏，看着她喉咙纤弱的曲线。现在，她就睡在他的床上，睡在他的身旁。

□□

汤姆醒来了，耳边响起了很久没有听到过的声音：雨水拍打着玻璃，飞溅到屋顶上；冷风从老旧的裂缝钻进房子。他拉开窗帘，透过碎裂的窗玻璃向外张望，天空乌云密布，地面看上去湿漉漉的，空气湿润。塞琳妮舒展着身体，强迫自己睁开眼睛。

“别赶我出去。”

汤姆笑着说：“不会的，睡吧。”

汤姆穿上衣服，走下楼去。他注意到落地大摆钟停止了转动，黑板上的值班表全部撤了下来。他从厨房的地板上捡起锅碗瓢盆，堆在水池里，然后打开门，让灰暗潮湿的光照进来。食品柜闻起来和以前一样。凯特秘密藏的白巧克力还在里面放着。他把看似是装着水果的罐头盒和盛着面粉的密封盒拿了出来，东西就这样一件件摆在桌子上。汤姆跑进了雨中。棚屋又湿又冷，他抽出火花塞，把它弄干，把启动绳拉了五六次，终于看到一股乌黑的浓烟喷出，包围了他的脚踝。现在，谁还在乎节约燃料？

他回到厨房，准备制作一种混合饼干，身边的烤箱咕噜咕噜地响。他努力回想着凯特是怎么做的。他用勺子把一团极其黏稠的东西舀到托盘上。这时，格雷厄姆进来了，双腿湿透。

“这鬼天气一定是你们带来的，汤姆。”格雷厄姆叹了口气，又轻轻笑了起来；而后坐下，皱着眉头，环顾四周，好像在寻找着丢失的物品。汤姆看着老人心不在焉地刮着桌面。他们在这里吃过无数顿饭，开过无数次会议，而现在，这里只剩他们二人。

二人沉默了很长时间之后，汤姆终于开口问道：“格雷厄姆，怎么了？”

老人看着汤姆，仿佛忘记了他还在身边。刹那间，老人似乎颇为困惑，随后，他把手摊开放在桌子上，脸上掠过一个苍白的微笑：“说实话，我不知道我为什么这么伤心。”

“你是不是想念简了？”

格雷厄姆耸耸肩。

“大家都离开了营地，所以……”

格雷厄姆喃喃自语道：“大家都走了，只有我还在这儿，生活就是这样。如果你的生活已经到了这个境地，压根就没人跟你保持联系。”

“格雷厄姆，”汤姆轻声说，“我只是说你有很多伤心的理由。”

“汤姆，这便是希望的痛苦。”格雷厄姆又叹了口气。他情绪激动，下巴紧绷，显然很紧张。他的眼睛湿润了：“如果说生活教会了我什么，那就是没有什么是永恒的。财富、快乐，一切东西。我已经独居了好几个月，你知道吗？纯粹的孤独，没有人能伤害我，因为我已经一无所有。所以我真的很高兴见到你，汤姆，但同时……”

汤姆缓缓点了点头：“想吃块饼干吗？”

“还生着呢，等烤好了再吃吧。凯特在哪里？”

“在休息。”

“她又怀孕了？”

“是的，”汤姆笑了，“我们非常兴奋。”

格雷厄姆点点头，眼睛盯着地板，说道：“阿碧呢？我知道你昨天不想让我问，但我必须知道，汤姆。你找到她了吗？”

汤姆用布擦了擦手。该怎么向老人开口？告诉老人他们很快就会再次上路，老人的生活又将变得了无生趣了吗？

“格雷厄姆，我们是来拿生活用品的。我们认为……我们或许知道如何能找到她。”他咬着嘴唇，使劲摇着头，他想要对老人讲明想法，想要点燃老人眼睛里希望的光芒，但又害怕向这个守旧的老顽固解释。“用意识存储。它储存着你的记忆，以防你发生意外，如果遭受创伤或攻击，你的思想是可以重启的。它可以帮助警方侦破谋杀案，因为证据就存储在里面，受害者死前发生的事情清清楚楚地摆在那里。这是高级服务的一部分。你知道吗？”

格雷厄姆对汤姆的问题置之不理，眼神黯淡下来：“当然。”

“还有什么问题吗？”

格雷厄姆厌恶地盯着他，说道：“我们不是电脑。”

“格雷厄姆，我不是说你必须喜欢它，但这个，”汤姆加快了语速，“但如果你仔细想想，就能明白这便是我们找到阿碧的方法。她不在存储设施里，我们已经去找过了。但是我们可以知道她的位置，因为她的思想会被储存起来。通过馈系统，我们可以看到她发生了什么，她被带到了哪里，她现在在哪里。”

“可是汤姆……”格雷厄姆眨了眨眼，又困惑起来，继而又重新拾起自信继续说道，“馈停了。”

“但意识存储还没停，发送意识存储的程序仍然在激活状态。”汤姆继续快速说着，“听着，格雷厄姆，馈植入是生物技术，对吧？也不需要电池，因为我们自己就是电池。”他拍着胸口说，而格雷厄姆靠在椅子上，一直摇着头。

“这是扮演上帝。”老人喃喃道，他伸出一只手臂，慷慨激昂地说，“科技越过了我们的道德能力，把这个世界撕扯得支离破碎！为了钱，为了贪婪，为了……”

“格雷厄姆，听我说，”汤姆希望老人能明白，他需要让他相信，“我同意你的观点，我们之前已经讨论过这些，但是拜托把你的顽固教条放在一边。”

“算了吧，汤姆。”格雷厄姆向前探着身子，目光冰冷，“放弃吧，我从你那里听到的只是轻率的希望。如果你只是不明就里地希望，就无法让自己面对现实。这一切给你带来的痛苦我看得真真切切！停止幻想吧，回到现实来。阿碧已经走了，像丹尼和简一样，你失去了她，她死了……”

“格雷厄姆，我遇到了一个人。”汤姆打断了老人的慷慨陈词，

“我遇到了一个被接管的人，他们向我讲述了真相。意识存储仍在传输信息，他们就是靠这个连接到我们的思想……”

格雷厄姆畏缩了：“谁干的？”

“你说得对，格雷厄姆，我们的道德败坏了。他们来自未来，他们不得不逃离自己的世界，因为我们在他们的过去毁灭了地球。他们派人穿越回来试图改变历史，阻止我们毁灭地球。”

格雷厄姆站了起来：“我不想再听这些了。”

“这是事实。”汤姆反驳道。

格雷厄姆气得发抖，握紧了拳头：“我当然希望你能找到阿碧……可怜的小姑娘！但汤姆，这太疯狂了！她甚至还没有馈！”

“不，你错了，因为……”汤姆激动地摇着脑袋，他的声音已经失控，“因为馈现在已经可以遗传了，格雷厄姆！它不再需要植入！”

格雷汉姆眼中流露出深深的悲伤：“汤姆，这一切听起来都太疯狂了。馈变得可以遗传？我们被来自未来的人入侵？到底是谁告诉你这些的？你说他们通过馈入侵我们？”

“是的，”汤姆回答说，“就是这样。”

格雷厄姆精疲力尽，这是一场没有胜利者的舌战。“但是简并没有馈，那他们是如何接管她的？你听到的当真是真相吗？”

□□

雨停了，他们穿上靴子，戴上帽子。汤姆为塞琳妮找到了一条围巾。外面，太阳已经西沉，斜照着地面，把云朵镀上了一层金黄。他们爬着山，草丛上的水珠被折射出琥珀色。到了山顶，一块孤零零的木板仿佛连接了地面和云层。坟墓被用心照料过，木板上刻着字体粗陋的文字，是简的名字和生卒年，还有一个十字架。

“有关她，你们还记得哪些？”格雷厄姆气若游丝，“这么多年过去了，我记不太清了。有时能想起她的微笑，但我再也听不到她的声音了。我有时会想，如果我……”他抱歉地转向塞琳妮，“凯特，关于她你还记得些什么吗？”

“哦，格雷厄姆……”

“她有一个快乐的灵魂，格雷厄姆，”汤姆打断道，“富有智慧。”

这已经足以让格雷厄姆泪如雨下，过了许久，汤姆尴尬地看了看塞琳妮。他惊讶地发现她的眼睛竟也湿润了。她双手紧握，指关节紧紧绷着。她的嘴唇在动，仿佛在自言自语，又像是对其他人耳语着什么。她把脸歪向地面，不知是否感觉到有人在观察她。一阵风拂过他们耳边，汤姆转身离开她，吞下一些东西抽泣着。一场细雨像幽灵一样飘然而至，如同缭绕云雾中勾勒出的速写。等到格雷厄姆平静下来，领着塞琳妮越过山巅的时候，云朵已经变成了几缕粉红。而后，汤姆也从简的坟墓旁边离开，跟在二人身后，他的眼泪也突然夺眶而出。尽管他试图抑制住抽泣声，但塞琳妮在等着他，她用拇指擦拭他脸颊上的泪水，那一刻，他看到了她眼中的某种神情。真的看到了吗？或许是一种悲伤。接着，她挽起他的胳膊继续前行。此时，他意识到自己是信任她的。此时的他已经别无选择。

格雷厄姆在森林边等着他们。一层软软的落叶下，躺着另一座坟墓。

“凯特，你尽力了，但缝线不牢固，伤口太大了，无法烧灼消毒，我们也想过用蜡封住伤口。”

塞琳妮抽噎着说：“没有使用医疗救助吗？”

“什么意思？”格雷厄姆凝视着她。

“我的意思是…… 我很抱歉没能帮上忙。”

“肖恩认为营地不安全。他离开了。而这一切都是因为我杀了人。”

格雷厄姆的脸扭曲成厌恶的愁容。他转过身，坚定地凝视着树林，干瘪的身躯裹在外套下。他看上去憔悴不堪。塞琳妮看了看汤姆，汤姆对她摇摇头，示意她不要说话，目光随即转向丹尼的坟墓。

“我不配再活下去了！”格雷厄姆突然恸哭起来，这声音被扼制得令人窒息，似乎不该被听到，“孩子们走了，丹尼死了，都是在报复我的所作所为！我想我该……”老人转向他们，指着自己的脑袋说，“有时候我觉得我的记忆在消失，就像我母亲一样，而且……忘记会赋予我心灵的宁静，但我害怕，我该……”

“不是这样的，格雷厄姆。”汤姆打断他说。他翻过丹尼的坟墓，跌跌撞撞地撞上了老人。“我们去了存储设施，不是他们干的，他们没有劫走她，这不是你的错。”下雨了，树叶上落下一串串雨点，他摇着头，握着格雷厄姆骨瘦如柴的手，凝视着老人那动物一般的眼睛，“我相信你不会失忆，还有你的母亲…… ”

“这是遗传的。”格雷厄姆直言不讳地说，他突然绷紧了脸。大风卷过，树木沙沙作响，落叶如潮。随后，他走开了，扭头返回营地。

汤姆和塞琳妮跟在老人身后。格雷厄姆突然沉默了，毅然决然，一边在泥泞的地面上艰难跋涉，一边思索着什么。二人走到老人的小屋的门廊时，塞琳妮打破了沉默，说道：“格雷厄姆，今晚你愿意和我们一起睡吗？我们可以按照轮值表睡觉，安全起见。”

“凯特，说实话，我在想就算他们接管了我，又能怎样。”格雷厄姆喃喃地说，拍了拍胸口，“或许别人能比我更好地利用这副老骨头，管他是谁呢。而且这里应该也没什么需要我去保护的人了，对吗？有些夜晚，我真的希望他们能把我接管！”说完，他举起双臂，高兴地向他们挥手告别，然后用力把门关上。

二人呆呆地站在黑暗中。

远处树林里的风听起来很熟悉，不知是汤姆的联想，还是因为他回到了家。

“回家吗？”他问道，他伸出手臂搂住她，一路走着，“你真是太体贴了。”

“他看起来很孤独。”

“我知道他一定很孤独。但你知道吗？他不可能被接管！他没有馈，他的妻子……”他摇摇头，“可怜的简，她年轻时就激活了馈，后来她遇到了格雷厄姆，这个彻头彻尾的顽固分子，所以她从不承认自己用了馈。她一辈子都向他隐瞒了这一点。而且，她从没有过安宁的生活。我一直认为她是位了不起的英雄：她一直保护着他，让他免受那些可能伤害他的知识的摧残。她接受了这个打击，而格雷厄姆很高兴。最初，她想把它摘除，但是谁会这么做呢？手术太贵了。那是第一代科技，一旦植入了，就难以摘除了。这一切都对她非常不公平。”

“后来呢？”

“她被接管了。当时来了一个你们的人，格雷厄姆不得不杀死她。她睡在他们的床上，就在他们的小屋里。那可怜的古板老家伙。这就是你们创造的世界，塞琳妮。甚至像格雷厄姆这样的人……”

汤姆说到一半戛然而止，抬头望着天空。他把手放在口袋里，然后转身走向农舍。身后的露台一片昏暗。电缆和灯的电线仿佛天空中的裂痕。不久前，灯还点亮过，他和凯特在这里跳舞，就在这灯光下，阿碧听到了人生中第一段音乐。众人围着篝火跳舞，庆祝她的生日。

“好冷啊，汤姆。我们进去吧？”

“我只想说：我会好好照顾你，照顾你和孩子。你知道的，对吗?”

“汤姆……”

“你是个好人，塞琳妮，你知道吗?”

“不，我……”

“你还记得药剂师家的音乐吗?”

“罗林斯？记得。”

“嗯，凯特讨厌爵士乐，我却很喜欢。”他搂住她的肩膀吻她。一开始，她没有拒绝，但当他贴紧身体时，她退开了，转身离开了他的手。

“凯特，我只是……”

“我是塞琳妮!”

“对不起，这是个意外！你的名字，我居然把你叫成凯特，这是个意外……我不是……你是个好人，塞琳妮。”黑暗中，汤姆看不清她，也无从分辨她仰望星空时的表情，只听到她呼吸沉重。他自己嘶哑的声音在耳边回荡着，恳求着。他脑袋里一阵轰鸣，胸膛起伏着，好像脖子上的气门紧紧地闭合了。

“我有丈夫了，汤姆。”

他突然感到地面冰冷异常，寒气浸入他的双脚。他觉得，较之地球之深、天空之高乃至这世界之日久岁深，自己是那么渺小。

“当然，”他喃喃道，“对不起。”

“不要这样，”她握住他的手，捏了捏，“我们回屋吧。”

□□

二人摸索着走过空荡荡的房间。上床后，他们局促地拥抱了一下，然后各自转身，背靠背睡下。过了一会儿，汤姆感觉到塞琳妮放松了，呼吸变得深沉。他默默转过身，用一只手臂撑起身子，等待着眼睛适应黑暗，但他还是看不见，于是滑下床，拉开窗帘。他很快就看清了她身体的轮廓，她嘴巴很放松，双手合十放在脸旁，仿佛在祈祷。沉睡中，她眼皮下的眼球急速转动着。他看着她，想知道她在梦着什么，更好奇她现在是否也可以被接管。这倒并非意味着他会动手杀死她。当然，她也不会。

她翻身仰面躺着，叹了口气，换了个姿势，又转向自己的一侧，背对着汤姆，反手把他的手臂拉过来搂住自己，把他的手掌放在自己肚子上。一时间，他的手掌充满了饱满的感觉，什么动静也没有。随后，随着胎儿在下面挪动手掌中一鼓一鼓，时而柔软，时而坚实。

等她睡熟后，汤姆抽出了手，起身来到窗口。他透过污浊破碎的玻璃凝视着窗外。草地仿佛镀银的地毯，一直蔓延到山上。另一侧的森林漆黑一片，丹尼的坟墓就在那里。

“嘿，伙计，”他低声说，“我真心希望你还在，我不知道该怎么办。”

一大早，汤姆准备了很多日用品：饼干和一些简单的炖菜，还有一些旧塑料制品，多数已经有些老化，甚至还有些残余的箔纸碎屑。上午，格雷厄姆来看了看汤姆在做什么，说他打算去散步。老人对谈话兴味索然，汤姆在门口看着他漫步走过草地，转向另一条路，朝自己的小屋走去，却又随即停下了，即使相隔着不近的距离，也能明显看到他在颤抖。之后，他又转身回来了，步履沉重，经过他的小屋，爬上小山。

塞琳妮起床了，穿着一件长礼服。这是凯特的礼服，一直挂在门后。汤姆拿了几块饼干放在盘子里端给她，二人相视一笑。随后，她顺势用汤姆递过来的茶杯暖了暖手，边喝边仔细打量着茶杯。

“这不是毒药。”汤姆开口打破了沉默。

塞琳妮又啜了一口，皱起了眉头：“我的大脑知道我不喜欢它，但我的身体却说我喜欢，我无法形容这种奇怪的感觉。”

汤姆不知说什么好，转身回到餐具柜前。塞琳妮看着他把更多的日用品打包，问道：“没有我们，格雷厄姆会有事吗？”

“我确定他不会有事。”

“到达塔楼还要多久？”

汤姆向外瞥了一眼，窗外是山峦、天空和遥远的地平线，说道：“几个星期，也许一个月。”

“对了……凯特喜欢茶吗？”

“是的，”汤姆答道，尽量装作漫不经心的样子，“非常喜欢。”

二

那天下午，二人启程上路，格雷厄姆愉快地向他们挥手告别，但汤姆再转身回看时，老人已经走了。他们爬上小路，树叶凋零，空气寒冷，水滴在树叶枯黄的边缘颤抖，不时滴落到地上。

“他是个好人。”塞琳妮说。

“是的。”汤姆回应道。

塞琳妮深吸着空气。“闻起来不一样。这儿的空气。”她朝他瞥了一眼，口中呼呼地吐出水汽，“你不用难过，汤姆。世界本就不公平，生存有不同的准则。”

“世间唯一不变的，是变化本身。”汤姆说道。也确实如此，日子充满考验。他们依然心怀憧憬，而天气开始变得不友好。乌云滚滚而来，压在他们头顶，天空仿佛结了一层冰。他们穿着最暖和的衣服，睡在从卧室带来的毯子下面。二人时而说话，时而睡觉，就这样缓缓地向南行进，时间似乎已经不再留意他们。

□□

许多天后，二人经过一座小镇，远方的镇中心是正在衰败的建筑，一辆辆小汽车抛锚在盘绕其间的立交桥上。雨一直下得很大，柏油路下面仿佛沼泽一般，他们只好又走上公路，虽然这样更容易暴露行踪，但路总算好走了一些。前方巨大的广告牌已经断裂，耷拉在路上。汤姆望着广告牌后面阴森的乌云，预感另一场大雨即将到来。

“我不喜欢它们的样子。”

塞琳妮抬头瞥了一眼天空，回头一笑。

“怎么了？”

“没什么，只是很有趣而已。”

他们走过一串撞在一起的锈迹斑斑的汽车。从它们的位置来看，有些似乎是想努力避开碰撞，而另一些则全速撞了上去。显然，这是很久以前的事了。所有人都遭到了袭击，车内被毁，尸体已消失不见。

“有什么有趣的？”

塞琳妮叹口气说：“你们在毁灭了云层之时，便走上了不归路。你们让世界陷入一片酷热，云层无法形成，随后，气温开始呈指数级攀升。云层……”她指着天空，一只手平放在另一只手上，边比画边解释说，“云层保护着地球不受太阳射线的伤害，所以一旦云层消失……”她往上拉了一下背包。“我出生的时候，云就是神话传说，是已经绝迹的那些东西之一。所以它们……”她说着，再次指着天空，“它们很可爱，即便你不喜欢它们的样子。”

“我是说，它们要下雨淋我们了。”

“是的，我知道。”

“但我很抱歉，我们把云层毁了。”

巨大的广告牌倒塌在马路上，白茫茫的广阔区域上覆盖着厚厚的霉菌，被掩盖的巨大的二维码几乎很难辨识。

“那些是什么东西？”

“二维码？非常智能。你们没有吗？马克很喜欢它们。”汤姆眉头一蹙，“对了，你不认识马克，他是……总之，二维码可以直接被馈扫描，显示相关的广告。这是巨大的收入来源，而且对于消费者来说非常便利。馈对你的想法一清二楚，知道你曾经买过些什么，甚至能根据你的身体状态判断出你何时需要喝什么、吃什么。所以，食品包装是个性化的。100 万条广告，分别针对每个人和每种产品进行个性化包装。对我、对你、对孩子……对每个人都不一样，这取决于你的需求。”

二人爬下了坑坑洼洼的路基，下面支撑的混凝土路基已经碎裂了。电缆像奇花异草一样从水坑中伸出。金属支腿好似黏土一般盘绕在上面，像一坨泥土一样。

“阿碧怎么样？”

他们奋力地爬上凹坑的另一边。汤姆率先爬了上去，等待着后面的塞琳妮之际，他检视着身旁的公路，头顶乌云密布、乡村内涝仍在蔓延。

“她很可爱，”他最终开口说道，“她和你一样，金发碧眼，长着像你一样的眼睛和鼻子，但是很不幸，她脸上其余的地方都像我。”

"我是说，她是个怎样的人？"

汤姆低下头，朝着前方的路点点头说："我们上去吗？"他们爬上柏油路，抓住一辆卡车吱吱作响的挡泥板，把自己拉上去。"她伶俐可爱，"他继续说道，"跟你一样，也很聪明。她能看到我看不到的东西，你明白我的意思吗？"

"真是天赐给你的孩子。"

"她看到的东西显而易见，但不知何故，我们就是看不见……"

"或许是她有时间留意这些。"

"没错。"他说着，回应了她的微笑。

"我也有孩子，"她说，"我的儿子们。"

"真的吗？"他问，过了一会儿又问道，"他们在哪里？"

"我把他们埋了。"

塞琳妮把大拇指扣在背包的背带上，放在胸前。她垂着头，看着公路碎石之间的路，小心站稳着。现在，她得稍微前倾才能看到隆起的肚子下面的脚："我父母很久以前就去世了。接着是我的丈夫，他在修理太阳能电池板时送了命。然后是我大儿子加布，他是第一批返回过去的人之一，但我们随即得知那试验失败了。后来，我的二儿子达利安回去了。我们当时认为试验成功了，于是我想让他先回去，这样我就可以埋葬他的尸体。因为即便穿越成功，肉体也得死。"

"那么，也许现在达利安就在这里？也许他成功回来了？"

"也许吧，但是我怎么才能找到他呢？"塞琳妮平静地看着他。

"我很抱歉。没有人应该……"

"不，"她屏住了呼吸，"没有人应该自愿送命，但我的确还活着。他们把年龄大的留到最后。我之前也并不希望自己留到现在。"

这时传来一阵拨浪鼓似的声音，又像是远处的枪声。汤姆不知道怎么回事，直到声音越来越大，他转过身，才发现声音几乎就在面前：乌云仿佛一堵灰墙一样急速猛冲过来，雨滴砸在车顶上，噼噼啪啪像打在罐头上一样。“掩护！”他喊道。这雨阵劈头盖脸砸到他们身上，锐利而又坚硬。汤姆的手瞬间冰冷，手指笨拙地摸到一辆车的车门拉开。他一头钻进车里，伸手抓住塞琳妮的背包。塞琳妮用力把背包塞进去，然后挤进乘客座位上。车内有种多年以来空空如也的寒气，他们呼出的气体瞬间凝结在玻璃上。外面的天空开始变暗，雨水包裹着车窗。塞琳妮开口说着什么，但他在瀑布般的雨声中完全听不到。

“你说什么？”

“声音太大了！”

汤姆的耳朵终于适应了震耳欲聋的雨声，他伸手在座位上找到他的包，摸出了两块硬饼干。二人默默吃着。雨滴敲打着汽车，汤姆凝视着车窗上的雨水流下来的图案。

“你的儿子们都成年了？”

塞琳妮点点头，吞咽着干饼干。

“他们有孩子了吗？”

“没有。这个世界里的任何人都指望不上。我丈夫和我……拒绝了别人的建议。加布出生时，我们以为当前拥有的能量只够维持十几年的空气，但是后来我们找到了让它维持更久的方法，于是高温又成了最大的生存威胁。”

他点点头，思考着。“那么……”二人各自转向对方，“你多大了，塞琳妮？”

“你不应该问女士这个问题。总之，我的年龄与我来之前不同。我们的寿命比人类长很多。这样说来，我甚至还不算中年人，比你年轻。”

“你是老人？”

“不关你的事。”

“但你至少是个女人，对吗？我是说，你在那里不是男人，对吧？”

塞琳妮伸手一弹他的鼻子：“谈话到此为止。”

“我只是核实一下而已。”

“你太冒犯了！”

“那你为什么笑呢？”

“我没笑。瞧你做的这么难吃的饼干。”她吮着嘴说，“我的牙齿都塞住了。去接杯水好吗？”她转身翻着背包里的东西，外套和夹克缩了上去，汤姆趁机瞅着她皮肤紧绷的腰身。她把一只锡杯放在他手里，见他一动不动，塞琳妮朝汤姆那侧的车窗点点头，指了指。“去吧，小子。”

他咧嘴一笑，打开车门，把杯子拿到外面。雨水打了进来，淋湿了他的腿。当他把杯子递给她时，杯子里的水已经满了。

他看着她大口喝着，说道：“液态云，对吧？”

“味道相当不错。”

□□

转天一早，路面很光滑，汽车的黄褐色调被雨水冲刷殆尽。车门痛苦地嘎吱作响。她把车门猛地一关，雨水飞溅。但汤姆的车门只推开了一半，铰链半卡着，再也推不动了。他们走了 1 小时，远处出现了一个高架路口，被广告牌围了起来，里面或许可以藏人。他领着塞琳妮离开了公路。二人穿过一片片田野，终于来到田野的另一边，继续走在湿漉漉的土地上。

□□

到了宿营时，天色已晚，二人渴望着温暖的帐篷。“开始有家的感觉了。”塞琳妮开玩笑说，然后把帆布抛出去，钉住。

汤姆回头对她一笑，弯腰生火：“帐篷比你们那里的金属罐子好吧？”

塞琳妮眯起眼睛：“那些罐子更先进，小子。那是他们那个时代的技术水平。我想看看这玩意儿能否经受得住强烈的太阳射线。我敢打赌，它甚至无法抵挡 β 粒子。”她指着布料，洋洋得意地笑着挑衅他。

“我不懂你在说什么，我只是原始人，是猿人。”他拍拍脑袋，“我知道的都是我见过的。β 粒子是什么？”

塞琳妮的眼神迷失在了远方：“没什么，它现在还没那么重要。然而，人们摧毁了云层之后，这东西杀死了我的丈夫。”

汤姆继续堆着原木，塞琳妮搭着帐篷。过了半晌，汤姆问道：“它是一种辐射还是什么？”

塞琳妮插入竿子，支起帐篷，爬了进去，把内层与外层连接起来。这次，她比平时搭帐篷花费的时间长得多，过了一会儿，汤姆又回来生火，他平静地烧着饭，观察着周围的土地。晚餐即将准备就绪时，塞琳妮出来了，她的眼睛似乎有些略微泛红。汤姆坐在一块岩石上，看着她从锅里往外倒着炖菜。她看起来比先前更疲倦，但也更开心。不知怎的，感觉她也放松多了。她的夹克被肚子撑开了，好像里面有人往外窥探一样。

"饭好了。"

汤姆握着她递给他的锡碗，暖着手，低头感受着热气："简直完美。"

"你还没吃呢。"

"它是世界上味道最棒的暖气片。"

塞琳妮在汤姆身旁坐下，蹲下身子的时候有些气喘。

"你丈夫的事我感到很难过，那感觉一定很糟糕。但你现在快乐些了吗？"

她一直沉默不语，汤姆转过脑袋看着她，不想放开手中的温暖。她看着他的样子，颇觉好笑，回答说："是的，我过得很好。"

□□

一到天黑，气温下降，夜空晴朗，星月皎洁。他们坐在帐篷外面，各自穿着夹克，里面是套头衫，戴着手套和帽子。口中呼出的水汽化作天空中唯一的云朵。

二人肩并肩倚靠在一起，汤姆说道："你知道吗，每隔7年，身体里的所有细胞都会自我更新一次。无论从字面上，还是身体上来看，你都会变成一个不同的人。"

"谁说的？"

"我……我认识的一个人说的。我认为是真的。"

"我们有纳米机器人每周更新我们的细胞，持续净化，在它们有机会变形之前就更新掉。"

汤姆抬头望着星星，噘起嘴唇："这意味着现在的我与崩溃前的我是不同的两个人。"

他感觉她点了点头，脑袋凑到了他旁边，只见她呼出的水汽云飘上了天空，她在他耳边说道：“与之抗争毫无意义，这是世界运行的动力。”

汤姆再次仰望星空。

“是丹尼告诉我的。”他说，“丹尼如此说过，我希望你能遇见他，即便这听起来很愚蠢。他是我能想起的最好的朋友。他和我并不一样，但我了解他，喜欢他。他很善良，很爱阿碧，我会永远记住他。”

□□

景色绵延到山丘的小山坳里。有时，当刮起东风时，他们会闻到海水的味道。两个人穿过了一条条公路，但在这个地区，公路只占很小的一部分。空荡荡的广阔区域沉寂在好似被盐渍过的空气中。

一天傍晚，二人爬上一座小山。山下有一条河，河口冲刷出一个碗状的区域，斜坡上长满了茂盛的树木。

塞琳妮气喘吁吁地赞叹道：“好美啊！”

汤姆又看了看风景。先前，他一直琢磨的只是如何渡河，眼里只有一片被摧毁的景象。船只搁浅在水中，长长的浮桥折断了，像漂浮的火柴棍一样七零八落。而现在，他看到了茂盛的树木、静谧的河水，夕阳绚丽的光芒勾勒出远处群山的轮廓。眼前风景如画，他感受到了这美。而在南方，在远处，也许……他眼前的这一切是真实的吗？他分辨出那座城市隐约可见的缺口形状，他知道其中之一就是塔楼。

这些天，在所经之处他们过着平淡无奇的日子，赶路的时间似乎被拉长了很多。他们马不停蹄地赶路，偶尔聊几句，很少睡觉，经常吃不饱。而地平线上的这座城市越发清晰、高大。虽然汤姆已经预料到了，但空气中弥漫的味道还是让他颇为惊讶。一天早上，塞琳妮在收拾帐篷的时候提起了这个问题。似乎是空气本身变得恶臭和恶心。

汤姆说："如果这味道来自城市，接下来肯定会更糟。"

而且突然之间，一些事情变得真实起来。一直以来，他们马不停蹄地赶路，走了不下几十万甚至上百万步；不知何故，每走一步，他们对阿碧的记忆都有所淡化。她的形象变得越来越模糊，有关她的至关重要的信息在他的脑海里越来越不真实，仿佛是一个虚构而非真实的孩子。他们的使命不知从何时何地起悄然变成了一种单纯的行为，但是现在，闻着这股味道，他意识到：就是这儿了。他们或许会在这里找到她。如果没找到，那她就是死了。像无数人一样，被杀死了，从世界、从生活中被删除了。他明白，这就是死亡的味道。

二人遇到一条高速公路，便走了上去。他们保持着距离，留意着人、动物，以及任何可能构成威胁的东西，车辆零星散落的残骸已变成一堆冰冷生锈的金属和满是污渍的玻璃块。城市变得清晰可见，仿佛覆盖在大地上的一片庞然大物，连绵不绝。近处是低矮的城郊住所，远处是市中心的大型建筑。他指着地平线上的一处建筑，告诉她，那就是他们的目的地。那座建筑便是塔楼，他父亲的地盘。塔楼上的家庭群组存储着他们的备份信息，阿碧的备份或许也在那里，就像塞琳妮告诉他的那样。

很快，车辆挤得紧紧的，仿佛公路上的一大块疮痂：一层锈迹斑斑的金属在柏油路上淌着锈水。他们俩只好爬上车顶，依次踏过一辆又一辆汽车，缓缓前行。锈蚀的破洞里露出了车内支离破碎的座椅和污迹斑斑的织物。高速公路上的 10 条车道上，全都挤满了撞毁的汽车，它们无一例外在逃跑时抛了锚，好几年都没能再动弹。

二人踩踏车顶的嘎吱声、隆隆声一直回荡到傍晚。他们从被雨水淋湿的巨大广告牌下走过。黄昏时分，他们钻进一辆汽车，吃饭睡觉，相拥取暖，呼出的水汽凝结在窗户上。一些车辆残骸中的骷髅看着他俩。大部分车辆已空空如也。

第二天早上，他们走过令人作呕的污水平原和一座座庞大的仓库。欢迎他们来到这座城市的标志牌提示他们小心驾驶，不过，其中两个字被子弹射穿了，这信息提示就显得没那么热情好客了。

很快，二人就来到了城郊，公路消失在购物中心的拱顶之间，腐臭的味道已登峰造极。住所像许多巨大的泡沫一样包围着他们。巨大的支柱托着公路向上爬升，公路下方的支柱之间，是前几个世纪的老建筑的遗迹。很多较新的圆顶内部都被烟熏黑了，有些房子则覆盖着晦暗的苔藓。大多数则像蛋壳一样破裂，藤蔓从中生长出来，鸟儿穿梭其间，大狗在地面上成群结队地等着。他们小心翼翼地依次穿过一面墙壁，上面有一个汽车大小的缺口。一股酷似腐烂伤口的味道扑面而来，又浓又臭。这味道仿佛一层厚厚的脂肪，紧紧附着在每样东西上，像是在他们脸上抹了油脂，甚至连路面也变得油滑。

超级公路继续抬升，恶臭随着高度的升高而有所减轻。这座城在二人面前铺展开来：一座座表面光滑的建筑聚集在一起，像玻璃小山一样闪闪发光。远处的河边，老城区的著名建筑从水中浮现，十字架冲天塔在过去的几个世纪里，一直是人们必看的景点，而今已成了一堆玻璃碎片。塞琳妮紧紧抓住公路护栏，风吹起了她的头发。异乎寻常的寂静笼罩着他们。

“看来就是这里了。”她说，“这是我们在屏幕上见过的景观之一。”

□□

他们选择在下一条超级公路的最高点扎营，在这个高度，路面上没有土壤，钉子无法穿透。他们把帐篷搭在汽车之间，以此躲避高处呼啸的大风。太阳正在西沉，消失在城市的远方，如血的残阳让东边的建筑看起来像着火一样。汤姆认为，那里就是他们的房子所在之处，但他已记不清它的确切方位置，他过去的习惯早已忘却，GPS地图更是早已成为历史，房子的位置在他的脑海中荡然无存。星星出来了，空荡荡的城市在星光下一片安宁。毁灭的景象被黑暗隐藏起来。这是一个宁静的冬日乡村之夜，但被玻璃和混凝土包围着。微风裹挟了各种声音，有狗吠声、鸟鸣声，还有建筑物坍塌的巨响。汤姆半夜醒来，看见远处有火光，跳跃在另一条超级公路上。

□□

“这就是你想象中的样子？”

汤姆和塞琳妮行进在一条迂回的岔路上，走过一根根细高的路灯杆，一条地下通道的下行入口出现在他们右侧，里面散发着腐臭。

“你在开玩笑吗？一切都不是我想象的那样。这座城市、现在这个世界、我们见到的人们，全都不一样。”

“人们有什么不同？”

二人走上另一条超级公路，半透明的围栏在半空中的交叉口处交会。公路两旁排着空白的海报，除了常规的二维码，一无所有。

“你们的肤色不同。”

汤姆哼笑一声：“不能这么说！”

“到了我们那个时候，大家都成了金棕色皮肤的混血儿。”

“塞琳妮……”

汤姆拉住她的胳膊，打断了她的笑声。绕过一辆汽车，他们前面出现了一只健壮结实的动物。它长着强健的方下巴和肌肉发达的肩膀。这只狗一看到他们就迅速弓身，腿在地面上伸展开，蓄势待发。它露出犬牙，乌黑的双眼透着杀气。它吠声如豹，唾液在嘴唇之间流淌着。

“到我身后去，塞琳妮！”

狗逼近了，汤姆把她推到身后。只见那家伙四条腿颤抖着，狂吠不止，咆哮的声音震颤着汤姆的五脏六腑。它瞄准猎物，弓身跃起，汤姆侧身闪开，尝试朝它头侧踢一脚。那狗吠叫着再次猛扑过来，尖锐的牙齿散发着腐臭味。它用鼻子猛撞汤姆，乌黑的眼中只有疯狂，没有情感。他挥臂一抡，幸运地一拳击中了它的嘴。那狗尖叫着，吃惊地向后退缩，终于沿着公路逃开。它咆哮着，侧身踱着步子，目光寸步不离二人。

□□

现在，汤姆拿了一根管子带上，那是一辆汽车的排气管。公路进入了一片较老的城区，开始缓缓下降，三条堵塞的车道变窄成一条。抛锚的汽车绵延不绝，在单车道上并排列成两排，挤占了人行道。二人随公路下降到地面，进入了混乱的街道。看起来，破坏是随机的。有时，独栋房屋被摧毁，而邻居却完好无损。墙壁倒塌在街道上，整个街区也被夷为平地。建筑残骸像熏黑的断牙一样指向上方。一堆瓦砾与扭曲的金属混杂在一起，是一架飞机？一颗卫星？总之是从天上坠落的东西。到处都是肆意生长的树，树枝旁逸斜出，再无法控制。野草从铺路石板之间生长出来。在远离超级公路的地面上，汤姆所见之处尸骨累累。有些尸骨上仍然缠着布料的线头，但大多数饱经风吹日晒，落得个一干二净。有些尚存有零星可辨的人体结构，如膝关节的两块骨头、像蜘蛛一样的胸腔、连着颌骨的椎骨。人类的遗骸如同玩具一样被随意丢弃。

他突然意识到只剩下他独自一人在前行。

塞琳妮站在一排排汽车中间，这些汽车的轮胎已经瘪皱、开裂。路的一边是一排老房子，房门全部脱落，下水道已经爆裂。一所房子因爆炸被熏黑了，汽车车窗被炸毁。另一边是一座公园生锈的围栏。一棵树压断了跷跷板，树根仍然牢牢扎在土地里，树枝攀住了滑梯。秋千的锁链锈迹斑斑，只有鸟儿待在上面。汤姆回到她身边，泪水顺着她的脸颊滑落下来，她捂住嘴巴的双手在颤抖。

“我们不是有意要这样做的。”她抽泣着，泪水在她的唇间流淌，“这根本不是我们的意图。”

汤姆一把抱住她，她把脸埋进他怀里。

“是的……我也不认为我们想摧毁这个世界。”他说道，她的抽泣声停止了片刻，又开始了，更加哀恸。

□□

他们就像走过树木的年轮，周围的城市在逐渐老去。虽然一条超级公路在上方延伸，但他们来到的这个地方却是这座城市最古老的居民区之一。不似先前见过的曲面玻璃或混凝土庞然大物，这里的房屋拥有数百年历史。汤姆随意登上几级台阶，只见柏油开裂结成冰，碎石滚落下来。装饰物和窗框都带有褐色的条纹，窗户上尘土模糊。

“我们快到塔楼了，”汤姆说道，“但今晚就暂且待在这里吧。”他嘟囔着指着门边的一块面板。“生物锁，把它留给考古学家吧。”他跨过一堵将台阶同隔壁房子隔开的小墙，检查前门，双手抚摸着门框。“看起来不错…… 在这儿等着，我去侦察一下。”

他走下楼梯，在一个小小的前花园一侧，接着又下了几级台阶。下到底是另一扇门。他用砖块砸碎了一块窗玻璃，伸手进去拧开门闩，清理掉蜘蛛网。一条不长的黑暗走廊通向一间厨房，里面空气潮湿，好似一座坟墓，但房间里却安静异常。所有的椅子都立着，仿佛他在世界崩溃之前的生活一切如常。此时，阿碧的记忆突然涌上了心头；她当时吓坏了，绝望地不肯放手。他感到一阵恶心。他们应该留下来在这里过夜，还是继续向塔顶前进？塔顶是他家族的家庭群组中心，他祈祷着阿碧的记忆在那里等待着他。

汤姆颤抖着，瞥了一眼隔壁房间，是一间装着玻璃门的餐厅，外面是野草疯长的花园。一切依然完好无损。他倚着墙爬上二楼，找到一间带有灰色三件套家具的客厅，地板上铺着粗麻布地毯。他把手指插入紧实的织线中，发现这张地毯和他们家里的一模一样。他走到一堵貌似光秃秃的墙壁面前，没错，他可以感觉到上面的超薄屏幕，他们家中也有一块一模一样的。原子纤薄而半透明，没有哪个考古学家会发现这种技术。楼上有两间卧室，他们家也是如此。他们真的都过着同样的生活吗？这在当时看起来不奇怪吗？

汤姆站在窗户旁边，当天的最后一缕阳光照在窗框的一侧。塞琳妮双手抱着孕肚，戴着毛茸茸的帽子，抬头望向路的尽头。这是一个宁静的深秋之夜，要是这一切都没发生该多好。他回到楼下，笨重的靴子踩在地板上，汤姆把头伸到外面。

“很好。”他说，“只要稍加整修，就可以成为我们梦想中的家。”

□□

柜子里鲜有未腐烂或未生锈的东西。只有一些棕色的酱汁，还有一罐蚕豆，无色但似乎可以食用。汤姆打开他们带的最后一个密封罐子，用饼干铲起蚕豆，把酱汁浇在上面。墙上挂着一张张带框的海报。桌子的尽头摆着一把高脚椅，塑料座位上覆盖着厚厚一层霉菌，一直蔓延到挎带上。汤姆注意到塞琳妮的目光不断地转回到它上面。

“你们就是这样生活的吗？”她问道。

汤姆转向窗口，不远，也不是太远。虽然他不太清楚自己的方位。望着周边的建筑。他们在同样的位置有一间厨房，也露着砌砖。凯特拒绝一切带二维码的艺术品，所以他们的墙上贴着真实的海报。购买这些海报要花很多钱，但她说，这些海报都是从她父母年轻时留下的传家宝。上面印着他们曾经看过的戏剧和电影、听过的音乐会。他们向孩子们详细描述着一些陈年的公共事件。他们怀疑汤姆是否拥有这些，但他们很高兴女儿喜欢它们。

“不完全一样，但很相似。”

“这就像一座博物馆。”塞琳妮笑了，惊奇地摇了摇头，“我喜欢！”

二人把盘子舔得一干二净。汤姆把它们带到水槽里，拧开水龙头，当然，没有水流出来。他这样做，不是因为忘了没有水，而是想证明给自己看，去感受一些旧日的日常，重温一下以往的事情。塞琳妮在他身后清了清嗓子。

“汤姆，我想我肚子里是个女孩。”

他放下盘子，转身倚靠在水池上：“你怎么知道？”

塞琳妮看着高脚椅，双手放在肚子上说：“感觉不像个男孩。”

“我们给她起什么名字？”见塞琳妮没有回应，他坐下来，把手伸向她，“塞琳妮？”

她略微耸了耸肩，目光没有离开高脚椅：“这要取决于她长得像谁。”

□□

天刚破晓，汤姆就醒了。他几乎一夜没睡。刮擦声、脚步声在他耳边响了一整夜。昏昏沉沉的汤姆认为房子里一定有鬼魂，而且不知道有多少。它们守护着家园，游荡在街头。他努力地想多睡一会儿，梦境却变得越发混乱。一切都摇晃起来，他的和凯特的房子地基被淹，里面一定藏着东西，他认为是书籍，他使劲集中注意力观察着每一处，想在梦境消失之前牢牢抓住它。随后就看到海报随着潮水四处漂浮；接着，他突然置身于一座并不认识的超高层建筑里，但他知道，有人在监视他。无论他身在何处，瓦斯都不断积聚，等待火花引燃。

他抛下熟睡的塞琳妮，起身走下楼梯，把脏盘子放回碗柜。稀疏的光线透过被枝叶遮盖的餐厅门射进来。他拿起一块装着纸质照片的老式画框，落满灰尘的书架上留下了四方的印记。父母、孩子、祖父母坐在长椅上，草地上躺着一只狗，一只猫在照片上只剩下了一半，最小的孩子指着它的后背，草坪上放着一架彩色的小滑梯。

黑色的叶子和奇怪的藤蔓攀附在花园门上，他扭动门把手，把门推开一英寸，用力地扯开常春藤。多年疏于照料的花园已经变得荒芜，塑料滑梯完全被最近生长的灌木丛覆盖，只露出了顶部，花园边的篱笆上长满了玫瑰花。他走进矮树丛，没错，照片中的景象就是这里：一条长满苔藓的长凳，边缘柔和、开裂，深埋在草丛中。这家人离开多久了？狗比他们更有可能活下来。今天，他一定会找到阿碧。

敲击声把汤姆拉回了现实。他抬头望着房子，寻找着塞琳妮，却发现一扇扇挂满了蜘蛛网的窗户里空空如也。敲击声又响了。他看了看隔壁的房子，发现窗户里有个人影，这扇窗没有蜘蛛网，玻璃擦得干干净净。那家伙一头灰色的长发乱成一团，脸颊下垂。它向前探出身体，即使隔着这个距离，汤姆也能看到它的眼睛是苍白的，就像虹膜被漂白了一样。随后，它的呼吸让窗玻璃蒙上了一层雾气。它似乎有意回避自己的视线。之后，它再次低头看他，嘴角勾起一抹微笑，试探地向他招手。汤姆也下意识地举起一只手，挥手回应它。它的微笑绽放了，露出一口破碎的黑牙，它的下唇有个缺口，露出了棕色的牙龈。它指着他，微笑着，然后把一只手放在肚子上，一条肮脏的舌头从口中伸出，在发黑的嘴唇周围缓缓绕了一圈。随后，它手指朝他一戳，瞪大了眼睛，便消失在窗口中。

汤姆惴惴不安地站了几秒，然后立刻跳出草地，往屋里飞奔。他朝门口跑的时候，发现隔壁的花园似乎有人照看。两棵树中间挂着一张网，一只被捕的鸟儿无力地扑棱着翅膀。他回到屋内，拼命地锁上门，盯着围栏，警惕着是否有什么东西翻越过来。随后，他把桌子搬过来顶住门，慌手慌脚地跑过走廊，椅子被撞得七零八落。他听到身后有玻璃杯打碎的声音，想来是被椅子或是别的什么东西打碎的。

“塞琳妮！”汤姆猛冲直撞，跑上楼梯，“塞琳妮！快起来，我们得离开这里！”他抓起背包，胡乱地把他们的东西塞进去。塞琳妮赶忙起床，穿上衣服，收拾她的东西。这时，外面传来了一阵声响。

汤姆立刻停住动作，一动不动地听着。

听起来像是隔壁房子的地板上有什么东西被拖来拖去。随后，一阵刮擦声迅速滑过墙壁。

汤姆六神无主，他所有的知识和经验都无法帮助他解决眼前的问题：这栋房子、那个东西、人形动物。他们千辛万苦才来到这里，而现在，恐惧灼烧着他的身体，他的希望消失得无影无踪。他指指塞琳妮的靴子，指指背包，又指指门，战战兢兢地做着下楼的手势。二人蹑手蹑脚走出房间，突然，一件重物被扔到墙上。二人惊得猛地一跳，整个地板都震颤起来。接着，隔壁楼梯上沉重的脚步声清晰可闻。他不假思索，抓起塞琳妮的手臂拔腿就跑，他的脚步震颤着楼梯，胳膊拍打着墙壁，背上的背包七扭八歪。

楼下又黑又冷，汤姆感觉似乎有风吹进来，他走过餐厅，苦苦思索着，敞开的门砰砰地撞着门框。二人冲进厨房，里面空无一人，桌子安然无恙。他们沿着小走廊往回走，顿觉一股冷风涌进来，从他进来时打碎的玻璃中穿过。他的心立刻提到了嗓子眼，他蹲在外面，注视着头上的主台阶。没有人。他扫了一眼隔壁房子的窗户。除了灰尘，蜘蛛网和阴影之外，空无一物。他朝身后的塞琳妮挥挥手，她双手正放在肚子上，动作吃力，面色苍白，惊恐万分。汤姆牵着她的手，领着她穿过大门，风驰电掣地跑过那些貌似空空如也的房子，越过一辆辆被遗弃的汽车。

花园侵占了街道，杂草顶歪了铺路石。走近一处街角时，汤姆放慢脚步，把塞琳妮推在前面，他不时斜眼回看人行道。这天阳光明媚，晴朗的天空中只有几缕高悬的云朵，街上并没有人跟着他们。他松了口气，但刚一转身，却从眼角的余光中瞥见塞琳妮的脑袋一歪，就在她跌跌撞撞倒下的一瞬间，他看到她的头被一个一闪而过的东西击中了。他立刻低头躲闪，肾上腺素如同心中的怒火一样飙升，他甚至还没意识到下一个石块正朝他呼啸而来。只见石块击中了一辆汽车。另一块擦着他的耳边疾驰飞过，紧接着又有一块径直砸向他的脸。

□□

前所未有的尖锐声音在耳畔响起，颜色也突然出现在眼前。他模糊的视野逐渐变得清晰，瞬间看到一个人影跃上塞琳妮的身体。她慢慢醒转，头晕眼花，这个肌腱细长的贪婪家伙一动不动地蹲在她大腿上，她立刻挣扎起来，奋力想要摆脱这个人，这个人形野兽。

汤姆知道自己必须采取行动，但身体却不听使唤。视线游移中，他感到出奇地平静。他看着那家伙的爪子抓着她的面颊、手臂、腰腹，撕扯她的衣服，透过挥舞的肢体，他看到了塞琳妮的脸：那显然是凯特的脸，在帽子下面惊恐地扭曲着、尖叫着，她皮肤冰冷，脸色通红，貌似阿碧。他转而又看到了阿碧的脸，回荡的哭声，震慑着他的心灵。

那家伙拿出了一把刀，就在刀片扫下来的一刹那，汤姆摇摇晃晃冲了过来。他们撞在一起，双双摔倒。汤姆的脸狠狠撞到地上，他惊觉那家伙的脑袋在他下面，便铆足力气挥拳猛击。突然，他感到手臂上一阵灼痛，下意识地一扭，更加疯狂地击打那家伙。他身下的那家伙四肢胡乱抓着，不停扭动身体。他们在人行道上翻来滚去。刀锋又一次扫过来，汤姆用手臂格挡。他跪在那家伙身上，扭住它那爪子似的手。那家伙兴奋地瞪大双眼，口中呼出的腐臭气味直喷到汤姆的脸上，睁圆了兴奋的眼睛。

刀锋刺伤了汤姆的肩膀，他瞬间感到一阵灼痛，挥拳把它打走。伤口深入到关节，但他忍痛抓住这家伙的手，狠揍它的肚子和胸部，用手肘猛击它坚硬的髋骨，接着击打它的脊椎和肋骨。汤姆试图扭转身体，这样便可以狠揍它那张嘴唇裂开的丑陋的脸。那家伙眼睛充血，饱受蹂躏，很难想象它竟是人类。它的一口碎牙咬住了他的手臂，刀锋又回到汤姆面前，划过前胸，擦过他的眼睛，朝他的额头扫来，但是被他的手掌挡住了。他忍痛抓住刀锋，但是刀刃深入他的手掌，赤红热血顺着他的手腕流淌下来。

剧痛让汤姆手臂颤抖，高声尖叫。他挥拳猛击这家伙的前臂，连续啪啪地猛撞，它的骨头，试图打断，但那家伙死不松劲。汤姆只得张口猛咬，终于，一块肉疙瘩松弛下来，温咸的鲜血流入了他的口中，刀终于脱手了。他一把夺过，插进那家伙的身体。接着抽出来，割破它的喉咙，刺穿它的胸膛，削断了一根肋骨。刀锋割开它的肚子，一直捅到地面。搏斗结束了，只剩下那家伙在他身下抽搐着。

汤姆扔掉刀子，他满手是血，从伤口上慢慢滴落，他拼命吐出口中秽物，作呕不止。他转向塞琳妮的方位，却发现她已经不在那里；她站了起来，一只流血的手臂捂住擦伤的脸。汤姆意识到耳边响着一个声音，盖过了那家伙的龇牙低吼声和他自己的叫喊声。而这可怕的声音正是她的尖叫。

□□

二人走过一条条街道，闯入另一所房子。汤姆手上脸上的伤口随着每一次脉动而阵痛着。楼下不知什么东西散发出腐臭的味道。他们翻遍了楼上的抽屉和橱柜，四处寻找绷带、药膏、清水。塞琳妮走进卧室，汤姆正在把 T 恤撕成条状。她手上拿满了药膏软管，所有的软管上都标着二维码。

“哪个能用？”

“不知道，”他一边说，一边抓过它们挤着，闻着挤出来的软膏味道，“我觉得这个是润唇膏⋯⋯这个不知道⋯⋯这个⋯⋯这味道对吗？”他把一根软管放在她的鼻子底下，挤了一些药膏在手掌上。

“我不知道，我们那儿的药截然不同，都是纳米机器人……”

他迅速点了点头：“好吧，就它了。你找到水了吗？”

塞琳妮摇摇头。

“跟我来。”

二人走进卫生间，曾经的白色瓷釉现在已满是污痕，浴帘上满是毛茸茸的霉菌。厕所几年前就干了。汤姆舔着他的手，吸住伤口咳出浓血，吐进水池。他把唾液吐在手掌上，用手指蘸上抹到脸上伤痕处，他痛到眉头紧皱，气喘吁吁，流出的热血被他抹成了螺旋状。

塞琳妮紧挨着站在身边，声音平静，脸色苍白：“汤姆。你还好吧？”

他停下来，照着镜子。镜中的面孔满是污垢和血迹，混杂在一起，仿佛画家的调色板一样，完全像是另一个人。他满脸憔悴，颧骨突出，眼袋又深又黑。瞪大的眼睛怒火中烧，流露出某种兽性，这点他以前从未发现过。他的手颤抖个不停，现在连脸庞也颤抖起来。他慢慢坐到浴盆的边缘，无意识地低声呜咽着。塞琳妮把手放在他的头上，手指穿过他被鲜血浸透的头发。他小心抬起她的手臂，轻轻扭过来，查看她的伤口。

“疼吗？”

“我很幸运，没大碍。”

他把她的手臂放在自己面前。伤口很深，温暖的鲜血汩汩流出。他吸进口中，吐到水池里。他用舌头沿着伤口舔着，吐出鲜血，然后擦了擦嘴唇。她放下胳膊，吐唾沫到大拇指上，开始帮他擦脸。

□□

二人离开了这座房子，留下了四肢上裹着的血迹斑斑的布条。

他们步履维艰，但仍然牵手前行。城市静默无声，淡蓝色的天空，金色的阳光透过寒冷的空气照射下来。

“我们现在不远了，很快就会遇到一条超级公路。”

“你以前杀过人吗？”

他们穿梭在一堆堆干枯零落的落叶之间，犬吠声回荡在废墟中。吠声一停，汤姆和塞琳妮便开始前进。

“杀过两个，你呢？”他问道。她摇摇头，“那么，这就是我的任务，你永远都不用做。”

二人抵达了超级公路，艰难地沿着斜坡往上走，两侧厚厚的玻璃挡板外，城市变得扭曲变形。

“那家伙想干什么？”塞林妮问道。

汤姆瞥她一眼，看着她温暖的面颊，因恐惧而黯淡的双眼。他记得那家伙那张丑陋的脸，记得它那双睁大、兴奋、绝望的眼睛。

“或许是想要食物？这真的重要吗？”

她点点头，思索着：“那它的嘴唇是怎么回事？”

“一定是个顽固分子，一个极端的人。”汤姆指着自己的脸和耳朵说，“每个人都有附属物，麦克风和扬声器都被植入到皮肤中，但后来出现了人们被政府和公司窃听的事故。把附属物摘除非常昂贵，所以嘴唇上的缺口在某些群体中成了荣誉的标志。”

二人来到了超级公路的顶端，把旧城区抛在了身后。房屋鳞次栉比，或许并非每一间都是空的，或许有人会以某种形式存活下来。公路跨过一片新建筑群，每个弧形的穹顶之下都是房屋和杂草丛生的公园，而穹顶则像破碎的球体，里面的住宅就像模型。遥望远方，河流浩浩荡荡，塔楼巍然屹立在汹涌的河水面前，高耸入云。

□□

二人来到超级购物中心的斜坡一侧，曾经的水晶轮廓现在已经不透明。它仿佛低沉的云絮，占据了他们头顶大半个天空。

“我认为我们并不需要进去。”汤姆指着黑暗的隧道说，这条隧道通往塔楼的另一侧，“但是上面……”他继续说道，抬起手臂指向塔楼，购物中心爆裂得支离破碎的玻璃让他不寒而栗，“那里就是我们将要找到阿碧的地方。”

他把塞琳妮托举上路边的墙壁时，伤口崩裂了，双手上的绷带立刻被鲜血染红。他忍痛自己爬上墙壁，尽量不用左手，只用右手的手指。穿过狭窄、倾斜的人行道后，眼前的公路向下延伸到脚下建筑物的内部。二人左边是一片片残破的屋顶，空荡荡的街道仿佛周日早晨在清新的微风中。他已经好几年不知道日期了。这个世界还在乎日期吗？

二人沿着弧形的建筑继续前行，最终来到了一处宽阔的广场。广场上立着褐色的弧形灯杆，巨大的半透明弧线勾勒的购物中心入口，他们站在其间，深感渺小。他们缓缓走过广阔的空间，一直走到建筑物弧形的一侧。“小心。”汤姆说着，疲倦地弯下腰，穿过一扇扭曲变形的门，门上有个带尖突的破洞。可他的帆布背包挂在了尖利的碎片上，他一惊，跌倒了，双手撑在玻璃地板上。他头晕目眩地坐在地上，半晌才发现塞琳妮坐在他的身旁。

“你流了很多血，得吃些东西。”

“我没事。”他说着，努力站起来。他现在不能停，绝对不能。阿碧的形象闪现在他的脑海里，女孩哭着，不停地恳求他。但是，如果她不在这里……如果她的备份其实并没被保存的话……“塞琳妮，我只是有点累了而已。走吧……”

“不行，我们得吃些东西。”塞琳妮把他的背包从背上拉下来，把他按在地上坐下，“我们不知道这里有什么，需要做什么准备。”她从他的肩头望过去，只见自动扶梯从白色的中庭向上爬升。上方是高高的穹顶，支杆遍布，洒满阳光。但除此之外，他们看不到更多的东西。

二人默默坐下来，吃着食物，汤姆凝视着地面——尽管他一动不动，可思绪却在飞速运转。现在走的每一步都让他们更接近枢纽，接近阿碧，塞琳妮是否向他讲述了真相也即将揭晓。

吃完后，塞琳妮扶他站起来，背上背包。她拉紧背带，紧紧扶住他的肩膀。“听我说，”她握住他的手说，“汤姆，不管我们找到什么，不管发生什么，我都会在这里。我也失去了家人，理解你的感受，我还会和你在一起。”

汤姆知道自己眼含热泪，他希望塞琳妮能感觉到他手上猛烈的脉搏。过了一会儿，他伸出手臂搂住她的肩膀，拥她入怀。他的心情实在难以言表，唯有紧紧相拥。但很快，她就把他推开了。

“我没法呼吸了！”她气喘吁吁地说。

在自动扶梯上，金属的质感和靴底踏在上面的声音对汤姆而言很熟悉。然而，上到顶端后，购物中心却变成了庞大的垃圾场，让他不由得回忆起这儿的曾经。商店橱窗堆满了一串串水晶挂帘，袋子和包装箱堵塞了道路，咖啡厅外的桌椅和遮阳伞都被掀翻，种植床上的植物无一幸存。

他惊讶得瞠目结舌。

“这里曾经是个好地方，”他低声说，“建造它的时候，我和本还闯进这里玩耍。晚上停工之后，大家都离开了，我会一个人来这里。”

“你住在这里？”

汤姆脑袋向上一扬：“住在塔楼里，枢纽上面，那里是办公室和我们的公寓。”

他们头顶上方，白色支柱上缀满了肮脏的蜘蛛网，恶心的虫茧垂下来。建筑物的弧形玻璃一片斑驳，但他仍然可以透过玻璃看到耸立在上方的塔楼，塔顶的几层是他儿时的家。

“那么你的家庭枢纽也在上面？”

汤姆点点头，二人继续前进。大多数商店都被洗劫一空，走廊布满灰尘，上面满是大的爪印，还有尾巴摇摆着扫过地面的印记。蜘蛛网层层包裹着整条走廊，它们紧绷在桁架上，伸展开来。大理石上印着斑斑血迹，却不见一具尸体。购物中心的两个圆顶在他们头顶的中庭相接，下方投射出一个巨大的椭圆形光斑。汤姆把身体探出楼厅，望着下方漆黑的地面。食堂里，一堆堆灰色的东西不停蠕动着，上下翻腾，起起伏伏。刺鼻的氨气在空气中散发出热浪般的烟雾。

“这气味，”他透不过气来，泪水夺眶而出，“我从不想看到这个样子。”

“我们找到阿碧就出去。”

“我害怕他们还活着，塞琳妮。”

“谁？”

“我的父母。”

“嗯……”她把手放在他的肩膀上，望着他，想了想，然后很明显岔开了话题，“好吧，我们可以离开，我们总会有别的办法找到阿碧。不管事情有多艰难，汤姆，办法总是有的。”

散落的碎玻璃发出的轻微响声在周围回荡着。

就在他们这一层，沿着椭圆形楼厅看去，在另一条宽阔走廊的入口处，阴影中一只狗探出头来。阳光照亮了它粗壮的脖子和有力的肩膀，它用鼻子嗅来嗅去，翻找着东西。这只狗皮毛肮脏，下颌坚硬。犬齿从嘴唇内向外凸出。另一只狗尾随其后，接着还有一只。它们绕着楼厅朝二人走来。

"塞琳妮……"汤姆低声说，却见她把一根手指放在嘴唇上。

三只狗已经走到半途。其中一只发现了一些布料，便撕咬一番，直至扯碎。汤姆指指来时的路，二人轻手轻脚地退了回去，哪怕是最细小的玻璃碴的噼啪声，也会惊得他们立即停住脚步。两只狗消失在了另一条走廊里，但它们摇曳的影子还映照在墙壁上，但另外一只狗透过栏杆的玻璃盯着他们。它气喘吁吁，张着嘴，低头看着下面的食堂。它呼出的水汽模糊了玻璃，眼睛盯着什么东西。然后，它耸耸肩，跟在另外两只狗身后离开了。

塞琳妮抓起汤姆的手，拉着他快速走过走廊。半路上，汤姆停下来，拉着她来到一扇双开门前，这扇门通向一处封闭的混凝土楼梯井。门一关，里面仅有的一丝光亮也消失了，汤姆在黑暗中摸索着她的手。

"我们要爬七层楼。"他说，"抓紧我的手。"

他缓步前进，伸手摸索着，终于抓住栏杆，开始往上爬。楼梯上有不少碎块，他只好绕着走。不时会有骨头一样锋利的碎块划伤他的腿。他闭上眼睛，假装自己又回到了童年，那时的他对这里轻车熟路，晚上和本在一起时，这里只有微弱的红灯亮着。他站在滑板上，滑过台阶，冲进楼梯井，一路叮呤咣啷，疾驰而下，身体在楼梯扶手上东碰西撞，直到着陆。黑暗的井底突然迸出一声尖叫，上方和周围类似的尖叫声便此起彼伏，其间还夹杂着爪子乱抓和毛皮扭动的声音，直到周遭慢慢归于平静。

二人爬上了七层楼，挣扎着寻找楼梯井的门，他们在光滑的墙壁上咚咚敲着，终于，墙壁上露出了一缕光线。二人奋力顶开一个紧紧顶住门的重物，强行把门打开一道缝，挤进走廊。这里的天花板很低，地面上的残骸更多了：成堆的尸体已经没了皮肉，只剩下裹着布的骨头。溶解的物质沾在大理石地面上。顶住门的重物是一具骨架，已经扭曲变形、支离破碎。

塞琳妮手捂着嘴，呻吟着。

“这并非你本意，塞琳妮，”汤姆声音呆板地对她说道，“记住，这不是你的错。”

二人跨过尸体向椭圆形的光斑走着，他也不得不时刻提醒自己这一点。支柱在如此高的空间中纵横交错。此处是电影院的门厅，二维码海报板已经剥落，干瘪的爆米花散落在垃圾箱里，糖果被洗劫一空。汤姆在一堵空墙旁边停了下来。

“这是进去的路吗？”塞琳妮疑惑地问。

“我在夜里就是这样进去的，看……”

他膝盖下方的墙壁上，刻着一个“T”字，虽然时间模糊了字迹，但仍可以辨认。

“塔楼有纳米防护，并且消过毒，至少之前是这样。”

“我们怎么进去呢？”

“用魔法。”汤姆说道，手向外一挥。

墙壁依然关闭着，他沉着脸，手掌摸着墙面，直到手指摸到一个突起，上面的小孔被尘土堵住了。他用力朝生物锁吹气，终于，墙壁摇摇晃晃地消失在一边。汤姆转过身，满是血迹和污物的脸庞露出喜色，挥手示意塞琳妮进去。他双手放在她的背上，匆匆推着她走进黑暗，身后的门紧紧锁上了。他们爬上楼梯，进入黑暗深处。正如曾经的那样，汤姆在黑暗的夜晚跑到过这个地方。那时的本和他还是孩子，如果阿碧还活着，也只稍微比阿碧大一点儿。

就快到了。汤姆健步如飞，跑到塞林妮身前，拉着她沿着弯曲的走廊飞奔，爬上一条通向楼上的走道，映入眼帘的却是满目疮痍。

上方的空间逐渐扩大，塞琳妮气喘吁吁地在废墟上蹒跚而行。

“很好，”汤姆叹了口气，“我一点儿也不惊讶，没有什么东西坚不可摧。”他头晕目眩，双手麻木。他原地旋转着，张开双臂，凝望着四周。历史和当下发生了碰撞：当他还是个孩子时，站在这里，对一切都充满敬畏，他在周围忙得不可开交的人群中寻找自己的父亲；而现在，他在一堆电线上磕磕绊绊。“他们一定是群疯子，在这里，在馈的群组中心，却无法让它运行起来。”枢纽遭到了严重的破坏，线路被扯断，周围的金属门架从墙壁上垂下来。“你想象的也是这样吗？”

二人站在齐膝高的枢纽内部，摇摇晃晃。塞琳妮眉头紧蹙，双臂抱着她的孕肚。房间高得出奇，枢纽塔一层又一层，高高耸入远处的玻璃屋顶。成堆的机器零件丢在地上，地板上无数电线乱作一团。

“汤姆，我很抱歉。”

“哦，我从没想过它会完好无损。”汤姆笑着说，他张开双臂，思绪万千，呼喊声在洞穴般的空间里回荡着，“即使它还完好，电源也断了！应急发电机的电力只留给锁、升降机和房门。”

“汤姆……那么……”塞琳妮的眉头紧皱，满脸通红，“我们该怎么办？”

“我们上楼。”

他的语气越发强硬，用力拉拽着塞林妮走在堆杂在一起的残骸上。即使她跌跌撞撞，他依旧用力拽着她，把她从枢纽中拖出来，毫不理会她放慢速度的请求。没时间了，他想立刻知道她是不是在骗他，想知道他是不是真的失去了阿碧。昏暗的光线照着弯曲的走廊，奇怪的身影在墙壁上舞动，最终，二人遇上了一面被雨水浸湿的墙壁，上面有一扇厚重的、反光的门，这便是入口。

“继续往前走。”汤姆使劲推她向前，她差点跌倒。

“什么意思？”

“生物锁，轮到你了。”见她站着不动，他仿佛对一个孩子解释道，“这是通往公寓的私人电梯。所以，靠近些。”他催促道：“挥挥手，吹口气，它会认出你是凯特。”

“但是……”

“照我说的做！”

塞琳妮朝那扇门摆摆手。只见门变得透明，向后滑开，露出一个隔间。

“看到了吧，它并不知道你不是凯特。你现在是家人，塞琳妮！”

“汤姆，你吓到我了。”

但汤姆已经从她身边走了进去：“来吧，塞琳妮，快点。”

“汤姆，你吓到我了。”

“到那该死的电梯里去！”

她刚一进去，电梯门就关闭了，加速度立刻缓和下来。二人逐渐升到建筑物的顶端，俯瞰着城市风光和远方辽阔的地平线。“我们就是从那儿来的，瞧！”他一等她转过身来，就滔滔不绝地继续说道，“在那儿……你看见那些水了吗？水坝已经崩溃，就是那条河。你哭什么？”

“汤姆，你在发狂。”趁汤姆仍自顾自手舞足蹈，她摆脱了他，汤姆双手高举，眼神狂热，“如果是坏消息，你打算怎么办？”

一个完美的减速，电梯停止了。电梯门发出光芒，变得半透明，然后打开了。

“欢迎回家！”他大声宣告。

两层楼之间的夹层出现在二人面前。空气已经多年没有流通，弧形玻璃墙向上延伸了好几层楼，展现出无限的视野。巨大的地板漆成白色，屋内还摆放着玻璃桌子和电弧灯。虫蛀的羊毛地毯铺展到沙发。和原子一样薄的屏幕靠墙而立，暗淡无光。花瓶里的花已经凋零，变得肮脏污秽。汤姆记得他们何时来到这里居住，却不知道他们被叫到这里的原因。当时，本就是站在这里，欢迎他们的到来。他们坐在长沙发上，本对他们解释说：人们被入侵了，有人接管了他们的大脑。当时，他的父母还在这里，本还活着，阿碧还……

“我们怎么办？”

他屏息凝神，一言不发。

“汤姆？我们去找你的父母好吗？”

这里的一切都没有变。

“不！”他深吸一口气说，“我们不是为他们来的！”他走过广阔的空间，大步穿过厨房，登上公寓中央那面乌木墙壁上架起的楼梯。

“汤姆！”

他转过身，只见塞琳妮站在他的脚下，被楼梯间黑暗的乌木墙壁所包围。她的脸涨得通红，气喘吁吁，眼神充满了恐惧和担忧。

“你是要我陪着你，还是宁可一个人去？”

他低头看着她，看着凯特，她又怀孕了，又回到了这里。当初离开这里是为了她和孩子好。长久以来他一直认为自己是孤身一人，但最近才意识到并非如此。一声长叹间，眼泪终于夺眶而出，他瘫倒在楼梯上，疯狂地喊道："我当然希望你和我在一起！"他几乎无法认出自己的哀恸声，但他知道这一定是自己的声音，"你知道我现在需要你……"

塞琳妮跑上楼梯，握住他的肩膀，亲吻他的额头。二人泣不成声，满怀着希望和恐惧，这是他们唯一能做的事。她扶着他站起来，踉踉跄跄地爬上楼梯，来到了一条开放的通道。一道道木门敞开着，通向其他房间，二人匆匆走过……但汤姆返回到其中一个房间，他的脸瞬间血色全无。他推开门，一间铺着深色地毯的房间映入眼帘。巨大的窗户展示了永恒的毁灭景象：汹涌的洪水吞没了城市，低矮的塔楼像芦苇一样冲破水面。这，便是彻底的毁灭。

"这是他们的房间。"

"汤姆，这里多年没人来了，你不要再担心了。你认为他们去哪儿了？"

"馈崩溃时，我的父亲在他的办公室里。这是我知道的最后一件事。但我敢肯定，他一定有应对计划，有生存的办法。他总是未雨绸缪，他一生都是这个样子。"

二十多年前，汤姆回到这个房间，腿上缠着绷带。他早已忘记伤口有多深，总之疼得撕心裂肺。这就是他半夜来这里的原因，他的父母在睡觉，但恐惧的他迫切需要他们的帮助。他孤独无助，痛彻心扉。他听到了父亲的呼吸，便在黑暗中向父亲伸出手。那天下午，他接受了一次深入的测试。父亲告诉他要抽一些骨髓。现在，汤姆知道，那是为了确认植入物已经成功依附在他的DNA上。他是试验品，试验的目的是确保他的DNA会将馈代代相传，这就仿佛汤姆和他年轻的自己之间有某种情感在流动，如同一种共鸣、一种失落，孤独和痛苦感自从它植入身体时便如影随形。这种孤独和痛苦本已被凯特、阿碧抚平，而现在……

“你母亲呢？”

汤姆环顾四周的书架、抽屉和雕塑，一切都那么熟悉，那么遥远，那么死气沉沉；他看着床头柜和机器，看着打开的衣柜……但是空无一物。

“我不知道。她不让我分享她的馈。”

“为什么？”

“因为我杀了我哥哥。”他双手合十，然后放在大腿边。他朝塞琳妮点点头，一边回忆，一边对她讲道：“当时，我们在隔壁的房间里。泰勒总统被杀了，某国总理也被杀了。他们判断，我们正在遭到入侵，敌人接管了我们的大脑。我们不解其意。本告诉我，他们把你们中的一个人关进了监狱，尽管我敢肯定那人当时一定饱受折磨，但他始终一言不发。肯定有很多你们的人在等待，继而因为泰勒的死而备受鼓舞。大屠杀开始了，人们在街上被杀，谁知道有多少潜伏的杀手？所以，父亲杀死孩子，孩子杀死母亲。每个人睡觉时都被监视。人们不知道有多少无辜的人被杀，更不知道接下来谁会被接管。那种恐惧是毁灭性的，无处不在。它毒害了我们所有人的大脑。这就是你们干的好事。人们睡眠不足，因恐惧而产生幻觉。人们毫无理由地杀戮。但我亲眼看到了人被接管时的迹象，一天晚上，本在隔壁睡觉。他在我的看守下被接管了。”

“所以你母亲无法原谅你。”

汤姆举起一根手指，骂道：“当然不会原谅我！她从不相信我，她总是说我嫉妒。成功能带来什么，这个问题的确很有趣。她出身于一个非常谦逊的家庭，但有时，你拥有得越多，就越感觉不安全，真是有趣得很！她认为我不会老老实实地优哉游哉过着她所谓的没有野心的舒适生活。她一直以为我仇恨本。我确实仇恨本，但不是她所想的那样，而是因为他们喜欢他，他们对他比对我更友好！我真的希望他没死！”他突然大哭起来，透过热泪望着空荡荡的床，想起了睡在床上的人。最后，他又转向了塞琳妮。精疲力竭的他彻底释放了，已经全然不由自主。“我杀了他，”他平静地说道，声音空虚无力，“我还杀了盖伊，但我绝对不会这样对你，我没有看守你，因为我不想看到它发生。我太爱你了，我无法忍受这种折磨。”

“对不起！”塞琳妮哭喊道，“我们别无选择！我们不知道会是这样！”

二人紧紧相拥，声泪俱下，最后，汤姆抚摸着她红润的脸，微笑道：“都是过去的罪孽了，塞琳妮。我们不是为了这个来的。”他抓起她的手腕，把她拉出房间，重新走回夹层，爬上楼梯。越往上，楼层越狭窄，二人最终冲出塔顶，天空和斜斜倾洒的阳光围绕着他们。这高度让人头晕目眩。汤姆大步走向天台，塞琳妮在他身后喘息，放眼望去，整座城市尽收眼底。

“我记得塔楼完工之前，我就在这里。”他低声说，“安装玻璃之前，我不知道自己最先感受到的是什么，是父亲的上帝情结，还是眼前的景象。”

塞琳妮伸出双臂保持平衡。面前是起伏的群山和波光粼粼的河口，这壮阔景色已超出目力所及。云雾缭绕，如丝如缕，在他们身边逐渐变暗。她发现天台虽然安装了玻璃，但几近隐形，无法察觉。两具骷髅彼此相对，坐在深色的矮椅子上，咧着嘴笑。一个穿着西服，另一个穿着连衣裙，膝盖上放着一个手提包。他们的皮肤已经过防腐处理，紧紧贴在骨头上。

塞琳妮紧紧拉着起汤姆的手，靠近他们，死一般的寂静笼罩着这里。

“他们已经死了。到头来，还是我打败了他们。”

“汤姆……”

“他们伤害了我，塞琳妮。”

“走吧，”她说着，想要带他离开，“忘记他们吧。家庭群组中心呢？汤姆，家庭枢纽才是我们来这里的目的，而不是他们。我们去找孩子吧！”

汤姆停下来，眉头紧锁，转过身看着她。

“阿碧……我是说，我们去找阿碧。”

他眯起眼睛，皱着眉头思考着。随后，他的脸放松了，朝她点点头，说道：“枢纽？”空气凝重了，只听一声高亢的哀鸣，一个信号重获新生，声音越来越大，越来越低沉，与他的骨骼产生了共鸣。

“你感觉到了吗？”塞琳妮气喘吁吁地说，“感觉到了吗？”

这信号似乎化为长矛穿透汤姆的大脑，连接到脑中的植入物。他瞬间感觉到一阵尖锐的刺痛，下意识抬起前额。随后，他的眼睛微微抽动，眼球不停地飞速乱转。他猛地一跳，四处张望。汤姆站立不稳，双臂向塞琳妮扑去，塞琳妮奋力扶住他，引导他蹒跚地走到椅子边。他瘫倒在椅子中，眼睛睁得大大的，眨了眨，然后又再次睁大。他摇头晃脑，抽搐的双腿胡乱踢着。“我在发光，塞琳妮，我飞起来了！”他喘着粗气，“看我！”他弓起后背，双手紧握她的手。他目光闪烁，一片茫然地盯着前方，汗流浃背。这海量的信息，如此快速，如此清晰。他感觉心脏快要爆炸了，气喘吁吁地说：“你说得对，塞琳妮，她的信息被储存起来了。馈已变成了遗传基因。阿碧的所有备份都在这里。我的、母亲的、父亲的，还有本的，都在这里。”他握紧双拳，转向塞琳妮，喉咙里发出奇怪的声音，却没有言语，过了半晌才说道："他们逃了。"

"谁？"

"我的父母。塞琳妮，他们……"汤姆心惊肉跳，"父亲把他们的思想状态发送到了别的地方，他把信息发送得远远的。他们根本没有死！他……"

"忘记他们吧，汤姆！"塞琳妮恳求道，紧紧抓着他的肩膀、双手和脸颊，"阿碧呢？你能看到阿碧怎样了吗？"

"我会看到的。"他说，"但首先是你。凯特，她也在这里，她的备份保存在这里，直到生命的最后。"他的嘴唇扭曲了，汗水从脸上倾泻而下，脖子上肌腱紧绷，每说一个字都痛苦异常，但透出一丝胜利的意味。"你可以弄清楚自己是谁，塞琳妮。看，你看，在这里，你可以做到的。在这儿，她依然在这儿。哦，凯特……"

塞琳妮退开了，但汤姆的眼睛紧盯着她。他抓住她的手腕，不让她走。

"重新安装她，塞琳妮，"他咆哮道，"让凯特回来，把你自己清除掉。"

"汤姆，我认为我们……"

"听我说，塞琳妮。你的孩子已经走了，你的丈夫也是，他们死了，你埋葬了他们。但是凯特的家人还活着。"他伸手指着她的孕肚，嘴还在动，却没有言语，只是大口喘着气。虽然他的论点连自己都无法说服，但除了唤起人类的美德和人文关怀之外，还能说什么？"塞琳妮，做点正确的事情，让世界变得更美好，这便是你回来的原因。所以请把阿碧的家人还给她吧，重新安装凯特。"

"汤姆……我们去找她，找到阿碧在哪里。我仍然能帮你找到她！"

汤姆一眼不眨地盯着别处，他正访问着意识存储，浏览着保存的内容，找寻着阿碧的经历。突然，他的表情凝固了，一声惊呼卡在喉咙里。他深深地摇摇头，灵魂深处都震颤起来。没人知道他看到了什么。泪水模糊了他的眼睛。他哽咽了，想要呼吸，却喘不过气。他想要高喊，为阿碧求救，却喊不出声。他的身体颤抖着，无能为力。他无法回避所看到的一切，也无法回避再次体验阿碧的情感和这个孩子最后的记忆。他的视线被内心牵动，面庞似乎扭曲成一声尖叫，无声的、颤抖的尖叫。

他瘫倒了。

塞琳妮把他的脑袋向后推，但他一动不动。她搂住他，试图把他拉起来。可汤姆全身瘫软，她托起他耷拉的脑袋，试图强行让他睁开眼睛，此时，他的呼吸急促起来，挥拳猛击她的脸。他下意识地想要自卫，想要把她打走。终于，他回到了现实中的自己，看到她在面前，对她哭喊道："她走了，塞琳妮，她走了！"

"你看到了什么？发生了什么事？"

汤姆一把将她抱住，双目充血的他哀号着，塞琳妮紧紧抱住他。

"你会挺过来的，汤姆！"她大喊着，努力盖过他的哭喊，让自己的声音被听到。汤姆像动物一样号叫着，摇晃着身体，没有形式，没有意识，尖厉刺耳。"我们会挺过来的！我知道，现在你根本无法接受，但我向你保证，我保证……我会陪你渡过难关的，汤姆！"

"塞琳妮！"他吸了口气，然后退开，突然平静下来，凝视着她。陡然冷静之间他抓住她的手臂，注视着她的眼睛。一种控制感改变了他的语气。他音量降低，先前所有的痛苦已经让他油尽灯枯。他略略地对她说道："你至少可以纠正一些错误。你可以访问家庭群组中心，进入凯特的馈，她的备份存在那里，让凯特回来吧，塞琳妮。"

“别说了，汤姆！”塞琳妮说着，猛拽着他向前走。

“不，我要回到我和凯特逃离这座城市的时候。当时，世界崩溃了，她怀上了阿碧。我正在重启自己，塞琳妮，我正在重启我的记忆，退回到那个时刻。”

塞琳妮摇晃着他，抓着他的手腕和脸庞，想要直视他的眼睛：“你不能这么做，听我说！”

“我能！”

“但是你会忘记……”

“会忘记一切！我会忘记从那时起发生的一切。完全正确！我再也不会承受这些悲伤了。这里没有什么是我想记住的。重启后，我们会像从未离开这座城市一样，回到馈刚刚崩溃的时候，满怀希望。我们可以重新开始，而且我永远不会知道后面的事情，不会知道你，不会知道凯特死了，不会知道阿碧……”他伸出缠着浸满鲜血的绷带的手，轻轻抚摸着她的肚子，“塞琳妮，你可以告诉我你想要的一切，你可以告诉我阿碧在这里。无论你是否重启自己，无论你是否把凯特带回来，无论你告诉我什么，我都相信。”他激烈地低语着，眼球疯狂地转动着。他又一次气喘吁吁，浑身颤抖。塞琳妮抓住他，用尽全力想要按住他，他的头在下沉，身体在颤抖。最终，她瘫倒在他颤抖的手臂里，他去了，完全瘫软在她身下。

阳光穿过玻璃，穿过云层。

椅子上的骷髅仍然相互微笑，但是他们的思想，他们的躯体的栖居者，远去了。

她也去了……

……我连上了馈，一头扎进一个冻结的消息池。我在这儿了，这儿，我已连通。我的每一根神经都闪烁着光芒，我已经很久没有体验到这种感觉了！这种感觉就像回家一样。我的思想纯净透明，生机盎然无拘无束！连接到馈之后，我体验到了很久没有体验过的这种冲动、这种纯粹，但是……但是……等等，不，这里空空如也……

空空如也。

一无所有。

这里如同古墓一般，空虚、寒冷、黑暗。我又被埋了，什么也看不见。这世上的一切我都看不见。我只好朝着进来时的家庭枢纽看去，因为我有凯特·哈特菲尔德 1 的生物印记，有她的访问权限，有她的 DNA，这里乱糟糟像一团叶子的东西就是他们所有人的备份，保存着他们的意识存储状态，有阿碧、汤姆、汤姆的父母、本，还有凯特。我迅速翻阅着，浏览着他们多年来的生活、思想、情感、记忆，看着一出出精彩难忘的生活大戏，感受着这个被遗弃的世界曾经的缤纷多彩。我看到，他的父母已经逃了，他们送走了自己，把他们的思维状态上传到了别的地方；然后，他们的馈变成了一片空白；此后，他们的备份再无记录。我把他们的记忆撂在一旁，进入了我自己，凯特·哈特菲尔德 1 的记忆，我看到了那个让一切痛苦结束的山边池塘，看到了凯特的恐惧、翻倒的卡车、跳动的火焰、精神错乱的梦境。（我仿佛身临其境，感受着自己的脉搏。这犹如看着一面镜子，而自己同时又是镜中的人，我们之间几十年的情感联系瞬间呼啸而至。）然后，我看到了一个人，是马克，我从未见过他，但我现在认识他，因为凯特认识，而我已同她合体。我又看到凯特·哈特菲尔德 1 已经不再相信汤姆；她曾经那样深爱他，而今已经不相信他，就像我，塞琳妮·查尔斯 29471 当初不相信他一样。但我现在意识到，我不仅相信他，而且我能保护他、帮助他。我发现，我想保护他的安全，希望他安然无恙。

重新回到脑关，深入其中，这种体验就像进入事物的核心。我看到了金毛狗，还有咬伤我腿的那只。接着看到了营地，里面是活跃的人们，格雷厄姆，阿碧……阿碧……阿碧……现实中的我窒息了，我终于找到了。眼泪伴随着记忆喷涌而出。我对阿碧的感觉，我对这孩子的感觉毫无疑问，这是我所体验过的最深刻的感受，最完整的连接。我热爱这种感觉，但热爱这个词还远远不够。它让我的身体释放出化学物质，我追随着它们，通过一个个脑关沉溺在情感之中。时间倒流，阿碧越来越年轻，植物缩小，小屋解构。在农舍昏暗的卧室里，我感受着她光滑的皮肤，小小的身体。格雷厄姆年轻了，汤姆年轻了。还有一个女人，一定是简。那个婴儿自然是阿碧，这个漂亮的姑娘感觉棒极了。在我的皮肤上，她留下了来到这个世界的第一个印记。随后，时间回到更早，我和汤姆在乡间缓缓穿行，阿碧尚未出生，还孕育在我的肚子里，那里很安全，没有什么地方比我的身体里更安全了。与另外一个人完全融合的完美感觉充斥着我，难以言表，我必须通过分析才能理解流淌在我血管中的化学物质要表达的信号，它们竭力地说：炽烈的爱才是最真实、最重要的事情。

我们逃出燃烧的城市废墟时，大脑遭到了重创。凯特/我的记忆相继扭曲、混乱。几周以来，在世界崩溃的冲击之下，记忆变成了一片空白。突然间，世界充满了活力，行人随处可见，飞机、汽车全都修复一新，重现生机，开始移动。眼前的一切如此细致，如此真实。所有的记忆、味道、声音，以及我的馈脑关，全都焕发了生机。一切都保存完好。我在我/她的馈脑关中漫游着。而现实中，我沐浴在阳光下，在汤姆身体上伸展着身体。我知道我距离成功仅有一步之遥！达利安，我的孩子，我在这里！在现实的废墟中，我情不自禁地笑了。我查阅着凯特的备份，搜索着凯特的馈脑关，只查找两个词：给达利安、我的儿子；我的儿子、给达利安。拜托，如果你还活着，如果你成功回来了，就让我找到你。我曾对你说过，我一定会找到你。我忍受的一切，付出的所有努力就是为了在这里找到你。现在，找到你只需一次简单的搜索；从此，我们母子二人都将不再孤单！

我在凯特·哈特菲尔德1的记忆中搜索（达利安查尔斯），出现的是干旱牧场出售、某国小伙后方、汽车凉鞋租用、伊朗灰烬摇篮，当时，凯特/我和汤姆坐在一列火车上。那时我第一次搜索到了达利安查尔斯的名字：凯特/我在一家餐馆中，有一名有文身的服务员。凯特/我一整天都在消息池里刷着能量素公司的消息（凯特/我的确很关心这个世界，我并不知道当时的人们竟如此关心这颗星球。我喜欢她的消息池（“你会牺牲什么?”）在里面游荡了1毫秒。我想，如果我们真正见过的话，我可能会喜欢上她，我们肯定会彼此喜欢。但我现在不在乎，因为我要找到我的儿子）。在那里！那里！我看到了！（达利安查尔斯）！我心中一沉，看到他的名字出现了万亿次，传遍了馈……为什么会有这么多次？凯特/我第一次听到的是在……

……视频名为“达利安查尔斯”，播放的消息是“总统泰勒一世已经遇害”。一切都安静了，所有馈 ID 都平静下来。“总统泰勒一世遇害”的消息传遍了馈，然后突然变成“暗杀”。美国已经出现混乱，恐慌蔓延，经济震荡。武器已被调集到东部。我的皮质醇水平上升了 18.2%，心率超过正常值 2.93 倍。现在，这段视频已经出现了 10 万个。1 个消息池被拦截访问，立刻就有 2 000 个出现。我查询着谋杀和暗杀之间的区别。妈妈仍然在叫喊，但是她的喊声被咆哮声淹没了。事情与“大麻”有关，这个词是 $C_{21}H_{30}O_2$ 的古老术语。我访问了一个消息池，那里有东西吸引了大家的注意，让所有消息池势不可当地反复出现的源头便是这里，此处存在一个名为“美国白宫高级安全分析师理查德·德雷克 62，员工 ID#22886284912”的视频，时间戳为 7.23 秒前。我进入了他的记忆文件包。我不知道他所在的房间在哪里，因为 GPS 定位被屏蔽了，但房间看起来很像我如饥似渴地追的一部娱乐剧中的作战指挥室。冷光灯嗡嗡作响，一张漆面桌子反射着灯光，隔音墙上装饰着轻薄的屏幕和层板。随后，总统泰勒一世走了进来，身穿一件乳白色上衣（姆伊顿系列的最新款），手中端着一大杯香浓的黑咖啡（由奈斯波的阿拉贝尼卡调制而成）。是美国白宫，7.34 秒前的白宫。传出来的脑关原来是一个危险的安全漏洞，难怪消息池正在被拦截访问……

“大家早上好。”总统泰勒一世在现实中用热情又生硬的语气说道，然后坐了下来，“我明白，鉴于能量素公司令人震惊的消息，北极南部的竞赛现在已经开始，我们不会让它落入坏人之手。诸位，我们正在严寒中打仗。”可总统的微笑刚刚露出一半，理查德·德雷克62的视野就模糊了，此时，一个人影出现了，只有轮廓，上面标记着帕特里克·沃恩59。他站起来，举枪就射。总统的脑袋瞬间变成了一团红云。理查德·德雷克62立即潜入掩体，房间随之抬升。理查德·德雷克62的脑关坠入了一片漆黑，有动乱的声音，有人在尖叫，听起来像是在喊“达利安·查尔斯”！立刻，“达利安查尔斯”这字眼涌入了数千个消息池，里面都在问“谁是达利安查尔斯?”随后，视频一遍遍地重复播放。发布视频的人每次都会放大总统被爆头时的脸部特写，脑关放慢到一帧一帧的分割图片，总统的脑袋以慢镜头炸开。视频从这个消息池流进了47 196 255个馈ID。突然，如同多米诺骨牌倒塌一样，所有的消息池都被拦截访问了。一切都停止了……

……那个脑关被剪掉了，我只好继续搜索下面的链接。找到了：转天，凯特/我重新刷着那段视频。那身影一跃而起，总统泰勒一世被枪击。随后，房间里一片混乱。枪手被撂倒在地，就在这时，他大喊道：“达利安·查尔斯!”我听到了他的声音。我听到他高喊他的名字。没错，是他，是我儿子，我找到了！随后，他又用破了音的嗓子奋力高喊，“达利安·查……”一声枪响让他的呼喊戛然而止。随后，他又连中三枪。房间里瞬间一片沉寂，终于有人开始呼叫医护人员，但不是给达利安，不是给我儿子喊的……他们要救的人是总统泰勒一世。就是他，他帮助人类毁灭地球，让地球燃烧、死亡。我和我的孩子们全都命丧此人之手！而受害的从来没有过他们自己的孩子！这些家伙！这些畜生！这些愚蠢自私的畜生！他们直奔总统，完全不顾达利安的死活，任由他躺在地板上……

我关掉了脑关，退出了凯特·哈特菲尔德 1……

塞琳妮默默地在汤姆身上跪了几个小时。这是一处安静的地方，一处完全失落之地。外面天黑了，汤姆逐渐苏醒、身体挪动起来。

塞琳妮短暂地再次沉浸到馈中，快速浏览着凯特的备份状态。她现在有时间慢慢翻阅。她搜索着凯特的意识存储文件，徜徉在她和汤姆的生活中，揭开幕布，尽情品味着二人过往的一幕幕。他们何时相遇、住在哪里、他们的秘密和恐惧、他们的争吵……他们二人的一切让她感同身受。她发现汤姆没有对她撒谎。她静静看着一切，体验着一切，感受着她从未被允许过的那种生活。快乐、充实、丰盛，他们拥有这一切，拥有得那么理所应当。

只需要一次简单的冲动，她就可以重新开始。

她可以让凯特再活一次。

这种冲动就潜伏在自己大脑中，像一种渴望。

但是达利安怎么办？仅在六年前，他在世界的另一边被杀害了。短短六年，弹指一挥间，不过是母子二人返回的时间中可悲的一小部分，此刻都化为无形的思想，这一切无异于痛苦的地狱！

她找到了儿子，就像她答应他的那样，只要他说出他的名字，她就一定会找到他。

她告诉他，去做一些引人注目的事情，而他绝对精心安排，照她说的做到了。

过往一幕幕让她感到骄傲。压倒一切的保护欲、浓烈的亲情、凯特对阿碧的记忆，全部在她的血管中灼烧着。她腹中孕育的婴儿不断成长，自卫的烈焰扑面而来。她像馈系统崩溃时一样恐惧、仇恨和绝望。总统泰勒，那个讨厌的家伙，要是他阻止了这一切该多好，而他本可以轻易地阻止这一切。没有人需要去死。但泰勒一世的死引发了太多，世界由此毁灭，而这又是她让她的儿子去做的。

地上的汤姆呻吟起来。

她切断了与家庭枢纽的连接，馈的回声消失了，她的头脑平静下来。

汤姆在她身下喘着粗气，他的脸受了伤，看起来却依然平静。在这个美妙的世界里，她会为保护他而战斗。她知道，凯特也会如此。

她重新打开了自己的馈。

选择重启，便可以忘记她失去的一切，享受无忧无虑的喜乐，否则，她就要承受眼前的一切噩耗和失去亲人的痛苦。

“凯特？”身下的汤姆轻声呼唤道。

六年后

THE FEED

05

凯特

原谅和忘却

旧日的记忆像有害的废物一样被打包处理掉，似乎我的思绪不希望我触碰它们。我当然不想对汤姆、对任何人谈起过去，更不想谈论我们不得已而为的事情。总而言之，最初的日子是最难熬的，但余下的日子同样难熬。苦难的生活会让人坚强。我闯进了一所房子，于是我们在那里住下了。汤姆昏头昏脑，糊里糊涂，我也半斤八两。悲恸是主色调。他说起话来磕磕巴巴，颠三倒四，每次思考都痛苦不已，一连发呆了好几天。我们游荡了几个星期。虽然我知道目的地在哪儿，但又完全不知道如何才能到达那里。好在我们及时找到了营地。我生下了一个女孩，她的模样正如我的想象。我提议我们叫她比阿特丽斯，小名阿碧。他的思绪仍然断断续续，但在混乱的状态中，他悟出了一些道理。我们二人都是如此。我们学会了新的生活。我向他讲述了他需要知道的一切。两年后，我又怀孕了，是个男孩。我左思右想，叫丹尼尔似乎很合适。我们安了新家，开始了我们的生活。我们创造了和平美好的世界。从我们走下塔楼的时候开始算起，直到六年后的现在，一切都波澜不惊。

＋

晚饭前的一个小时，我和丹尼[1]一起散步，这是一天中美好的慢时光。我们擦掉手上的猪饲料，扮成鸟儿，飞跑着穿过营地。

我们走过铁匠铺，走过一间间房屋，房屋都是新砌的墙壁，窗户是油纸糊的。我们跑上一条犁沟，在田野里捉虫子。丹尼喜欢蠕虫，虫子蠕动的样子让他颇为好奇，而这些爬虫对我而言早已司空见惯。后来他捉了一只拿给我看，我也开始看着小虫各种爬，也能连看好几天了。孩子们总是会对大人认为理所当然的事物产生好奇，这就是他们来到这个世上本要做的事情，我们也有责任倾听。

营地的大门外，我们沿着小路穿过树林，丹尼一边跟在我身后小跑，一边喋喋不休地唠叨。我答应他，如果他能抓到一只鸽子，我就会甜甜地吻他。他信以为真，努力尝试他所知道的每一种方法：偷偷潜进、隐秘攻击、全力猛跑、奋力乱挥手臂。他一无所获，还没等到睡觉的时间就累得精疲力竭。

白天的暑热即将散去，初夏的植物随风摇摆，昆虫在它们周围绕着圈散步。我们来到斜坡时，丹尼有些累了，他只有 4 岁，虽然他的确体格健壮，但他不想爬了。他朝我弓着腰，举起双臂。

“妈妈……妈……妈！”他耷拉着身子哼哼唧唧。

我把他抱上肩膀，他把两只小手都塞进我的手掌里。他伸手抓着我的脸时，我才意识到他喂过动物的手又脏又臭。我们应该先去洗干净的。在这样的世界里，不讲卫生是危险的事情，但是很多事情也是如此，我们无法保护自己免受一切影响，我们得有一些抵抗力才能

1　丹尼儿的昵称。

生存。穿过树林的半路上，铁路开辟出了一条小路，丹尼让我把他放下来。他趴在厚厚的铁轨上，拥抱着它们，嘴巴高兴地噘着。他喜欢铁轨的味道，喜欢它被晒热的感觉，喜欢它被深埋在植物里秘密而又隐蔽的样子。

“妈妈，它为什么这么热呀？”

“因为它是用金属制成的。”

“为什么金属会热？”

我对抱着铁轨的儿子钦佩不已，他怎么知道要问这些问题呢？

“妈妈，你觉得我们会看到火车吗？能动的火车？”男孩伸长脖子探头沿着铁轨向远方望去。

“火车全都绝迹了，”我告诉他，“再也没有了。”

丹尼站起来，叹了口气，一只小脚踢着铁轨说：“愚蠢。”

他接过了我伸出的手。

“我们一定要上山吗？”

“是的，必须上山。”

“为什么？”

“因为你爸爸有东西要给你看。”

“是女巫吗？”

“不是。”

“巨魔？”

“走吧，丹尼，现在已经不远了。”

男孩脸一皱，肩膀一耸，然后耷拉下去，此刻，他看起来像极了汤姆。汤姆疲劳的时候，被要求做一些不想做的事情的时候，六年前孕肚越来越大的我带着他离开塔楼、离开城市的时候，他就是这副样子。那些记忆不堪回首，永远不要再提。

我把丹尼扛在肩上，嘲笑他会让事情变得更糟。“把腿伸直，把手给我。”

我朝山顶跋涉着，在快到山顶的地方转过一道弯。丹尼伸展双臂，我们在微风中旋转着。他看到了下方的营地，踢着腿，挥着手，呼喊着。

“呜呼！克莱……莱尔！史蒂……蒂……蒂夫！我来……来了！快看我！我飞起来了！”

但克莱尔和史蒂夫没有听到他的呼喊。山丘的高度和山间的微风没能让丹尼的声音传到山下。于是我们转身前往山顶，丹尼看到了其他人。他气喘吁吁地拍手，兴奋地拉着我的头发。“爸爸和美丽的阿碧！”他挣扎着跳下来，跑到他们跟前，跳到汤姆的怀里。然后跳下来和姐姐打闹。

我走上前，汤姆从孩子身边抽出身，微笑着。如今的他已经头发花白，皮肤因长时间户外工作而变得粗糙不已。但我知道我也如此，我额上的皱纹仿佛田垄，我自己的头发也已花白，我老了。即便爬这样的小山也让我筋疲力尽。

虽然我们正在老去，但与此同时，我仍很喜欢时间这样慢慢流逝。

“你好啊，”我握住他的手，靠在他身上好让自己喘口气，“那东西能用了吗？”

“不知道，我在等你呢。”他笑得像个孩子。他的前额上有一道很宽的伤疤。当初离开城市时，他的双手和手臂上也满是伤疤。我向他讲述了他需要知道的一切，就像简为格雷厄姆所做的那样，因为我看到了他不惜一切为我而战，看到了他为保护我所做的一切；我确信，现在他身上的伤疤只是留在外表。“让我们看看。嘿，你们两个，”他对打闹的孩子们喊道，“快过来！”

他甩下背上的背包，看着丹尼和阿碧冲了过来。阿碧快 6 岁了，再过一周就是她的生日。她耐心地站着，抬头看着汤姆，灵动的眼睛充满了好奇。她是一个体贴的女孩，比弟弟更善解人意。丹尼正把她推开，争抢着汤姆拿出来的东西。

“这是什么？”丹尼问，眼睛瞪得大大的。

“你要，非——常——小心！”汤姆说。

“怎么了？”丹尼低声问道，这让他的姐姐笑了起来，她的笑声轻盈又灿烂，而这反过来又让丹尼皱起了眉头。

行动—反应：这是世界运行的方式。

“我们记不得它们过去叫什么了。”汤姆插嘴打断他们，以分散他们的争辩，“但你们知道它是用什么制成的吗？”他指着紧紧缝在一起的皮革，面对着他们茫然的表情，解释说，“是用皮革做的。”

“爸爸，我可以拿走了吗？”

“等等，丹尼，耐心一点。这是什么，阿碧？”

汤姆摆弄着手中的东西，指着两端紧紧固定的透明球体。皮革围绕着它们缝制，形如项圈。阿碧用手指敲着它们，抚摸它们，她的皮肤在它们的表面上微微颤动着，她沉思着把双手举到嘴边。“石头！”

“不是。”

“金属？”

“不是。”

“这游戏太傻了。”丹尼插嘴说。

“是玻璃，孩子们。来吧，试试吧。”

孩子们试着拼这个词——“玻璃”，但丹尼的兴趣正在减弱。

“看！”汤姆迅速把这东西放在他的眼睛上，然后把它交给丹尼，丹尼站在我脚边，靠在我腿上，把这管子放到他的脸上。

“我不明白……”

“闭上这只眼睛。”我对他说，对汤姆微微一笑，俯下身去摸丹尼的脸。“不，这只，丹尼。对了。看这里。现在，你看到了什么？”

男孩沉默了。过了半晌，只听他喊道：“呃……哇！”他扭动着身体，环顾四周，踉踉跄跄，几乎摔倒，我赶忙扶住他。“这是魔法吗？”他问道。

“不，这不是魔法，这是你爸爸搞的科学。”

“我看到的是未来吗？”

“不，”这个想法让我大笑不已，“你看到的就是这里，就在远处。给我看看好吗？”

汤姆点点头，他显然还意犹未尽。

我不理会丹尼的怒气，把那东西拿到我的眼前。它有缺陷，大部分视野是扭曲不清晰的。但是中心的一小部分非常完美。我拿着这东西四处看着，整个世界都在我眼前迅速掠过，在圆球里膨胀着——绿色的树叶、犁过的田野、环绕着营地的高大木墙，还有墙上画得非常荒诞的花朵，我们第一次来这里时曾有一节火车车厢骨架，停在营地中央，现在几乎消失不见：时隔多年后，车厢所有的金属部件都被拆掉使用了。铁匠铺的烟喷向天空，克莱尔和史蒂夫都是打铁的高手。

“干得漂亮啊你！”我说道，汤姆听到我的赞美，笑容满面。

又一次，行动—反应：世界就是这个样子。

他欢欣鼓舞地说：“我认为，如果我们把它做得更小，就可以让玻璃变得更精确。”

“或许不用皮革？”我提议道，“感觉它似乎有些弯曲。”

“史蒂夫认为我们做不出足够小的金属管，但时间会证明，我们一定能做到！”

“很好，”我鼓励地说，“我非常自豪。”

我轻轻拍着他的胸膛。孩子们跑开了，在草地上玩耍。丹尼想要和姐姐摔跤，而阿碧则不断地向他解释着什么。她谈到了土地、地球，还有事物运行的方式，似乎都是她自己的观点。丹尼却很不耐烦，百无聊赖。晚餐的时间快到了。

我欣赏着头顶的景色。世界一片沉寂，凝重有力，安宁寂静。鸟儿在远处飞翔。风吹过我的头发。似乎，我们人类又回到了平衡状态。我们的力量只在于我们自身，没有什么按钮可以按下，也没有武器可以引爆，每个人的影响都就局限在自己身边。我们重新找回了谦卑。眼前的视角一片开阔，我完全无法影响它，而它仅仅是地球上的沧海一粟。我所能控制的只是我身边的小小区域。世界的浩瀚切断了一切联系，只剩下血浓于水的亲情。我们无法不自量力地妄图超越自己。于是，我们努力制造了不堪一击的防护板，希望它能够抵挡危险。我们用生命打造了这片空间，这是我们必须守护的。我们为这样一个无足轻重的空间而努力工作，但对我们而言，这里就是一切。

阿碧和丹尼还在争论。汤姆环顾四周，看看我。他们都想回家了。这里的资源寥寥无几，而我们却努力用着它们创造出尽可能大的价值。

“我们很幸运找到了这个地方。”汤姆握住我的手说，“真是太、太幸运了。”

我笑了，我们确实很幸运，但我知道这不是运气。在这个冷漠的世界里，你必须让事物为你所用。一切都关乎利益，一切都在为生存而战。如果你当取不取，则必会被人夺走。我握着他的手说："克莱尔打算晚饭后开个会，所以我们最好不要迟到。史蒂夫说，铁匠铺需要修缮了。"

"你没感觉我们快大功告成了吗？"汤姆说着，用胳膊搂着我，"不知不觉，我们居然快圆满完成了。"

"确实如此，已经足够完美了。"

"我们得好好守护它，凯特。"他说着，抚摸着我的后颈。

"是的，"我附和道，"一定。"

远处，一座古老城市的模糊轮廓出现在平原中间。而我们的脚下才是重中之重：一间间小小的房屋和一片片田地、冒着烟的铁匠铺，还有近处的儿子和女儿。在草地上玩耍的他们是这个世界的未来。比阿特丽斯·塞琳妮和丹尼尔·达利安，我们的孩子，我们的未来，我们的一切。

我牵起汤姆的手，一起下山，向营地走去。我给孩子们起名字的时候，汤姆还曾认为这两个名字很奇怪，但正是这两个名字才会让我们被历史铭记。

致谢

在我创作这部小说的过程中，受到了很多人的影响，有作家、音乐家、电影制作人、我的家人、朋友等等，你们可能会通过一些片段留意到，但也可能注意不到。你可能永远不会阅读《馈》，也可能全然不知你对这本书产生的影响。但无论如何，我非常感激你们。

多年来，《馈》几易其稿，并且结合大家的反馈进行了多次修改。谢谢这些朋友，没有你们，这本书就不会存在。多年来，我也多次修改过自己的作品，通常还是参考这些朋友的反馈意见。没有你们，就不会有我的作品。

感谢塔拉・W、朱莉娅・C、威尔・W 和杰西・B 的建议。

感谢麦尔斯・C 和玛丽・W 的多次阅读和支持。感谢詹姆斯・W一针见血的批评，很抱歉，我曾让你大伤脑筋。（谢谢凯特・W，在我们争执的时候总能使气氛重新变得轻松起来。）感谢汤姆・E 的阅读，我们对情节的讨论让我受益良多。期待未来能与你探讨更多。

感谢乔安娜・B 和费伯写作学院（Faber Academy）创意写作课中的所有人，我在这里开始了写作。尤其感谢索普・T. T、休・C 和阿里・麦克・D。感谢海伦・D 的引导，尤其是当我得意忘形的时候，是你让我不要懈怠。我很想你。同时，也感谢克里斯・麦克・Q

在电话中提出的建议。

马特、肖恩和弗雷德，我觉得你们会喜欢这本书，希望你们能读读它。希望我的祖父母也能读一读本书（非常感谢你们在很多方面影响了我和这本小说）。

感谢詹·D、基蒂·S、埃米莉·G，以及出版团队的所有人。感谢戴维·P、普里扬卡·K和威廉·莫罗团队。感谢休·H、萨拉·M和钱宁·P，谁知道未来会怎样，我期待着下一次冒险！

感谢朱丽叶，我想对你说，这简直是一次狂欢，我期待着下一次的到来。美梦居然成真了！还有我的代理人、编辑和朋友们，有一段时间我以为自己再不能写稿了，感谢你们的鼓励。

感谢史蒂夫和马什顿帮助我走到这里，让我们一起共进午餐吧。

感谢爸爸妈妈早年间就鼓励我读书。这改变了一切。妈妈，感谢你在读过的许多小说中写下的丰富批注。毋庸置疑，您一直都在我身边。凯蒂，感谢你多年来的支持。感谢艾拉和佩里，我在小说中“偷”了一些你们的对话，因为它们实在是太棒了。

还要感谢埃莉诺，这简直难以言表。你不只是鼓励我重新开始写作（这种信念就像生命之血），也不只是无数次阅读这个故事。非常感谢你所做的一切。如果存在平行世界，那么在我们未曾相遇的那些世界里，一定不会有哪个世界像我们这个世界一样美好。

伦敦，2017 年 7 月

未来，属于终身学习者

我这辈子遇到的聪明人（来自各行各业的聪明人）没有不每天阅读的——没有，一个都没有。巴菲特读书之多，我读书之多，可能会让你感到吃惊。孩子们都笑话我。他们觉得我是一本长了两条腿的书。

———查理·芒格

互联网改变了信息连接的方式；指数型技术在迅速颠覆着现有的商业世界；人工智能已经开始抢占人类的工作岗位……

未来，到底需要什么样的人才？

改变命运唯一的策略是你要变成终身学习者。未来世界将不再需要单一的技能型人才，而是需要具备完善的知识结构、极强逻辑思考力和高感知力的复合型人才。优秀的人往往通过阅读建立足够强大的抽象思维能力，获得异于众人的思考和整合能力。未来，将属于终身学习者！而阅读必定和终身学习形影不离。

很多人读书，追求的是干货，寻求的是立刻行之有效的解决方案。其实这是一种留在舒适区的阅读方法。在这个充满不确定性的年代，答案不会简单地出现在书里，因为生活根本就没有标准确切的答案，你也不能期望过去的经验能解决未来的问题。

而真正的阅读，应该在书中与智者同行思考，借他们的视角看到世界的多元性，提出比答案更重要的好问题，在不确定的时代中领先起跑。

湛庐阅读 App：与最聪明的人共同进化

有人常常把成本支出的焦点放在书价上，把读完一本书当作阅读的终结。其实不然。

时间是读者付出的最大阅读成本

怎么读是读者面临的最大阅读障碍

“读书破万卷”不仅仅在“万”，更重要的是在“破”！

现在，我们构建了全新的“湛庐阅读”App。它将成为你“破万卷”的新居所。在这里：

- 不用考虑读什么，你可以便捷找到纸书、电子书、有声书和各种声音产品；
- 你可以学会怎么读，你将发现集泛读、通读、精读于一体的阅读解决方案；
- 你会与作者、译者、专家、推荐人和阅读教练相遇，他们是优质思想的发源地；
- 你会与优秀的读者和终身学习者为伍，他们对阅读和学习有着持久的热情和源源不绝的内驱力。

下载湛庐阅读 App，
坚持亲自阅读，
有声书、电子书、阅读服务，
一站获得。

图书在版编目（CIP）数据

馈 /（英）尼克·克拉克·温多著；张羿译．-- 北京：北京联合出版公司，2022.8
ISBN 978-7-5596-6298-9

Ⅰ.①馈… Ⅱ.①尼… ②张… Ⅲ.①长篇小说—英国—现代 Ⅳ.①I561.45

中国版本图书馆CIP数据核字(2022)第113190号

北京市版权局著作权合同登记　图字：01-2022-1740

上架指导：

本书法律顾问　北京市盈科律师事务所　崔爽律师

馈

作　　者：[英] 尼克·克拉克·温多
译　　者：张　羿
出 品 人：赵红仕
责任编辑：牛炜征
封面设计：ablackcover.com
版式设计：湛庐CHEERS

北京联合出版公司出版
（北京市西城区德外大街 83 号楼 9 层　100088）
天津中印联印务有限公司印刷　新华书店经销
字数 282 千字　880 毫米 × 1230 毫米　1/32　11.75 印张　0 插页
2022 年 7 月第 1 版　2022 年 7 月第 1 次印刷
ISBN　978-7-5596-6298-9
定价：89.90 元